No eres mi Romeo

Ilsa Madden-Mills

No eres mi Romeo

TRADUCCIÓN DE
Patricia Mata

CHIC

Primera edición: abril de 2023
Título original: *Not my Romeo*

Esta edición se ha publicado mediante acuerdo con Amazon Publishing, www.apub.com, en colaboración con Sandra Bruna Literary Agency.

Diseño de cubierta: Taller de los Libros
Imagen de cubierta: © Juliatimchenko | Dreamstime
Corrección: Alicia Álvarez

Publicado por Chic Editorial
C/ Aragó, n.º 287, 2.º 1.ª
08009, Barcelona
chic@chiceditorial.com
www.chiceditorial.com

ISBN: 978-84-17972-92-9
THEMA: FRD
Depósito Legal: B 6190-2023
Preimpresión: Taller de los Libros
Impresión y encuadernación: CPI Black Print (Barcelona)
Impreso en España – *Printed in Spain*

Capítulo 1

Elena

Si fuera fumadora, seguro que ahora mismo me estaría fumando un cigarrillo. O dos.

Pero, como no fumo, me conformo con morderme las uñas mientras aparco el pequeño Ford Escape en el aparcamiento abarrotado del Milano's. Echo un vistazo a mi alrededor y me fijo en el exterior de piedra y madera de cedro, y en las lámparas de gas que parpadean en la puerta. Es un restaurante de cinco tenedores, uno de los mejores de Nashville, y la lista de espera es de un mes. A pesar de eso, el chico con el que he quedado ha conseguido reservar una mesa sin tener que esperar. Es un punto a favor.

Suspiro lentamente.

¿Qué clase de persona acepta una cita el Día de los Enamorados?

Por lo visto, yo.

—Es hora de volver al mercado —me digo a mí misma.

He quedado con Greg Zimmerman, el hombre del tiempo de uno de los canales locales de la NBC en Nashville, la ciudad de la música. Al parecer, es un cerebrito, alto, moreno, guapo, y está soltero desde hace poco. Parece perfecto para mí, ¿no?

Entonces, ¿por qué estoy nerviosa?

Por un momento, me planteo decirle que tengo dolor de cabeza para irme, pero no puedo por varios motivos. El primero es que le he prometido a Topher, mi compañero de piso, que no me escabulliría; el segundo es que no tengo nada mejor que hacer, y el tercero es que me muero de hambre.

Además, solo es una cena rápida, a pesar de lo que diga Topher. Recuerdo lo que me ha dicho hoy en la biblioteca. Llevaba puesta la camiseta de los Grateful Dead y unos vaqueros de pitillo, y ha empezado a cabalgar en medio de la sección de libros románticos.

—Lo tienes que montar como a un pura sangre. Tomas las riendas, le clavas las espuelas y lo montas hasta que se te queden las piernas como espaguetis y no puedas caminar al día siguiente. Machácalo hasta que no pueda ni decir «se avecina una borrasca».

Soplo para apartarme un mechón de pelo que se me ha salido del moño y me lo pongo detrás de la oreja. Nada de caballos esta noche. He venido a cenar tranquilamente. Me encanta la comida italiana y ya me estoy imaginando el plato de pasta y el pan de ajo que me voy a comer.

Solo tienes que saludar, ser simpática y volver a casa.

Además, siempre va bien conocer gente nueva.

Ajusto el retrovisor para verme en el espejo. Estoy pálida como un fantasma. Busco en el bolso y cojo el pintalabios rojo. Me pinto los labios y me los difumino un poco con un pañuelo de papel. Suspiro, me vuelvo a mirar y me coloco bien el colgante de perlas y los pendientes a juego. No soy una chica espectacular. Tengo la nariz un pelín demasiado afilada y soy muy bajita: mido, para ser exactos, un metro sesenta y uno. Ese último centímetro es esencial. Estoy en el límite entre las chicas bajitas de verdad y la altura estándar. La ropa siempre me queda o demasiado grande o demasiado pequeña, y, si quiero algo que me quede bien de talla, me lo tengo que hacer yo.

Me vuelvo a mirar en el espejo y vuelvo a suspirar.

Espero no decepcionar a Greg.

Salgo del coche y me dirijo hacia la preciosa puerta doble de roble pintado. El portero, vestido con un traje negro, me sonríe y me abre la puerta.

—Bienvenida al Milano's —murmura.

Me armo de valor para entrar al recibidor y entrecierro los ojos para acostumbrarme a la falta de luz del interior.

Vaya.

Estoy muy nerviosa.

No entiendo por qué insistí en no ver ni una foto de Greg antes de la cena.

Supongo que porque quería que fuera una sorpresa. Cuando tienes una vida tan aburrida como la mía, son este tipo de nimiedades las que la hacen más interesante. Como cuando me pido un café con leche y un toque de menta en lugar de mi café de siempre. Qué temeraria. O como cuando decido hacerme un moño despeinado en lugar del moño en la nuca de cada día. Menuda rebelde. En lugar de buscar una foto de tu ligue, ve a la cita y busca a un chico con una camisa azul. En aquel momento, me pareció algo emocionante, pero, mientras echo un vistazo por el restaurante, me maldigo a mí misma. No hay nadie esperando en el vestíbulo. Le he mandado un mensaje para decirle que llegaría tarde por el tráfico, pero no me ha respondido. Puede que me esté esperando ya sentado.

La camarera acompaña a una pareja muy acaramelada hasta una mesa al otro lado del restaurante y me deja sola e inquieta. Me paso las manos por la falda de tubo negra para ponérmela bien y pienso que a lo mejor me tendría que haber puesto algo más coqueto. Tengo el armario a rebosar de los vestidos ajustados que me dio mi abuela…

No.

Yo soy así. Y si no le gusta lo que ve, que le den.

Soy quien soy.

Han pasado cinco minutos y la camarera todavía no ha regresado. Cada vez estoy más nerviosa, he empezado a sudar un poco y me noto la nuca húmeda. ¿Dónde ha ido? ¿Se ha ido a hacer un descanso?

Me siento en un banco largo, saco el móvil del bolso y le mando otro mensaje.

«Estoy en el vestíbulo». Envío el mensaje.

No responde.

Bastante molesta y movida por el hambre, decido buscarlo por mi cuenta. Finjo la seguridad que me falta y dejo el recibidor del restaurante para dar una vuelta por el salón. Después de unos minutos, no puedo evitar sentirme como una acosadora que espía a los clientes, así que me quedo en el hueco oscuro que hay al lado de los lavabos y, desde allí, busco a hombres que estén solos el Día de San Valentín.

Topher debería haber organizado la cena otro día, sobre todo teniendo en cuenta las malas experiencias que suelo tener el Día de los Enamorados. Cuando fui al baile del instituto, Bobby Carter, mi acompañante, bebió tanto alcohol que vomitó y me manchó el vestido blanco. Mi novio de la universidad pensaba que el mejor plan para una noche romántica era pedir *sushi* a domicilio (porque era su comida favorita) y jugar a videojuegos en línea con sus amigos. En mis veintiséis años de vida, no recuerdo ni un San Valentín algo decente.

De repente, veo a un chico alto y con el pelo oscuro que lleva una camisa azul remangada hasta los codos. Está en una de las esquinas, apartado de todos, como si se escondiera. Su mesa está entre varias mesas vacías y me sorprende que haya conseguido privacidad en una noche como la de hoy. Un camarero le deja la comida en la mesa. Hago una mueca.

«¿No me espera para comer?».

Veo que tiene el teléfono sobre la mesa. ¡Qué morro tiene! ¿Por qué no me ha respondido a los mensajes?

Lo veo sentado en el lujoso asiento de cuero y me parece más alto de lo que había imaginado. Un momento. Sí que me suena su cara, igual que cuando ves a alguien pero no sabes cómo se llama. Mamá y la tía Clara siempre tienen la televisión encendida en el salón de belleza, así que puede que lo haya visto en las noticias.

Cojo las gafas de ojo de gato blancas y me las pongo para verlo mejor. El corazón me da un vuelco y siento mariposas en el estómago. De ninguna manera. No puede ser él. Es... es guapísimo, pero no es una belleza corriente, no. Parece una estrella de cine: tiene el pelo ondulado y oscuro con algunos reflejos cobrizos y, aunque lo lleva apartado de la cara, unos mechones suaves y brillantes le caen sobre las mejillas. Para mi gusto, tiene el pelo muy largo para un presentador de noticias, pero ¿qué más me da a mí, que ni siquiera tengo televisión?

Se peina el pelo hacia atrás con la mano y no puedo evitar fijarme en los músculos de los antebrazos y los bíceps, que hacen fuerza contra la tela de la camisa, y esos hombros imposiblemente anchos que se juntan en el torso.

Madre mía.

Tiene que ser él, ¿no?

Este es el restaurante en el que hemos quedado. Está solo y lleva una camisa azul. Tiene el pelo oscuro. Sería mucha casualidad. Normalmente la explicación más simple es la correcta, así que tiene que ser él.

El chico se gira para mirar por la ventana y muestra impaciencia dando golpecitos con los dedos en la mesa; yo aprovecho para mirar su perfil. Tiene la nariz alargada y recta, las cejas oscuras, pobladas y arqueadas, y la mandíbula angulosa y definida. Tiene unos labios muy bonitos y el inferior es especialmente carnoso. Es una belleza perversa, de esas que hacen que no puedas dejar de mirar a la persona para asegurarte de que no es un espejismo. En la Universidad de Nueva York había chicos como él, los típicos tipos guapos y atléticos que hacen deporte. Pero nunca se fijaban en mí. Los veía entrenar en el gimnasio y siempre se les acercaban chicas preciosas y esbeltas, que ni siquiera sudaban, para adularlos, llevarles toallas y botellas de agua y hacerles propuestas indecentes. Yo, en cambio, intentaba sobrevivir en una de esas máquinas de ejercicio despiadadas que parecen una mariposa.

Sin embargo, no está demasiado fuerte, no es uno de esos tipos fornidos que tienen el cuello como un tronco y la cara roja. Se nota que está en forma y musculado, pero no de una manera exagerada. Es un chico tonificado y fuerte…

«Que sí, que te gusta su cuerpo, pasa página ya, Elena».

Da un trago a un líquido ámbar y sujeta el frágil vaso con los dedos largos y morenos mientras mira por todo el salón. Busca por el restaurante como si examinara a todo el mundo y siento un cosquilleo a pesar de la distancia que nos separa. Un escalofrío me recorre la espalda. Este chico emite una energía animal y su lenguaje corporal grita: «Soy el macho dominante, ven a por mí». Me doy cuenta de que algunas de las chicas lo observan e incluso algunos hombres se giran para mirarlo. La gente susurra. Vaya, parece ser que todo el mundo ve las noticias.

Recorre la habitación con la mirada, pero no se fija en mí.

No me sorprende.

Vuelvo a esconderme en las sombras.

Maldita sea. Cierro los puños con fuerza. Quería un chico majo y un poco rarito, no esta… bestia *sexy.*

Tiene cara de estar enfadado. La vida es demasiado corta para amargarse, compañero. Además, ¿por qué está molesto? ¡Me tiene delante de sus narices!

Topher me dijo que me había visto en una foto.

«Bueno, ya, pero a lo mejor no quiere conocerte. O quizá espera que no te presentes».

Empiezo a dar golpecitos en el suelo con el pie. Debería irme. De verdad que sí.

Tengo un montón de tareas pendientes en casa: tengo que coser, acurrucarme con Romeo…

Me llega el delicioso olor de las especias del restaurante y el estómago me ruge sin piedad. Cambio el peso del cuerpo a la otra pierna. Todos los restaurantes que hay hasta llegar a Daisy estarán llenísimos, aunque también podría pasar con el coche y comprar comida para llevar de camino a casa…, pero me parece ridículo comer una hamburguesa con patatas fritas el Día de San Valentín. Por no hablar de que mañana tendré que dar explicaciones a toda mi familia. No han hecho más que hablar del tema:

«Bueno, bueno, Elena ha quedado con el hombre del tiempo. Pregúntale si lleva el barómetro en el bolsillo o es que se alegra de verte». Esa es la perlita que me soltó mi tía Clara. Si me echo atrás, se me caerá el pelo porque, aunque intente fingir que no me importa, todos saben que llevo una temporada bastante mala.

Me intento animar:

«Espabila, chica. No puedes pasarte la vida sin hacer nada. A veces tienes que salir y coger el toro por los cuernos. ¿Qué más da que esté más bueno que el pan? ¿O que tenga cara de que te va a causar problemas? Te mueres de hambre. Hazlo por la pasta».

Has quedado con él, así que adelante.

Me armo de valor, me giro hacia él y empiezo a caminar.

Capítulo 2

Jack

—Eres tú, ¿no? —Ríe nerviosa—. ¿El chico?

Dejo de mirar el vaso de *whisky* y observo a la chica bajita de pelo caoba que se ha plantado enfrente de la mesa mientras intento disfrutar de la comida, cosa que se ha vuelto imposible desde que salgo en todos los medios de comunicación. Toda la gente del restaurante me está mirando o bien me gira la cara con arrogancia.

Lleva una camisa abotonada hasta el cuello, una falda de tubo negra y zapatos de tacón bajo. Miro a la intrusa a la cara y me fijo en su pelo repeinado y en las grandes gafas blancas.

—Sí, soy yo —respondo. Mi rostro dice: «¿Se puede saber qué quieres?».

Parpadea con rapidez y las pestañas oscuras le acarician la piel clara. Parece que intenta calmarse. Tiene el rostro delicado, pero hace una mueca de resolución. Traga saliva y, antes de que pueda decirle nada, se sienta delante de mí.

Pestañeo.

Suspira y dice:

—Menos mal. Lo he sabido por la camisa azul, bueno, y también porque estás solo. —Me recorre el pecho con la mirada y se detiene en mis hombros un instante—. Me alegro de haberte encontrado y disculpa la tardanza. Le he hecho una sesión de fotos a Romeo, que tiene bastantes seguidores en Instagram, y luego había mucho tráfico en el centro.

«¿Me acaba de pedir perdón por llegar tarde?».

Dice que ha tenido una sesión de fotos con Romeo; ese nombre me suena. A lo mejor es un deportista nuevo de la liga.

—Em… —Doy un trago a la bebida para intentar esconder mi confusión, pero la sigo mirando con recelo. Lawrence, mi relaciones públicas, mencionó que había una bloguera del mundo de los deportes que se había solidarizado conmigo después de mi última pelea con los fans y que quería escribir un reportaje positivo.

Pero sabe que odio a los periodistas.

Además, ¿por qué no me ha avisado?

Siempre hace las cosas sin consultarme una mierda.

Por un momento, pienso en llamarlo para confirmar la identidad de la chica, pero…

—¿Así que tú eres la chica del blog?

Abre los ojos de par en par y empalidece.

—Tengo un blog, sí.

—Mmm.

Me mira durante unos segundos y niega con la cabeza.

—Grrr. Me voy a cargar a Topher, no sé cómo se le ocurre contarte eso. Claro, él piensa que se lo tendría que decir a todo el mundo, pero es que no sabe cómo son los pueblos pequeños y mucho menos Daisy. Aquí, cuando se enteran de tus secretos más privados, ya solo piensan en eso cuando te ven por la calle. Aunque lo peor de todo son los susurros.

La miro con ojos entrecerrados y la evalúo. No conozco a ningún Topher y no entiendo por qué querría ocultar que tiene un blog. Puede que no sea la chica que comentó Lawrence. No es nada raro que se me acerquen las mujeres, sobre todo las que intentan cazar a deportistas. Hace tiempo, cuando iba a la universidad y empecé a jugar al fútbol americano a nivel profesional, me daba igual. Elegía a las más guapas y aceptaba sus proposiciones, cogía las llaves de sus habitaciones de hotel y los papelitos con los números de teléfono y las llevaba conmigo a las fiestas privadas. Pero esta chica no parece una de esas. No lleva un vestido ceñido, casi no va maquillada y parece una empollona.

Sigue hablando:

—Te juro que mi tía Clara hace que su novio entre por la puerta de atrás para que la gente del pueblo no lo vea. Él aparca detrás de la iglesia y va a su casa caminando. Y mi tía tiene cuarenta años. Pienso que debería anunciar a los cuatro vientos que se ha enamorado del cartero —comenta con una ceja arqueada—. Scotty es diez años más joven que ella y un partidazo.

—Ya veo. —Esta chica habla por los codos y no precisamente de fútbol americano.

Sonríe con timidez.

—Aunque seguro que tú ya sabes lo que es intentar pasar desapercibido e intentar mantener tu vida privada en secreto.

Pues sí. Ya no puedo ni disfrutar de un vaso de un buen *whisky* en público sin desconfiar. Convierto todo lo que hago en un titular: «Jack Hawke vuelve a beber. ¿Supondrá esto otra condena para el *quarterback* por conducir bajo los efectos del alcohol?». Ya hace cinco años de la maldita condena; fue en mi segundo año en la liga de fútbol, pero siempre lo mencionan. Por aquel entonces, salía mucho de fiesta porque pensaba que la fama y el dinero me harían invencibles. Menudo idiota.

—Sí, valoro mucho mi privacidad. —Me llevo un poco de pasta a la boca, mastico y trago sin dejar de mirarla. Observo que tiene los hombros rígidos y la respiración entrecortada, lo que me hace pensar que no está disfrutando de la situación.

Mierda. Puede que no sea cierto que está de mi lado.

A lo mejor es una estratagema para sacarme información.

Pasamos unos segundos en silencio. Ella se remueve en la silla sin dejar de mirarme. Me parece de mala educación seguir comiendo, pero no voy a dejar de hacerlo porque haya una reportera o bloguera o una persona cualquiera...

Se muerde los labios rojos y voluminosos como si estuviera enfadada. Tiene los labios gruesos, muy carnosos y de un tono carmesí oscuro. Qué traviesa.

Me sostiene la mirada durante unos segundos desde detrás de esas gafas blancas y grandes. Tiene los ojos de color azul verdoso y los lleva delineados de negro y las pestañas muy densas. Veo que me observa con ferocidad.

—Me parece de muy mala educación que hayas empezado sin mí, sobre todo porque te he mandado un mensaje para avisarte de que llegaría tarde.

—No he visto el mensaje y tenía mucha hambre, disculpa —respondo sin un ápice de arrepentimiento en la voz mientras me encojo de hombros con despreocupación.

El camarero se acerca corriendo a la mesa y se pone bien el traje.

—Señor. —Mira rápidamente a… quien quiera que sea la chica y me vuelve a mirar a mí—. Siento que se haya colado. Como ya sabe, es la noche más concurrida del año. Discúlpeme, por favor. ¿Quiere que llame a seguridad?

Ella pasa de ser un manojo de nervios al enfado. Fulmina al camarero con la mirada y le dice con indignación:

—Le he oído. Además, estoy donde se supone que debo estar. Esto estaba planeado, es una cita.

Abro los ojos de par en par. Espero que quiera decir una cita por trabajo.

Se endereza y mira mi plato de pasta con deseo.

—Quiero que me traigas lo que sea que está comiendo él con extra de pan —pide mientras señala mi plato de boloñesa medio vacío— y una copa de vino tinto. No, mejor un *gin-tonic* bien cargadito con una rodaja de pepino. Es más, me harías un favor si nos fueras trayendo bebidas toda la velada. Gracias.

Tiene un ligero acento sureño, por lo que todo lo que dice suena amable y, a la vez, tan firme que casi hace que se me tensen los labios. Me recuerda al caniche que tenía mi madre, siempre dispuesta a protestar cuando algo le parece injusto.

El camarero la mira perplejo y se gira hacia mí con una expresión de súplica en el rostro.

—De verdad, señor, lo siento muchísimo.

Casi de manera impulsiva, le hago un gesto con la mano para que se vaya e intento no pensar en las veces que una situación así me ha causado problemas.

—No se preocupe. Tráigale a la señorita lo que ha pedido, ¿de acuerdo?

El camarero se inclina hacia mí y se va raudo. Dirijo la mirada a la chica una vez más.

Esta vez, observo sus facciones con detenimiento y les presto más atención que con el vistazo rápido que le he echado hace unos minutos. No es guapa como las mujeres que salen en las portadas de las revistas, pero tiene algo especial. Puede que sea por la ropa aburrida y conservadora que cubre las curvas suaves de su cuerpo. A lo mejor son los labios. Sí, definitivamente son los labios. Y, ya sea de forma intencionada o accidental, los está usando a su favor frunciéndolos y mordiéndoselos todo el rato.

Como soy uno de los mejores *quarterbacks* de la liga, se me da muy bien leer las expresiones y tics de los jugadores en el campo. Por eso, me doy cuenta de que ella me mira como si fuera alguien corriente. Sus ojos no muestran ni la más mínima emoción, no pestañea con nerviosismo ni parece ser consciente del peso que conlleva mi nombre. Me parece fascinante.

—Llevas una camisa con un estampado de… ¿pequeños cerdos voladores? —pregunto mirando con los ojos entrecerrados la camisa blanca abotonada hasta el cuello.

—Sí. Compré la tela hace un mes a una diseñadora de Nueva York. Me pareció tan chula que hasta le hice un cojín a Romeo.

—¿Le hiciste un cojín al nuevo receptor de los Saints? ¿Al tío al que reclutaron el año pasado?

Ladea la cabeza.

—No, a mi cerdo vietnamita. Es un lechón. Lo rescaté y es adorable. Bueno, vale, no es tan majo, pero no pude evitar acogerlo cuando lo encontré abandonado delante de la peluquería enfrente de mi casa. Estaba a punto de morirse. El mes pasado, alguien dejó una caja llena de gatitos en mi porche con una nota para mí. ¿Qué te parece? Como saben que yo me ocuparé de ellos… Les he encontrado casa a todos menos a uno de los machos. ¿Quieres un gatito? Es negro y gris, cuquísimo, y sabe usar el arenero, te lo juro.

Río indignado. Qué tía.

Si Romeo es un cerdo y no un jugador de fútbol americano, ¿de qué va todo esto?

—Paso.

—A los hombres os va muy bien tener gatos. Os vuelven más amables.

—¿Acaso tengo que ser más amable?

—No te iría nada mal. Aunque, en tu caso, puede que necesites más de uno. Pareces… —dice moviendo las manos— un poco tenso.

No lo sabe bien.

—Ya.

—¿Eres más de perros? —me pregunta.

—No tengo tiempo para mascotas.

Hace una mueca.

—Bueno, si cambias de opinión, te recomiendo un gato. No tengo nada en contra de los perros, pero es que quieren a cualquiera. Los gatos son más selectivos, y los hombres que tienen gatos de mascota saben apreciar la mala leche y los caracteres fuertes, punto clave en las relaciones de pareja. Además, los gatos son muy graciosos. ¿Sabes cuántos vídeos de gatos hay en internet? Una infinidad. ¿No te parece flipante?

Ella sí que es para flipar. ¿Quién narices es?

Pero aquí estoy yo, escuchándola con atención, abriéndome a ella poco a poco y sintiéndome cada vez más… interesado.

—Antes has mencionado la tela. ¿Te has hecho tú misma la camisa?

Se sube las gafas por la nariz.

—Las tiendas no tienen nada que me guste ni que me vaya bien. De hecho, la mayoría de la ropa está diseñada por gente que ni siquiera sabe qué queremos las mujeres como yo. Aunque, bueno, si ya sabes lo del blog… —Se ruboriza—… Entonces ya sabes que mi especialidad es la ropa interior.

¿La ropa interior? Esto cada vez se complica más.

Tamborileo con los dedos en la mesa. Esto ya no me parece tan interesante. ¿Es que acaso quiere que financie su proyecto? Una vez, salí con una chica que quería que promocionara su línea de maquillaje. La gente siempre acaba encontrando una manera de usarme.

Ahora lo entiendo.

A la estrella de fútbol americano Jack Hawke le gusta que sus novias lleven lencería de la marca como se llame.

Un camarero le trae la bebida y ella se la bebe de un trago, deja la copa en la mesa y suelta un largo suspiro.

—Madre mía, necesitaba la bebida desde el mismo momento en que he entrado a buscarte.

Sorprendentemente, siento una simpatía hacia ella que eclipsa mis dudas.

—¿Has tenido un mal día?

Ríe a carcajadas.

—Un mal año, diría yo. Desde que regresé de Nueva York y me mudé a Daisy, hace dos años, ha sido un mal día tras otro. Las cosas no me han ido muy bien ni con la familia ni en el trabajo ni en el pueblo.

Dejo el tenedor.

—Yo también he tenido una semana horrible.

Asiente.

—¿Qué te parece si empezamos de cero? Háblame de ti. ¿Te gusta ser el hombre del tiempo?

Estoy dando un trago a la bebida cuando oigo la pregunta, y no puedo evitar escupir y toser antes de taparme la boca con la servilleta.

—¿Estás bien? —Tiene los ojos enormes y brillantes, del color del mar.

—Sí —contesto casi sin poder hablar.

Piensa que soy… el hombre del tiempo.

La madre que me parió.

Niego con la cabeza y entiendo el comentario sobre el mensaje y sobre la camisa azul, además de su enfado con el camarero. Ahora todo encaja.

Ha dicho que era una cita. Esta claro que ha venido a una cita a ciegas.

Aunque algunas mujeres han intentado toda clase de trucos para colarse en mi cama. Un día, cuando iba a la habitación del hotel, me encontré a una chica desnuda en el armario. Tuve que llamar a los de seguridad para que la sacaran mientras gritaba «¡Te quiero, Jack!» una y otra vez.

—¿Me has visto alguna vez en las noticias?

Se avergüenza.

—Pues no. Las noticias me angustian mucho. Además, casi no veo la tele.

Me rasco el cuello.

—Entonces, ¿aceptaste la cita sin siquiera verme la cara? Es bastante… arriesgado.

Por primera vez, la veo sonreír de verdad.

—Me van las emociones fuertes.

—¿Y te gusta el fútbol americano?

—¿Que si me gusta ver cómo hombres en pantalones ajustados se empujan y pelean por una pelota? Es de trogloditas. Yo soy más de leer y escuchar *podcasts,* ¿y tú?

Contemplo su rostro inexpresivo. «Vaya».

Nos pasamos unos diez segundos mirándonos.

Siento un cosquilleo de emoción. Al principio es suave, pero luego se apodera de mí. No tiene ni puñetera idea. ¡No sabe quién soy! Quiero abrazarla e incluso me planteo adoptar al gato. Es broma.

Es la primera vez que me río esta semana. Me siento como si estuviera en un universo paralelo en el que puedo empezar de nuevo. Joder, es como hacer borrón y cuenta nueva.

Aunque...

Jack, no puedes ocultarle quién eres...

Si cree que soy el chico con el que ha quedado, debería ser sincero con ella y contarle la verdad. La acabaría avergonzando si alargo la situación.

Aunque...

Tampoco tengo motivos para volver a casa, ya que nadie me está esperando, solo mi propio rostro en los canales deportivos.

Además, la chica es atractiva de una manera sutil, con esa camiseta abotonada hasta arriba de la que parece estar esperando que alguien la libere.

Recorro la camisa rápidamente con los ojos y me fijo en las curvas reprimidas en su interior.

Los pechos me vuelven loco.

Dile la verdad. Abro la boca, pero ella empieza a hablar:

—¿Qué es lo que más te gusta de hacer la previsión? Las tormentas de nieve deben de estar bien porque sabes que todo el mundo te escucha con atención para saber si tienen que ir a por leche o pan.

Usa el tenedor y la cuchara para enrollar la pasta que le ha traído el camarero y se la lleva a la boca. Eso me da unos segundos para pensarme una respuesta:

—Emm... me gustan las nubes. Y la lluvia. Es muy... húmeda.

Me mira con rapidez y se limpia la boca con la servilleta. Me fijo en sus finísimas muñecas y en sus movimientos elegantes. Una vez, hace mucho tiempo, cuando solo era un niño en Ohio, me habría deleitado dibujando sus manos tan delicadas. Parece que se fuera a romper al cogerla…

—¿O sea que te gustan las nubes?

—Sí, sobre todo los cúmulos esos tan esponjosos. —No tengo ni idea de lo que estoy diciendo—. Son… blancos.

—Ya veo —dice frunciendo el ceño—. Es por mí, ¿no? Hablo demasiado, he llegado tarde y he sido maleducada con el camarero y no lo estás pasando bien.

—¿Elena? ¿Qué haces aquí? —pregunta un hombre bajo y fornido con el pelo marrón y bien vestido que se ha detenido delante de nuestra mesa. Me mira y se queda boquiabierto. Sí, en efecto, me ha reconocido.

Observo a Elena (menos mal que ha dicho su nombre), que se ha quedado pálida y no para de juguetear con el collar de perlas. Frunzo el ceño y los miro primero a él, y luego, a ella para intentar adivinar de qué se conocen.

—Estoy en una cita, Preston, ¿es que no es evidente?

El chico balbucea, pone los ojos como platos y nos mira.

—¿Esta noche? Pensaba que estarías… en casa.

Ella se endereza y responde:

—Tampoco me voy a quedar en casa sufriendo.

Preston se alisa la corbata con la mano y añade tenso:

—No, claro que no. Si hubiera sabido que estarías aquí, no habría venido con Giselle. —Sin dejar de mirar a Elena, señala hacia el centro del restaurante con la cabeza—. Acabamos de llegar y estamos sentados allí. Iba hacia el bar a pedir otra bebida y te he visto de casualidad…

Veo un destello de dolor en los ojos de Elena.

—Pues olvida que me has visto y vuelve con Giselle.

Él se mete las manos en los bolsillos y dice:

—No quería hacerte daño…

—Pero lo hiciste. —Señala el plato—. Oye, estoy intentando cenar y ya sabes lo mucho que disfruto de la comida. ¿O ya no te acuerdas?

Preston abre la boca para responder.

—Lárgate —digo en un tono más brusco de lo que pretendía.

Pero el tío no se va y no aparta la mirada de mi… acompañante. Le da un repaso de arriba abajo y pone cara de desaprobación.

—No puedo creer que te guste este tío —dice en voz baja. Se me tensa el cuerpo y se me contraen los hombros. Da un paso hacia ella y sigue—: Todos queremos que pases página, pero este tío no es…

Me levanto. Parece que se le había olvidado que mido más de metro noventa; además, soy más alto de lo que parezco en la televisión. Cierro los puños. La semana de mierda que he tenido está a punto de hacerme estallar. Suelo controlarme, porque sé que la gente mira con lupa todo lo que hago, pero no pienso dejar que le hable como a una niña.

—Si no vuelves a tu mesa, pediré que te echen —murmuro—. El restaurante es mío.

Levanta las manos como si quisiera protegerse y dice:

—¿Lo ves, Elena? Es un tío problemático.

Ella se encoge de hombros.

—A lo mejor es lo que necesito, Preston. Un poco de riesgo.

El chico me fulmina con la mirada y se apresura hasta su mesa, donde lo espera una mujer rubia.

Cuando me siento en la silla, veo que le brillan los ojos.

No, por favor, no llores. Siempre que veo a una mujer llorando me acuerdo de mi madre, que lloraba mucho y sonreía poco. Eso hace que quiera ayudarlas…

—¿Estás bien?

Elena asiente y se recompone, se aclara la garganta y dice con la mirada fija en la mesa:

—Gracias por echarlo. No sabía que vendría.

—De nada —respondo bruscamente.

—¿El restaurante es tuyo?

Me encojo de hombros.

—Es para diversificar un poco. No es que quiera ser cocinero ni nada por el estilo, pero parecía un buen negocio y lo compré.

—¿Por qué ha dicho que eres problemático? —pregunta sin levantar la vista mientras unta mantequilla en un trozo de pan.

Me quedo callado un momento.

—Cuando eres famoso, la gente o te adora o te odia. —El camarero se lleva mi plato y le trae otro *gin-tonic*—. Era tu exnovio, ¿no? —digo al final—. Y, deja que lo adivine, ¿todavía no lo has superado?

—Es una historia muy larga. —Suspira.

Sigue sin mirarme y me está poniendo de los nervios que quiera que me mire. La gente siempre me mira, ¿por qué ella no?

Me la imagino en el ático, tumbada en la cama y con el pelo cobrizo suelto…

Mierda.

¿A qué ha venido eso?

No la conoces, Jack.

La acabas de conocer.

Tranquilízate.

Capítulo 3

Elena

Bueno.

Bueno.

Bueno.

No puedo dejar de mirar a hurtadillas al chico espectacularmente guapo con el que he quedado. ¿Quién habría pensado que los hombres del tiempo podían estar tan buenos? Y tiene un rostro de una belleza clásica. Parece un dios griego, pero a lo bestia. Ahora entiendo que tenga tanto éxito en la televisión. Es el tío más atractivo que he visto en mi vida y, además, tiene rollo de malote. Me emociono solo de pensar cómo se ha puesto con Preston: imponente, pero refrenado. Se notaba que intentaba mantener la calma. Creo que nunca me había pasado que dos hombres estuvieran en desacuerdo por mi culpa y mucho menos mientras me atiborraba de comida como si fuera mi última cena.

Me aclaro la garganta.

—Topher mencionó que habías roto con tu pareja. ¿Has probado ya las páginas de ligues, rollo Tinder? Yo todavía no me he atrevido.

Frunce el ceño.

—No me fío mucho. No uses Tinder, a no ser que busques solo sexo. Bueno, ni así. Es peligroso.

Llevo ruborizada toda la noche, pero de repente me siento las mejillas incluso más calientes. Me toco una con la mano. Efectivamente, arde.

—Ya, bueno… supongo que no estaría mal. «Sé bueno y estarás solo».

Arquea una ceja.

—¿Mark Twain?

Siento un interés repentino.

—¿Te gusta leer clásicos?

—¿Por qué te sorprende? —Me mira a la cara y sus ojos se detienen un instante en mis labios—. ¿Qué tipo de libros lees tú?

Me quedo en silencio. Creo que es mejor no contarle que leo muchísimas novelas románticas subidas de tono, así que no me complico:

—Soy bibliotecaria, así que leo de todo.

—Venga ya. Una bibliotecaria en carne y hueso. —Niega con la cabeza—. ¿Cómo no lo he adivinado?

¿No se lo dijo Topher?

—¿Por qué sonríes? —le pregunto.

Se inclina hacia mí y me llega su olor: huele a hombre mezclado con cuero y *whisky* caro.

—Porque eres una representación perfecta de la bibliotecaria con la que fantasean los tíos: inteligente, trabajadora, con gafas grandes y falda de tubo. —Sonríe de oreja a oreja.

Oh.

¡Oh!

Me tiembla la pierna por debajo de la mesa. Me subo las gafas por la nariz, ya que no hacen más que bajarse, y sé que es porque ha empezado a hacer calor. La situación está cada vez más tensa.

—Supongo que me falta un lápiz en el pelo y un libro para completar el atuendo.

—Bueno, el próximo día.

Me mira como si fuera un trozo del mejor chocolate belga y no puedo evitar que se me acelere el corazón. ¿En qué clase de mundo un tipo como él tiene fantasías con alguien como yo? Cada vez estoy más nerviosa.

Es mejor que cambies de tema.

—Entonces, ¿qué pasó con tu exnovia?

Aprieta los labios y se pone serio.

—Mi ex me dejó por un jugador de *hockey* profesional y escribió un libro en el que lo contaba todo sobre mí, incluso los detalles sexuales. Y dijo que era alcohólico y abusaba de ella.

Mierda.

—¿Y es cierto?

—¡Claro que no!

—Entonces, ¿por qué lo hizo?

—La gente hace de todo por dinero, incluso aquellos que dicen quererte.

Tiene una mirada distante y fría. Entiendo el caos que causan los cotilleos. Preston y Giselle no han ido contando por ahí lo que nos pasó, pero todo el mundo sabe que yo fui su novia antes que ella. He visto que la gente me mira con cara de pena y no sé qué historias se habrán imaginado. «Pobrecita, Preston la ha dejado por su hermana porque es más guapa y joven». No es del todo cierto, pero intento reprimir los recuerdos.

—¿Quieres que le dé una paliza? Se me dan muy bien los golpes en el cuello.

Se ríe.

—No hace falta.

Lo examino y me fijo en sus brazos, fuertes y cubiertos de bello marrón. Observo sus dedos y cómo acaricia lentamente el filo del vaso con el índice; me doy cuenta de cómo me mira. Es evidente que el alcohol me ha hecho efecto, porque suelto:

—Estoy segura de que solo dijo cosas buenas de cómo eres en la cama. —Doy un trago a la bebida—. Intento verle la parte positiva. ¿Qué dijo exactamente?

Deja de acariciar el vaso y me mira fijamente. Parpadeo. Tiene los ojos de un color entre el marrón y el amarillo, de un dorado vivo e intenso; son del color del amanecer incluso ahora que no hay mucha luz. Empieza a sonreír poco a poco y veo que va relajando el rostro hasta que sonríe del todo.

—Pobrecita, Elena, nunca conseguirá olvidarme.

Siento un cosquilleo en la espalda.

Es un comentario muy arrogante, pero no puedo evitar sentir curiosidad.

—¿Por qué? —El corazón me late a mil por hora. Hemos pasado de hablar de Mark Twain a hablar de sexo y estoy sentada al filo de la silla.

—¿En serio me estás preguntando cómo soy en la cama?

—Bueno, supongo que, si no me lo quieres contar, puedo leerme el libro. ¿Cómo se llama? —Saco el móvil del bolso—. Seguro que lo encuentro en internet.

Le he propuesto un reto y él lo ha aceptado.

—No, por favor.

—Pues cuéntamelo. Así me ahorras tiempo y dinero.

Me mira fijamente durante diez segundos, aparta la mirada y veo que se le hincha el pecho.

Trago saliva. Me he pasado. No tendría que haberlo presionado y menos sobre ese tema. ¿Qué me pasa? Seguro que ha sido porque he visto a Preston y Giselle.

—Elena —dice lentamente, pronunciando cada sílaba, como si quisiera saborear mi nombre. Tiene la voz grave, pero suave, igual que un trozo de seda exótica de colores dorados y azul oscuro—. Solo diré que sé satisfacer a una mujer y hacer que me anhele cada segundo que no está conmigo.

Me presento voluntaria como tributo.

¿Qué?

No.

Respiro hondo.

En serio, ¿quién ha apagado el aire acondicionado?

¿Por qué estoy sudando si es febrero? Miro mi vaso. Debería dejar de beber ya.

—¿Te ha comido la lengua el gato? —me pregunta.

Ahora lo entiendo. Greg me lleva mucha ventaja en cuanto a relaciones sexuales se refiere. Seguro que se acuesta con todas. Hay muchas chicas que miran la previsión del tiempo, él es un personaje famoso en Nashville e incluso han escrito un libro sobre él. En cambio, yo estoy perdiendo los mejores años de mi vida con un vibrador.

—Qué guay. —Intento parecer calmada. Espero no tener la cara roja por completo. Dios mío. Preston se ponía el pijama completo para irse a la cama. ¡El pijama completo con calcetines y todo! Esos calcetines negros y apestosos.

—¿Guay? —Sonríe—. Supongo que es una forma de definirlo.

Cambio de tema:

—Preston sale con mi hermana. ¿La ves desde aquí? —Estoy de espaldas, pero señalo con la cabeza hacia el centro del restaurante—. Es la chica alta y guapa. Se conocieron en una barbacoa que hicimos con la familia el 4 de Julio del año pasado cuando ella se mudó a Nashville.

—Joder.

—Pues sí. —Vacío el vaso de un trago. El camarero se acerca rápidamente con otra bebida.

—Mi ex quería que nos casáramos y, como no acepté, se vengó de mí escribiendo el libro. —Hace una pausa—. No era el amor de mi vida.

Río.

—La mítica figura del amor de tu vida. Yo ya no creo que eso exista.

Asiente con rapidez.

—Estoy totalmente de acuerdo. No soy mucho de relaciones, solo causan dolor.

Me apoyo en la mesa y me acerco a él.

—Preston ni siquiera sabía dónde tenía el c-l-í-t-o-r-i-s. Es que… ni siquiera lo intentó de verdad conmigo, aunque supongo que en mi interior, mi intuición femenina me decía que algo no funcionaba. Aunque yo ignoré esa voz en mi cabeza. —Me avergüenzo en cuanto me doy cuenta de todo lo que acabo de soltar.

¿Qué hago? Estoy coqueteando demasiado. ¡He deletreado clítoris! Suspiro e intento retractarme:

—Disculpa, no hago más que decir tonterías. Esto de la cita ha sido un error…

—No estoy de acuerdo, Elena —me interrumpe.

Capítulo 4

Jack

No puedo creer que le haya hablado de Sophia y le haya contado lo del libro. Era preciosa y dijo que me quería, pero al final acabó revelando quién era en realidad. Trago y bajo la mirada hacia el vaso de *whisky.* Madre mía, suerte que solo me he tomado uno, porque estoy hablando demasiado. Me pongo nervioso al imaginar a Elena leyendo que soy un deportista con mal carácter al que le gusta beber y ligar con mujeres. No quiero que se vaya de aquí con esa imagen de mí.

Es tan…

Reprimo una sonrisa. Es un poco tímida, pero no demasiado. Dice lo que piensa y eso me gusta.

Siento que alguien me mira con hostilidad. Giro el cuello y veo a Preston con el ceño fruncido. Me mira de reojo y a hurtadillas mientras habla con su chica.

Intento imaginar qué siente Elena al vivir en este pueblo pequeño y tener que verlos constantemente.

Menuda pesadilla.

Sé lo que piensan los hinchas y periodistas de mí: que soy un fiestero, maleducado y que perdí la Super Bowl.

Se apoya en la mesa y me llega su olor dulce y fresco como una mezcla de miel y flores.

«¿Cuándo fue la última vez que conociste a alguien que no te juzgaba por tu pasado?».

Qué más da.

«¿Cuánto tiempo hace que no echas un polvo?».

—¿Cómo es salir en la tele? —pregunta concentrada en el plato de pasta. Se mueve con delicadeza, aunque está dejando el plato bien limpio. Coge otro trozo de pan.

Me siento nervioso. No me gusta mentirle.

—Todo el mundo me mira y espera a que me equivoque, y la verdad es que, después de la semana que he tenido, es posible que no vuelva a trabajar nunca más. —Es la verdad.

Alarga la mano que tenía sobre la mesa y la pone sobre la mía un instante.

—Lo siento, eso suena horrible.

Cuando se ha movido, he notado, bajo la luz de las velas, que se le ha transparentado un poco la camisa y he visto el color de su ropa interior. Es rosa y sensual. De repente, un calor abrasador me recorre el cuerpo hasta la entrepierna.

La imagino debajo de mí con las piernas en mi cintura, sus grandes pechos contra mi torso desnudo y los zapatos de tacón clavándose en mi espalda.

«Para ya, Jack».

Me quedo en silencio y frunzo el ceño mientras recuerdo a todas las chicas sin rostro que han pasado por mi vida. Elena no es mi tipo. Todavía está superando una ruptura y es… maja. Pero, joder, no consigo relajarme y la presión en el pecho me está matando.

Doy golpecitos con los dedos en la mesa y la observo mientras se come el último trozo de pan. Estoy inquieto y, mientras me acabo la bebida, mis ojos van de Elena a la gente del restaurante una y otra vez. Me pregunto cuándo va a acercarse alguien para pedirme un autógrafo o para decirme que soy gilipollas y todo eso. No quiero que sepa lo que la gente piensa de mí.

Me mira con detenimiento.

—Estás muy callado.

—Sí.

—¿Por qué?

Hago una mueca. No sé cómo contarle la mala semana que he tenido sin decirle quién soy. Aunque debería decírselo inmediatamente.

—Soy una persona reservada.

—Yo no. Hablo por los codos.

—Ya lo veo.

Dile la verdad, Jack. Dile que no eres el chico con el que había quedado.

Coge el vaso y se acaba la bebida de un trago. Suspira, dobla la servilleta con elegancia y se levanta con cara de satisfacción como si acabara de terminar una tarea muy complicada.

Me enderezo en la silla.

«¿Se marcha?».

Busca en el bolso, se saca unos cuantos billetes de veinte dólares y los pone en la mesa.

—¿Qué haces? —le pregunto.

Le cambia la cara.

—Me voy a casa. Gracias por una velada agradable. Creo que con esto llega para pagar mi parte. Ha sido un… placer conocerte, puede que hasta mire las noticias a partir de ahora. —Se mueve con nerviosismo, sus pies apuntan hacia la puerta del restaurante.

—Oye, espera. —No tengo ni idea de qué le voy a decir, pero me levanto. A mi lado, parece más pequeña. Debe de medir un metro sesenta y cinco con tacones. La miro de arriba abajo y observo que la falda se le ciñe a las curvas. No me había dado cuenta de que tiene un cuerpo exuberante y curvilíneo como una guitarra. Joder.

—No te vayas —murmuro.

Aunque el sentido común me pide que aborte la maniobra, lo ignoro. No sé qué me depara el futuro, pero una parte de mí me pide que vaya con ella, lo deje todo atrás y me olvide de lo demás.

—Mira, hemos tenido una cita desastrosa —dice, suspirando—. He llegado tarde, has ignorado mis mensajes y encima nos hemos encontrado con mi exnovio… Creo que es una señal.

—Admito que ser sociable no es lo mío. —Cojo el dinero de la mesa y se lo pongo en las manos. Nuestros dedos se tocan—. ¿Qué te parece si vamos a otra parte?

Ya estamos otra vez con la impulsividad.

—¿A dónde quieres ir? —No sé interpretar la cara que pone.

Podría invitarla a otro bar, a tomar otra copa o incluso un postre, pero seguro que nos encontramos a gente que me conoce. Puedo contar con los dedos de una mano los sitios en los que me siento cómodo y el restaurante es uno de ellos. Desde que hace un año salió a la venta el libro de Sophia, me he atrincherado y recluido para intentar proteger mi reputación.

—A mi casa. No está muy lejos de aquí. —Me acerco a ella y hago que me coja el brazo con la mano—. Además, ¿estás segura de que no quieres que tu exnovio nos vea salir juntos?

—No le has gustado nada. —Baja la mirada al suelo, luego me mira—. Es que no voy a casa de hombres que no conozco.

—Elena... —digo con voz baja.

—Dime.

—¿Y si te digo que los c-l-í-t-o-r-i-s son mi especialidad?

Se ríe y se le ruborizan las mejillas. Agacha la cabeza y responde:

—No tendría que haber sacado el tema.

—Todo lo que decimos tiene un significado y un propósito, y has sido tú la que lo ha dicho. ¿Por qué crees que has sacado el tema?

Se muerde el labio y nos quedamos ahí, uno delante del otro, mirándonos durante tanto tiempo que la gente nos mira y seguro que están haciéndonos fotos con los móviles.

—Es San Valentín, ¿qué piensas hacer, comer helado mientras lloras y piensas en tu ex?

—Puede que sí.

—Yo estoy más bueno que el helado.

—Es evidente que no has probado el helado Rocky Road de Ben & Jerry's.

—Y es evidente que tú no me conoces. —Alargo la mano y le paso rápidamente el pulgar por el labio inferior carnoso y su suave piel. Se me pone dura.

Elena cierra los ojos y veo que se le mueve el cuello cuando traga con la boca entreabierta.

—Es que no sé.

—¿Voy a tener que suplicarte? —Me arden los ojos del deseo que siento por ella, que no hace más que crecer mientras nos miramos el uno al otro.

«Di que sí, por favor».

Capítulo 5

Elena

Miro alrededor de la habitación. Es un ático en la azotea del Hotel Brenton, un edificio pijo cerca del restaurante. Miro a Greg, que está preparando unas bebidas en el minibar. Es más que evidente que no debería seguir bebiendo, porque ya me he pasado y estoy pedo. «¿Se puede saber qué hago?».

Me iba a ir de la cita porque se había quedado muy callado y yo no paraba de hablar de cerdos exóticos, de gatos abandonados y de Preston. Por Dios, que alguien me enseñe a ligar.

Tengo que admitir que ha valido muchísimo la pena salir del restaurante cogidos del brazo y ver que Preston y Giselle me miraban boquiabiertos. Greg me ha rodeado los hombros con el brazo y me ha estrechado al pasar por delante de ellos. Luego ha llamado a un coche que me ha dicho que tenía contratado y nos han llevado al hotel.

Hemos hecho el camino en silencio. Él me miraba a la cara de vez en cuando, pero, cuando yo lo hacía, se giraba hacia delante. Parecía que me quisiera decir algo, aunque supuse que estaba tan nervioso como yo.

Cuando entramos al recibidor, me susurró que ignorara a todo el mundo. No había nadie, solo el guardia de seguridad que custodiaba la puerta doble del ático de la vigésima planta, a la que subimos en el ascensor.

Estoy detrás de él y devoro con la mirada esos hombros anchísimos y perfectos, así como el pelo con reflejos caoba, que parece indicar que pasa mucho tiempo al aire libre. Lleva unos pantalones de vestir grises y caros que se le pegan a las piernas musculadas y se le ajustan al tobillo. Seguro que se los ha hecho un sastre.

Pasa al otro lado de la barra y añade tónica a la ginebra. Sus movimientos son ágiles y precisos como los de un tigre en la jungla. Puede que Greg camine y hable como un hombre, pero lleva un animal escondido en su interior.

Me lamo los labios. Una parte de mí está preparada para echar a correr, sin embargo, la otra siente una llama de calor en el cuerpo desde que Greg se ha enfrentado a Preston con ese tono de voz calmado y grave.

Se gira en mi dirección y me sobresalto.

Camina hacia mí, me acecha.

Ni siquiera lo conoces y…

«Necesito esto», argumento. Además, Topher lo ha aprobado. Llevo meses en casa sentada, necesito algo que me saque de esta mala racha y me haga seguir con mi vida, lo que sea.

«Lo único que te limita son los límites que tú misma te pones. Vive la vida», oigo la voz de mi abuela en mi cabeza. Me lo dijo el día que solté a mi familia la bomba de que no quería estudiar Medicina. Ella quería que fuera honesta conmigo misma y creo que habría aprobado al meteorólogo.

El chico me ofrece la bebida y da un trago a la suya. Tiene los ojos entrecerrados y eso le hace parecer más salvaje. Bebo de la copa y le aguanto la mirada. Quiero ser atrevida. Quiero ser atrevida con él.

«No es cierto», responde mi lado racional.

—¿O sea que aquí es donde vives? —Dejo la copa en la mesa. Qué pregunta más tonta.

Se queda en silencio un momento.

—Tengo un piso por aquí al lado, pero este me queda más cerca del trabajo.

¿Tiene un restaurante y dos pisos? Sí que es rico.

—Qué bien.

Echo un vistazo a la cama enorme que hay en la habitación al otro lado del pasillo, a la colcha blanca y lujosa y el centenar de cojines esponjosos. He estado con dos hombres en mi vida. Uno fue Tad, mi novio de la universidad que se mudó a Silicon Valley cuando se graduó. No me pidió que fuera a vivir con él porque primero quería afianzarse en el trabajo nuevo y encontrar un sitio donde vivir, y yo no lo presioné. Nos despedimos con promesas de mantener el contacto y hacernos visitas de vez en cuando, pero, por alguna razón, no lo hicimos. Teníamos una relación buena y sencilla, aunque, después de pasar sola unos meses, me di cuenta de que casi ni pensaba en él. El año pasado lo busqué en internet y vi que se había casado recientemente. Después de él vino Preston, y ya sabemos cómo acabó eso. Los hombres siempre me dejan y me pregunto si es porque me falta algo.

—Elena, pareces muy nerviosa y no tienes por qué estarlo.

Ya. Eso es como cuando le digo a mi cerdo que no se coma los pepinos.

—Si quieres, puedo llamar para que te lleven a casa. No hay problema, es solo que pensaba que… parece que tenemos… —Su voz se va apagando hasta que se queda en silencio. Da la sensación de que no sabe qué decir.

—No, quiero estar aquí.

—Vale.

Nos miramos unos segundos. Estoy nerviosa y no puedo dejar de cambiar el peso del cuerpo de un pie al otro. Se me acerca y deja la copa al filo de la mesa, al lado de la mía.

—¿Puedo soltarte el pelo? —pregunta con indecisión.

Me tranquiliza ver que está nervioso. Respondo:

—Vale.

Me suelta el peinado que me he hecho con tanto cuidado esta mañana y suspira. Me peina con las manos y el pelo me cae hasta la mitad de la espalda. Mi pelo es mi tesoro. Lo tengo largo, grueso y brillante, de color cobre con reflejos dorados. Topher siempre me dice que me lo deje suelto, que es mi mejor atributo, pero me siento más cómoda cuando me lo recojo o me pongo una diadema.

—Qué bonito. No me había dado cuenta de que lo tenías tan largo —murmura.

Me da un masaje en el cuero cabelludo y no puedo evitar acercarme a él. Me siento desatada y rendida a la intensidad de sus ojos dorados.

—Necesito que me firmes unos documentos, ¿te importa?

¿Documentos?

Parpadeo.

Me tira ligeramente del labio inferior y me lo acaricia con el pulgar igual que ha hecho en el restaurante.

—Es solo por un tema de privacidad, un acuerdo de confidencialidad. Ya sabes, por quién soy y por lo que hizo mi ex. Ya no me la juego. ¿Te parece bien?

—Tampoco es que seas tan famoso.

Se queda quieto un momento. Da un paso hacia atrás y enseguida siento que necesito que se vuelva a acercar.

—Verás, tengo que contarte una cosa… —Se pasa la mano por la cara—. Joder.

Está temblando.

Exhalo. Preston se llevará a Giselle a casa y puede que lleve el pijama completo con los calcetines apestosos, pero, por lo menos, él no estará solo.

—¿Estás casado? —le pregunto.

—¡No!

—¿Tienes novia?

—No.

—¿Eres un asesino en serie?

—No, aunque tampoco te lo diría si lo fuera, ¿no crees? —Sonríe con suficiencia.

—¿Tienes alguna enfermedad de transmisión sexual?

Se ríe.

—Por Dios, no. Acabo de hacerme las pruebas. Además, nunca lo he hecho sin condón.

¿Por qué parece indeciso? Puede que sea yo. A lo mejor no soy su tipo.

—Entonces, ¿qué más da? Esto no es más que sexo entre dos personas solitarias, ¿no?

Suspira y me mira con detenimiento.

—Tú nunca tendrías que sentirte sola, Elena.

Percibo la sinceridad y el deseo en sus palabras, y el cuerpo se me relaja. Me gusta su voz, es masculina y grave, y no se parece en nada a la de Preston. Me quita las gafas y yo le miro los labios, exuberantes, carnosos y con una hendidura en el labio inferior que invita a morderlos. Debería estar prohibido tener una boca tan irresistible.

—Y por eso vamos a hacerlo —murmuro.

Al final, parece tomar una decisión y me lleva hasta la cocina, grande y moderna. Saca unos documentos del cajón y los pone sobre la encimera de mármol blanco.

Intento concentrarme en los documentos, pero se me hace casi imposible porque se pone detrás de mí y siento su cuerpo contra el mío. Me aparta el pelo hacia un lado y me acaricia la piel excesivamente sensible de la nuca con los labios.

Aunque el contacto es breve, siento una ola de calor cada vez más fuerte. Todavía no nos hemos ni besado y ya me estoy abrasando por dentro.

Inhalo, nerviosa, y le echo un vistazo rápido a los papeles. Es un acuerdo de confidencialidad. Qué desagradable. Soy una persona de confianza y nunca voy contando por ahí mis líos. Ya tengo suficiente con mis secretos. Hola, lencería *sexy.*

Me empieza a desabrochar el collar de perlas y me tiemblan las piernas al sentir su mano sobre mi piel.

—Date prisa, Elena.

Sus palabras me van directas al estómago y siento un fuego abrasador que hace que me estremezca. Cojo el bolígrafo y escribo rápidamente mi nombre y dirección. Me doy media vuelta, me muerdo el labio y le digo:

—Ya está.

Cuando vuelvo a mirarlo a los ojos, veo que están cargados de lujuria otra vez. El pecho se le hincha con ímpetu mientras me mira de arriba abajo. No sé qué ve más allá de que tengo el pelo por encima de los hombros y, probablemente, los pezones erectos.

Le pongo una mano en el torso.

—Antes, quiero que me digas tres cosas sobre ti.

Me empieza a desabrochar la camisa.

—Déjame pensar. Mi segundo nombre es Eugene y eso, junto con el hecho de que pegué el estirón a los dieciséis, hizo que recibiera unas cuantas palizas en el instituto. —Desabrocha el segundo botón—. La segunda es que me da muchísimo miedo el agua. Nunca me verás nadando ni siquiera en la playa de vacaciones.

Parece muy atlético.

—¿Por qué? —pregunto mientras va a por el siguiente botón.

Acerca el rostro a mi cuello e inhala mi olor. Me acaricia la oreja con los labios y susurra:

—No te lo voy a decir. Joder, qué bien hueles. ¿Qué perfume llevas?

Mi respiración es irregular. Uno que me dio Topher.

—No me acuerdo. ¿Y la tercera?

Pasa el dedo por el último botón, pero no lo desabrocha.

—¿Estás segura de que quieres saberla?

Asiento y noto un cosquilleo por todo el cuerpo cuando me coge del pelo y tira de él hasta que echo el cuello hacia atrás. Es un movimiento un poco dominante y brusco que hace que un escalofrío me recorra la espalda.

—Me gusta el sexo duro y guarro. ¿Te da miedo?

—Mientras no saques unas esposas… —Debo de estar muy bebida porque no me importaría lo más mínimo que las usáramos.

Me besa la clavícula, pero sus labios apenas me rozan.

—Y no me has pedido una cuarta, pero creo que tendré que hacerme una paja en el lavabo antes de follarte, Elena.

Exhalo lentamente.

—Greg…

Se detiene, avergonzado, y aparta las manos de mi cuerpo.

—No me llames «Greg».

—De acuerdo, Eugene.

No puede evitar reír.

—Ahora tú.

—Mi segundo nombre es Michelle.

Me mira durante unos segundos y se le oscurecen los ojos cuando me desabrocho el último botón para acabar lo que él ha empezado. Lo estoy haciendo. La libertad que siento, junto con el saber que este hombre me desea, me vuelven atrevida.

—¿Qué más? —murmura con los ojos entrecerrados, como un lobo que vigila a su presa.

—Me encantan los libros: su olor, el peso de un libro en la mano, todo. Antes de ser bibliotecaria, trabajaba como editora de novela romántica en Nueva York.

Me sostiene la mirada, nuestras bocas están muy cerca.

—Muy bien. ¿Qué más?

—Cuando estoy nerviosa, deletreo palabras. —Me sonrojo.

—Te pongo nerviosa, tomo nota. ¿Qué más? —pregunta.

—Nunca he tenido un orgasmo con un hombre.

Entorna los ojos.

—Mi dulce Elena, de eso último me encargaré yo.

Se me escapa un largo suspiro y no puedo evitar sentirme excitada y emocionada por la manera que tiene de mirarme como si fuera a comerme a bocados. Su confianza en sí mismo es más que evidente. Con un movimiento hábil me quita la camisa y deja que caiga al suelo.

Traga saliva y veo que se le mueve el cuello mientras examina cada centímetro de mi piel. Da un paso hacia atrás, veo la pasión en sus ojos.

Puede que sea una bibliotecaria, pero mi ropa interior es de tigresa.

Me bajo la cremallera de la falda y me la quito. La aparto con el pie y aterriza al lado de la mesa de la cocina.

Sé perfectamente lo que ve: un conjunto rosa con lentejuelas formado por un sujetador, unas bragas y un liguero con encaje italiano hecho a mano en las tiras.

Inhala con fuerza.

—No me jodas.

A eso voy.

Me cojo los pechos y paso la mano por el sujetador para que vea cómo las lentejuelas cambian del color rosa al plateado.

—Cuando mueves la tela, aparecen unicornios en los pechos. —Bajo los dedos hasta la goma de las bragas. Lo que veo en su rostro me hace sentir valiente. Me toco el monte de Venus—. Y aquí, cuando tocas las lentejuelas… —Muevo la tela encima de mi zona sensible— aparece un corazoncito.

Es sorprendente lo fácil que ha sido con él, ya que nunca pude enseñarle a Preston ninguno de mis diseños. Tuvo suficiente con ver los maniquíes y los vestidos del cuarto de costura para salir de la habitación mortificado y hecho una furia. Me había gritado y me había dicho que iba a arruinar a toda la familia con mis tendencias raritas. Tendría que haber sabido que éramos muy diferentes, que no era el amor de mi vida.

Porque, si fuera el amor de mi vida, me aceptaría y celebraría tal como soy.

El hombre que tengo delante no me mira con cara de aversión. Se rasca la barba de la mandíbula, tiene los pómulos sonrojados.

—Elena, no eres como esperaba. O puede que sí. Ya no lo sé. —Niega con la cabeza—. Ahora mismo, no puedo pensar.

Me bajo los dedos hasta el encaje de los muslos, desabrocho las ligas y dejo que caigan.

—Sigue. —Retrocede y se pone las manos sobre los pantalones.

Me desabrocho el diminuto sujetador triangular, lo hago girar con la mano y lo suelto. Cae sobre los azulejos de la cocina.

Se muerde el labio y me repasa con los ojos antes de volver a mirarme a la cara.

Me contoneo hasta que las bragas caen al suelo.

¿Quién soy? ¿Quién es esta chica tan atrevida? No lo sé, pero me gusta.

—Elena.

Mi nombre suena como un gemido en sus labios y veo que se deja caer de rodillas en la cocina. Me rodea la cintura con las manos y me besa la cadera con la boca abierta, me chupa y me mordisquea la piel mientras baja de camino a la cúspide. Me acaricia el pezón con el dedo y luego lo lleva hacia el otro mientras me lame con la lengua, que, posesiva y ardiente, me promete que voy a pasar un buen rato. El deseo que siento se apodera de mí, me estremezco y tiemblo de los nervios a la vez que arqueo el cuerpo hacia el suyo.

No puedo pensar con claridad.

Una deliciosa sensación de frenesí, húmeda y hábil, se arremolina en mi interior, y me dejo llevar por la pasión al sentir sus labios y su lengua. Cada vez que gime, que me toca con las manos o me lame, esa sensación crece y se expande hasta volverse un dolor desatado que hace que me pierda en este universo temerario en el que solo estamos nosotros dos. Hace movimientos rápidos con la lengua y mueve los dedos en mi interior de tal manera que siento que una estrella brillante estalla por encima de mí y me empapa con sus restos. Siento las chispas y los estallidos que explotan a mi alrededor. Echo la cabeza hacia atrás, gimo y me quedo sin aliento. Mi cuerpo se contrae, se acelera, se dilata, y mi piel se deleita con la feliz liberación.

Por unos momentos, peleo contra las secuelas de nuestros actos. La habitación gira a mi alrededor y él me recoge del suelo de la cocina, me carga por el pasillo y me lleva a la habitación. No hablamos. Bueno, puede que él sí, pero yo no escucho nada. Me siento libre y relajada en su abrazo caliente. El lobo me ha cazado y yo no podría estar más contenta.

Puede que mañana no sepa quién es esta chica atrevida, pero es quien soy en este instante. Disfruto del momento, de la sensación de felicidad, de esta noche.

Ya me preocuparé por el futuro más tarde.

Capítulo 6

Jack

Horas más tarde, me despierto de repente y me levanto de la cama con los puños en alto y el corazón latiéndome a mil por hora. Joder. Otra vez la misma pesadilla. Me masajeo despacio el hombro izquierdo, donde tengo la cicatriz, para que me duela menos. Suspiro y me siento en la cama con la cabeza entre las manos. Cojo aire poco a poco y lo suelto. Cierro los ojos para intentar quitarme la pesadilla de la cabeza, pero no funciona…

Harvey me empuja contra la pared y me coge por el cuello. Se cierne sobre mí y me echa el aliento de tabaco en la cara. No le supongo un desafío porque tengo trece años. Sacudo los brazos larguiruchos para intentar quitarme sus manos rechonchas de encima. Me fulmina con la mirada, con esos ojos venosos que parecen mapas de carretera, y en su interior veo oscuridad y un vacío que ni el alcohol ni mi madre pueden llenar. Apesta a fracaso e infelicidad. Es una granada de mano que espera a que alguien le quite la anilla de seguridad.

Abro la boca e intento respirar. Empiezo a ver puntos negros que bailan delante de mí.

—¡Suéltalo! —grita mi madre por detrás, pero él ni siquiera se mueve. Sonríe con maldad y aprieta las manos con más fuerza. Araño el revestimiento de madera intentando aferrarme a él.

—Se ha pasado de listo conmigo, Eugenia. Le tengo que dar una lección. Puede que le sirva de algo al niñato de mierda este. Siempre me pone de los nervios.

Miro por encima de su hombro a mi madre y se me cierran los ojos. Ha llegado el momento. Puede que siempre hubiera sabido que acabaríamos así: Harvey harto de tenerme por ahí merodeando y molestándole, una boca más a la que alimentar. Mamá no lo puede dejar ni siquiera después de que le haya partido los labios y le haya roto varias costillas. A mí me dio en la espalda con un cinturón.

Veo vagamente que mi madre corre hasta la habitación y vuelve.

—Como no lo sueltes, te disparo, Harvey.

Él relaja los brazos y caigo sobre la moqueta, intentando respirar, pero no puedo dejar de pensar en mamá, que sujeta la pistola con manos temblorosas.

«Dispárale, dispárale», grita la voz en mi mente.

Él se dirige hacia ella poco a poco y el silencio que reina en la habitación me da más miedo que cualquiera de los golpes que me pueda dar.

—Mamá —digo.

Ella me mira y, en ese mismo instante, Harvey la tira al suelo, le quita la pistola de las manos y le pega dos tiros. Luego, me apunta a mí.

Para.

Me paso las manos por la cara, cojo el móvil y miro la hora. Son las cinco de la mañana y tendré que ir a entrenar dentro de poco, así que no me sale a cuenta volverme a dormir. Aunque tampoco lo conseguiría después de la pesadilla estremecedora que me ha devuelto al infierno en el que crecí. Tengo veintiocho años, pero no consigo deshacerme de los recuerdos, es como un chicle sucio que se te pega al zapato y que nunca consigues desenganchar.

Unos ronquidos suaves me sorprenden, me levanto de un salto de la cama y casi me caigo. Miro a la chica que duerme hecha una bola en mi cama y observo el bulto que hace debajo del edredón blanco. Su pelo, rojo y dorado, está sobre la almohada, y respira con la boca entreabierta. Me fijo en la suave curva de su mejilla, en el arco elegante que forman sus cejas caoba. Una parte de mí se siente tentada de volver a la cama y despertarla como se merece, pero no tengo la cabeza para esas cosas. Cuando tengo esta pesadilla, necesito pasar tiempo solo.

Además, el día de hoy ya se plantea bastante difícil, es mejor que me haga a la idea.

Intentando hacer el mínimo ruido posible, voy al lavabo y me miro en el espejo. Tengo los ojos somnolientos y ojerosos, y he perdido unos cuantos kilos desde la Super Bowl, aunque, en teoría, debería estar poniéndome en forma y preparándome para la concentración de verano.

Aunque voy a ir al gimnasio, me doy una ducha y dejo que el agua me caiga por el cuerpo mientras intento olvidarme de los últimos vestigios de la pesadilla. Me escuece la espalda y, cuando me miro en el espejo a través de la mampara transparente de la ducha, veo unos arañazos sobre el tatuaje amarillo y negro que me ocupa la mayoría de espalda. No puedo evitar reírme. Anoche consiguió que me olvidara de todo; fue el mejor remedio para tanta agitación. Recuerdo cuando se puso delante de mí, tan voluptuosa y sensual, y el ruido gutural que hizo al correrse bajo mi lengua la primera vez mientras me agarraba del pelo y me enseñaba qué le gustaba.

Se me ha vuelto a poner dura.

Lo ignoro.

Seguro que, en cuanto se entere de quién soy en realidad, actuará como los demás…

¿Qué más da?

Tampoco hace falta convertir esto en más de lo que es…

Cuando acabo de ducharme, vuelvo a la habitación oscura y me pongo la ropa de deporte y los zapatos haciendo el mínimo ruido posible. De camino a la puerta, me detengo en la cocina, cojo el acuerdo de confidencialidad y me lo meto en la bolsa de gimnasio sin mirarlo.

Me detengo al ver algo brillante y rosa. Al lado de la isla de la cocina están las braguitas que llevaba anoche. De repente, una ola de recuerdos me viene a la cabeza. De forma espontánea, me agacho, las cojo y me las meto en el bolsillo de los pantalones. Voy al escritorio a por una libreta y pósits y le escribo una nota que dejo sobre el cojín. Merece saber la verdad.

Salgo del piso y veo a Quinn delante del ascensor. Es un chico alto y musculado de solo veintiún años. Era uno de los hijos de acogida de Lucy y lo contraté hace unos meses para que estuviera disponible cuando lo necesitara. Me pone un poco nervioso pensar que alguien más pueda enterarse de dónde vivo en realidad. En mi piso, tengo un equipo de seguridad de primera, pero, en el hotel no, así que lo llamé anoche, le dije que estaría aquí y él vino. No tiene ni la más mínima experiencia en estos temas, pero parece un tipo duro. Además, cuando Lucy me pide algo, remuevo cielo y tierra para hacerlo posible.

—Buenos días, señor. ¿Se dirige al estadio?

Asiento.

—Sí, y no hace falta que me llames «señor», Quinn. —Tengo que repetírselo todos los días.

—Le pediré un coche. O, si quiere, puedo llevarlo yo.

Le hago un gesto con la mano.

—Conduciré yo.

Parece decepcionado y supongo que está aburrido después de pasarse toda la noche esperando, aunque parece bastante despejado. Lo más probable es que haya dormido en el sillón de cuero que hay junto al ascensor. Señalo hacia la puerta del ático con la cabeza.

—¿Puedes encargarte de avisar al portero de que hoy no hace falta que vengan los de la limpieza?

Me sonríe.

—¿Se lo pasó bien anoche?

Frunzo el ceño.

—No hablo de mi vida privada. La gente que entra y sale del ático es solo asunto mío. —Hago una pausa. Aunque...—Dile que me disculpe, por favor.

Me mira extrañado, se pone firme y asiente.

—Claro, señor.

—Quinn, llámame «Jack», por favor. Tenemos la misma madre de acogida. Somos prácticamente familia.

Aunque no es del todo cierto. Él llegó cuando yo ya me había ido a la universidad, pero muchas veces pienso que me hubiese encantado tener un hermano de verdad.

Asiente y se disculpa:

—Lo siento, es que estoy muy agradecido por el trabajo, señor... digo, Jack. La mayoría de gente no contrata a expresidiarios.

Lucy me contó que iba borracho y se peleó con otro estudiante de la universidad, que resultó ser hijo de un senador y acabó en el hospital con el brazo y unas costillas rotas. Quinn tuvo que cumplir seis meses de condena, una pena dura para alguien que justo estaba empezando a vivir y que no tiene nada que ver con el chico al que conozco. Es educado y bueno en lo que hace, y parece estar a la altura del trabajo. Además, yo me dejo guiar siempre por mi intuición y esta me dice que Quinn es un buen chico.

—No pienses en eso. Lo que importa es qué estás haciendo con tu vida ahora.

Exhala.

—Fue en defensa propia, señor… Jack. Me empezó a provocar y yo aguanté y aguanté hasta que no pude más. Los medios de comunicación exageraron la historia muchísimo.

—A mí no tienes que darme explicaciones. Yo también he perdido el control un par de veces. —Recuerdo una de las peleas en el campo en las que me metí la temporada pasada después de que me cogieran por el casco, me tiraran al suelo y me fastidiaran el hombro. Yo no la empecé, pero la gente piensa que sí.

Le doy una palmada en la espalda.

—No le des más vueltas, Quinn. Deja que la gente diga lo que quiera. —Esa es mi filosofía de vida.

Me mira esperanzado.

—¿Quieres que venga esta noche también? No tengo planes, así que puedo venir o ir a donde te haga falta.

No lo voy a necesitar esta noche, pero veo que quiere mantenerse ocupado.

—Devon va a dar una fiesta de cumpleaños en el Razor. Si quieres hacer unas horas, puedes acompañarme.

Sonríe.

—Sí, señor.

Una hora más tarde, cuando llevo casi veinticinco kilómetros en la cinta de correr, Aiden entra en el gimnasio con la cara demasiado alegre para la hora que es. Al parecer, no soy el único que ha pasado una buena noche. La mayoría de los jugadores están de vacaciones en algún lugar remoto, pasando tiempo con sus familias o sus parejas aprovechando que se ha acabado la temporada. Pero yo no. Aquí estoy, dejándome el pellejo para no perder mi puesto como el número uno.

Y Aiden… es igual de ambicioso.

Tiene veintitrés años y era una superestrella en su equipo en Alabama hasta que lo ficharon. Desde entonces, me vigila muy de cerca y está esperando a que cometa un error para ocupar mi lugar.

Pasa por mi lado y no me dice nada, pero me mira de arriba abajo. Sonríe levemente y se apoya en la cinta de correr al lado de la mía.

Apago la máquina y me quito los auriculares.

—¿Te gusta lo que ves? ¿Quieres que te dé un par de consejos para aprender a correr?

Es un juego mental y nadie es tan bueno en eso como yo. Y es cierto que tengo muchos asuntos privados pendientes, pero me preocupa que este chaval vaya a por mí sin piedad. El fútbol americano es lo único que tengo y haré lo que sea para protegerlo.

—Relájate, tío, solo he venido a entrenar.

De eso nada. Ha estado viniendo todos los días y quedándose tanto rato como yo.

—¿Quieres que te ayude a practicar los pases? Pareces un poco inseguro y tendrás que mejorar antes de siquiera plantearte quitarme el puesto.

Pone cara de enfadado, yo sonrío.

—No parezco inseguro.

—Me temo que sí. —Me encojo de hombros, cojo una toalla y me seco el sudor del rostro. Sé que está haciendo memoria del último partido que jugamos. Fue horrible.

Rota los hombros y coge una pesa. Empieza a hacer repeticiones y dice:

—Yo solo quiero lo mejor para el equipo…

—¿Y crees que tú eres lo mejor?

Deja la pesa y se aparta el pelo castaño con una sonrisa engreída.

—Pues sí. Piénsalo. Tú ya llevas aquí siete años y todavía no has ganado ningún anillo de la Super Bowl. La cagaste en el partido, Hawke. Te interceptaron cinco veces. Cinco. Y, el mes pasado, metiste la pata delante de millones de espectadores, y la gente no lo ha olvidado. Y ahora… —Ríe, coloca la pesa en la estantería y pasa la mano por las otras hasta llegar a una más pesada. Nuestros ojos se encuentran en el espejo—. Parece que me quieras regalar tu puesto. La semana pasada atropellaste a un niño con tu enorme Escalade. Puede que te perdonen por perder el trofeo, pero lo del pobre niño… —Hace un gesto despreocupado con el hombro.

Consigue que me enfade más.

—Pues no parecía que intentaras marcar cuando te sacaron al campo. No conseguiste mover el balón ni un centímetro porque dudaste. Puede que ahora estés alegre y motivado, pero te faltan agallas, Alabama.

Se enfurece.

Las puertas del gimnasio se abren.

Me giro hacia ellas y veo que entra John Connor, el entrenador, con una mirada perversa.

—¿Todo en orden? —Nos mira primero a uno y luego al otro.

Me cruzo de brazos y respondo:

—Estábamos de cháchara.

—Sí —añade Aiden—, solo me estaba comentando lo bueno que soy.

Me agacho para coger la botella de agua del banco y noto una punzada de dolor en el hombro izquierdo que me recorre el brazo. Cierro la boca con fuerza y aprieto los dientes a la vez que intento relajar los hombros. No quiero que Aiden ni nadie me vean flaquear, así que ignoro el dolor y muevo los hombros; me relajo cuando el dolor desaparece.

El entrenador frunce el ceño y observa mis mallas de correr y mi cara sudada.

—La rueda de prensa es en dos horas. ¿Sabes ya lo que vas a decir?

La rueda de prensa.

Se me hace un nudo en el estómago. «¿Que si sé lo que voy a decir? No».

Espero poder hablar, a secas.

Asiento ligeramente y salgo del gimnasio. En el pasillo, me encuentro a Lawrence, que lleva un traje gris y elegante Armani y tiene una mirada pícara. Se endereza y deja de apoyarse sobre la pared.

—Primero de todo, déjame que te diga que tienes muy mala cara.

—Gracias. —Me paso una mano por el pelo—. Ha sido una noche muy larga.

—Segundo, he visto una foto tuya en el Milano's bebiendo con una mujer. ¿Qué parte de «sé discreto hasta que todo esto pase» no has entendido, Hawke?

—Solo fue una cita. Y tomé únicamente una copa con la cena.

Abre la boca de par en par.

—¿Una cita?

Me paso una mano por la cara.

—No estaba planeada.

Asiente y me mira con atención.

—También he visto un vídeo en el que te enfrentas a un tío...

—No me enfrenté a nadie. Maldita sea, Lawrence, tengo vida. ¿Por qué criticáis todo lo que hago? —Lo aparto con el brazo y me voy, pero él me sigue, aunque, como tiene las piernas más cortas que yo, le cuesta mantener el ritmo.

—Porque los medios de comunicación te detestan.

—Les encanta mentir.

—Porque así tienen algo que contar.

Entro a los vestuarios y abro la puerta de la taquilla de un tirón. Observo la ropa que tengo, desde atuendos informales hasta un par de trajes.

Lawrence mira por encima de mi hombro, pasa la mano por los modelitos y coge un polo amarillo con el emblema de un tigre y unos vaqueros de marca.

—Es mejor que lleves algo más informal y poco llamativo para la rueda de prensa. Sé que te van más las camisas y pantalones de traje, pero tienes que parecer un tío corriente. Sé simpático, intenta sonreír y suaviza el tono de voz.

Tenso los hombros y respiro hondo.

—Soy un tío normal y corriente. Crecí en una familia pobre. Gané el Trofeo Heisman en mi penúltimo año de universidad. ¿Por qué nadie recuerda eso, eh? —Lo miro de reojo—. Y los dos sabemos que no soporto a los periodistas. No puedo hacerlo, Lawrence, ni siquiera sé por qué voy a dar la rueda de prensa.

—Porque te obliga el entrenador.

Me doy media vuelta y veo que me mira con empatía. Sabe que me pongo de los nervios cuando hay mucha gente a mi alrededor. No me pasaba en el instituto o, a lo mejor, no lo sabía todavía porque no tenía que estar delante de tanta gente. Me di cuenta en la universidad un día que, al acabar un partido, un periodista me plantó un micrófono en la cara. Me abrí camino entre los reporteros y seguí con mi vida. A veces, cuando llevaba el casco puesto, no me afectaba tanto. Otras veces, Devon, mi compañero de equipo, se sentaba conmigo y hablaba por los dos porque le cuesta mantener la boca cerrada. Cuando me ficharon y vine a Nashville, todo el mundo esperaba que fuera amable con los periodistas, que concediera entrevistas a los medios locales cuando ellos quisieran y que hiciera de maestro de ceremonia en las galas. Ni por todo el oro del mundo.

Y así es como me labré la reputación de capullo insensible y arrogante.

—La rueda de prensa es buena idea. Hace años que no das una y, créeme, estarán todos salivando.

—No me ayudas, Lawrence.

—Han dicho muchas cosas sobre ti estos años, y eso incluye las mentiras de Sophia, pero tú nunca te has defendido. Perdiste la Super Bowl, has atropellado a un niño, aunque fuera un accidente. Ha llegado la hora de ponerse las pilas e involucrarse. Me contrataste para que te ayudara con los problemas de imagen. Te pones muy nervioso cuando tienes que hablar con los reporteros, pero inténtalo por lo menos. Mira al suelo si es necesario, pero cuenta lo que pasó. No fue culpa tuya, Jack, pero, si no lo explicas, la gente se imaginará lo que quiera.

Reflexiono en silencio. Ni siquiera sé a qué se debe ese miedo, sin embargo, no puedo evitarlo.

Exhala.

—A la gente le gustan los villanos, y tú te has convertido en uno. Hasta corre el rumor de que te van a transferir a otro equipo.

—¿Dónde has oído eso?

—No puedo decirte más.

Cierro los ojos.

Siempre se oyen diferentes rumores, sobre todo cuando perdemos algún partido importante, pero si me transfieren… será mi sentencia de muerte. Eso confirmaría que tengo problemas y que el equipo no me quiere. Además, también está lo del hombro. Me lo masajeo un momento, cojo las perchas que Lawrence sujeta y me voy a las duchas.

Me sigue y oigo que habla con alguien, seguro que con mi representante, por el manos libres que lleva en la oreja.

Abro el grifo de la ducha y lo miro.

—¿No te vas a callar ni mientras me ducho?

Frunce los labios.

—Haré lo que sea necesario. Tenemos que practicar las respuestas a las preguntas que creemos que te van a hacer. Le vamos a dar la vuelta a la historia y culparemos al chico porque se coló en zona restringida. No fue culpa tuya que no lo vieras…

—Lawrence, es un niño. No puedo echarle la culpa. Lárgate, por favor, tengo que pensar. —Hago una pausa—. Necesito que busques información sobre una tal Elena.

—No soy tu secretaria —dice de brazos cruzados.

—Hoy en día las llamamos «asistentes personales», pero no, eres mi relaciones públicas.

Pone los ojos en blanco.

—Así que una chica, ¿eh?

Agarro la mochila, saco el contrato de confidencialidad y lo reviso.

—Sí, la de anoche. Mierda. —Me da un vuelco el corazón.

—¿Qué pasa? —pregunta mirando el documento por encima de mi hombro.

Suelto un quejido y examino los papeles muerto de los nervios.

—Ha firmado con un nombre falso.

—Julieta Capuleto. —Se encoge de hombros—. Suena bien. A lo mejor, Elena es su segundo nombre.

—Qué va. —Aprieto los labios con fuerza.

—¿Ha puesto su dirección?

Hago una mueca y respondo:

—Dirección: Verona, Italia.

—¿Es italiana?

No puedo evitar reír.

—Tío, es de *Romeo y Julieta.* No entiendo cómo aprobaste Literatura de primero.

Hace un gesto de desdén.

—La entrepierna te va a causar problemas.

Guardo los documentos en la mochila.

—Entérate de quién es, ¿vale? Le he dado mi teléfono esta mañana, pero puede que no esté de humor cuando se despierte. Cree que soy el hombre del tiempo local, un tal Greg...

Lawrence balbucea:

—¿Le has mentido? Solo el hecho de mentirle ya hace que el contrato no sea válido. ¿Qué pasará si decide contárselo a la prensa?

Hago una mueca. Anoche no podía pensar con claridad...

—Encuéntrala y haré que firme un acuerdo nuevo, ¿vale?

Alza los brazos a modo de rendición.

—Eres increíble. ¿De verdad quieres que busque a la tía esa cualquiera a la que te has tirado...?

Le apunto con el dedo.

—No es una tía cualquiera. No hables así, Lawrence, es una persona.

Y me gustó.

Arquea una ceja y dice:

—Debería dejar mi trabajo.

—Amenazas con dimitir una vez al mes, ya nadie te cree. Además, te caigo bien y te pago mejor. —Le doy una palmada en el hombro—. Te necesito. Solo tengo dos amigos aquí, a ti y a Devon. No te imaginas la suerte que tenemos de estar los tres juntos.

Fui a la Universidad Estatal de Ohio con Lawrence y Devon. Los tres jugábamos a fútbol americano y conseguimos ganar el campeonato nacional el último año. Luego, me ficharon en el equipo de Nashville, me eligieron en una de las primeras rondas de selección y la familia de Lawrence vive aquí. Él no se iba a dedicar al fútbol de manera profesional, así que lo contraté como mi relaciones públicas, aunque, en ese momento, no imaginaba que me haría tanta falta en el futuro. A Devon lo transfirieron del Jacksonville al Nashville hace un par de años y, desde entonces, es el mejor receptor del equipo y mi apoyo en el campo.

Lawrence pone mala cara.

—Ni siquiera sé cómo buscar a una chica.

—No seas mentiroso, eres un experto, si hasta pareces un espía. Eres un rayo láser de máxima precisión, un ninja que trepa por los edificios, eres un…

—De acuerdo, soy un máquina. Se me da bien. —Se mira las uñas, cuidadas a la perfección—. Pero esto es diferente, a lo mejor la chica no quiere que la encontremos. ¿Vive por la zona?

Me quedo en silencio y pienso en la conversación del día anterior.

—En Daisy, un pueblecito de por aquí. No he oído hablar del pueblo nunca, pero tampoco es que salga de la ciudad.

Camina de un lado a otro de los vestuarios.

—Daisy, Daisy, ¿de qué me suena…?

—Lawrence, necesito que firme los papeles. Me estoy volviendo paranoico.

Asiente, saca el móvil y toma notas.

—Una tal Elena que vive en una ciudad con nombre de mujer… bueno, con nombre de flor, en realidad. —Me observa con atención—. Espero que la chica valga la pena.

Siento calor y un tirón en la entrepierna al recordar sus grandes ojos, la curvatura de su espalda al estar encima de mí y su pelo, que me acariciaba la parte alta de los muslos…

—Hawke, ¿me estás escuchando? Con esta información no tengo ni por dónde empezar.

Le doy la espalda para que no vea que estoy excitado.

—Es bibliotecaria. No puede haber muchas bibliotecarias en Daisy.

Suspira lentamente.

—Está bien. Dúchate mientras hago unas llamadas.

Capítulo 7

Elena

Tengo la boca seca como un cartón. Gruño, me pongo las manos en las sienes y siento unas punzadas dolorosas. Me duele muchísimo la cabeza. Hago un gesto de dolor y maldigo. Esto me pasa por beberme hasta el agua de los floreros. Voy a dejar de beber.

Me revuelvo y me cubro los ojos con la mano porque entra mucha luz por la gran ventana. Noto que las sábanas de debajo de mi cuerpo son suaves y lujosas. Vaya, no recuerdo haberlas cambiado. Alargo un brazo hacia el otro lado del colchón. ¿Dónde está Romeo?

Mierda. Esta no es mi cama.

De repente me inundan la cabeza algunos recuerdos de la noche anterior.

Noto que me duelen las partes más deliciosas del cuerpo y sonrío. Greg. Greg. Greg. Vaya tío, joder. Se merece la palabrota porque él sí que sabe satisfacer a una mujer y ha demostrado que sabe dónde tengo el c-l-í-t-o-r-i-s.

Miro el reloj en la mesita de noche. Son las siete de la mañana. Me doy la vuelta y espero ver al hombre del tiempo al otro lado, pero la enorme cama está vacía y solo veo una pequeña hendidura en la almohada donde debería estar su cabeza. Hay una nota. Entrecierro los ojos, pero no me sirve de nada, así que me la acerco para verla mejor.

«Me llamo Jack. Siento no haber sido sincero sobre quién soy. 861-555-5144».

Lo leo tres veces. Es muy… escueto y ni siquiera menciona lo bien que nos lo pasamos.

¿Y lo de su identidad? ¿Es una broma?

Me quedo tumbada pensando y recordando cuando nos conocimos en el restaurante. Creo que me dijo que sí que era Greg.

Le pregunté si era él y me dijo que sí.

Estoy tan nerviosa que me siento en la cama y enciendo la lamparita. Intento recordar la noche anterior a pesar del dolor de cabeza. No tenía ni idea de cómo era Greg, así que, cuando vi al chico con la camisa azul, asumí que era él. Hago una pausa y me muerdo el labio. Me acerqué a él, me senté y empecé a hablar.

El asombro hace que el corazón me vaya a mil por hora. No puede ser. ¿Podría ser que me hubiera sentado con el tipo equivocado y que él no me hubiera dicho nada? ¡Pero si hablamos del tiempo y todo, y… me dijo que la lluvia era húmeda!

La humillación me hace enfadar todavía más.

¿Qué clase de persona se hace pasar por la cita de otro?

¿Y con quién narices me he acostado?

Tiro de una sábana, me cubro el cuerpo con ella y me levanto. Me miro rápidamente en el espejo de la pared y veo que… tengo pinta de haberme emborrachado y haber tenido un rollo de una noche. Llevo el pelo hecho un desastre: por un lado, lo tengo de punta hacia arriba, y por el otro, más planchado que una tortita. Tengo saliva seca en la barbilla y la máscara de pestañas corrida por las ojeras. Parezco salida de un manicomio, no me extraña que el chico haya huido.

Me paso las manos por la cara de camino a la cocina para recoger la ropa. La falda, la camisa y el sujetador están en el suelo… pero las bragas han desaparecido.

Después de buscar por la cocina unos minutos, de mirar en la habitación, en las sillas, por debajo del escritorio y del minibar, sigo sin encontrar mis bragas rosas. Jack, o como sea que te llames, esas bragas valen más que la falda y la camisa juntas cuando piensas en las horas que me llevó coser las lentejuelas a mano.

Las necesito para una presentación de moda muy importante a la que puede que no vaya.

¿Se las habrá llevado él?

No creo. ¿Para qué las querría?

Vuelvo a buscarlas, esta vez poco a poco, y recorro toda la estancia. Miro hasta debajo de la cama y me pongo de rodillas en la cocina y miro a la altura de los zócalos. No están.

«Solo hay una explicación», pienso mientras me levanto con la nota que me ha dejado en la mano. Cierro los puños.

Jack es un mentiroso y un ladrón. «Menudo capullo».

Ya me estoy imaginando la nota que le voy a dejar. Refunfuño y le doy una patada a una silla, aunque lo único que consigo es hacerme daño en el pie. Grito con los ojos llenos de lágrimas.

Alguien llama a la puerta y voy cojeando a abrir. Me acerco a la mirilla y veo a un chico joven y alto que parece preocupado. Lleva una camiseta de cuello alto y pantalón negros. Parece James Bond.

Abro la puerta rápidamente.

—¿Se puede saber quién narices es Jack? —Es lo primero que pregunto con voz de profesora y un tono breve y directo, el mismo que uso para los niños que acuden a la biblioteca, sobre todo para los adolescentes. La semana pasada, vino un grupo que buscaba información para uno de sus proyectos y pillé a un par morreándose entre los libros como si la Biblioteca Pública de Daisy fuera su picadero.

Se pone pálido al ver la sábana que llevo puesta como si fuera una toga. Me tendría que haber vestido de inmediato, pero estaba preocupada por haber perdido las bragas.

—Buenos días, señora. Eh... ¿está bien? He oído un golpe y quería asegurarme de que todo va bien. —Mira el sujetador rosa que tengo en las manos y se le ruborizan las mejillas.

Me lo escondo detrás de la espalda y contesto:

—Estoy bien, no te preocupes.

Traga saliva y mira a un punto fijo por encima de mis hombros.

—Disculpe las molestias, es que una vez se nos coló un periodista y rebuscó entre sus pertenencias y, otra vez, una chica le robó toda la ropa.

—Muy bien hecho.

Parpadea.

—Solo quería comprobar que estaba usted bien. Jack me contrató porque tiene un corazón enorme y no quería meter la pata. —Se calla un instante—. Me ha dicho que le dijera que lo siente.

—¿Que lo siente? Madre mía. Encima tiene el morro de hacer que tú te disculpes conmigo.

El joven James Bond parece nervioso.

—A las otras chicas con las que sale no les importa…

Me enfado todavía más.

—No lo estás mejorando.

Agacha la cabeza y mira al suelo.

—Lo siento. No tendría que haber mencionado a nadie. Hace mucho tiempo que no trae a ninguna.

Vaya. Tengo que verle bien la cara para interpretar lo que me dice. Cojeo hasta el bolso, saco las gafas y me las pongo antes de girar el rostro otra vez hacia el chico. Me quedo más tranquila al ver que parece nervioso e incómodo.

Se aclara la garganta. Tiene los brazos cruzados como si fuera un soldado.

—¿Eres el guardia de seguridad de Jack?

Asiente brevemente.

—Sí, señora.

—Por favor, deja de llamarme «señora». No soy mucho mayor que tú.

—Claro, señora… disculpa. Soy del sur, no lo puedo evitar. ¿Quieres que te traiga algo de comer? También puedo avisar para que te preparen el desayuno abajo. Los empleados son geniales. —Sigue sin mirarme directamente a la cara y eso hace que me tranquilice.

Me muero de hambre y el estómago me ruge. Suspiro. Es un mal momento para tener hambre.

—¿Cómo me habías dicho que te llamabas?

—Quinn. Estoy aquí para lo que necesites —responde alargando una mano hacia mí.

Se la estrecho y le pregunto:

—¿Dónde está Jack?

Me mira sorprendido, como si tuviera que saber la respuesta.

—Pues está en el estadio. Hoy tiene una rueda de prensa muy importante.

—De acuerdo. —Siento un cosquilleo al recordar lo fuerte que estaba y cómo se le marcaban los músculos. Si está en el estadio, lo más probable es que juegue al *hockey* o al fútbol americano y, como me dijo que su novia lo dejó por un jugador de *hockey*…

—Supongo que jugar al fútbol es un trabajo muy exigente.

Me mira con una sonrisa de oreja a oreja.

—Es el *quarterback* más currante de la liga. Es toda una leyenda. Desde que lo ficharon, ha ganado cuatro campeonatos de la Conferencia Americana y acabó la temporada con cuatro mil ciento cuatro yardas de pase, quinientas cincuenta y cinco yardas corridas y treinta y un *touchdowns.* Sé que todavía no hemos ganado la Super Bowl, pero no es solo su culpa. La ganaremos la próxima temporada, lo sé. —Se pone rojo.

—Ya… —Me suena todo a chino—. Sigue, sigue, me encantan las curiosidades sobre fútbol americano. ¿Qué más ha hecho?

Me mira confundido, aunque es evidente que le encanta hablar de Jack.

—Bueno, la gente todavía está enfadada por lo que pasó en Pittsburgh este año, pero fue culpa de todo el equipo. Necesitamos a unos defensas mejores, pero siempre lo culpan a él por su mala fama.

—Claro, por su pasado. Le sigue a todas partes, es una pena. —Miro a Quinn con cara de expectación; él asiente con convicción.

—¡Exacto! ¿Qué más da que lo pillaran conduciendo borracho y tuviera que quedarse en el banquillo? Hace años de eso. A ver, le ofrecieron una prima de veintidós millones por firmar el contrato, quince millones más de lo que le ofrecieron al *quarterback* anterior, y cometió algunos errores, pero es que esa cantidad de dinero corrompería a cualquiera que no tuviera donde caerse muerto. —Hace una mueca, parece que ha hablado más de la cuenta.

No le falta razón.

—Entiendo. ¿Cuándo fue la Super Bowl?

—El mes pasado, señora. ¿No la vio?

—No pude.

Me mira con cara de pena como si lo hubiera decepcionado.

—Vaya.

Intento que no se me note en la cara que acabo de descubrir que Jack es un deportista de élite que gana millones, sin embargo, la situación es tan ridícula que se me debe de ver la sorpresa en la cara y el chico me mira con el ceño fruncido.

—¿Está bien, señora?

—Llámame Elena, por favor —respondo ausente mientras pienso en un plan para sacarle más información.

—Y hablando de Jack, ¿qué pinta tenía cuando se ha ido esta mañana?

Quinn duda.

—Parecía un poco cansado. Tiene muchas cosas en la cabeza, ya sabes con lo que tiene que lidiar. Los medios de comunicación lo odian, y sin motivo alguno, porque es una de las personas más generosas que conozco. Se hizo cargo del pobre niño herido y cubrió todos los gastos médicos, aunque, como nunca se lo cuenta a nadie…

¿Generoso? Me ha mentido y se ha llevado mis bragas.

¿Y de qué niño habla?

Enderezo la espalda. No pienso irme de aquí hasta que no descubra quién es Jack y por qué… por qué… Me muerdo el labio. Por qué me hizo sentir tan guapa.

¿Qué más da? Me ha mentido y eso sobrepasa todo lo demás.

Me gruñe el estómago.

—¿Cuándo volverá?

—No sé si lo hará. Normalmente, se queda en el otro piso, así que puedes estar el tiempo que quieras.

O sea, que este es su picadero. Hago lo que puedo para controlar la ira.

—Dime, Quinn, ¿tiene Jack comida en la nevera? —pregunto mientras voy hacia el frigorífico y abro la puerta doble de acero inoxidable.

El chico me sigue.

—Yo me encargo de ello. Si no necesitas nada más, me voy.

Recorro el interior de la nevera y me fijo en los huevos, los pimientos verdes y el cajón lleno del mejor queso.

—Vaya, Quinn —suspiro—. Hay gouda. Y espinacas frescas —grito emocionada. Parece que hace siglos que no como. Además, es como si hubiera corrido una maratón desde la cena.

—¿Tienes hambre? —Me observa con cara dubitativa y gira el cuello para mirar hacia la puerta—. Eh... sí, hay gouda y gruyer.

—Se te da muy bien hacer la compra. Cuando quieras, puedes venir a mi casa a llenarme a mí la nevera.

Se limita a mirarme y veo que está un poco nervioso. Le doy un poco de miedo, estupendo.

Busco en tres armarios antes de encontrar los cuencos y sonreírle por encima del hombro. Sé que parezco una loca con el pelo despeinado y la sábana, pero, a grandes males, grandes remedios.

—Bueno, yo me voy a ir... —Su voz se va apagando. Mira cómo rompo los huevos en la encimera de granito y los echo en el cuenco.

Vuelvo a usar mi voz de profesora:

—Siéntate, Quinn. Nadie va a venir tan pronto. Bate los huevos y corta las espinacas mientras me pongo algo. Cuando vuelva, pienso hacer una tortilla que te va a encantar.

Y me contarás todo sobre Jack.

—Eh...

Le doy el cuenco y sonrío.

—¿No tienes hambre?

Asiente a regañadientes.

—Sí. Suelo llamar a los del restaurante del hotel para que me suban algo de comer.

Sonrío.

—Los chicos fuertes como tú necesitan comida casera. Y yo también, así que ya tenemos algo en común. Nos haremos superamigos. Dame un minuto.

Cojo el bolso y la ropa, entro en el lavabo de la habitación principal y observo los azulejos de mármol y la piedra blanca que recubre las paredes. Me veo en el espejo y suelto un quejido. Vaya viaje me ha dado el amigo. Y encima ha sido un jugador de fútbol, que no tengo nada en contra de ellos, pero no soy de las tías a las que les gustan los deportistas. Prefiero los hombres más intelectuales: los abogados, profesores, programadores… los hombres del tiempo.

Me lavo la cara, me recojo el pelo en un moño despeinado y me visto rápidamente, aunque sin bragas. Cuando estoy a punto de salir, me doy media vuelta, busco en el bolso y saco el pintalabios rojo cereza.

«Jack, devuélveme las bragas», escribo en el espejo.

Capítulo 8

Elena

Unas horas más tarde, tras un desayuno menos informativo de lo que me habría gustado con Quinn, conduzco los veinte minutos que separan Daisy de Nashville por la interestatal 40 agarrando con fuerza el volante. Quinn solo ha querido hablar de Jack como futbolista, pero no me ha contado nada de su vida privada. He de admitir que el chico me ha caído bien. Además, no es culpa suya que Jack me haya mentido.

Me siento avergonzada por haber tenido un lío de una noche y estoy convencida de que todos los conductores a los que dejo atrás ven una «A» escarlata enorme en mi rostro. He sido una floja. Además, los *gin-tonics* que me bebí hicieron que me desinhibiera del todo.

Vale, sí, puede que también tuvieran algo que ver sus besos.

Y el hecho de que esté más bueno que el pan.

Me llega otro mensaje al móvil y asumo que es Topher, que quiere ver cómo estoy, pero, como no miro el teléfono mientras conduzco, lo ignoro. Además, ya le he mandado un mensaje antes de salir para decirle que estaba viva y que iba para casa. Me vuelve a vibrar el móvil y otra vez más. Miro rápidamente hacia el asiento del copiloto donde lo he dejado. Es un mensaje de «Abogado buenorro». Se me tensa la mandíbula. No entiendo por qué todavía no he eliminado a Preston de mis contactos.

Maldigo entre dientes y tomo una salida que lleva a una gasolinera. Sería mejor que ignorara el mensaje, pero Preston me vio irme con Jack y quiero saber qué dice. Agarro el móvil con rapidez y leo la cadena de mensajes que me ha mandado. Algunos son anteriores, pero no los había abierto todavía.

«He ido a tu casa esta mañana y no estabas».
«¿Has pasado la noche con él?».
«Elena, ¿estás loca o qué? Es un capullo».
El último mensaje dice: «Llámame».
Que lo llame, dice. Siento una ola de dolor e ira muy familiar cuando pienso en los meses que invertí en él porque pensaba que me entendía. Hasta que dejó de entenderme. Nos conocimos un día que vino a la biblioteca todo trajeado y con una sonrisa cautivadora. Acababa de graduarse en Derecho y había empezado a trabajar en el bufete de su tío, y se pasó una hora hablando conmigo. Sus ojos castaños eran la cosa más bonita que había visto en Daisy desde que había vuelto. Salió de la biblioteca con dos audiolibros de Stephen King y mi número de teléfono, y, en poco tiempo, nos convertimos en la nueva pareja del pueblo. Aunque el sexo no era para echar cohetes, supuse que iría mejorando cuando nos fuéramos conociendo más.
¿Qué más da?
En cuanto mi hermana llegó al pueblo, lo nuestro se acabó.
Cambio el nombre del contacto por «Abogado infiel» y vuelvo a la carretera.
La canción «You need to calm down» de Taylor Swift suena a todo volumen cuando aparco delante de mi casa blanca de dos plantas y media en la calle East Main. Tiene más de cien años y es una propiedad de estilo victoriano de poco más de cuatrocientos sesenta metros cuadrados que heredé de mi abuela cuando falleció. Siempre le hace falta alguna mejora o reparación (entre las que está hacer un garaje para esconder el coche de los cotillas), pero la madera blanca e impoluta y la torreta que tiene en el lado derecho, del estilo de las que tienen las casas de jengibre, le otorgan un encanto sureño inigualable. Cerca de un arbusto de azaleas, tiene un pequeño cartel histórico de hierro en el que pone: «La reina de Daisy, fundada en 1925». Ha pasado por tres generaciones diferentes de mi familia. Tiene unas columnas majestuosas que decoran el porche delantero y unos magnolios que delimitan el jardín a ambos lados. Hay un enorme sauce llorón a cada costado, así como un camino de piedra gris y azul que conduce al porche.

Contemplo la imagen y dejo que la sensación de estar en casa alivie la angustia que siento en el pecho. En los días que siento que voy a perder la cabeza, llegar a casa me recuerda que todo vale la pena.

Topher abre la puerta delantera y baja los escalones de dos en dos para alcanzarme. Lleva unos vaqueros de pitillo blancos, una camiseta de R.E.M. y unas Converse negras hechas polvo. Carga a Romeo en brazos, que se retuerce sin parar en el jersey rojo que le hice. Se detienen delante de mí:

—¿Dónde estabas? —No me da tiempo a contestar. Fulmina a Romeo con la mirada y añade—: El puerco del demonio se ha comido la parte delantera de mis Converse *vintage*. ¡Las altas de color verde lima! ¿Sabes cuánto cuestan?

Pongo los ojos en blanco. Topher es de la misma edad que yo. Tiene una melena rubia y ondulada. Es un joven esbelto y parece que tuviera que estar en una playa de California con una tabla de surf bajo el brazo. Sin embargo, es un buen chico sureño, un poco incomprendido, pero maravilloso. Nos conocimos en el programa de teatro del Centro Cívico de Daisy cuando llegué al pueblo. Él fue mi Peter Pan y yo su Wendy en el País de Nunca Jamás. Cuando se le acabó el contrato de alquiler de la pequeña propiedad en la que vivía, se vino a vivir conmigo porque tengo espacio de sobra: seis dormitorios, cuatro cuartos de baño y acres de preciosas colinas detrás de casa.

—¿No las habías comprado en la tienda de segunda mano? Además, ¿estás seguro de que valen algo?

Sonríe con superioridad.

—Da igual dónde las comprara o cuánto pagara por ellas, el verde lima es mi color, guapa. Me queda de muerte. Vas a tener que adiestrar al cochino.

Romeo gruñe y lo mira enfadado. A pesar de sus quejas, Topher no suelta al animal.

—Le has puesto un jersey muy bonito —digo.

—Es que hace frío —responde encogiéndose de hombros.

—No me digas.

Diga lo que diga, sé que le gusta el cerdito rosa. Un poco.

—Vale, olvídate de las malditas zapatillas. —Me da un beso en cada mejilla. Parece inquieto, aunque normalmente tiene cara de despreocupación—. Greg me ha mandado un mensaje esta mañana y me ha dicho que está con gripe. Se ve que estaba tan mal que ni siquiera te contestó cuando le dijiste que llegabas tarde. Le sabe mal no haber ido y te pide disculpas. Dice que te llamará más adelante y todo ese rollo —añade molesto—. Me da pena porque sé que sois dos cerebritos y que estáis hechos el uno para el otro.

—¿No vino porque estaba con gripe? —Espero que se estuviera muriendo.

—Quiere hacer planes para otro día.

—Después de lo que pasó anoche, creo que no es un buen momento. Todavía no estoy preparada para conocer a nadie.

Veo que sus ojos azules se detienen un momento en mi camisa y falda arrugadas. Sonríe, deja a Romeo en el suelo para que nos siga y me toma del brazo mientras caminamos hacia la entrada.

—No estuviste con Greg, así que ¿dónde has pasado la noche? Y, por favor, no me digas que has estado llorando por los rincones por lo de Preston.

Frunzo los labios, pero me deshago del dolor y solo siento ira.

—Tal como diría mi tía Clara: «Preston es peor que una mosca en la sopa». Pero sí que lo vi anoche. Estaba en el Milano's con Giselle porque parece ser que es su lugar favorito para celebrar San Valentín. Yo estaba con otro chico.

Levanta la mano y tiene el dedo índice y el pulgar separados por pocos centímetros.

—Estuve a esto de llamar a tu madre cuando vi que no venías.

Me quedo inmóvil.

—Traidor. Te apuñalaré mientras duermes si me entero de que...

—Por el amor de Dios, lo digo en broma. Sabes que me da muchísimo miedo. —Hace una mueca—. Y dime, ¿con quién estuviste, entonces?

Siento que me empiezo a sonrojar. Cojo a Romeo y le rasco la orejita. Él entierra el rostro en mis brazos y suspira de forma lenta.

—Da igual.

—¿Ligaste con alguien en el bar?

Básicamente.

Miro presta hacia Cut 'N' Curl, la peluquería de mamá y la tía Clara, que está al otro lado de la calle. Es el mejor sitio de Daisy para cortarte el pelo y enterarte de los últimos cotilleos. El aparcamiento está a rebosar como todos los sábados. Han abierto a las diez y seguro que se han dado cuenta de que no estaba mi coche. Si me preguntan, les diré que tenía que hacer un par de encargos, aunque la tía Clara vive en el edificio contiguo y no se le escapa nada.

—No se ha pasado nadie por casa, así que no tienen ni idea —dice Topher con los ojos brillantes—. Pero si no me dices qué ha pasado, puede que me pase por la peluquería a cortarme las puntas y les cuente que cierta bibliotecaria no ha dormido en casa.

Le pego de broma en el brazo y entramos en casa. En realidad no estoy tan contenta como finjo. Topher me lee como un libro abierto.

—Ni se te ocurra, Elena. Tienes que vivir tu vida. ¿Qué más da que te hayas acostado con un tío al que conociste en el bar…?

—¿Quién ha dicho que me he acostado con él?

—Llevas unos pelos de loca, la ropa arrugada y tienes los labios hinchados de una manera sensual.

—Y tú tienes mucha imaginación.

—Sé perfectamente el aspecto que deja una noche de sexo. —Sonríe y los dientes blancos le brillan en el rostro moreno. Puede que estemos en pleno febrero, pero a Topher le encanta el sol y se pasa el invierno en las camas solares.

Dejo el bolso en el sofá y me siento en el sillón desteñido de color azul. En el respaldo, tiene un tapete de blonda que le hizo mi abuela y le cae por la parte de atrás. Todavía no he cambiado los muebles de la casa, ante todo porque no tengo dinero para hacerlo, pero también porque a una parte de mí le gustan los muebles viejos cargados de recuerdos.

—¿Con quién has quedado, con alguno de los chicos de Tinder…?

—No —murmuro—. Con… Jack Hawke.
Parpadea muy lentamente.
—¿Con Jack Hawke? ¿El *quarterback* de los Tigers? ¿Ese que está cañón y tiene unos brazos tan fuertes que podría matar a un hombre de un guantazo? ¿Te refieres a ese Jack Hawke?
—Sí.
Pone cara de alegría y su sonrisa ilumina la habitación.
—Deja de sonreír —le digo pasándome una mano por la cabeza para deshacerme del dolor, que ha decidido regresar.
Suelto a Romeo, que corre en círculos y se va rápido a su pequeña carpa en el salón. Lo oigo revolverse antes de encontrar la postura perfecta.
—Ha sido horrible.
—¿El sexo? Pues vaya, en mis fantasías siempre imaginaba que él…
—¡Para! —Levanto la mano—. Solo quiero olvidarme de lo que ha pasado.
—Pero ¿cómo ha pasado? —Se sienta en el viejo sofá de terciopelo delante de mí y cruza las piernas—. Ya me lo imagino… estabas en el bar, supertriste porque Greg no aparecía, y ha entrado este deportista tan guapo que ha visto tus zapatitos negros y ha quedado cautivado.
Si hubiera pasado eso, supongo que no me sentiría tan mal.
—No exactamente.
—Deja de atormentarme y cuéntamelo todo.
Niego con la cabeza.
—Entré y me senté en su mesa.
Se inclina hacia mí.
—¿Te has lanzado tú? ¡Madre mía! Esto pinta bien, Elle, cuenta, cuenta.
—Eres insufrible.
—No es cierto.
—Claro que sí.
—Bueno, vale, puede que un poco. Pero he estado vigilando al cochino…
—Romeo.
—Como se llame. Cuéntamelo, porfi. Desde que corté con Matt, los líos de los demás me dan vida, ya lo sabes.

Suspiro. Hace tiempo que ha superado la ruptura, pero sé por qué lo hace. Está preocupado por mí desde que pasó lo de Preston y Giselle.

—Bueno, vale. Me senté en su mesa porque pensaba que era Greg. Llevaba una camisa azul, estaba solo, pensativo, y sabes que no veo el fútbol americano. Daisy es tan pequeño que ni siquiera teníamos un equipo de fútbol cuando era pequeña. Además, no veo la televisión. —Me tapo el rostro con las manos en un momento de vergüenza—. Es ridículo. Lo más normal sería que lo hubiera reconocido... de algo... de la tele de un bar... Y me sonaba su cara, pero asumí que era Greg, que lo habría visto en el programa del tiempo.

Se ríe.

—Te has tirado al deportista más atractivo y malote de Nashville. ¿Te haces una idea de cuántas mujeres lo persiguen? He oído que necesita seguratas y todo. —Coge su diario de la mesilla auxiliar—. Tengo que escribir todo esto. Lo incluiré en la novela. Cuando la escriba, será la próxima gran novela del país...

—Ni se te ocurra —balbuceo al recordar el acuerdo de confidencialidad. Me levanto y camino de un lado al otro. Él me observa con el ceño fruncido.

—¿Vais a volver a quedar?

—Ha sido un lío de una noche.

Desanimado, se deja caer otra vez sobre el respaldo esponjoso.

—¿Ha valido la pena por lo menos? ¿Es igual de perfecto por debajo de la cintura como por el resto del cuerpo?

Me arde la cara y el cuerpo se me tensa al recordar los orgasmos. Madre mía. En ese sentido, no tengo ninguna queja. El primer orgasmo había sido en la cocina, con él de rodillas; el segundo, en el suelo de la habitación principal, por detrás; para el tercero conseguimos llegar a la cama...

Cojo aire.

—Tienes la cara roja como un tomate —dice riéndose.

—Es que, para colmo, Jack no me dijo quién era en realidad y se fue antes de que me despertara.

Topher hace un gesto de dolor y cierra el diario.

—¡Au! Eso no merece estar en el diario, menudo capullo.

Exhalo y recuerdo que he asumido su identidad.

—Mencionó mi blog y supuse que se refería al blog donde subo los diseños, pero me pregunto si pensaba que era otra bloguera… —Pongo cara de enfado—. Pero ¿por qué no me dijo que no era el chico con el que había quedado? ¿Por qué esconderse?

Se encoge de hombros y mueve las cejas con picardía.

—¿Llevabas uno de tus conjuntos?

—El del unicornio.

Suelta un silbido grave.

—Excelente.

—Y se ha quedado las bragas.

—Eso ya no me parece tan bien. Tenemos que recuperarlas.

Topher sabe lo importante que es mi trabajo para mí y lo mucho que me gusta crear prendas originales, prendas que a mí me gustaría ponerme, no como los harapos de encaje que venden en las tiendas y no me entran. Me gusta la ropa única, aquella que es llamativa y *sexy,* pero poco convencional. La ropa hecha para mujeres con curvas y agallas.

El rostro de Topher cada vez parece más enfurecido. Se levanta y mueve los pies con nerviosismo, luego se acerca a mí.

—Elle, querida, tengo que contarte una cosa y quiero decírtela antes de que te enteres por otro lado.

Suelto un quejido.

—Por favor, dime que no es de mi madre ni de tía Clara. —Siempre aparecen por casa y he tenido que cerrar el taller con llave.

Niega con la cabeza y su bonito pelo le acaricia los hombros.

—Vale, ¿qué ha pasado?

—Antes de que llegaras, he ido al Cut 'N' Curl a por un refresco Sun Drop porque ya sabes que se los trae el distribuidor y no se pueden conseguir en ningún otro lado. Giselle estaba ahí… —Su voz se va apagando y siento un nudo en el estómago.

—Anoche me vio con Jack.

Me observa con atención.

—No ha dicho nada de lo de Jack…

—¿Entonces?

Hace una mueca, toma aire y dice, mirándome con cautela:

—Le estaba enseñando el anillo a todo el mundo. No paraba de presumir y restregárselo a todos por la cara. Lo siento mucho.

Siento una punzada en el corazón e intento deshacerme de ella, hacer que desaparezca. No puedo respirar.

—¿Un anillo?

Se sienta en el reposabrazos del sillón.

—Preston le pidió matrimonio anoche. Hizo que le escondieran el anillo en la tarta de queso. Qué típico. Me muero del aburrimiento.

Junto las manos. Una parte de mí sabía que pasaría, lo había imaginado al verlos en las comidas familiares de los domingos en las que me habían hecho sentarme delante de ellos. Giselle se lo come con la mirada, está loca por él.

Recuerdo el día que vino a la fiesta del 4 de Julio y lo conoció. Ella había estado viviendo en Memphis, pero, por algún motivo, nunca habían coincidido durante los seis meses en que habíamos sido novios. Giselle es alta, rubia y tiene las piernas largas. Es tres años más pequeña que yo y tiene una cara preciosa con forma de corazón y los ojos de color azul claro.

Recuerdo que tuve un presentimiento cuando los presenté y vi un destello en los ojos de Preston al cogerle la mano y estrechársela con efusividad.

No me doy cuenta de que Topher se va a la cocina y vuelve con un vaso con un poco de *bourbon.*

—Creo que la situación merece alcohol del caro.

Le doy un traguito.

—El *whisky* de veinte años de la abuela. Menos mal que había dicho que iba a dejar de beber.

—A ella le gustaría que tomaras un trago. Esa mujer era una rebelde como tú.

Me dejo caer en la silla, estoy muy cansada y no me siento para nada como una rebelde.

—Lo he dicho antes y lo repito: Preston no era para ti. Es un gilipollas pomposo que se cree el mejor del mundo. ¿Qué clase de hombre no apreciaría todo lo que haces por… hasta por un cerdo feo?

Romeo levanta la mirada y lo mira con cara de odio. Sus ojos dicen: «Te he entendido perfectamente».

—Es muy listo.

Alguien lo abandonó en el aparcamiento de la peluquería hace un año. Estaba casi muerto y la piel arrugada se le pegaba a los huesos de lo débil y delgado que estaba; casi no respiraba. Me pasé todo el camino hasta el veterinario llorando y rezando para que la criatura sobreviviera. Prometí que siempre cuidaría de él.

Topher coge a Romeo y lo acaricia para calmarlo.

—Vale, es bastante mono. Y, aunque tiene pezuñas, pezuñas asquerosas, anoche dejé que se acostara en mis sábanas de mil hilos cuando te buscaba sin cesar.

—¿Lo bañaste y todo?

—Por supuesto. Al cochino infernal le encanta jugar con el agua y salpicarlo todo. Se ha comido el patito de goma.

Sonrío, pero no estoy de humor.

—Lo digo en serio, Elena. Preston no ve quién eres en tu interior ni el talento enorme que tienes.

—Para ya. —Sonrío con debilidad.

Me da un abrazo muy fuerte.

—Va, ponte algo más cómodo y vamos a mi cama a leer. Pero luego saldremos. Ahora tendrías que dormir un rato, vejestorio.

—Solo soy seis meses mayor que tú, y no, por favor, hoy no quiero salir, solo quiero quedarme en casa y descansar. —Podría avanzar un poco la costura, sobre todo si decido quedar con los de la empresa de lencería.

Hace una mueca.

—Hoy no podemos. Es el cumpleaños de Michael, ¿no te acuerdas?

Buf, se me había olvidado. Michael es uno de los amigos de Nashville de Topher con los que queda de vez en cuando. No es gay, pero son amigos desde el instituto.

Me mira con atención y sé que está intentando descifrar mi reacción a lo del compromiso, pero pongo cara de valiente.

Suspiro. Puede que me vaya bien salir, olvidarme de todo y bailar hasta que no pueda más.

—Los modelitos de discoteca nunca han sido mi fuerte.

Se pone una mano sobre el pecho.

—Será un placer elegirte la ropa.

Lo miro a la cara y veo que le cuesta disimular la alegría.

—Oh, no. Conozco esa cara. No me digas que es una fiesta temática de las tuyas.

Asiente.

—Ayer lo confirmé con Michael. Es una fiesta de *Grease,* nena. Yo iré de John Travolta y tú de Olivia Newton-John. —No puede evitar aplaudir. Es evidente que está emocionado.

Me lamento:

—No, por favor. Quiero llevar ropa normal.

—Elena Michelle. Vas a ponerte lo que yo te diga porque he cuidado de tu maldito cerdo. Me lo debes.

—No me llames así. No eres mi madre.

Sin embargo, veo que sube bailoteando por la escalera de cerezo pulido de la entrada, cantando:

—Mírame, soy Sandra Dee, casta y pura…

—Eres incorregible —grito a su espalda—. ¡Has hecho que se me pegue la canción!

Se detiene en la planta de arriba.

—Por cierto, exijo todos los detalles sobre Jack Hawke en la cama. No me has contado casi nada.

—No volveré a verlo nunca más, así que no importa.

—Qué mala eres. —Se va a su habitación.

Cojo a Romeo, que ha salido corriendo de su carpa, y le doy un beso en la cara. Finalmente, soy consciente de todo lo que pasó anoche y de lo del tema del anillo. Suspiro y pregunto:

—¿Qué voy a hacer, Romeo?

Me mira y me sonríe.

—Me he acostado con un jugador de fútbol americano famoso —le digo—. Me ha robado las bragas y, además, Preston y Giselle se han comprometido y… —Trago saliva—. Supongo que debería alegrarme por ellos. ¿Tú qué crees? —Lo miro fijamente.

Sus ojos me dicen: «Señora, usted tiene serios problemas».

Capítulo 9

Jack

—Los buitres están al acecho —murmura Lawrence desde mi lado mientras avanzamos entre las cámaras y los periodistas de la sala de prensa, una habitación con micrófonos y una mesa larga en la parte delantera. La gente se abre camino cuando entramos. Mantengo la mirada fija hacia delante. En el vestuario, me he dado un discurso para concienciarme y siento que, a lo mejor, solo a lo mejor, puedo hacerlo.

Me siento en una silla en el centro, el entrenador se sienta a un lado y Lawrence, al otro.

Devon entra corriendo y viene hacia mí y me choca el puño.

—No tengas miedo, que tu persona favorita ya está aquí.

Saluda a una periodista atractiva que tiene cerca y le dice:

—Hola, me alegro de verte. Llámame.

La chica se sonroja. Seguro que se la ha tirado.

—Devon —murmuro—, no hacía falta que vinieras. Pero has hecho una muy buena entrada, te está mirando todo el mundo —digo con seguridad fingida como he hecho toda la vida.

—Ese era el plan. —Mueve las cejas con picardía y sonríe mientras se pasa la mano por el pelo; tiene las puntas teñidas de color lila oscuro y lleva una cresta—. Además, soy muy fotogénico. —Se dirige hacia un extremo de la mesa y se deja caer en una silla antes de examinar la sala y guiñarle un ojo a todas las personas con las que cruza la mirada.

Lawrence se inclina hacia él y susurra:

—Déjalo ya o serás el siguiente en pagarme para que mejore su imagen.

—Nashville me adora, Lawrence —responde con humor—. Supéralo. Les encanta todo lo que hago.
—Espera y verás —responde Lawrence—. Los fans son muy volubles.
El entrenador mira a la multitud de reporteros y cámaras desde el atril y empieza:
—Gracias por venir. Estoy seguro de que os morís por escuchar las declaraciones del equipo. —Me mira y siento que se me tensa la mandíbula—. Dejad que primero responda lo que sé que todos queréis saber. Ya han llegado los resultados del examen toxicológico y son concluyentes: Jack no tenía alcohol ni drogas en su organismo el día del accidente, así que no tenemos ningún motivo para suspenderlo y tampoco planeamos hacerlo. Todos estamos de su lado y lo apoyamos. Es el líder de nuestro equipo. —Hace una larga pausa—. Ahora Jack responderá vuestras preguntas. Tal como ya sabéis, hace años que no responde preguntas personales, pero ha aceptado hablar hoy.
El corazón me late con tanta fuerza que creo que se siente en toda la sala.
Aiden entra en la habitación y se apoya en la pared del fondo, contemplando la multitud. Empieza a hablar con el representante de Adidas que me despidió esta semana. Hago una mueca. Así es, Jack Hawke ya no es la imagen de Adidas. No me sorprende que me hayan despedido, pensé que lo harían cuando salió el libro de Sophia, pero supongo que esto ha sido la gota que ha colmado el vaso.
La puerta se vuelve a abrir y abro los ojos de par en par al ver que entra Timmy Claire, el niño al que he atropellado. Tiene el brazo escayolado y viene en una silla de ruedas que su madre empuja. Entran en la sala y se quedan de pie al lado de Aiden.
Él no tendría que verse involucrado en todo esto, es un crío.
Dejo de pensar en él cuando los periodistas se abalanzan sobre mí con sus preguntas y siento los *flashes* de las cámaras.
—Jack, ¿te han acusado de agresión por el accidente?
—Jack, ¿sabías que el chico al que atropellaste solo tiene diez años?

Es evidente que todavía no han visto que Timmy está en la sala.

—Jack, aquí. ¿Te has enterado de que los hinchas han hecho una petición para que te echen del equipo?

—Jack, ¿es cierto que Sophia Blaine está escribiendo un artículo sobre ti para *Cosmopolitan?* Ha dicho que la obligaste a abortar cuando erais novios.

No es cierto. Trago saliva, tengo la boca seca y estoy mareado.

—Jack, ¿por qué nunca concedes entrevistas?

Hablan todos a la vez, unos por encima de los otros mientras me miran fijamente. Tengo mucho calor. Me cojo las manos por debajo de la mesa y rezo para que nadie note que tengo náuseas. Me esfuerzo por mantener la cara seria. Relájate. No te pongas nervioso. No alces demasiado la voz. Tranquilízate.

Un chico joven con vaqueros, un distintivo del canal de deportes, se adelanta a todo el mundo. Es John, uno de los periodistas más importantes, y tiene un programa de tertulia.

—Jack, ¿puedes contarnos qué pasó exactamente?

Asiento, pero no me sale la voz. Respiro hondo cuatro veces, hago mis ejercicios de relajación. Inhalo con fuerza y exhalo poco a poco.

—¡Tío, píllala! —grita Devon desde una punta de la mesa. Se ha levantado y tiene un balón en la mano. No sabía que se lo había traído.

Me levanto y recibo la pelota de manera instintiva como si llevara puesto el piloto automático.

—Cuando tienes el balón, nunca te callas, siempre nos estás dando órdenes. —Sonríe y se me contagia la sonrisa.

No puedo negar que sentir el cuero del balón en la mano me hace sentir bien y seguro. Es mi hogar.

Me mira a los ojos y reconoce mi expresión. Se deja caer otra vez en la silla.

Aquí estoy, de pie delante de mis mayores críticos y del niño al que atropellé con mi mayor tesoro entre las manos.

Tienes que hablar con ellos.

Que vean que eres un chico normal y corriente.

Hace calor en la sala y siento que tengo la cara roja cuando me giro hacia los periodistas.

Todo el mundo me observa expectante. Veo algunos ceños fruncidos y manos que se mueven sobre libretas, y es probable que escriban que soy un idiota. No ven lo raro que me siento ni el miedo que me da estar con gente a la que no conozco.

Aprieto el balón con fuerza y me aclaro la garganta. Todos se quedan inmóviles, esperando a que hable.

—Gracias por venir.

No puedo cambiar el tono grave de mi voz, pero intento que suene suave.

Miro a Devon, me saca la lengua.

Me río y eso me hace sentir mejor.

Cojo aire y me dirijo al atril.

Lo tienes todo bajo control, Jack. ¿Qué más da que metieras la pata cuando estabas empezando? Has entregado los mejores años de tu vida a esta ciudad. Intento deshacerme de los nervios, los meto en un cofre y lo envuelvo con una cadena.

Digo:

—Lo que pasó hace tres días fue un accidente. Había acabado de entrenar y me marchaba del estadio. Salía del aparcamiento marcha atrás, pero no vi al chico que había detrás del coche con un patinete y le di un golpe con la parte trasera. Le rompí el brazo y le hice un esguince en el tobillo. Tiene un buen pronóstico. —Fuerzo las palabras para que me salgan—. La verdad es que no hay ningún detalle morboso. Hay accidentes todos los días, pero, por suerte, nadie ha salido gravemente herido. Doy las gracias por eso y seguiré en contacto con Timmy y su familia para ver cómo están.

Algunos periodistas me miran con la boca abierta de par en par. Más allá de alguna entrevista en el campo cuando, gracias a la adrenalina, puedo responder a algunas preguntas, es la vez que más he hablado con la prensa desde que llegué al equipo. El entrenador sabe que me cuesta, así que, durante las ruedas de prensa y después de los partidos, es él quien analiza las jugadas para que yo no tenga que hablar.

Otro periodista me pregunta:

—¿Estabas distraído cuando lo atropellaste? Hay testigos que dicen que estabas con el móvil.

Presiono los labios. ¿Cómo que testigos? No había nadie.

—¿Sabías que le han ofrecido dinero a Timmy para que cuente qué pasó? Hay quien dice que le gritaste y te negaste a llamar a la ambulancia.

—Yo puedo responder —dice una vocecita desde la parte de atrás de la sala.

Todos se giran y ven a Timmy en la silla de ruedas que su madre empuja hacia delante. Los periodistas corren hacia él.

Mierda.

Me retiro del atril y me abro camino hacia él entre la multitud. Un periodista me planta un micrófono en la cara y me pregunta:

—¿Sabías que iba a venir, Jack?

—No —respondo, y lo esquivo para pasar.

Lawrence me dice que regrese, pero de ningún modo puedo dejar que los periodistas se lancen sobre el pobre niño.

Cuando llego a él, le lanzo la pelota y él la coge. Le toco el hombro delgado con la mano. Es un niño flaco, con el pelo rapado y unas gafas negras de pasta. Lleva la camiseta de la equipación de los Tigers con el número uno, mi número. Me mira desde la silla.

—Oye, campeón, no hace falta que contestes nada. Lidiar con los periodistas es complicado.

Me mira con cara de enfadado.

—Sé que me has dicho que no viniera, pero mamá me había dicho que me traería y es difícil decirme que no cuando me pongo pesado.

Miro a Laura, que se encoge de hombros y sonríe.

—Se ha pasado toda la noche suplicando. Creo que ha pasado los últimos tres días viendo el canal de deportes. Estaba preocupado por ti, porque decían que lo más probable es que estuvieras borracho.

¿Cómo se les pasa por la cabeza que iría a entrenar bebido? Ni siquiera piensan, no hacen más que suponer las cosas.

Los reporteros nos rodean, los fulmino con la mirada.

—Haced el favor de mantener la distancia, solo es un crío.

Sin embargo, a Timmy parece gustarle la atención que recibe porque está hablando con John, del canal de deportes, que ha conseguido ponerse al otro lado de la silla de ruedas.

—Timmy, cuéntame qué pasó. —Le pone el micrófono en la cara.

El niño mira a John y responde con determinación y la barbilla alzada:

—Vale. El señor Hawke no me gritó, eso son mentiras. Llamó a una ambulancia superrápido y vino conmigo porque mamá no sabía dónde estaba. Fui en autobús a Nashville y alquilé un patinete de esos para colarme en el aparcamiento del estadio.

—¿Eres un hincha de los Tigers? —pregunta John, que me mira fijamente a mí—. Últimamente no hay muchos.

Aprieto los dientes.

Timmy asiente:

—Jack estuvo conmigo mientras me colocaban el brazo y me lo escayolaban. No se fue hasta las doce de la noche. Y no voy a vender mi historia porque no hay ninguna historia. —Mira a los reporteros con mala cara. Yo intento no sonreír.

Debo reconocer que una parte de mí se preguntaba si la madre intentaría sacar provecho de la situación. Me di cuenta de que no son una familia adinerada: llevan la ropa limpia, pero vieja, y viven en un pequeño apartamento en Daisy…

¿Daisy?

Me quedo paralizado al ver la conexión, pero vuelvo a Timmy cuando sigue hablando.

—El señor Hawke es mi jugador favorito de los Tigers, así que fui al estadio a ver si lo veía. Me hacen *bullying* en el colegio, y ya estoy harto, así que me salté las clases para ir a verlo y esperé a que saliera. —Pone cara triste—. Fue culpa mía, de verdad.

—No es cierto. No digas eso —respondo enfadado—. Debería haber comprobado que no había nadie.

—¿Tienes heridas graves, Timmy? —pregunta un reportero que me mira mordaz.

Haga lo que haga, saldré perdiendo.

—¡Qué va! El lunes vuelvo al cole. —Sonríe—. Me gusta la silla, pero no la necesito. Es mamá, que me dice que así estoy quieto un rato. —Vuelve a sonreír—. Soy un trasto.

—¿Por qué has decidido venir hoy? —pregunta John sin quitarme la vista de encima—. ¿Te han pagado?

Pierdo la paciencia. «¿Lo dice en serio?». Creo que se me ve en la cara lo que pienso, porque John palidece.

—He venido a apoyar a mi equipo y a mi jugador favoritos. Nada de lo que decís es verdad. Ha pagado a los médicos y ha…

—¿Cómo dices? —pregunta Mike.

Timmy se muerde el labio y me mira con cara de disculpa.

—Mañana vendrá a desayunar conmigo a mi pueblo y… va a pasar mucho tiempo conmigo.

Tendrá morro.

Todos me miran, pero yo miro a Lawrence, que está a mi lado con Devon. Devon ríe y veo que Lawrence le está dando vueltas a algo.

Los dos saben que no he acordado nada con el niño.

—Además, va a venir a mi colegio a hablar de cómo es ser un *quarterback* famoso.

Suspiro. Qué manipulador.

Timmy me mira desde abajo con los ojos como platos.

—Y ha dicho que participará en la obra de teatro del cole este año para apoyar a mi pueblecito. Mi madre es la directora. —Se le ilumina la cara cuando mira al reportero—. ¡Será mi mejor amigo!

—Vaya, Jack —murmura Devon a mi lado—. No sabía que tenías la agenda tan apretada. ¿Quieres ayudarme a mí también con unos asuntos?

—Síguele el rollo —me dice Lawrence con los ojos brillantes—. Aprovéchalo, porque es un regalo caído del cielo…

Miro a Timmy mientras habla con los periodistas y lo observo con detenimiento. Recuerdo lo pequeño que me pareció su cuerpo cuando salí del cuatro por cuatro y lo vi tirado en el suelo con el brazo roto y el patinete partido por la mitad. Recuerdo el miedo que sentí. Me sorprende no haberlo matado.

—¿Es eso cierto? —pregunta una de las reporteras. Tiene los ojos llenos de lágrimas después de oír cómo Timmy contaba que su padre ha fallecido recientemente. Puede que el niño sea perfecto para mejorar mi imagen.

Suspiro hondo. No me gusta aprovecharme de la situación, pero…

—Sí. Timmy es estupendo. Vamos a ser muy buenos amigos.

Capítulo 10

Elena

—Hola, guapa, ¿puedo invitarte a algo?

Siento una voz masculina a la derecha de la barra mientras me acabo un vaso de agua con hielo. Me veo en el espejo al otro lado del bar, y tengo la frente sudada y se me ha corrido la máscara de pestañas, así que no estoy precisamente guapa ahora mismo.

Ni siquiera me molesto en mirar al chico, aunque por lo que he visto en el espejo es un chico alto y lleva los lados de la cabeza rapados y el resto del pelo engominado y de punta.

—No estoy interesada. —Le hago una señal al camarero para que me traiga otro vaso de agua—: Ponme otro, pero esta vez con menos hielo, por favor —le digo secándome la cara y el pecho con una servilleta.

El chico del peinado de mohicano se me acerca un poco más y huelo su loción de afeitado cara. Es una fragancia fresca como el mar.

—¿Estás segura? —pregunta—. ¿Te estás intentando deshacer de mí? Intimido un poco, pero cuando me conoces…

—Inténtalo con otra chica guapa. —No estoy de humor para lidiar con hombres y menos después de lo que pasó anoche.

El camarero me trae el agua y empiezo a beber.

El mohicano ríe.

—Pareces sedienta.

—¿Todavía no te has ido? —digo, y saco el teléfono de la bandolera. Finjo que miro algo.

—No. Y me sorprende que todavía no me hayas pedido un autógrafo. ¿Sueles venir por aquí? Es la primera vez que te veo y conozco a todos los que frecuentan el local. Vengo muy a menudo.

«¿Un autógrafo?».

Vale, me giro hacia él por curiosidad y lo miro de arriba abajo. Es un chico alto, mide casi un metro noventa y está fuerte. Lleva las puntas del pelo de color morado y los brazos llenos de tatuajes escondidos por la ropa.

Arqueo una ceja al ver que lleva una camisa estampada con rayos rojos.

—La verdad es que es la primera vez que vengo. Es el cumpleaños de un amigo. —Señalo hacia Topher, Michael y sus amigos. Van vestidos como los chicos de *Grease,* con tupés, chupas de cuerpo, camisetas blancas y un peine en el bolsillo trasero de los vaqueros. Unas cuantas chicas, el séquito de Michael, llevan chaquetas de las Pink Ladies y faldas con caniches. Por todo el bar, hay gente disfrazada de la película. Todo ha sido obra de Topher. Hemos cenado pronto en un restaurante tailandés en la segunda avenida y luego hemos venido aquí a bailar. Topher lo ha planeado todo. Es una de las cosas que me gustan de él: le encanta hacer que la gente se sienta especial.

El chico con peinado mohicano los observa mientras bailan «Who let the dogs out» y se gira hacia mí con una sonrisa en la cara. Me mira el pelo largo y cardado, los zapatos de tacón de aguja rojos, los pantalones de cuero negro sofocantes y la camiseta negra y ceñida con los hombros al aire.

—¿Y tú eres Olivia Newton-John al final de la película? ¿La versión *sexy* de Sandy?

—Vaya, qué inteligente eres.

Ríe.

—Solo el nombre, ya me dirás el apellido más tarde.

Con más tarde quiere decir… sí, claro. No pienso repetir la experiencia. Señalo con la cabeza a una chica morena que está al otro lado de la barra.

—Prueba con ella, es más de tu rollo. Además, te mira como si fueras una chocolatina enorme.

Se encoge de hombros.

—No, me has gustado tú. En cuanto te he visto, el resto de la gente ha desaparecido. No soy adivino, pero nos veo juntos.

Río.

—La frase es horrible, pero valoro tu perseverancia.

—No puedo evitarlo, me salen solas. Y, normalmente, las frasecitas me funcionan. De hecho, solo con decir mi nombre las chicas ya caen rendidas. Lo siento. —Sonríe. No parece nada arrepentido.

—No estoy interesada. Solo quiero pasar un rato agradable e irme a casa con Romeo.

—¿Romeo? ¿Tienes novio?

—Es mi cerdo.

Ríe y juguetea con el botellín de cerveza.

—¿Y si te dijera que tienes el privilegio de hablar con el mejor receptor del país…?

—¿Qué has dicho? —Me he sobresaltado de tal manera que casi se me cae la bebida.

Sonríe un poco.

—Veo que te gusta el fútbol americano. Juego en los Tigers de Nashville. De nada. —Hace una reverencia.

Niego con la cabeza, estoy pensando.

—No sé nada de fútbol. —Recorro el bar oscuro con la mirada buscando a Jack. El corazón se me va a salir del pecho. ¿Acaso los jugadores de fútbol no se mueven en manadas como los lobos? No sé por qué pienso eso, pero…

Le pide otra bebida al camarero y da un trago largo.

—Pero has oído hablar de mí, ¿verdad?

—No.

Me mira con la boca abierta.

—Es vergonzoso. Qué tragedia.

—Mmm… —No encuentro a Jack, pero hay tantos rincones y zonas oscuras que puede que esté por aquí y no lo vea.

—¿Has venido solo?

Sonríe con satisfacción.

—Pues no. Hoy también es mi cumpleaños, será serendipia, así que he venido con algunos amigos y compañeros del equipo, y estamos en un reservado.

Ha dicho «serendipia». Consigue ablandarme, me encantan las palabras cultas.

—Ah, ¿sí? Así que un reservado, ¿eh? —Me encantaría volver a ver a Jack y puede que hasta tirarle el agua a la cara o tener una rabieta de las de toda la vida.

Devon asiente.

—Iba al lavabo y he visto que estabas en la barra bebiendo...

—Es agua.

—Vale, agua. Y he pensado que, a lo mejor, querrías venir con nosotros, pero veo que no te interesa... —Examina los taburetes con la mirada. Parece decepcionado.

—¿Se está más fresquito en el reservado? Aquí hace mucho calor.

Me mira con una ceja arqueada.

—Sí. ¿No te apetece ir a un sitio más tranquilo y hablar? —Me vuelve a mirar de arriba abajo y sus ojos se detienen unos instantes en mi escote.

Me subo la camiseta.

—Y con lo de hablar te refieres a...

Ríe.

—Las conversaciones pueden conducir a muchas cosas. Hay habitaciones privadas en los reservados, si quieres podemos ir y...

Me inclino hacia él y le doy un golpe en la frente.

—Corta el rollo.

—¡Au! —exclama antes de tocarse donde le he dado—. ¿A qué viene eso?

—Viene a que eres demasiado lanzado y nada sutil. No vas a encontrar a una buena chica con esa actitud tan lasciva. —Me quedo en silencio—. Sin embargo, como me encanta tu camisa, haré una excepción. No me importaría ir a algún sitio con menos ruido. ¿Tenéis comida? —¿Y a Jack Hawke?

Se le ilumina la cara.

—Claro que sí. Y también un pastel de cumpleaños. Pero no me vas a volver a pegar, ¿no?

—Puede que no. Llévame al reservado, venga. —Dejo el vaso de agua en la barra. No sé de dónde he sacado tanto valor, pero, si Jack está allí, puede que sea una buena oportunidad para...

No sé.

Pero quiero verlo.

—Sígueme, nena. Te caerán muy bien.

—Está bien.

Me lleva a la parte trasera de la discoteca, a la izquierda, hasta una zona que está cerrada con una cuerda de terciopelo rojo.

Miro por encima del hombro y les enseño el pulgar levantado a Topher y a Michael. Le doy un codazo a Devon.

—Mis amigos saben que estoy aquí, así que nada de tonterías.

—Yo nunca te haría daño.

Estoy de los nervios. Pasamos junto al segurata, caminamos por un pasillo y entramos a una salita con un bar pequeño y una tarima para bailar. Los camareros, con ropa elegante, deambulan por la sala con copas de champán en las bandejas. En la pared del fondo, hay una mesa alargada con gambas cocidas, fruta, quesos y miniquiches. No puedo dejar de mirarlas.

Una ventana da a la pista de baile y veo a Topher, aunque estoy convencida de que la gente del otro lado de la discoteca no puede vernos a nosotros. Yo ni me había dado cuenta de que había una ventana.

—Hay bastante gente —murmuro. Saco las gafas de ojo de gato rosas del bolso y me las pongo. Son más grandes que las blancas y tienen brillantes a los lados. Son para las ocasiones especiales.

Devon me guía por la habitación y va saludando a todo el mundo. Algunos hombres le dan una palmada en la espalda y lo felicitan. Él me mira un par de veces, como si quisiera presentarme, pero yo sonrío porque no sabe cómo me llamo. Varias chicas se acercan a él rápidamente y le dan besos en la mejilla. Me apartan de su lado y yo las dejo y me separo. Voy a comer algo. Cojo un plato y lo lleno. Consigo una copa de champán y me quedo en las sombras, observando la zona. Nunca había visto tantos chicos fuertes en un mismo sitio y me siento bastante pequeña, incluso con los zapatos de tacón. Hay chicas preciosas (tan guapas que parecen modelos) por toda la sala, cogidas de brazos musculados, embobadas con los chicos. De repente, me siento fuera de lugar y mi plan para encontrar a Jack se hunde como el Titanic. He actuado de forma impulsiva y sin pensar, pero es más que evidente que no encajo en este lugar. Y mucho menos con estos pantalones ridículos.

Devon reaparece cuando me estoy metiendo una quiche en la boca.

—Te has escapado.

Asiento y mastico.

—Hay comida.

—Ya veo.

—No me juzgues, creo que hay que apreciar la comida.

—Me gustan las mujeres que no comen solo ensaladas.

Sonrío con una gamba a medio morder. Devon no es tan horrible, aunque sea un ligón.

—A no ser que sean ensaladas de pasta, con *tortellini* y un kilo de beicon, ¿verdad?

—Ya ves. Ahora mismo me comería un bocadillo de beicon. —Se pone a mi lado y observa a la gente.

Saludo con la mano a un grupo de chicas guapas que bailan en la tarima. La música sale de unos altavoces en el techo.

—Es tu cumpleaños, ¿por qué no intentas ligar con alguien?

—Bah, creo que ya me he acostado con todas las presentes por lo menos una vez.

Empiezo a toser y casi escupo la gamba. Me da unos golpecitos en la espalda.

—Nena, ¿estás bien?

Me trago lo que tengo en la boca.

—Mira, Devon, yo no soy un ligue de una noche. No quiero que te equivoques conmigo.

—Creo que me ha quedado claro con el golpe en la cabeza.

—Vale, porque solo he venido para ver…

La multitud se separa y lo veo. Veo cada centímetro de su cuerpo de dios griego. Lleva el pelo peinado hacia atrás, tiene la mandíbula perfecta y afilada, esos labios pecadores, voluminosos y sensuales. Parece una estrella de cine. Entrecierro los ojos. Un momento… ahora lo entiendo. ¿No es el chico de los anuncios de Adidas? Me quedo boquiabierta. ¡Claro! Recuerdo haber visto su cara en el cartel publicitario de Times Square cuando vivía en Nueva York. Hace muchos años de eso, pero, madre mía, me he acostado con él.

Bueno, da igual.

Está en la parte de atrás de la sala y lo rodean tres mujeres: una pelirroja, una morena y una rubia. Menuda sorpresa. Tiene una de cada color.

Respiro hondo y dejo el plato de comida. Lo miro con los ojos entrecerrados.

—J-a-c-k. Por fin te encuentro.

Devon sigue mis ojos.

—¿Eres fan de Jack Hawke? ¿Quieres conocerlo?

¿Fan? ¿Que si soy fan?

Que si quiero conocerlo, dice. ¡Me lo he tirado!

Me pongo bien la camiseta para asegurarme de que no enseño demasiado y me subo los pantalones: estoy lista para el asalto. No sé por qué, pero, cuando se trata de Jack, no me muestro educada ni tímida como suelo ser normalmente. Tiene algo que hace salir a la guerrera que llevo en mi interior. A lo mejor es porque Preston me hizo tanto daño que ahora estoy enfadada con todo el mundo. O puede que sea porque me gustó mucho Greg…

—Se podría decir que nos conocemos. Perdóname un momento. Me debe una disculpa.

Abre los ojos de par en par.

—¿Lo conoces? ¿Y dices que te debe una disculpa?

—Bingo. —Dejo el plato en una de las bandejas de los camareros y giro el cuerpo hacia él.

Voy a matar a ese *quarterback*.

ℑ

El trayecto hacia el otro lado de la sala se me hace eterno y noto que la gente me mira. Estoy convencida de que se preguntan quién soy y por qué soy mucho más bajita que las supermodelos. Que les den. Puede que no sea uno de ellos, pero no me voy a ir sin decir lo que pienso.

Tengo que apartar a varias personas para llegar hasta él; uso los hombros para introducirme en el pequeño círculo en el que está. Yo no soy así, pero me mueve la adrenalina. Me detengo a menos de un metro de él y veo que mira a una pelirroja que lleva un vestido negro con aberturas por lo menos dos tallas demasiado pequeño. Tiene los labios pintados de rojo rubí y los pechos más grandes que he visto en una chica tan delgada. Me alegro por ella. Le rodea el brazo con un movimiento elegante mientras sonríe y habla con él. Ladeo la cabeza y me doy cuenta de que no la está mirando, solo asiente en silencio; lo observa todo con cara de aburrimiento. Vaya, su lenguaje corporal responde a la situación con naturalidad, pero tiene la mente en otro lado.

Lo sé porque llevo, por lo menos, tres minutos dando golpecitos con el pie delante de él, cada vez más nerviosa, esperando a que me vea. Pero no me ve porque soy demasiado bajita.

Al otro lado, la chica rubia le toca el hombro y se acerca a él. Su pelo suave cae sobre la camisa elegante del chico, que es otra cara obra de arte hecha a medida. Ella también está hablando, parece estar de acuerdo con lo que sea que ha dicho la pelirroja. Lleva la camisa remangada y no puedo evitar distraerme cuando vuelvo a ver sus antebrazos firmes y fuertes. Recuerdo cómo me cargaron la noche anterior, cómo me sujetaba por las caderas mientras me embestía.

Corta el rollo ahora mismo.

—Jack Hawke —digo con un tono más seco de lo que pensaba.

Todos a su alrededor se quedan en silencio.

Levanta la cabeza poco a poco. Aunque solo tarda unos segundos, que a mí se me hacen eternos, al fin sus ojos del color de la miel se encuentran con los míos. Entreabre la boca y me mira de arriba abajo con cara de reconocimiento. Se le ruborizan el cuello y el rostro, y frunce el ceño, como si yo hubiera hecho algo malo, aunque ha sido él quien me ha mentido.

No te lo esperabas, ¿eh?

Seguro que pensabas que no me volverías a ver.

Sí, ya sé que me dejó una nota con su número de teléfono, pero ¿era su número de verdad?

Las chicas me miran y hacen lo de siempre: me observan de arriba abajo con cara de suficiencia o divertidas. Se fijan en las gafas, el pelo cardado, la cara sudada y los pantalones. Cómo no. Es imposible pasar por alto estos pantalones ajustados y sudados. No sé ni cómo me los voy a quitar. Creo que necesitaré unas tijeras.

—Elena.

Pronuncia cada una de las sílabas lentamente con esa voz grave que lo caracteriza y me estremezco.

Cierro los ojos un instante porque siento que su presencia y atención son como el aire de un huracán en mi cara. Es un animal. Es el dios del sexo.

Y yo me subí a él como si fuera un caballo y disfruté de cada segundo.

Y él también lo disfrutó.

No dejaba de pedirme más. De pedirme que…

Un escalofrío me recorre la espalda.

Que le den al escalofrío.

Tomo aire y cierro los puños.

—Hombre del tiempo, ¿dónde están mis bragas?

Capítulo 11

Elena

Jack parpadea poco a poco cuando Devon se pone a mi lado y, aunque no veo a Devon, noto que sus ojos nos miran primero a uno, y luego, al otro.

Jack se deshace de las chicas y viene hacia nosotros. Me mira fijamente y pone cara seria, agacha la cabeza y me dice con voz grave:

—¿Qué haces aquí? ¿Por qué no me has llamado?

Bueno, vale, puede que el número de teléfono no fuera inventado. Estaba demasiado enfadada para intentar llamarlo y me preocupaba que me respondiera algún tío rarito y tener que preguntarle: «¿Eres Jack Hawke, el jugador de fútbol profesional con el que me he acostado y que me ha robado las bragas?». Habría acabado llamando de todos modos, porque la curiosidad me habría matado, pero quería... un día para procesarlo todo.

Finjo compostura y levanto la barbilla. Ignoro la pregunta y digo:

—Es que me encanta esta discoteca. Siempre que salgo vengo aquí.

Me observa.

—No es cierto. ¿Sabías que estaría aquí?

Hago un gesto de burla y frunzo el ceño. ¿Qué le pasa a este tío?

—No.

—¿Eres periodista? —pregunta de repente.

Lo miro con los ojos como platos. Por favor. Puede que sea el hombre más guapo al que he visto en mi vida, pero, madre mía.

—Soy bibliotecaria —gruño—. Trabajo con libros, por el amor de Dios. No tengo tiempo de acosarte. Solo quiero que me devuelvas las bragas. Me pasé horas esbozando el diseño y tardé semanas en hacerlas. ¿Sabes lo difícil que es conseguir que cambie el dibujo cuando las tocas? ¡Esas bragas no tienen precio!

Estoy a punto de perder el control en público y yo no soy así. Mi madre me enseñó a contenerme. «Sonríe. Di "por favor" y "gracias". No montes numeritos. No les des motivos para cotillear. Cuando te enfades, diles "Que Dios te bendiga" y pasa página».

Pero un «que Dios te bendiga» no es suficiente en esta situación.

—Deja de decir bragas —responde entre dientes, echando un vistazo a su alrededor. Me coge del brazo y me lleva hacia un lado. Aunque sus manos no me aprietan, siento fuego cuando me toca igual que si me pasara una corriente eléctrica.

Me suelta y me mira el brazo, donde me ha tocado, como si él también hubiera notado la electricidad.

—¿Cómo has conseguido entrar en el reservado?

Devon, que nos ha seguido, se acerca. Tiene una expresión rara. Puede que sea de sorpresa.

—Tío, ha venido conmigo.

Jack echa la cabeza hacia atrás, como si le hubieran dado una bofetada, y entiendo que no había visto que Devon nos seguía. Lo fulmina con la mirada.

—¿Es eso cierto? ¿Dónde la has conocido? Porque es mucha casualidad que nos volvamos a encontrar. Creo que sale por los sitios de moda para ligar con jugadores de la NFL porque todo el mundo sabe que esta discoteca es tuya y que el Milano's es mío.

Le pongo un dedo sobre el pecho fuerte y le digo:

—¿Cómo te atreves? Si ni siquiera sabía quién eras. Créeme, si hubiera sabido que no eras el chico con el que había quedado, no habríamos... —Inhalo. Soy incapaz de acabar la frase.

Devon me mira, luego vuelve a mirar a Jack.

—Un momento. ¿Habéis...?

Jack suspira y asiente.

Devon abre la boca sorprendido.

—¿Es la chica de la que me has hablado?

Eso me enfada todavía más, me arde la cara.

—¿Les has hablado de mí a los del equipo? —Me cruzo de brazos—. Sois lo peor. Sois un par de futbolistas egocéntricos que vais seduciendo a las mujeres por ahí como si...

—Fuiste tú la que me sedujo —comenta Jack, acercándose a mí hasta que nuestros torsos casi se tocan—. Te sentaste a mi mesa y, ahora que lo pienso, ¿cómo sé que todo ese rollo de «llevas la camisa azul, así que debes de ser tú» no era un truco? Además, has firmado el acuerdo de confidencialidad con datos falsos.

¿Qué? Sus palabras me dejan muda. Pongo cara de enfado e intento procesar lo que acaba de decir. Sé que me había comentado que era receloso de su privacidad, pero esto ya es pasarse.

Devon se acaricia la mejilla y nos contempla.

—Yo la acabo de conocer en la barra y pensaba que había ligado...

Chasqueo los dedos a Devon.

—No has ligado, solo he venido a ver si estaba Jack.

—¡Qué dolor! —responde Devon con una sonrisa de suficiencia.

—¿Y estás aquí por casualidad? —pregunta Jack.

—Sí —respondo.

—Vaya.

Relaja el rostro y nos miramos. Los dos estamos respirando más rápido de lo normal. Es que es tan...arrogante.

—No es cierto.

Creo que lo he dicho en voz alta.

Niego con la cabeza.

—No veo la tele y no tengo ni idea de fútbol americano, pero, aunque así fuera, os evitaría a los dos como a una plaga. Me gusta quedar con chicos majos, no con mentirosos.

Jack hace un gesto de dolor.

—Elena...

Antes de que acabe la frase, Devon lo interrumpe:

—Yo soy majo. —Hace pucheros.

No le hago ni caso.

Examino el rostro de Jack e intento entenderlo. No es… no es la misma persona con la que estuve anoche. A ese chico le gustaba, no dejaba de besarme. Era como un vino tinto: oscuro, intenso y embriagador…

Da igual.

—Solo he venido a por mis bragas.

Jack se pasa una mano por la cara y suaviza el tono de voz:

—Elena, por favor, no es un buen sitio para hablar del tema. La gente siempre escucha mis conversaciones. ¿Podemos hablar en un lugar más privado?

Como en su piso, ¿no? ¡Ja!

Niego con la cabeza. Entiendo que es famoso y que estaba en el cartel en Nueva York, pero…

—¿Es que nada de lo que pasó fue real? —pregunto.

Devon aparta la mirada, incómodo, y entiendo que he dicho demasiado, así que recobro la compostura. Mierda. Yo no soy así. No voy entrando en los reservados para hablar con deportistas famosos. Me lamo las heridas y sigo adelante.

El enfado se me pasa y exhalo despacio. Vale, está bien.

Ya le he dicho lo que pensaba. Ahora tengo que irme. Busco la salida con la mirada.

—Elena, espera… —Se peina el pelo con la mano y le brillan los reflejos dorados—. Es solo que… es una coincidencia enorme y nunca había pensado que te vería en una fiesta en un reservado. —Hace una pausa—. No quería que la próxima vez que nos viéramos fuera así.

Claro, porque estaba con tres chicas.

—Hola. Creo que no nos conocemos —dice una voz masculina que se acaba de unir a nuestro círculo—. Soy Aiden Woods, *quarterback*. Te he visto entrar. Me encantan los pantalones que llevas.

Malditos pantalones. Dejo de mirar a Jack y miro al chico que se ha acercado. Es joven, el típico vecino guapo de las películas. Tiene la mandíbula cuadrada y hoyuelos. Me coge la mano y me la estrecha.

—Alabama, relájate. Está con nosotros —dice Devon con frustración.

Aiden, o Alabama, me mira con una sonrisa de oreja a oreja.

—¿También haces cuartetos?

—No hace nada —responde Jack—, no es una de esas chicas que solo salen con deportistas.

Ni siquiera sé a qué clase de chica se refieren.

—Bueno, nunca te había visto por aquí. ¿Tienes nombre? —me pregunta Alabama, ignorando a los chicos. Tiene los ojos de color azul claro y me mira con una sonrisa de anuncio.

Jack le golpea el hombro con el suyo.

—Sí, pero a ti no te lo va a decir. Está conmigo y es una señorita.

Vaya.

Vaya.

Primero dice que yo me lo ligué y ahora que soy una señorita. Parece un poco confundido.

Jack no aparta la mirada de Alabama, que no se altera ni siquiera después del choque de hombros. Creo que estos han tenido algún problema antes.

—A mí me gustan las señoritas —murmura Alabama, que me mira con una sonrisa arrogante—. O sea que eres amiga de Jack, ¿cómo os conocisteis?

Me lamo los labios y pienso la respuesta con cuidado. Puede que esté enfadada con Jack, pero no quiero causarle problemas.

—Nos acabamos de conocer —respondo.

—¿De verdad? —añade—. No te ha quitado los ojos de encima desde que te has acercado. Y lo has llamado «hombre del tiempo». ¿Es un apodo entre amigos?

Alabama es muy insistente, aunque, con el acento sureño que tiene, suena encantador.

—No —respondo breve.

Los orificios de la nariz de Jack se dilatan. Se inclina hacia Devon y le susurra algo al oído, pero lo dice tan bajito que no lo oigo. Devon me mira fijamente y asiente a lo que le dice su amigo.

—Me apuesto lo que quieras a que están planeando algo para alejarte de mí —murmura Alabama, que inclina la cabeza hacia mí—. Jack es un poco posesivo. ¿Seguro que no eres su novia?

—Seguro. —Solo nos hemos acostado.

—¿O sea que estás disponible?

Madre mía. Lo miro fijamente.

—¿Los jugadores de fútbol asumís que todas nos queremos acostar con vosotros?

—Sí —responde con las manos en alto.

Jack y Devon terminan de hablar y el segundo me mira, sonriendo de oreja a oreja.

—¿Estás lista para irte?

Los ojos de Jack escrutan los míos antes de apartar la mirada.

—Sí que lo está —dice con firmeza.

Se está librando de mí.

—Listísima —respondo.

Alabama me mira con cara de decepción, pero creo que no es tanto por el hecho de que me encuentre atractiva, sino porque estoy con Jack.

—Oye, ha sido un placer conocerte. Puede que nos volvamos a ver.

Asiento.

Devon entrelaza un brazo con el mío y salimos del reservado. Está muy callado y tiene cara seria cuando volvemos a la barra.

Me siento en un taburete y miro la enorme ventana de cristal donde está el reservado.

¿Nos estará mirando?

¿O lo habrán vuelto a rodear las modelos?

¿Qué más da?

Devon suspira despacio cuando ve hacia dónde miro.

—Créeme, ahora que sabe que estás aquí, estará pendiente todo el rato. Nunca se le pasa nada.

Hago un gesto al camarero para que me traiga otro vaso de agua y le doy un trago largo con la pajita. Topher y sus amigos siguen bailando. Suena la canción «Grease lightning» y estoy segura de que Topher le ha pedido al DJ que la ponga. Topher ve a Devon a mi lado y sonríe de oreja a oreja, lo que quiere decir que sabe quién es Devon. Hago una mueca y levanto las manos. Mi cara dice: «Qué casualidad». Me lanza un beso.

—¿Ese es tu mejor amigo? —pregunta Devon.

Asiento.

—El mío es Jack. Somos mejores amigos desde la universidad y vivimos juntos. Es como si fuéramos hermanos. Haría lo que fuera por él.

—¿Como echar a una chica del reservado?

Hace una mueca.

—No te ha echado, te estaba protegiendo. Si los reporteros se enteran de que habéis salido juntos, no te dejarán en paz.

—¿Había algún periodista en el reservado?

—No, pero la gente habla mucho y Jack no confía en nadie, mucho menos en Aiden.

Pido más agua y suspiro. Jack me ha decepcionado. La persona a la que he visto esta noche era alguien totalmente diferente.

Devon se sienta a mi lado. Tiene cara de concentración como si quisiera escoger las palabras con cuidado.

—Y, por cierto, tampoco me contó los detalles de vuestra noche. Solo quería saber quién eras. De hecho, nunca lo había visto…

—No soy nadie. —Me encojo de hombros.

Devon asiente.

—Dime, ¿te ha dado su número de teléfono?

—Sí. —Eso parece.

—Nunca se lo da a nadie. Creo que solo lo tienen cinco personas —dice, moviendo las cejas con picardía.

—Da igual, porque no pienso llamarlo.

—Ya.

—Lo digo en serio.

—Sí, sí, claro.

—Te voy a dar en la frente otra vez.

Sonríe y mira el reloj.

—¿Tienes que ir a algún sitio?

—No, solo espero.

—¿A Jack?

Asiente indeciso.

—Sí, quiere hablar contigo. Me ha dicho que te sacara de ahí porque no quiere que hables con Aiden. Es un tema complicado.

—Ah.

Asiente.

—Piénsalo. Los jugadores conseguimos alcanzar la cima porque, número uno, somos muy buenos; número dos, somos muy competitivos; y, número tres, queremos la gloria y el dinero. Es un deporte de equipo, pero tienes que ir con cuidado. Alabama quiere acabar con Jack para ocupar su puesto. —Hace chinchín con su cerveza y mi vaso de agua, y se inclina hacia mí.

—Vamos a bailar, me encanta esta canción.

—¿De verdad? ¿De quién es? —Es «I'm not the only one», de Sam Smith.

Pone los ojos en blanco y me coge de la mano.

—¿Qué más da? Vamos a bailar.

Tira de mí hasta que accedo a bailar con él (es dulce como un cachorrito) y me lleva hasta la pista de baile.

Devon me coge y pone las manos en mi cintura, yo pongo las mías en sus hombros, y nos movemos de un lado a otro al ritmo lento de la canción. Mantiene una distancia respetuosa e inclina la cabeza hacia abajo para mirarme. Tiene cara de estar pasándoselo bien.

—¿Qué pasa? —le pregunto.

Se limita a sonreír. Los dientes le resplandecen al lado de la piel bronceada y, como Jack, supongo que pasa mucho tiempo al aire libre.

—Entiendo por qué le gustas: eres como un libro abierto. Se te ve en la cara lo que piensas. Sin fraudes ni artimañas. Me ha gustado verlo confundido cuando le has pedido las… bragas. Siempre está rodeado de mujeres que no hacen más que decir: «Claro, Jack, como quieras, Jack». —Ríe—. Cuando has pasado tanto tiempo entre mujeres, como en nuestro caso, reconoces a las que son sinceras.

Noto que sus grandes manos bajan hasta la zona baja de la espalda, muy cerca del culo. Le echo una mirada asesina.

—Ve con cuidado, mohicano.

Se ríe.
—Seguro que en menos de un minuto está aquí.
Soplo para apartarme un mechón de pelo de la cara.
—¿De verdad crees que le importa que estemos bailando juntos? Por favor. Hagamos una apuesta. Un dólar a que no viene.
—Me gustas. Vale, acepto la apuesta.
Cuento mentalmente hasta sesenta. La canción acaba y empieza una más lenta.
—No ha venido. Aunque tampoco es que quisiera que viniera. Me debes un dólar.
Devon piensa y mira otra vez hacia la ventana.
—Bueno, vale, tengo que ser un poco más malo. ¿Doble o nada?
Asiento. ¿Por qué no? Además, quiero ver a Jack porque necesito que me devuelva las bragas.
Devon arquea una ceja.
—Voy a jugar sucio, ¿de acuerdo?
¿Jugar sucio?
Antes de que me dé tiempo a responder, Devon deja de bailar y me arrincona contra la ventana. Me rodea la cintura con el brazo y se inclina hacia mí. Me aparta el pelo con una mano y me da un beso en la mejilla, un beso como el que me daría Topher, y, a continuación, me acerca los labios a la oreja. Me mordisquea el lóbulo y yo río porque me hace cosquillas, pero, sobre todo, porque está contando los segundos. Supongo que para el resto de la gente parece que estamos abrazados y que me está besando el cuello.
—Uno, dos, tres, cuatro, cinco, seis, siete, ocho, nueve, diez…
—¡Devon! —dice Jack, que ha aparecido al lado de su amigo, al que saca unos cuantos centímetros. Frunce el ceño y coge a este por el hombro—. ¿Se puede saber qué haces? He dicho que le hagas compañía, no que te líes con ella. —Su voz parece un gruñido.
Devon me suelta y levanta las manos a modo de disculpa.
—Lo siento, tío. Me has dicho que la sacara de allí y ha empezado a sonar una canción muy buena. No he podido evi-

tarlo. —Me guiña el ojo, se mete las manos en los bolsillos y se dirige a la pista de baile. Oigo que silba a alguien—. Me puedes dar el dinero otro día, Elena —dice desde el borde de la pista a la vez que hace un gesto desenfadado con la mano. Se acerca a una chica morena, que está al lado de la barra, y se inclina hacia ella. Seguro que la llama «guapa».

Jack se vuelve hacia mí para mirarme. Tiene una expresión indescifrable en el rostro.

—¿Qué dinero? —Sacude la cabeza—. Da igual. Ven, vamos a un sitio con menos gente.

Alarga una mano hacia mí para que la coja. La miro. Usa un tono autoritario. Cuando estoy cerca de él, siento que me vibran todos y cada uno de los átomos que tengo en el cuerpo.

Las parejas bailan a nuestro alrededor. La canción se vuelve cada vez más rápida, igual que los latidos de mi corazón.

—Elena. Ven conmigo, por favor —dice con un tono suave cuando se acelera la canción—. Aquí no podemos hablar, hay demasiado ruido.

Por lo menos me lo ha pedido por favor.

—No. —Paso por su lado y me dirijo hacia la salida de la discoteca. De camino a la puerta, saco el móvil del bolso y le envío un mensaje a Topher para decirle que me voy a casa. Todos sabíamos que no me iba a quedar tanto rato como los demás, así que he venido con mi coche. Seguro que ellos se quedarán hasta que cierren el club y luego irán a otro.

—Elena, espera —grita Jack a mi espalda mientras me abro paso entre la gente. Llego a la salida y sé que está detrás de mí, porque siento el calor de su piel y su olor, especiado con notas de pino y de sudor.

No me doy la vuelta, pero veo que unas chicas delante de mí sacan los móviles para hacer fotos y, probablemente, vídeos. Bajo la cabeza y miro al suelo. Si tiene tantos periodistas detrás como dicen, no quiero tener nada que ver, en especial cuando está clarísimo que no soy como ellos. Recuerdo las chicas del reservado: «Claro, lo que quieras, Jack».

Jack y yo no pegamos, eso está clarísimo.

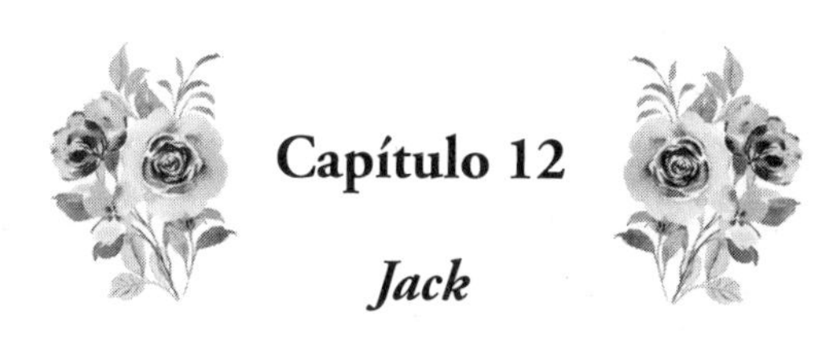

Capítulo 12

Jack

Joder.

¿Por qué no puedo dejar de mirarle el culo con forma de corazón mientras se abre paso entre la multitud?

Se aleja de mí.

¿Cuándo fue la última vez que una mujer me dijo que no quería saber nada de mí? Ni siquiera me acuerdo. Supongo que en secundaria, cuando no era más que un enano delgaducho. Cuando empecé a jugar al fútbol americano, las mujeres comenzaron a acudir en manada.

Pasa entre la gente, sale de la discoteca y cierra de un portazo, pero yo voy detrás de ella. Siento un gran alivio al salir a la noche. Por fin he abandonado el local. Ya no suelo salir tan a menudo, pero hoy es el cumpleaños de Devon y sé que es importante para él que salga y socialice. Me resulta muy difícil hacer estas cosas, sobre todo después de todo lo que me ha pasado últimamente.

Dobla una esquina y corro para seguirla. No puedo dejar que se me vuelva a escapar. Sabía que tenía que sacarla del reservado porque la gente empieza rumores por cualquier cosa.

Está comenzando a lloviznar cuando la alcanzo en la acera. A ella le da igual, sigue con sigilo, sin sacar un paraguas ni nada. Parece una de esas personas a las que les da igual mojarse. Ojalá llevara un paraguas para poder cubrirla mientras camino a su lado. Me meto las manos en los bolsillos.

¿Qué le digo?

Mierda.

Ya ni recuerdo cómo hablar con una chica.

—¿A dónde vas? —le pregunto.

—Al coche y a casa. Me voy.

Se me crispan los labios y veo que me mira.

—¿Qué te hace tanta gracia? ¿Y por qué me sigues? Llevo espray de pimienta encima, para que lo sepas.

Asiento.

—Muy bien. No tendrías que ir sola hasta el coche. Yo te acompaño para asegurarme de que llegas bien.

Cierra los labios con fuerza. Hoy los lleva pintados de color rosa fuerte y no puedo evitar fijarme en el labio superior. Tiene el arco de cupido muy pronunciado y los labios voluminosos como cuando te acaban de dar un beso.

—Deja de mirarme. Soy una acosadora, ¿no te acuerdas? Te seguí al restaurante, y hoy, a la discoteca.

Le cojo la mano, ella se detiene y la mira. La suelto, pero por lo menos ya no intenta huir de mí.

—Elena, siento haber dicho eso.

—Entonces, ¿por qué lo has hecho?

—Porque soy un idiota —exhalo—. Has aparecido de repente en el reservado y con ropa rara. —Con un gesto de la mano, señalo su atuendo—. No me lo esperaba. Todo el mundo sabe que la discoteca es de Devon y las mujeres vienen a buscarnos. Además, pensaba que eras más remilgada y formal…

Bajo la vista y miro la camiseta, que se le cae continuamente por el hombro y deja a la vista el encaje de su sujetador negro. Su cabeza me llega a la parte alta del torso. Examino su cuerpo pequeño y siento un instinto de protección, sobre todo después de haberla visto en los brazos de Devon en la pista de baile. Devon lo ha hecho de broma. No le gusta Elena, ¿no?

Y si le gusta, ¿qué?

Muevo el cuello en círculos.

Se ha puesto las gafas de diadema para apartarse el pelo de la cara. Apenas lleva maquillaje, pero su piel parece de porcelana. Tiene las pestañas oscuras y pobladas y parecen dos abanicos temblorosos cuando me mira. Recuerdo la falda de tubo que llevaba la noche anterior con la camisa con cuello bebé.

—Me gusta cuando vas más tapadita —admito a regañadientes.

—¿Por qué?

Me encojo de hombros, desconcertado.

—No lo sé. Creo que es por ti.

—Oh.

Nos quedamos allí unos instantes en la llovizna, mirándonos en silencio. Me aclaro la garganta y digo:

—Siento haberte mentido. Pensé en decirte mi nombre de verdad varias veces, pero no lo hice porque me gustó saber que querías estar conmigo por quién soy y no por mi nombre.

Aparta la mirada y observa al grupo de personas que pasa riendo a nuestro lado. No parecen fijarse en nosotros, pero no puedo evitar pensar que tenemos que irnos de ahí y escondernos de todo el mundo.

—¿Te gusta Devon? —pregunto sin pensar. La pregunta me sorprende hasta a mí.

Sus ojos del color del mar miran fijamente a los míos.

—¿Y qué si me gusta?

—Me apartaré. —Qué cabrón. No pienso hacerlo.

—¿Apartarte de qué? Tú y yo no somos nada, Jack.

—¿Estás segura? ¿Incluso después de lo de anoche? —La observo con atención. Confío en su lenguaje corporal más que en sus palabras.

Se le hincha el pecho y, poco a poco, se le ruborizan las mejillas. Traga saliva y se muerde los labios. Se me tensa el cuerpo.

—Si te gustara Devon, no te habrías puesto roja. —Gano confianza y doy un paso hacia ella. Alargo la mano y le acaricio un mechón de pelo con los dedos para recordarle cómo se lo cogía con fuerza la noche anterior, cada vez más fuerte, esperando a que me pidiera que parara. Pero no lo hizo. Gimió y se corrió, y sentí que su vagina se tensaba y contraía alrededor de mi pene. Siento la necesidad de acostarme con ella. Aunque sea solo una vez más.

—Esto no se ha acabado, Elena. Ven conmigo al piso.

Se coge las manos y empieza a caminar otra vez. Parpadeo y la sigo.

—¿Qué he dicho ahora?

Ha llegado a un coche verde y le da al mando a distancia.

—Se te da muy bien seducir a las mujeres, Jack. Imagino que piensas que con solo chasquear los dedos conseguirás que vaya a tu piso a retozar.

¿Retozar? Sonrío.

—Yo no busco una relación y tú acabas de romper con tu exnovio. ¿He malinterpretado lo que buscas?

Empieza a llover cada vez más y nos estamos mojando, pero no parece importarnos.

—En primer lugar, no me gustan los líos de una noche ni de dos. No me conoces de nada.

—Vale, pues deja que te conozca. —Señalo con la cabeza hacia una cafetería al otro lado de la calle—. Te invito a un café y así nos conocemos más.

Mierda.

Mierda.

Odio ir a lugares públicos donde no conozco a los dueños.

Aunque…

Nos llega una ráfaga de viento frío y frunzo el ceño cuando la veo estremecerse. Se seca la lluvia de los ojos.

—Espera —digo. Me desabrocho la camisa, me la quito y se la pongo por encima de la cabeza. No hace mucho, pero por lo menos no se va a mojar más—. Deberías haberte traído una chaqueta —murmuro mientras la miro—. Estamos a cuatro grados y medio, y encima llueve.

Echa un vistazo a la camisa blanca empapada y me vuelve a mirar a los ojos.

—¿Quién te has creído que eres, el hombre del tiempo?

Sonrío.

—La lluvia es húmeda.

Sonríe un poco y suspira poco a poco. Veo que su rostro se vuelve distante.

—Te voy a dar unos consejos para la próxima vez que te acuestes con una chica: no mientas sobre tu identidad y no te vayas antes de que se despierte. Es descortés.

Maldita pesadilla de mierda.

Dudo y pienso en contárselo, pero…

No la conozco. Tengo la corazonada de que es sincera, aunque…

«No confíes en nadie», me dice una voz en mi cabeza. Puede que cuente lo que le diga a algún amigo y ese amigo decida contárselo a otra persona, y, antes de que me dé cuenta, estará en los medios de comunicación y los periodistas se encargarán de convertirlo en una noticia. Al final, no fue solo Sophia quien me traicionó; cuando me ficharon, la hermana de Harvey contó los detalles de mi infancia con mi madre en un artículo de *Sports Illustrated.* Estaba lleno de mentiras y hablaba de Harvey como si hubiera sido un incomprendido cegado por el amor.

—Tienes razón. Me tendría que haber quedado. Tendría que haberte abrazado y haberte despertado. —Hago una mueca—. No se me dan muy bien esas cosas.

Me mira durante unos segundos.

—Elena, no sé cómo hacerlo.

—¿Hacer qué?

Dudo antes de responder.

—Oye, ¿por qué no empezamos de cero?

No espero a que responda, alargo la mano y cojo la suya.

—Hola, soy Jack Eugene Hawke y soy *quarterback.* Colecciono tazas e imanes de los sitios en los que he estado. Puedo hacer una flexión contigo encima, sí, lo estaba pensando hoy. Leo mucho, sobre todo libros de suspense. Crecí en un pequeño pueblo de Ohio. Mi madre está muerta y no sé dónde está mi padre. Me gusta mucho dibujar, pero nunca enseño los dibujos a nadie porque me da vergüenza. Gané el campeonato nacional el último año de la carrera, y el Premio Heisman, en el penúltimo. Soy bastante… tímido, en realidad. El personaje de Dwight Schrute de *The Office* me hace llorar de risa. Y hace poco he descubierto que tengo una devoción insaciable por las bibliotecarias atractivas.

Elena baja la mirada al suelo, luego me vuelve a mirar y, por alguna razón que desconozco, me falta el aire cuando sus ojos de color verde azulado se encuentran con los míos. Contengo la respiración y espero su respuesta. Nunca le he dicho esas cosas a una chica. Nunca se las he querido decir a nadie.

—No ha estado mal. Gracias.

Seguimos cogidos de la mano y le acaricio la muñeca con el pulgar.

—¿Por qué siento que me vas a poner alguna pega?

Suspira lentamente y me suelta la mano.

Los nervios se apoderan de mi cuerpo.

—Elena…

Da un paso hacia atrás y, mierda, no quiero que se aleje de mí. Tengo la sensación de que va a desaparecer en cualquier momento…

—Tengo que irme. Encantada de conocerte, Jack. Cuídate.

Se da media vuelta, aparta la cabeza de la protección de mi camisa y va hacia el coche.

—¡Elena!

Se gira hacia mí y me mira.

—¿Qué?

Me humedezco los labios. Tengo la camisa arrugada en los puños y está lloviendo con más intensidad. Las gotas me mojan la cara.

—Eres la primera chica con la que he estado en un año.

No sé cuánto tiempo nos quedamos allí, puede que sean solo unos segundos, pero los uso para catalogar sus movimientos, para grabarlos en mi memoria. El resplandor de sus ojos, el movimiento de su pecho cuando respira. Su rostro delicado parece incrédulo y sus ojos buscan los míos.

A continuación, se vuelve a girar, abre la puerta del coche y se sube.

Cierro los ojos y se me escapa un largo suspiro. «Eres lo peor, Jack».

Sale marcha atrás y se aleja con el coche, y yo observo las luces traseras, que se hacen cada vez más pequeñas.

Levanto la cabeza y miro al cielo, proceso lo que ha pasado y tramo un plan.

Me saco el teléfono del bolsillo y marco el número de Lawrence.

—¡Tío! —contesta—. ¿Dónde te has metido? No te encuentro por ningún lado y Quinn tampoco. Esto está a tope. Devon dice que te has ido. Tengo que hablar contigo…

—¿Has averiguado cómo se apellida?

Se queda en silencio y oigo la música de la discoteca por el móvil.

—No es tu tipo de chica, Jack.

—Ahora mismo tienes que pensar en tu carrera. ¿Qué te parece si quedamos con tu agente esta semana? A lo mejor podemos recuperar el patrocinio de Adidas…

—Ese tema está zanjado. Aiden me ha dicho que tiene una reunión con ellos. Olvídalo.

Suelta una retahíla de palabrotas.

—Qué hijo de puta. El niñato se está aprovechando de tu mala suerte…

—Me da igual el dinero, Lawrence. Dime qué sabes de la chica.

Suspira.

—Elena Michelle Riley, de Daisy. Tiene veintiséis años y es bibliotecaria. Su padre está muerto, su madre sigue viva. Tiene una hermana. Nunca se ha casado ni la han arrestado ni ha salido con ningún deportista profesional. Antes vivía en Nueva York, pero ahora vive en la casa de su abuela. —Hace una pausa—. No me vuelvas a pedir más mierdas de estas nunca más. Me contrataste para arreglar tu imagen, no para investigar a tus líos.

Oigo dudas en su voz.

—Dime, ¿qué más has descubierto? —Quiero saberlo todo sobre ella.

—Vive con un hombre.

Siento una ola de celos.

—¿Cómo se llama?

—Topher Wainscott. Tiene novio, tío. Olvídate de ella.

Topher… mmm.

—¿Tienes su dirección?

Suelta un suspiro largo.

—¿En serio, Jack? No puedes plantarte en su casa. No ha firmado el acuerdo de confidencialidad.

—No soy idiota, Lawrence. Dime dónde vive.

Me da la dirección y me la grabo en la memoria.

—Gracias. Adiós. —Cuelgo el teléfono mientras él me sigue sermoneando sobre el tema.

De camino al Porsche, justo antes de abrir la puerta, me detengo y retrocedo mentalmente. Mierda. La he acusado de ser una acosadora y ahora yo…

A la mierda.

He visto cómo me miraba esta noche en el reservado, incluso cuando nos peleábamos. Sé que se corrió tres veces y que nunca se había corrido con un hombre. Sé que le entra una risita cuando le beso la parte trasera de la rodilla y que gime cuando le lamo ese punto del cuello…

Sí. Sin duda.

Hay algo entre nosotros y, sea lo que sea, quiero volver a probarlo.

Capítulo 13

Elena

Aparco delante de casa, sobre las once de la noche, y entro corriendo para resguardarme de la lluvia.

Me pongo un poco de *whisky* caro del armario bien surtido de mi abuela y camino de un lado a otro, pensando en Jack. Lo recuerdo bajo la lluvia, contándome quién era, y me doy cuenta de que es mucho más que un deportista malote, y eso es un poco peligroso y muy *sexy*.

Tengo la respiración entrecortada.

Olvídate de él.

Da igual que no se hubiera acostado con nadie en un año, ¿verdad?

Pero ¿por qué ha esperado tanto tiempo?

¿A lo mejor fue por el dolor que le causó la ruptura con su exnovia y por el libro? Puede ser.

Y dice que es… ¿tímido?

Me parece difícil de creer, porque la noche que estuvimos en el piso me conquistó sin problemas.

Aunque claro, para un chico como él, a lo mejor no se refería a ser tímido en la cama, sino en general. Puede que, para él, el sexo sea algo totalmente diferente, un modo de saciar…

Ahora estoy cachonda.

Pfff.

Tal como era de esperar, acabo en el taller de costura con sus techos altos y la lámpara de araña pesada y antigua. Esta era la habitación de mi abuela donde nos cosía a Giselle y a mí vestidos a conjunto. La máquina de coser sigue en la esquina, es una Singer negra de hierro. Yo siempre me pongo justo delante de la ventana en saliente donde tengo una mesa de dibujo para hacer mis diseños, una remalladora y dos máquinas de coser. Hay maniquíes con mi ropa interior por toda la habitación. Seda, encaje, lentejuelas, hilo, lazos y trozos de tela ordenados de forma perfecta en las estanterías que Topher me ayudó a montar.

Sobre la mesa, tengo una hoja. Es un correo electrónico que imprimí el viernes. La cojo y la vuelvo a leer:

> Estimada Elena:
>
> Gracias por interesarte en nuestra compañía y por los bocetos que nos has mandado. En estos momentos, tenemos una vacante de becaria en el Departamento de Diseño. Es un puesto para un año con posibilidad de contrato indefinido con prestaciones. Soy consciente de que no es lo que tenías pensado, pero nos encantaría que nos enviaras tu candidatura. Llámame, por favor, y organizamos una reunión. Me encantaría ver tus diseños en persona.
>
> Marcus Brown
> Director general de Lencería Little Rose

Siento una punzada de decepción y doy un sorbo al *whisky.* Trago y noto una sensación cálida y suave, gratificante. Le envié un correo electrónico a Marcus con unos cuantos diseños y el enlace de mi blog hace unas semanas. No sé qué esperaba… Supongo que imaginaba que me aceptarían y me ofrecerían un trabajo de verdad en la empresa.

Las cosas no funcionan así, Elena.

No tengo nada de experiencia en el mundo de la moda, aunque tenga buen ojo. Estudié Filología Inglesa en la universidad.

Acaricio el papel. Podría ser una buena oportunidad, pero no tenía pensado pasar la mayor parte del tiempo haciendo encargos y llevando cafés a los trabajadores de verdad.

Además, está mi madre. Le daría un infarto si dejo el trabajo, porque tuvo que llamar a algunos de sus amigos importantes en Daisy para conseguírmelo. Y se moriría de vergüenza si supiera que diseño lencería. Los chismorreos acabarían con ella.

Pongo la hoja a un lado, me dejo caer en el diván de terciopelo azul oscuro de la esquina y miro el candelabro del techo.

Río a carcajadas al pensar en lo ridículo que sería que dejara el trabajo.

Mi abuela me habría dicho que lo intentara. Siempre me animaba a seguir mis sueños, a salir de Daisy y ver mundo. Cuando mi madre se puso de morros porque decidí no volver al pueblo después de graduarme, la abuela organizó una gran fiesta en esta misma casa para celebrar que había conseguido un trabajo en una editorial. Se puso muy contenta cuando me fui de viaje por Europa sola. Siempre me miraba como si ella fuera la responsable de mi espíritu salvaje.

Me deshago de los recuerdos, dejo el vaso en la mesa auxiliar y cojo la nota que me dejó Jack en el piso. Paso los dedos por las palabras garabateadas.

Lo he dejado allí, solo bajo la lluvia.

No puedo evitar sonreír un poco. He dejado plantado al tío más atractivo que he visto en mi vida.

Me pregunto qué hará al respecto.

Porque los hombres como Jack, como tienen una naturaleza tan competitiva, cuando quieren algo, van a por ello. Eso me ha dicho Devon.

Ya veremos…

Me despierta el teléfono y maldigo.

Romeo, que estaba durmiendo a mi lado, esconde la cara en mi brazo y se queja cuando alargo la mano para coger el móvil de la mesilla de noche.

—¡Es hora de despertarse!

Gruño al oír la vocecita alegre.

—Mamá, son las ocho de la mañana.

—Y es domingo. Hace dos semanas me prometiste que hoy vendrías a la iglesia.

—No grites —digo mientras me siento en la cama—. ¿En serio te dije eso? —Arrugo la nariz. Recuerdo vagamente que insistió mucho el día que fui a cortarme las puntas la semana pasada.

—Jovencita, ¿tienes resaca? El alcohol es malo para el alma.

Entonces, ¿por qué me dejó la abuela un armario lleno de *whisky?*

—Mamá, Jesús bebía vino. Llegué tarde anoche. ¿Por qué es tan importante que vaya a la iglesia hoy?

—No te preocupes por eso, querida. Pero tienes que venir porque lo prometiste.

—Mamá, tengo cosas que hacer en casa. —Quiero hacer bocetos y limpiar un poco. He tenido un fin de semana muy ajetreado y no me ha dado tiempo ni de pensar.

—A Dios no le valen las excusas.

Y tampoco se pasa horas bailando ni se enfrenta a *quarterbacks.*

Suspiro.

—Ponte algo bonito, una de tus americanas y una falda.

Mi tono se vuelve grave.

—Mamá, ¿qué has hecho?

—No he hecho nada. Quedamos en la puerta de la iglesia a las nueve y así entramos juntas.

—¿La panda de chicas de Daisy?

—No sé qué es eso. Vosotras os inventasteis el nombre. Ponte las lentillas y un poco de maquillaje si puede ser…

Creo que me están intentando emparejar con alguien. Tendría que ir vestida como una prostituta.

—Por cierto, no me has dicho cómo fue con el hombre del tiempo…

—No hubo cita.

Se queda en silencio y la imagino en su casa señorial de ladrillo al otro lado del pueblo, a unas cuantas calles de aquí. Le está dando vueltas a alguna cosa: se pregunta por qué no le cuento nada más. Seguro que está dando golpecitos con el pie, con impaciencia y bebiéndose un café, ya lista y preparada para ir a la iglesia. Seguro que ya ha acabado de limpiar toda la casa desde que se ha levantado.

—Bueno, a mí no me caía bien. Siempre dice que va a nevar y luego nunca nieva. Mereces a alguien mejor.

—Ya.

—¿Te has enterado de que han contratado a un entrenador de baloncesto nuevo para el instituto? Se llama Brett Sinclair y es un buen chico. Iba contigo al colegio. Se casó con una chica de ciudad de Los Ángeles, una cantante, y ya sabes lo salvajes que son. A nadie le sorprende. No tiene hijos ni nada. Si lo del pastor no sale bien…

Aparto las sábanas de una patada y salgo de la cama a tientas.

—¿El pastor? Mamá, no. Ni se te ocurra.

—Elena Michelle, sigo siendo tu madre y me prometiste que vendrías. Es su primer domingo en la iglesia y solo intento que vaya mucha gente para que se sienta bienvenido. Soy así, siempre ayudo a la Iglesia.

Vaya que si ayuda. Los miércoles por la tarde imparte clases de lectura de la Biblia todos los días y lleva comida para los ancianos y los enfermos que no pueden salir y va al refugio para mujeres del pueblo.

Pero la cosa no acaba aquí.

Maldición.

—¿Qué has dicho? —pregunta.

Creo que lo he dicho en voz alta.

—Nada, es que me he dado un golpe en el dedo del pie.

Exhala.

—Mira, sé que Topher ya te ha contado lo de Preston y Giselle. Ellos no vienen hoy, han ido a Misisipi a darle la noticia a la familia de él. Lo siento, cariño. Tú también encontrarás a alguien…

—¡Mamá, no necesito a un hombre para ser feliz!

—Ajá. Nos vemos a las nueve, ve a vestirte. Adiós.

—Mamá…

Ha colgado.

Mierda.

Tengo una hora.

Miro a Romeo, que me responde con lo que parece ser una sonrisa.

—Traidor —murmuro mientras le rasco la nariz. Adora a mi madre.

Veo los pantalones de cuero en el suelo y no puedo evitar reír. Al final, no tuve que cortarlos para quitármelos, pero estuve a punto de hacerlo después de pasarme una hora buscando a Jack Hawke en internet y de descargarme el libro horrible de su ex. Solo conseguí leerme un capítulo antes de lanzar el móvil al otro lado de la habitación. Según Sophia Blaine, se conocieron en una fiesta de después de un partido y fue amor a primera vista, pero claro, no se dio cuenta de que era un borracho y un maltratador. Estoy convencida de que da más detalles sobre eso en los siguientes capítulos, aunque no tengo agallas para leerlos. Odio el hecho de que el libro lo publicara la editorial en la que trabajé.

Cojo los pantalones y miro a Romeo.

—Mamá tiene suerte de que sean tan incómodos, porque, si no, me los pondría para ir a la iglesia.

Romeo esconde la cabeza debajo de las sábanas.

Exacto.

Camino por la acera hacia las puertas de madera en forma de arco de la Primera Iglesia de Cumberland, una congregación multiconfesional que hay justo al lado de la biblioteca, en West Street. Es la iglesia más grande de Daisy y cuenta con más de trescientos miembros, trescientos cincuenta en Semana Santa y Navidad. Es un edificio antiguo de ladrillo, que en un principio era rojo, pero decidieron pintarlo de blanco reluciente hace poco. La decisión dio mucho de qué hablar en la peluquería.

Tomo aire y me pongo bien la ropa. Llevo una camisa blanca con pequeños botones de mariposa rosas, que me hice yo misma, y una falda de tubo de terciopelo negro *vintage* que encontré en la buhardilla. Era de mi abuela. Por fortuna, teníamos las mismas curvas, aunque la falda me queda un poco estrecha. Tendré que comer menos hidratos de carbono durante un tiempo.

He dejado la americana en casa, así mi madre aprenderá. Más le vale ir con cuidado, porque hoy estoy rebelde.

—Tiene suerte de que haya venido —susurro para mí misma.

Mi madre está saliendo de su coche Lincoln cuando me llama y me hace un gesto con la mano para que me acerque. Es alta y delgada, y luce un aspecto señorial con el pelo rubio y peinado. Lleva un elegante traje de falda azul y unos zapatos de tacón medio de color negros. Qué estilo. Mi madre y Giselle parecen copias exactas; las dos son preciosas, tranquilas y reservadas.

Analiza mi atuendo con sus mordaces ojos azules y pone cara seria cuando ve los zapatos que llevo. Suspira.

—¿En serio te has puesto unos zapatos rosas? No son para nada de tu estilo.

Sí que lo son, pero ella no se da cuenta.

Menos mal que Topher y yo tenemos la misma talla de zapato. Roncaba como un cerdo cuando me he colado en su habitación y he cogido los zapatos más llamativos y provocativos que he encontrado.

—Cynthia, déjala en paz un rato.

Sonrío cuando mi tía Clara se pone a mi lado. Lleva un vestido de estilo bohemio con flores moradas y encaje. Sonrío. Tiene un aspecto un poco caótico y lleva el sombrero, con plumas a juego, torcido. Es diez años más joven que mi madre y son la noche y el día. Normalmente, mi tía Clara parece más mi hermana mayor que otra cosa.

—Me encantan los zapatos. Tendrías que ponértelos todos los días. Seguro que el señor Rhodes se queda flipando —dice mi tía, pasando un brazo por el mío—. Estará ahí arriba predicando, o verá tus zapatos y se le olvidará la escritura. «Pedro, líbrame de esta mujer». —Empieza a rezar la avemaría.

Mi madre le da un golpe en el brazo.

—No hagas eso, que no somos católicas.

—Entonces, asumo que el señor Rhodes es el pastor —digo mientras caminamos.

—¡Sí! —responde mi tía—. Te has perdido los cotilleos de la peluquería esta semana. Madre mía, ¿te has enterado de lo del jugador de los Tigers y el pequeño Timmy Caine...?

—Eso da igual —dice mi madre, que se pone a mi otro lado y me da unas palmaditas en la mano—. Tenemos que trazar un plan para lo del predicador.

Mi tía levanta el puño al aire y exclama:

—¡Ha vuelto la panda de chicas de Daisy! Se lo debemos a nuestro pueblo. A nadie le salen los guisos tan buenos como a nosotras y a nadie se le da tan bien emparejar a gente como a tu madre.

—El plan es… que no hay plan —digo secamente.

Mi madre sigue hablando como si no hubiera dicho nada.

—Su esposa falleció hace tres años, que Dios la bendiga, y ahora se siente solo.

Me imagino a un hombre mayor con pelo gris y una biblia.

Dios mío.

Ayúdame.

Suspiro y digo:

—Os tendrían que encerrar en un manicomio. Si hubiera sabido que planeabas esto, no te habría prometido nada.

Mi madre se encoge de hombros.

—Creo que te iría bien empezar a conocer a gente, así te será más fácil que Preston y Giselle… ya sabes. —Me mira con cara de preocupación.

—Que se casen —digo sin más.

Tía Clara finge una arcada.

—Para ya, Clara. Es un tema muy serio —la riñe mi madre—. Elena es la mayor y tendría que ser ella la que se casara. Se acabará convirtiendo en una solterona…

Miro al cielo y le ruego: «Dios, sé que no me he comportado, sobre todo este fin de semana, pero, te lo ruego, dame paciencia para lidiar con la pesada de mi madre».

—No dudes tanto, Elena, venga —dice mi madre mientras me tira del brazo.

La fulmino con la mirada. Me ha hecho cosas peores. En mi último año de instituto, cuando mi novio rompió conmigo la semana antes del baile, mi madre llamó a una amiga de Nashville y la convenció para que su hijo me acompañara. Y el chico vino. Se presentó en mi casa con una limusina y un esmoquin alquilado, que iba a conjunto con mi vestido, y me regaló un ramillete precioso. Fuimos al baile y casi no hablamos entre nosotros. Mis amigas quedaron prendadas del chico y pasaron la noche hablando con él, y a mí me ignoraron.

Mi madre siempre tiene un plan para todo y mil trucos para conseguirlo. Me da miedo.

—Mamá, bienvenida al siglo veintiuno. Ni siquiera tengo que casarme. Puedo vivir con Topher hasta el día que me muera —digo bajando la voz cuando unos parroquianos pasan por nuestro lado y nos desean una buena mañana.

Mamá los mira y endereza el cuerpo.

—Vamos a hablar de otra cosa.

Sé que a mi madre no le gusta lo de Topher, aunque no es porque sea gay, cosa que me sorprende mucho, sino porque es un hombre y vive conmigo, y eso hace que la gente del pueblo chismorree. Cuando le dije que Topher se iba a mudar conmigo, empezó a interrogarme y tuve que ponerme firme. La abuela me dejó la casa a mí y es mía. A veces, acepto que se salga con la suya, pero no cuando afecta a la gente que quiero.

Suenan las campanas de la iglesia y camino arrastrando los pies mientras me planteo volver corriendo al coche. Mi madre me mira.

—Elena, ya estás aquí. Solo te pido que le estreches la mano en la puerta. Trabajas en la biblioteca y está justo al lado. Algún día, tendrás que presentarte. Además, nunca sabes cuándo vas a necesitar la ayuda de un pastor. Son muy útiles. Y es bastante progresista: ha pintado la iglesia de blanco y ha pedido himnarios nuevos. Es como tú. Moderno.

No es como yo.

La tía Clara añade con una sonrisa:

—Lo que no te ha dicho es que lo ha invitado a comer el domingo. Ha hecho un pollo guisado y panecillos. También he oído algo sobre un plato de okra y puré de patatas con *cheddar.*

—Vaya, veo que vas a por todas —digo.

—Y pondré la vajilla buena —añade mi madre.

—¿Y las servilletas con nuestras iniciales? —pregunto.

Asiente.

—Y seguro que ya has comprado flores frescas para decorar —añado.

Sonríe.

Maldigo entre dientes.

Mi tía pone las manos en alto y dice:

—Que conste que no tengo nada que ver con lo del pastor. Yo solo quiero saber cómo fue con el hombre del tiempo. Me han dicho que es un poco travieso. —Ríe. Entrecierro los ojos. Topher. Mi tía y él son como uña y carne.

—¿Te lo ha dicho Topher? —pregunto entre dientes. Pero ¿cuándo ha tenido tiempo de contárselo? Seguro que le ha mandado un mensaje. Pfff.

Ella se limita a sonreír.

Abrimos la puerta y entramos. Mi madre ignora a la gente que la llama en la entrada y, con una sonrisa muy ensayada, tira de mí hacia el hombre que hay en el extremo de la sala.

Me da un codazo para que pase delante de ella como si fuera un trofeo.

—Patrick, querido, te presento a mi hija Elena. —Lo coge del brazo y él se da media vuelta hacia nosotras.

Arqueo una ceja. Ya hasta lo llama por el nombre de pila. No me sorprende.

Vale. De acuerdo. Patrick Rhodes es un hombre guapo, casi diría que con aspecto de intelectual. Tiene el pelo grueso y de color castaño claro y lleva unas gafas negras y modernas detrás de las que se esconden sus ojos inteligentes. No es guapísimo (como uno que yo me sé), y hasta diría que se parece al chico con el que estuve en la universidad. Mamá. Suspiro. Me da miedo que sepa tan bien qué tipo de hombre me gusta.

—Hola —dice con una voz amable y grave. Es un hombre alto y esbelto, y lleva un traje azul que le queda muy bien. Es más joven de lo que esperaba: aparenta treinta y tantos.

¿Qué le pasó a su mujer? Seguro que mi madre lo sabe.

Me agarra del brazo con fuerza como si pensara que voy a salir corriendo en cualquier momento. Creo que ambos somos sus rehenes. Esta mujer está loca.

—Elena es la bibliotecaria del pueblo. Los martes y jueves hace la hora del cuento con los niños de preescolar, y es adorable. Le encantan los niños, por eso se hizo bibliotecaria.

Gruño mentalmente. ¡Es mentira! Habla de mí como si fuera una de esas mujeres que solo quieren tener niños y sentar la cabeza. Me gustaría hacerlo algún día, pero con la persona indicada. Me encanta ser bibliotecaria porque trabajo con libros, pero, durante la hora del cuento con los niños de tres y cuatro años, me siento como si intentara arrear a un grupo de gatos enfadados. A Topher se le da mejor que a mí.

Ella sigue hablando:

—Tendrías que pasarte por ahí algún día. Tienen una sección de biografías nueva —Sonríe de oreja a oreja— y me comentaste que te encantan las biografías.

—Sí, así es —dice con un tono un poco seco y una ceja levantada.

Intento contener una sonrisa. No es tonto y estoy segura de que no es la primera madre que intenta juntarlo con su hija desde que está viudo. Sabe a la perfección que lo están manipulando para casarlo en un año.

La tía Clara me susurra al oído mientras mamá sigue hablando con Patrick:

—Yo me lo tiraría. Creo que voy a empezar a venir a misa más a menudo.

—¿Qué diría Scotty al respecto? —le contesto en voz baja—. Seguro que fue a tu casa anoche y se ha ido antes de que amaneciera. Picarona. ¿Cuándo piensas convertirlo en un hombre decente?

Me pellizca el brazo con discreción para que nadie se dé cuenta y tengo que toser para disimular la risa.

La miro a la cara y veo que está radiante. Seguramente de imaginar a Scotty metiéndole el correo en el buzón…

Se ruboriza al ver que la observo.

—Me gusta mantener un perfil bajo, ¿no lo llamáis así los jóvenes? De esa manera, es más emocionante.

Me da un codazo y veo que mi madre nos mira, furiosa, e imagino que nos hemos perdido algo.

Ah, claro. El pastor.

El señor Rhodes me mira a los ojos y baja la mirada directo hasta mis zapatos. Tienen un tacón de diez centímetros y son delicados, de hecho, me he pasado varios minutos haciendo el tonto con ellos puestos para familiarizarme.

Me mira a la cara y sonríe un poco.

—Encantado de conocerte.

Asiento cuando me coge la mano y me la estrecha.

—Bienvenido a Daisy, señor Rhodes. Me alegro de que esté aquí. —Es totalmente cierto. El pastor anterior tenía setenta años y hacía tiempo que se tendría que haber retirado.

—Llámame Patrick, por favor. Cynthia siempre me habla de ti. Dice que este año también vas a participar en la obra de teatro. *Romeo y Julieta,* ¿no? La iré a ver.

«¿Le habla de mí todo el rato?». Qué vergüenza.

Sé que está muy preocupada por mí. Más allá de todo ese rollo de que tengo que sentar la cabeza, creo que sabe que estoy en una encrucijada, que algo en mí se muere por salir. Es probable que le dé miedo que me vuelva a ir a Nueva York.

—Claro, deberías venir —respondo con una sonrisa.

Percibo un poco de interés en sus ojos.

Bueno, pues nada, si los zapatos no lo ahuyentan…

No. No. No.

Nunca podría ser la novia o la esposa de un pastor.

Me gustan el *whisky,* los vibradores y la lencería *sexy…*

—Muchas gracias, sí. Estoy muy contento de estar aquí —dice una voz grave e inconfundible detrás de mí.

Siento que se me tensan los músculos por la sorpresa (¿y alivio?) cuando me doy media vuelta y veo a Jack. Acaba de entrar por la puerta y está hablando con el matrimonio encargado de saludar a la gente que entra. Mamá los ha ignorado por completo, pero él no.

Tiene un poco de barba que le oscurece la mandíbula. Parece que no ha tenido tiempo de afeitarse y lleva el pelo un poco húmedo como si se hubiera duchado hace poco.

—¿Qué narices hace aquí? —pregunto.

Mamá me da un codazo y me pregunta:

—¿Quién es?

—J-a-c-k.

La tía Clara se echa a reír.

—Ha empezado a deletrear las palabras. Que alguien traiga las sales aromáticas.

¿Qué? No. Niego con la cabeza.

—Vaya, creo que es el *quarterback* de los Tigers —murmura Patrick—. Has conseguido llenar la iglesia y bien, Cynthia.

Mamá se encoge de hombros.

Jack se gira poco a poco y me mira.

Sonríe y los dientes resaltan sobre el rostro bronceado y se le arrugan los ojos. Se pasa una mano por el pelo ondulado y oscuro, y me recorre el cuerpo con la mirada antes de volver a mi rostro. Parece un poco indeciso y creo que duda antes de acercarse a nosotras.

—Elena —dice mi nombre lentamente. Usa un tono cariñoso pero noto en él un ápice de diversión.

Siento un rubor que me empieza en los dedos de los pies y va subiendo hasta llegarme a la cara.

Ni siquiera sé cómo reaccionar. Me ha dejado atónita por completo.

¿Qué… hace… aquí?

Pasamos unos segundos mirándonos y, en mi cabeza, lo vuelvo a ver como estaba anoche bajo la lluvia…

Clara ha sacado su abanico de encaje y lo mueve de un lado a otro hecha una furia.

Mamá me mira con ojos brillantes. Espera que los presente, pero me niego.

Abro la boca y la vuelvo a cerrar un par de veces; Jack se da cuenta.

Sabe que estoy nerviosa.

Seguramente, ve que se me endurecen los pezones en el sujetador.

Lleva unos vaqueros de cintura baja ajustados a las piernas; unos mocasines de piel y otra camisa, esta vez de cuadros azul oscuros y amarillos. Se ha subido las mangas hasta los codos y se le ve el vello rubio de los antebrazos musculados.

—Voy a sentarme —dice mi madre sin dirigirse a nadie en particular. Sin embargo, no se mueve.

—Deberíamos. No queremos que los Palmers se sienten en la fila de atrás. ¿Es que no saben que cuando alguien se pide un sitio ya es de ellos para siempre? —dice mi tía.

Nadie se mueve.

—Odio que hagan eso —murmura mi madre—. Llevo más tiempo que ellos viniendo a esta iglesia. Ese es mi sitio. Tendríamos que poner normas.

La hermana asiente.

—Además, tu marido, que Dios lo tenga en su gloria, fue el alcalde del pueblo durante quince años. Eres un pilar fundamental en la comunidad. Eres como de la realeza.

Patrick se aclara la garganta.

—Eh, normalmente la primera fila se queda vacía. Por lo menos, eso pasaba siempre en mi antigua congregación.

—A nadie le gusta estar en primera fila. Aunque, si pusiera unas botellitas de *whisky,* seguro que se animarían a sentarse —me susurra mi tía.

Yo casi no me entero, solo miro a Jack, que sigue ahí plantado observándome. ¡No aparta los ojos de mí!

—Vamos a nuestro sitio, Cynthia —dice Clara por fin mientras dirige a mi madre hacia el auditorio.

Se alejan girándose de vez en cuando para mirarnos.

Ahora solo quedamos una servidora, el pastor y el jugador de fútbol americano.

Parece el comienzo de un chiste malo.

Jack deja de mirarme para estrechar la mano de Patrick.

—Jack Hawke. Encantado de conocerle. Qué sitio tan chulo.

El apretón de manos es mucho más firme que el mío.

—Bienvenido —dice Patrick con una sonrisa de oreja a oreja—. Te admiro mucho. Yo jugaba al fútbol americano en el instituto, era receptor. ¿Qué te trae a Daisy? ¿Conoces a Elena? —El pastor levanta una ceja.

—Pues sí. Conozco a varias personas del pueblo —responde. Se detiene cuando el coro empieza a cantar «Sublime gracia».

—Vaya, disculpad, esa es mi señal. Tengo que irme —dice señalando el auditorio con la cabeza—. Ya sabéis cómo es el primer día. Encantado de conocerte. —Me mira sonriendo y dice—: A ti también, Elena. Espero verte en el *casting.*

—Allí estaré.

Se aleja caminando y su cuerpo fuerte desaparece entre las puertas de la entrada lateral, que dan al espacio donde canta el coro. Tendrá una silla en la parte delantera para sentarse mientras el solista lidera a sus compañeros.

Frunzo el ceño y me giro hacia Jack. Por fin consigo hablar:

—¿Se puede saber qué haces tú aquí?

Esboza una mueca y veo una expresión en su rostro que parece de arrepentimiento.

—Te prometo que no sabía que estarías aquí, pero admito que el día no ha hecho más que mejorar.

Repaso sus palabras en mi mente.

—Entonces, ¿me estás diciendo que por casualidad has venido a Daisy hoy para ir a la iglesia?

—No exactamente.

—¡Señorita Riley! —La voz viene de la puerta por donde Timmy Caine acaba de entrar al vestíbulo. Sonrío, agradecida por la distracción, cuando corre hacia mí y me rodea el cuerpo con el brazo bueno. Lleva el otro en una escayola llena de nombres en colores vivos, entre los que está el de Jack y el dibujo de un tigre muy parecido al tatuaje que el deportista tiene en la espalda...

Timmy lleva unas gafas de pasta gruesa y ropa que parece haber llevado alguien antes que él. Es pequeño para su edad y es uno de mis alumnos favoritos de los que vienen a la biblioteca. Ha tenido un año difícil después de que su padre falleciera en un accidente de coche por culpa de un conductor ebrio. Volvía a casa de comprar en el Piggly Wiggly cuando un coche se saltó un semáforo en rojo y lo embistió por la derecha. Murió en el acto. En este pueblo, somos todos unos cotillas, pero, cuando alguien nos necesita, nos unimos para ayudar.

Jack despeina a Timmy.

—Eh, pequeñajo, te he ganado. Te he dicho que llegaría antes que vosotros. Tengo un coche rápido.

—¡Gracias por venir a desayunar con nosotros! Y por la bici nueva —dice Timmy—. Las tortitas con plátano de la cafetería estaban de muerte. Mamá dice que tendremos que repetir.

¿Ha llevado a la familia Caine a desayunar?

Jack sonríe.

—El próximo día probamos los gofres, ¿qué te parece?

—¡Sí! —Se va corriendo y mira hacia la sala donde se oficia la ceremonia—. Está muy lleno, nos tendremos que sentar delante del todo. Mamá, ¿te acuerdas del día que a la señora Claymont se le salió la dentadura postiza mientras cantaba en el coro?

Río al recordar la historia que me contó mi madre, pero contengo el aliento al entender la información que leí sobre Jack la noche anterior. Vi trocitos de la rueda de prensa, solo los momentos más importantes, pero en ningún momento mencionaban el nombre del niño, porque era menor. Echo un vistazo a la escayola de Timmy y luego miro a Jack.

Jack me ha estado observando y se sonroja cuando lo miro a la cara.

—Elena, sé lo que estás pensando. Fue un accidente.

—No sabes lo que estoy pensando —respondo en voz baja mientras Timmy corre por el vestíbulo y coge ceras de colores y la programación de la misa. Se gira continuamente para mirar a Jack y le sonríe.

Laura se acerca a nosotros y se pone al lado de Jack.

—No hacía falta que vinieras a misa con nosotros, el desayuno ya ha sido suficiente. —Levanta la cabeza para mirarlo y le sonríe. Madre mía, se me había olvidado lo guapa que es, con su pelo corto y castaño y su rostro pálido, aunque con las mejillas sonrojadas. Tiene unos años más que yo, pero era una de las típicas chicas populares en el instituto. Se me erizan los pelos de la nuca y les paso una mano por encima.

No tengo derecho a estar celosa de ella.

Timmy le tira de la mano y le dice:

—Venga, mamá. No quiero perderme la presentación del pastor. He oído que es muy alto. Yo quiero ser alto. —Sonríe a Jack y le pregunta—: ¿Te vas a quedar?

Jack me mira a mí, parece inseguro.

—Pues no lo sé… —Se mira los pantalones y dice—. No llevo la ropa apropiada.

«Entonces, ¿por qué ha entrado?».

Timmy me mira y luego mira a Jack.

—¿Os conocéis?

—Sí —responde Jack.

—No —digo yo a la vez.

Timmy pone cara de extrañado.

—Qué raros sois los mayores.

—Sí —coincide Jack.

Dirige la atención hacia la madre, que tiene una mano en su hombro. Ella lo abraza y yo… yo… frunzo el ceño.

Laura nos sonríe y abre la puerta que da a la sala donde se oficia la ceremonia.

—De verdad, Jack. No quiero que sientas que te tienes que quedar. Nos vemos luego.

¿Luego cuándo?

Nos dicen adiós y desaparecen al otro lado de la puerta, y Jack se gira hacia mí otra vez. Nos quedamos en silencio un buen rato mientras nos miramos.

¿Por qué ha entrado a la iglesia?

¿Le gusta Laura? No es una de esas chicas que salen con deportistas, pero es guapísima. Y es evidente que han pasado un rato juntos.

El vestíbulo ha quedado vacío excepto por Jack, que me contempla con las manos en los bolsillos, y yo, que, al parecer, me he quedado muda.

Me sonríe con una expresión mucho más relajada que la de anoche.

—Tendrías que haberte visto la cara cuando me has visto. No tenía desperdicio. Debería haberte hecho una foto. Es que te has quedado con la boca abierta. Te podían haber entrado moscas y todo. —Hace una pausa—. ¿Te molesta que haya venido?

Intento aclararme las ideas. ¿Me molesta? No lo sé.

—Es una iglesia. Todo el mundo es bienvenido aquí.

Sonríe con suficiencia y su expresión parece la de un niño pequeño.

—Parece que no hacemos más que encontrarnos. ¿Será el destino?

—No sé lo que es.

—Mmm. Te he traído las bragas. —Las saca solo unos centímetros del bolsillo delantero, pero las lentejuelas se ven con claridad.

Abro la boca de par en par y miro a mi alrededor en el vestíbulo. Sigue vacío.

—¿Las has traído porque sabías que iba a estar aquí? —¿Cómo puede ser?

—No, no sabía que estarías aquí, pero esperaba verte.

Oh.

Acaricia la tela de las bragas sin dejar de mirarme y me pregunta:

—¿Las quieres?

Me humedezco los labios y muevo el dedo con rapidez para intentar quitárselas.

—Ven a por ellas.

Me estremezco al oír su tono autoritario y, al darme cuenta de la atracción que causa su voz grave y sombría en mi cuerpo…

Cierro los puños.

¿Cómo se atreve a traer las bragas a la iglesia? Mi madre está ahí dentro.

Esta vez sí que me voy a cargar a este jugador de fútbol.

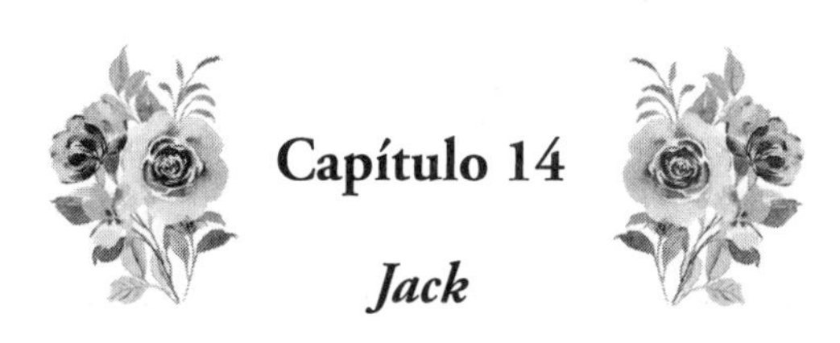

Capítulo 14

Jack

—¿A dónde vas? —le pregunto después de que se dé la vuelta y empiece a caminar por el pasillo hacia la izquierda, donde hay una habitación con la puerta cerrada. La sigo, me siento inseguro y nervioso como un niño que va a pedirle salir a una chica por primera vez.

Elena no responde, se limita a abrir la puerta y a hacerme una señal para que entre. Cuando paso por su lado, le miro la cara para entender su expresión. Tiene las manos apretadas y los hombros caídos casi a modo de derrota. No me gusta verla así y espero no ser el causante de su desánimo. No quiero que esté así por mí… Lo que quiero es… Mierda, no sé qué quiero, pero lo que sí sé es que no he podido dejar de pensar en ella. ¿Tiene idea de lo que supuso para mí que le hablara como le hablé cuando salimos de la discoteca?

La habitación está un poco oscura. Solo entra algo de luz por una ventana que da al jardín perfectamente cuidado de detrás de la iglesia.

Miro por la ventana que da a la sala de ceremonias. Veo a las mujeres con las que ha venido sentadas en la última fila; una de ellas es rubia y la otra tiene el pelo caoba como Elena.

A juzgar por el cristal, diría que la ventana es como la del reservado y que ellos no nos pueden ver a nosotros. Hay un altavoz en una de las esquinas de la habitación por donde oímos cantar al coro.

—¿No nos ven? —pregunto—. Es como si la iglesia tuviera un reservado. Qué chulo. —Parezco idiota.

—Sí. Es para las madres que tienen que amamantar a los bebés. —Se ha girado hacia mí. Se le hincha el pecho.

Ah, vale. Nunca fui a la iglesia cuando era pequeño y la última vez que entré en una fue cuando uno de los compañeros del equipo se casó hace unos años. No recibí una educación religiosa ni de mi madre ni en la casa de acogida con Lucy.

—Qué bien.

Nos miramos.

¿Por qué no se me ocurre nada de qué hablar?

Porque nunca has tenido que currártelo para ligar, capullo.

Se apoya en la puerta como si quisiera salir corriendo.

—¿Me quieres explicar por qué has venido? —dice con la voz un poco temblorosa. Eso me anima, porque sé que mi presencia no la deja indiferente.

—He ido a desayunar con Timmy y Laura esta mañana. Lo planeamos todo ayer después de la rueda de prensa. Y me han invitado a misa y yo he venido, pero no sabía si iba a entrar o no. ¿Qué probabilidad había de que estuvieras en la misma iglesia?

—Pues, teniendo en cuenta que solo hay dos iglesias en el pueblo, un cincuenta por ciento.

—He visto tu coche en el aparcamiento. No sé qué esperaba. Si no te hubiera visto en el vestíbulo, creo que me habría quedado para verte al acabar la ceremonia.

—Ya. —Se muerde los labios.

—Ayer me dejaste plantado, Elena, después de que te confesara cosas que no he dicho a nadie. —Me acerco a ella y siento una ola de calor que me baja por la espalda. Sé exactamente qué significa ese cosquilleo. La deseo. La deseo muchísimo.

Se coge las manos y responde:

—Oye, Jack, pareces un buen chico…

—No lo soy.

—Claro que sí —dice con el ceño fruncido.

Me asusta que diga eso. Nadie dice que soy un buen chico.

—Creo que tienes que leer más noticias sobre mí.

—Ya las he leído. Qué más da lo que digan en las noticias. He visto cómo mirabas a Timmy y lo que insinúa la prensa sobre el tema. No me creo todo lo que leo, Jack. Por cierto, Quinn piensa que eres un dios. Y me gustó mucho tu disculpa de anoche.

—Pensaba que la había cagado porque te fuiste.

Se muerde el labio.

—Te quitaste la camisa para protegerme de la lluvia.

¿Por qué está tan lejos de mí? Doy otro paso hacia ella y observo las curvas que le hace la falda.

Levanta una mano.

—Y lo pasamos… bien… el Día de San Valentín. —Pestañea rápido—. Te perdono por haberme mentido y haberte ido. Pero no puede volver a pasar.

Se refiere al sexo.

Parece que esté dando un discurso. Tiene la espalda erguida y la mirada tan seria que me hace replantearme qué estoy haciendo. Dudo un instante, pero vuelvo al ataque cuando recuerdo cómo me ha mirado al entrar: como si fuera una piruleta y me quisiera lamer.

—Te he visto desnuda, Elena. Hemos hecho lo que hemos hecho y ha sido espectacular. —La miro fijamente y observo la curvatura suave de su mejilla y cómo se mueve nerviosa.

Se me escapa una risita.

—No he ido detrás de una chica desde el instituto. Te he traído… lo que me pediste. ¿No te alegras? —Me gusta ver que se sonroja cuando saco las bragas del bolsillo y se las pongo delante de la cara.

Da un paso hacia mí.

—Entonces, ¿ibas a ir a mi casa a llevármelas? Porque es fascinante. Es evidente que sabes dónde vivo.

Dudo antes de responder:

—Sí.

—¿Cómo lo sabes?

—He pedido a alguien que te investigue. Vas a tener que acercarte más si quieres las bragas.

—Vale.

Está a menos de un palmo de mí y siento el calor que desprende su piel. La camisa que lleva casi me acaricia el pecho. Inhalo su olor, huele a limpio con un toque de…

—¿Has bebido *whisky* antes de venir? —pregunto con incredulidad—. ¿No respetas nada o qué? —digo riendo.

Levanta la cabeza y me echa una mirada asesina.

—¡Ha sido solo un traguito que me sobró de anoche! Si vivieras en este pueblo y tuvieras que lidiar con mi familia, que, por cierto, está intentando emparejarme con Patrick...

Siento una ola de celos.

—¿Con el pastor? Venga, hombre. No es para nada tu tipo. Eres demasiado salvaje para él.

—No es cierto.

Sonrío con arrogancia.

—¿Quieres que te diga por qué eres demasiado salvaje?

Me ignora e intenta coger las bragas, pero me las escondo detrás de la espalda. Ella forcejea para intentar quitármelas y siento sus pechos firmes y duros contra el cuerpo. Son perfectísimos.

—Dámelas —gruñe.

—Cógelas.

—Eres muy alto. —Hace otro intento por cogerlas y casi lo consigue. Me alejo de ella y me sigue de puntillas y alargando la mano para quitármelas, pero me las cambio de una mano a la otra y las levanto todavía más para que no llegue.

—Jack Hawke, devuélveme las bragas ahora mismo. —Me mira, tiene la respiración entrecortada.

—Dame un beso.

Deja caer los brazos a ambos lados del cuerpo y pone los ojos como platos.

—¿Por qué?

—Porque no puedo dejar de pensar en tus labios.

—¿Quieres verlos alrededor de tu polla?

Se me escapa un gruñido cuando la oigo hablar así y río al ver su cara de sorpresa como si le sorprendiera lo que ha dicho.

—Puede ser. Eso no lo hicimos. Pero también quiero un morreo largo y apasionado, de los que me das cuando te has tomado un par de *gin-tonics.*

—Ah. —Parece confundida.

Contengo el aliento al pensar en lo que he dicho.

«¿Un morreo apasionado?».

Me he pasado.

Pero no puedo mantener la boca cerrada.

—Te deseo, Elena —digo con un tono de voz suave.

Se balancea hacia un lado, como si estuviera bailando, y yo me acerco hasta que veo las manchitas de sus grandes ojos, sus pestañas pobladas y rizadas, su piel perfecta, pálida y…

Me arranca las bragas de las manos.

—Ajá. Las tengo. Muchas gracias. —Se ríe de mí y veo una sonrisa en sus labios rojos. El corazón me da un vuelco.

—Me has engañado. —La cojo de la nuca con la mano y le deshago el moño para que el pelo le caiga libre por la espalda. Se lo coloco por encima de los hombros y se ve sedoso y suave. Los tonos rojizos y dorados se mezclan.

—¿Qué haces? —me pregunta, helada, en voz baja y sin un ápice de humor—. Estamos en una iglesia.

—Has sido tú la que ha dicho «polla» , así que esto no es para tanto.

—A lo mejor me refería a la hembra del pollo.

—Sabes que no.

Se sonroja.

—Te voy a besar, Elena. Aquí, en la sala de lactancia.

—No deberías.

—Te voy a besar ahora mismo. Creo que no le presté la suficiente atención a tus labios el viernes. —Acerco mis labios a los suyos y le inclino la cabeza hacia arriba—. Si quieres huir, hazlo ahora que puedes.

Tiene la respiración entrecortada.

—No te atrevas.

—Pues apártate de mí.

—No tengo por qué hacerlo.

—Sí, porque te voy a besar.

—Ni se te ocurra.

Se le acelera la respiración, pero no mueve ni un músculo.

—Última oportunidad —digo en voz baja mientras le tiro de un mechón de pelo.

—Para.

Me echo a reír.

—Eres como un gatito enfadado. Pero no te mueves. No te estoy agarrando, Elena.

—Es que no me puedo mover.

—Yo tampoco.

Suspira.

—Pero estamos en una iglesia y no deberíamos besarnos.

—La gente se besa cuando se casa.

—Eres exasperante. —Me mira la boca y se lame los labios.

—Quiero enseñarte muchas cosas, Elena.

—¿Te refieres a cosas sexuales? Porque no tengo mucha experiencia, pero te aseguro que te puedo seguir el ritmo…

—Lo sé. —Río y la beso.

Capítulo 15

Elena

Se me había olvidado lo bien que besa. Sus labios se posan sobre los míos con suavidad al principio y me abren la boca lentamente; me mordisquea los labios e introduce la lengua para acariciar la mía. Me pone una mano en la cadera y la baja para agarrarme el culo.

—Elena —susurra contra mi mejilla antes de volver a mi boca y enredar rápido su lengua con la mía.

Sabe muy bien: es una mezcla de dulzura y oscuridad que me hace pasar de cero a mil en cinco segundos. Estamos sedientos y voraces el uno del otro y no podemos dejar de tocarnos. Le pongo las manos sobre el pecho y acaricio la tela cara de la camisa. Es un gesto más erótico de lo que pretendía. Se me endurecen los pezones dentro del sujetador y se me ponen erectos, anhelantes; lo agarro del pelo, nuestros cuerpos se vuelven uno y las dudas que tenía desaparecen. ¿Por qué no? Besarlo es como agarrarse a una estrella que explota, cálida, vibrante y letal, y es lo que quiero. «Solo un beso», me digo a mí misma. Además, es uno de esos besos sobre los que escribes en el diario, uno de esos que recuerdas cuando eres mayor.

Gruñe y aprieta mi cuerpo contra el suyo. Siento la erección por encima de los pantalones y suspiro en su boca; le clavo las manos en los hombros. Él no se muestra tímido ni precavido, sino que va directo a por lo que quiere.

De algún modo, entre tanto beso, acabo contra una pared. Él me sujeta los brazos por encima de la cabeza y me besa el cuello, lo succiona y luego me besa donde me ha chupado. Dice mi nombre. Dios, me encanta cuando dice mi nombre como si quisiera comerme. Se me ha subido la falda y Jack restriega las caderas contra mi…

La voz de Patrick sale por los altavoces y nos separamos inmediatamente al oír el sermón.

«Vamos a ir al infierno».

Jack inspira hondo.

—Elena, esto que tenemos es tan bueno… —Antes de acabar la frase, hace una mueca, se echa para atrás y se sienta en el sofá que hay al lado de las mecedoras—. Joder —murmura. Hace círculos con el hombro izquierdo y se lo aprieta con la mano. Está pálido y parece demacrado y tenso.

Con la respiración acelerada, me agacho a su lado.

—¿Qué te pasa?

Niega con la cabeza y se le mueve el cuello con un gesto de dolor.

—Es una vieja lesión. Siempre me duele en los peores momentos. —Deja caer la cabeza hacia atrás y coge aire poco a poco mientras se toca el hombro.

—¿Puedo ayudarte en algo?

Mira al techo. Sigue demasiado pálido para mi gusto.

—No. Necesito compresas de calor, medicamentos y un masaje profundo. —Cierra los ojos—. Dame un minuto.

Lo ayudo a ponerse cómodo en el sofá, pero no sirve de nada, porque es demasiado pequeño para su estatura.

—¿Te sirve el Naproxeno? —pregunto mientras busco en el bolso y saco un bote del medicamento.

—Sí. —Coge tres pastillas de mi mano, se las pone en la boca y se las traga.

—Voy a la cocina a buscar agua. —Me levanto, pero me toma de la mano y tira de ella hasta que vuelvo a estar de rodillas en el suelo.

—No, no te vayas.

Me aprieta la mano y le da otro espasmo.

—Jack, por favor, estoy muy preocupada. ¿Quieres que llame al médico? No es un médico deportivo, pero atiende a la gente en casa y seguro que viene aquí. Mi madre conoce a su familia…

—No gracias, eres muy amable. —Poco a poco se sienta, le cuesta respirar.

—¿Te lo hiciste jugando al fútbol?

Me mira a los ojos.

—No empezó así.

Qué respuesta más rara.

—¿Cómo te la hiciste?

No responde, pero se endereza más, pone la espalda recta y empieza a levantarse. Me muevo con él para ayudarlo. Soy bajita, y seguro que no le soy muy útil, pero lo intento.

Me mira con ojos vidriosos.

—Tengo que ir a Nashville. Cuando me pasa esto, tengo que hacer una rutina y no puedo hacerla aquí. ¿Te importaría... Puedes... llevarme? —pregunta sonrojado.

—Claro, lo que necesites.

—Me sabe mal pedírtelo.

—Ya lo veo.

Asiente.

—Pediré un coche para que te traiga de vuelta.

—Vale.

Ahora mismo, accedería a lo que fuera para que le desapareciera esa mueca del rostro.

Lentamente, se dirige hacia la puerta y yo lo acompaño. Las bragas se han quedado en el suelo, donde han caído, así que me agacho para cogerlas y me las meto en el bolso.

Suelta una carcajada.

—Voy a decirte algo que no sé si te va a enfadar o te va a hacer gracia.

—Dime.

—Anoche llevaba las bragas en el bolsillo.

—Eres un enfermo, Jack Hawke. ¿Las has tenido encima todo este rato y no me las has devuelto? Creo que no te perdonaré nunca —digo sonriendo.

—Las llevé encima toda la noche, eran como mi secreto. Pero, entonces, llegaste a la discoteca y pensé que me iba a desmayar de la impresión. —Se apoya un momento en la pared, al lado de la puerta, y se detiene para masajearse el hombro.

Niego con la cabeza.

—¿Por qué no me las devolviste?

Suspira.

—Pensé en hacerlo, y debería haberlo hecho, pero quería volver a verte.

—Jack. —Sacudo la cabeza de un lado al otro pasmada por su interés—, ¿qué voy a hacer contigo?

—Primero, me vas a sacar de esta iglesia sin que nadie vea que me duele el hombro. ¿Crees que podrás hacerlo? —Me examina con la mirada—. Si alguien se entera de lo de la lesión…

Claro. Su carrera. Se preocupa demasiado por las cosas.

—Estás hablando con la líder obligada y no oficial de la panda de chicas de Daisy, así que sí, soy muy hábil. Conozco esta iglesia como la palma de mi mano. Dame las llaves y saldremos por la parte de atrás. Lo único que tienes que hacer es salir de esta habitación, ir por el pasillo a la derecha y verás que hay una salida lateral antes de llegar a la cocina. ¿Entendido?

Asiente.

—Qué lista. Tengo las llaves en el bolsillo. ¿Puedes… cogerlas tú?

Asiento y le toco el bolsillo derecho, meto la mano y él apoya la cabeza contra la pared.

—Elena… —gime mientras cojo las llaves metálicas y acaricio algo duro con los dedos.

—¿Cómo puedes tener dolor y a la vez estar excitado? —susurro. Ni siquiera sé por qué estoy susurrando, pero lo tengo tan cerca y es tan guapo, y…

Dice riendo:

—Hacía mucho tiempo que no me acostaba con nadie. Y supongo que es por ti.

Vaya.

Suelto un suspiro tembloroso y levanto las llaves.

—¿Cuál es tu coche?

—El Porsche negro. Cuando salgas, lo verás a la izquierda al lado de un Lincoln. —Me mira—. ¿Sabes conducir un coche con cambio manual? Es es como mi tesoro y el hecho de pensar que puedas cargarte la transmisión…

—Mi abuela me enseñó a conducir un tractor a los diez años. Puedo conducir tu cochecito pijo. Me preocupa más cómo subirás a él.

—Yo me encargo de eso. ¿Nos vemos fuera en tres minutos?

Asiento y abro la puerta.

Me coge de la mano antes de que salga.

—Elena…

Lo miro.

—¿Sí?

Se humedece los labios y me mira con una expresión que no sé descifrar.

—Gracias.

Sonrío.

—¿Por qué me das las gracias? Solo te voy a ayudar a salir de aquí y a llegar a tu casa. Lo haría por cualquiera.

Su cara es una mezcla de una sonrisa y una mueca.

—Te creo. Lo que quería era darte las gracias por…

—¿Por qué? —Estoy susurrando. Otra vez.

—Por ser como eres. Por perdonarme por haberte mentido. Eres mejor que la mayoría de la gente.

Niego con la cabeza.

—Es solo que no has conocido a la gente adecuada, Jack.

—Puede ser. —Cierra los ojos al sentir otra punzada de dolor.

—Vale, voy a por el coche.

Asiente.

—¿Jack?

—¿Sí?

Bajo la mirada y miro nuestras manos entrelazadas.

—Tienes que soltarme.

Se ruboriza y me libera la mano.

—Perdona. Nos vemos en tres minutos.

Salgo y la puerta se cierra detrás de mí. Examino el lugar. Normalmente, hay gente que va al lavabo u otros que llegan tarde, pero, al ser el primer día del pastor, el sitio está tan tranquilo como… una iglesia. Río, salgo por la puerta principal y me dirijo al Porsche negro y elegante.

Me siento en el interior y me pongo el cinturón de seguridad. La nariz se me llena con su olor, tan masculino y especial. Paso las manos por el volante y lo acaricio. Imagino a Jack conduciéndolo.

Se acabaron las fantasías. Manos a la obra; tengo una misión.

Lo enciendo y el motor ruge, potente y listo para comerse la carretera. Lo pongo marcha atrás y lo llevo hasta la entrada lateral. Jack ya me está esperando ahí con los hombros rectos y la cara seria.

Salgo y le abro la puerta. Él se acerca al coche, se detiene un segundo y observa lo bajo que está el asiento del copiloto. Suelta una retahíla de palabrotas y yo pongo cara de dolor cuando veo que se dobla y se sienta. Intenta alcanzar el cinturón de seguridad, pero yo soy más rápida y se lo pongo.

—Ya está —digo.

Cuando me estoy levantando, me coge del brazo y tira de mí hacia él.

—Las cosas se estaban poniendo muy interesantes ahí dentro y… puede que no consiga otro beso. —Arquea una ceja—. ¿Me equivoco?

En lugar de contestar, me limito a sonreír y a cerrar la puerta. Subo al coche y nos alejamos de la iglesia.

Capítulo 16

Elena

«¿Dónde estás?».

«Tu coche sigue en el aparcamiento de la iglesia. Lo ve todo el mundo».

«¿Te has ido con el jugador de fútbol americano?».

«Elena Michelle, te has saltado la comida del domingo».

«De acuerdo, está bien. Siento lo del pastor. ¡Aunque creo que le has gustado!».

«Para tu información, he visto en internet que Jack Hawke tiene problemas con la bebida. No sería un buen marido».

Suspiro al leer los mensajes que me ha mandado mi madre. No veo nada en Jack que me haga pensar que tiene problemas con la bebida. Está muy despierto y centrado; es demasiado competitivo para dejar que el alcohol lo controle. No sé por qué sé eso, pero lo sé. Sí que se tomó un *whisky* el viernes, pero un buen *whisky* no tiene nada de malo. Además, en la fiesta en el reservado, ni siquiera llevaba una bebida en la mano.

También está el mensaje de mi tía Clara: «Tendrías que haber visto a tu madre en la comida. Masticaba tan fuerte que pensaba que se le iban a romper los dientes. Estás con el futbolista guapetón, ¿verdad? Qué astuta. Haz alguna foto para tu tía. ¿Una sin camiseta? ¿Una fotopolla? Ja, ja, ja». Dejo el móvil cuando se acerca el entrenador joven. Gideon no sé qué. Estamos en el piso de Jack y el chico le acaba de dar un masaje en la espalda y los hombros.

—Tiene que descansar. Le he quitado las contracturas, pero, si le sigue doliendo, dale Naproxeno. No puede tomar nada más fuerte por el tema del dopaje. —Lo que dice a continuación me ruboriza—: Tiene que descansar de verdad. Nada de ejercicio hoy, ya sabes a lo que me refiero, ¿no?

—No estamos juntos. —Relájate, chico del agua.

—Ya. —Por algún motivo, me mira el cuello.

Abro la puerta y digo:

—Solo somos amigos.

El rostro se le sonroja hasta las raíces del pelo engominado cuando uso mi tono de profesora.

—Disculpa. He oído tantas cosas sobre Jack y las mujeres que he asumido…

Abro la puerta todavía más.

—Pues no asumas tanto. Estoy segura de que tienes mejores cosas que hacer en una tarde de domingo. Adiós —digo con una sonrisa educada que dice: «Puede que parezca una chica dulce, pero no te pases conmigo, chaval».

Sale y cierro la puerta con decisión.

Hace dos horas que hemos llegado al piso. He llamado a Quinn, que vive en un piso por la zona, y juntos hemos traído a Jack al ático por la entrada lateral y un ascensor privado.

Gideon ha llegado cinco minutos más tarde y ha sacado una camilla de masaje y aceites. Jack se ha puesto unos pantalones de deporte cortos, se ha subido a la camilla y han empezado con los masajes. No he podido apartar los ojos del tatuaje negro y amarillo que tiene en la espalda: con ese tigre que ruge y enseña los dientes preparado para morder. Casi no lo recuerdo de la noche que estuvimos juntos, porque solo lo vi unos instantes y porque no presté mucha atención a su espalda, aunque debería haberlo hecho. Tiene un aspecto desafiante pero precioso. Me encantaría acariciarlo.

Cuando me doy la vuelta, veo a Jack en la sala de estar moviendo el hombro en círculos y con el rostro mucho más relajado. Intento dejar de mirarle el torso fuerte, pero me cuesta mucho. Tiene los pectorales musculados, los abdominales marcados y la zona donde las caderas y los pantalones se encuentran definida y en forma de «V». Tiene fuertes hasta los muslos, que crecen y se endurecen mientras hace estiramientos.

Miro al techo. «Dios, ten piedad».

Mi memoria alborotada tampoco le hace justicia.

Quinn sale de la cocina.

—¿Tiene hambre, señor? Puedo preparar algo rápido.

—Quinn, te juro que como no dejes de llamarme «señor», te despediré —murmura Jack mientras se pasa una mano por la cara. Camina hacia el televisor y lo enciende. Está puesto el canal de deportes, tiene el volumen bajo—. Lo digo de broma, tío, pero venga ya. Somos casi familia.

Ladeo la cabeza al notar un tono nostálgico en su voz.

Quinn se pone recto y responde:

—Ya.

Jack coge una botella de Gatorade que Quinn le ha dejado en la mesilla auxiliar y observo su cuello largo y bronceado mientras se la bebe de un trago.

Aparto la mirada.

Me ruge el estómago.

Jack me pregunta:

—¿Tienes hambre, Elena? Con lo del masaje, nos hemos saltado la comida.

—No, estoy bien. —Aunque esta mañana no he desayunado.

Me vuelve a rugir la barriga.

—Mentirosa —dice Jack, que se acerca a mí. Todavía no ha vuelto a ser el chico fuerte y atlético de siempre; tiene el torso un poco tenso y necesita mantener el brazo izquierdo relajado y suelto al lado del cuerpo.

—Si queréis, puedo pedir *pizza* —se ofrece Quinn.

¿Pizza? ¿Después de que me haya perdido el pollo de los domingos? Da igual que me hayan intentado emparejar con el pastor, la comida de los domingos es mi favorita. Me imagino las sobras de mi madre en una fiambrera en la nevera.

Jack se acerca a mí, que todavía estoy al lado de la puerta principal. Debería irme, los guisos me están llamando.

—¿Qué te apetece? Podemos pedir donde quieras y que nos lo traigan. ¿Quieres que llame al Milano's?

Miro a un punto fijo por encima de su hombro.

—¿No te gusta?

—No es eso… ¿Puedes ponerte una camiseta?

Quinn se ríe y me parece que nos mira con cara de satisfacción.

Jack sonríe.

—No, me gusta estar así. Además, te pone nerviosa y creo que no te pasa a menudo.

No es cierto. Todo lo que tiene que ver con él me inquieta.

Sin mirar a Quinn, le ordena:

—Llama al Milano's. ¿Pedimos ensaladas, pasta boloñesa y una ración extra de pan? ¿O quieres otra cosa?

—¿Una ración extra de pan?

—El viernes comiste mucho pan. Quiero estar preparado.

—Es cierto —contesto jugueteando con un mechón de pelo. Paro y frunzo el ceño. ¿Desde cuándo soy de las que juguetean con el pelo?

—Es lo mínimo que puedo hacer para agradecerte que me hayas traído.

No me ha resultado nada difícil, sobre todo si tengo a un chico tan *sexy* a mi lado. De hecho, se ha quedado dormido, no sé cómo, y me he pasado el rato mirándolo y preguntándome por qué se ha tomado tantas molestias por volver a verme.

Para follar, Elena. El tío quiere acostarse contigo.

Asiento.

—Me parece bien que comamos algo.

—El Milano's es el mejor restaurante. Hizo bien en comprarlo, señor, pero no cuenten conmigo para comer —dice Quinn—. Tengo el día libre y, si usted está bien, me voy a ir.

Mira a Quinn y le pregunta:

—¿Tienes una cita?

Quinn me mira a mí y luego a Jack.

—Eh, sí.

Lo miro con los ojos entrecerrados. Miente, no tiene ninguna cita. Sé que miente, igual que lo sé cuando mi tía me dice que Scotty no se cuela en su casa por las noches.

—¿Con quién? No sabía que estabas saliendo con alguien, Lucy no me lo ha comentado —dice Jack con cara de interés.

Quinn pone cara de animalito indefenso, la misma que puso por la mañana cuando lo obligué a comerse la tortilla e intenté sacarle información sobre su jefe.

—Eh… bueno, yo… sí —responde mirando al suelo—. Voy a llamar para pedir la comida.

—No hace falta, ya llamo yo. No quería interrogarte con lo de la cita. No es asunto mío —murmura Jack. Veo un ápice de decepción en su rostro antes de que consiga esconderlo.

Pongo cara seria. Parece que Jack quiere que Quinn le cuente sus cosas. ¿Quién es esa tal Lucy?

—¿Sois primos? —pregunto. No se parecen en nada.

—No —responde Quinn cuando ve que Jack no contesta. Lo mira como si quisiera que lo ayudara, parece inseguro—. Lucy… eh…

—Fue nuestra madre de acogida —añade Jack, serio—. Estuve viviendo con ella cuando mi madre murió. Quinn llegó cuando yo ya estaba en la universidad.

Estuvo en una casa de acogida. Tomo nota. Me pregunto qué pasó para que acabara allí.

—Ah. Seguro que es una mujer muy especial.

Jack asiente.

Quinn se aclara la garganta y añade:

—Es genial. Jack la trajo a Nashville desde Ohio cuando lo ficharon y le compró una casa enorme en Brentwood. Y, cuando tuve problemas con la ley, Jack me dio este trabajo…

—Estoy seguro de que a Elena no le interesa todo eso.

Sí que me interesa, sí. Estoy fascinada intentando descifrar la dinámica que tienen.

Aunque creo que Jack no quiere que sepa mucho sobre él.

—Elena es una buena tía… —dice Quinn antes de que Jack lo interrumpa.

—¿No tenías una cita?

—Sí, claro. Ya me voy. —Quinn coge su móvil y se dirige hacia el vestíbulo. Pasa por mi lado, se inclina hacia mí y me dice en voz baja—: ¿Te quedas con él un rato? —Su expresión es seria.

—¿Para qué? —Es nada más y nada menos que Jack Hawke. ¿Qué puedo hacer yo por él?

Observa a Jack, que ha vuelto a la sala de estar.

—Mira, es un buen tío, aunque es un incomprendido. Además, he oído lo que le has dicho a Gideon cuando lo has acompañado hasta la puerta. Eres una tía de armas tomar. —Se queda en silencio un momento, el rostro se le vuelve serio—. No le harás daño, ¿verdad?

¿Hacerle daño? ¿De qué habla?

—Claro que no.

—Lo sabía —dice con una sonrisa que le cambia la cara—. Le gustas. Me hizo muchas preguntas cuando te fuiste del piso. Quería saber todo lo que habías dicho. Vio lo que le escribiste en el lavabo. Se pasó unos cinco minutos riendo y dijo que eras tremenda. —Sale por la puerta.

Cuando vuelvo a la sala de estar, Jack está pidiendo comida por teléfono y dándole instrucciones al conductor. Camino descalza por la habitación y observo los muebles modernos, el sofá negro de cuero, las sillas elegantes y las esculturas de cristal pesado que adornan las mesas. No me fijé en nada de esto la última vez que estuve aquí. No hay fotos ni libros de suspense en las estanterías. No hay ni una taza hortera ni imanes en la cocina, los recordaría, porque lo examiné todo cuando cociné. Solo encontré las cosas básicas que hay en una cocina bonita: ollas y sartenes de acero inoxidable y una vajilla blanca y cara.

Nada sentimental.

Es fría y estéril.

Me pongo delante de las enormes ventanas de cristal que dan al centro de Nashville. Es una vista preciosa. Y está cerca del estadio, solo a una manzana. Qué práctico.

En el reflejo del cristal, veo que Jack se acerca. Sigue con el torso descubierto.

—La comida llegará pronto —dice en un tono tranquilo como si, ahora que estamos solos, notara que estoy inquieta.

—¿Por qué hemos venido a este piso y no a tu casa de verdad? —Me doy la vuelta hacia él. Tiene una expresión seria y frunce un poco el ceño.

—¿Por qué querría ir allí?

—Porque supongo que estarías más cómodo. Esto no es un hogar. No tienes fotos ni tus trofeos. Además, ¿no compartes casa con Devon? Seguro que él te habría ayudado y no habría hecho falta que llamaras a Quinn.

—Ya.

—¿No confías en mí? —Ladeo la cabeza. No estoy enfadada, es solo por curiosidad. Por lo que he leído sobre él, entiendo que necesita privacidad, pero, cuando pienso que vive de este modo y que es tan receloso de su intimidad con cada persona a la que conoce…, debe de ser agotador.

Se sienta poco a poco en el sofá y da unas palmaditas en el asiento que queda vacío a su lado.

—Ven, siéntate.

Me siento a menos de un metro de él con las manos entrelazadas en el regazo.

—Cuéntame cómo te hiciste la cicatriz que tienes en el hombro.

Frunce el ceño.

Sí, he visto el bultito del tamaño de una moneda de cinco centavos que tiene cuando se ha quitado la ropa para el masaje. No me había dado cuenta antes.

—Parece una herida de bala.

Sonrío con suficiencia al ver que parece sorprendido.

—Además de ser el alcalde de Daisy, mi padre era doctor y le encantaba enseñarme fotografías médicas. He visto de todo. Heridas de arma blanca, tiros, piernas rotas e, incluso, una muñeca hecha añicos, fue muy desagradable. —Hago una mueca—. Mi padre esperaba que estudiara Medicina, pero no lo hice.

—Eres lo suficientemente inteligente.

—Puede.

—Mmm. —Me mira con cara de preocupación—. A lo mejor, debería mirarme la herida con más detenimiento, doctora Riley. —Se acerca y noto su pierna contra la mía. Su piel desprende calor como si fuera una estufa.

Le toco el hombro y le paso el dedo por la cicatriz.

—Tienes suerte de que no sea en el que usas para lanzar, porque eres diestro.

—Sí. —Me contempla con cautela y me busca los ojos con la mirada—. Pero ¿cómo sabes que es una herida de bala?

—A ver, en primer lugar, porque soy del sur, evidentemente, y, en Daisy, todo el mundo caza ciervos o tiene un arma de fuego. A mí no me gustan las pistolas, pero he vivido rodeada de ellas toda la vida. Incluso una vez tuve una cita con un chico en un puesto de caza. Fue un desastre. Era muy pronto y hacía frío, y estábamos subidos a un árbol y yo solo quería irme a casa. Pero a ti parece que te dispararon con un arma corta y a poca distancia. Es posible que te rozara el plexo braquial, la estructura nerviosa que controla el funcionamiento del brazo. ¿Te han operado? Aunque mucha gente piensa que los tiros en el hombro no ponen la vida en riesgo, pueden dañar los vasos sanguíneos y causar mucho dolor, sobre todo si quedan fragmentos de bala por los músculos. ¿Me equivoco?

—No.

—Y, por cómo se ha difuminado la cicatriz, diría que te lo hicieron hace tiempo.

—Elena —dice frunciendo el ceño.

Se aleja de mí sin decirme nada.

Aparto la mano de su piel cálida y trago saliva. No debería tocarlo, ni siquiera para mirarle la herida…, pero…

—Lo entiendo. No te gusta hablar de tus cosas.

Exhala despacio y dice:

—No es una historia bonita.

—Las historias de las cicatrices no suelen serlo.

—No me gusta hablar del tema.

—¿Porque crees que voy a ir a contárselo a la prensa?

Niega con la cabeza, coge el mando a distancia y pone una serie con personajes asiáticos antes de volver a acomodarse en el sofá y poner los pies en la mesita.

—Bueno, vale. Sí que fue una bala. Me dispararon cuando era un niño.

—Ostras.

Se sonroja y su expresión se oscurece. Una capa de vulnerabilidad le cubre el rostro e intenta deshacerse de ella.

Normalmente, lo dejaría estar, pero no puedo. Quiero saber más sobre él; quiero conocer al hombre, no al *quarterback* legendario.

—¿Estabas en alguna banda? ¿O te pasó cuando defendías el honor de una chica en el insti?

Sin apartar la mirada del televisor, responde:

—¿Qué importa?

—Me ayuda a conocerte.
Me mira con ojos mordaces.
—Tú primero. ¿Quién es Topher?
—¿No te lo ha contado Devon?
Niega con la cabeza.
—Es mi compañero de piso gay.
—El que te organizó la cita con Greg Zimmerman, el famoso hombre del tiempo. Es alto y tiene el pelo moreno. Por cierto, yo soy mucho más guapo.
Levanto una ceja.
—Lo busqué en internet. Quería saber a quién me enfrentaba. ¿Vas a salir con él? ¿Le vas a dar una oportunidad?
—¿Estás celoso?
—He imaginado que sería tu tipo.
Me miro las manos entrelazadas.
Nos quedamos en silencio unos momentos y noto que me mira con atención, me observa y toma una decisión. Exhala lentamente y dice:
—Elena… me disparó el hombre que vivía con mi madre.
El corazón me da un vuelco y nuestros ojos se encuentran.
—Jack, eso es horrible.
Asiente y sus ojos se emborronan con el recuerdo.
—Era un malnacido. Maltrataba a mi madre y me pegaba. Un día, casi me ahoga en el lago de detrás de mi casa. Me dijo que me iba a enseñar a nadar, pero el cabrón me hundió. Por eso, todavía no sé nadar.
Siento una ola de horror.
—Jack…
—No, déjame acabar. Mi madre me quería, pero lo quería más a él, a pesar de que bebía y tenía muy mal carácter. Ella no podía dejarlo. Un día, llegué del colegio y vi que le había roto la nariz y no me pude contener. Me empujó contra la pared y pensé que iba a morir. Mi madre le apuntó con una pistola… y él se la quitó.
El miedo me paraliza.
Tiene la respiración entrecortada.
—La mató y luego me disparó.
Le cojo la mano y entrelazo nuestros dedos.

Mira nuestras manos, sorprendido, y me vuelve a mirar.

—¿No lo sabías?

Sacudo la cabeza con un gran pesar.

—No.

Suspira.

—Está todo en el libro de Sophia, aunque lo adornó bastante.

—Me lo descargué, pero no he leído mucho. Es malísimo.

Me acaricia la mano con el pulgar.

—Conseguí quitarle la pistola y lo maté. Tenía catorce años. La Policía había venido las suficientes veces a mi casa para saber que fue en defensa propia, pero así fue como me hice la cicatriz. Y, según Sophia, ese es el motivo por el que soy un borracho y un maltratador, porque soy como él. En el pasado, sí que salí mucho de fiesta. —Se le apaga la voz—. Sentía mucha rabia y tenía mucho dinero, pero ya no reconozco a ese chico. Puede que fuera como Aiden: impulsivo, invencible y arrogante a más no poder.

Sonrío.

—Sigues siendo arrogante.

Ríe y noto que la tensión de la historia se desvanece.

—Gracias por contármelo.

Me observa un buen rato.

—Es fácil hablar contigo.

Miro hacia el televisor y los nervios desaparecen.

—No sabía que te gustaban las series coreanas.

—Sí, llevo como diez episodios esperando a que el tío bese a la chica y, como no lo haga pronto, voy a mandar un correo electrónico a los productores.

—La ves subtitulada y ¿veo que es una serie romántica? Vaya.

Mira mi cara de sorpresa y me dice:

—Yo no te juzgo por haberte comido un kilo de pan el día que nos conocimos y tú no me juzgas por las series coreanas.

—No te juzgo. ¿Quién es quién y qué está pasando?

Señala a la pantalla.

—Se llama *La primera vez que te vi.* Ese chico es Lee y es un tipo duro al que le encanta pelearse y discutir con todo el mundo. Es un incomprendido. Ella es Dan-i. Se conocieron un día que él le derramó una bebida por el vestido. Ella le dio una bofetada y, ahora, él no deja de seguirla por el campus.

—¿Es un romance de universidad? —pregunto sin poder disimular la incredulidad que siento.

—¡Está muy bien! Tienen unos sentimientos muy intensos. Estoy enganchadísimo.

—Entonces, ¿él está enamorado de ella, pero ella no le corresponde? —Miro a Lee y Dan-i discutir porque ella ha quedado con otro chico—. ¿Está acostumbrado a salirse siempre con la suya?

Jack no aparta los ojos del televisor.

—Él va a por todas con ella, pero no sé qué siente ella. Lee la salvó de una tormenta de nieve en un capítulo, aunque ella estaba enamorada de uno de los amigos de Lee por aquel entonces. Él está haciendo todo lo posible para demostrarle que es un buen chico, pero tiene problemas emocionales y siempre mete la pata cuando habla con Dan-i. Nunca ha estado enamorado y no sabe hablar con ella.

—Qué difícil… —Intento no reír.

—Sé que te estás riendo de mí, pero no puedo mirarte porque me pierdo los subtítulos.

—Qué raro eres.

—Ni te lo imaginas —dice riendo—. Pero la dinámica de la relación es lo que hace que te enganches.

—Madre mía, ¡eres un romántico encubierto!

—No es cierto. —Me sonríe y le brillan los ojos—. Soy un deportista muy duro y fuerte.

—¿Y qué? ¡Estás enganchado a una serie de romance entre dos amigos de universidad como si fuera *crack!*

—¡Es que es como el *crack!* Ni siquiera se han besado todavía y no puedo aguantar más. ¿Qué les pasa? ¿Por qué no coge y la besa sin más?

—Porque entonces se acabaría la serie.

—Es cierto. —Echa la cabeza hacia atrás y se ríe, luego se pone recto y me mira los labios—. Por cierto, hablando de besos… —Me tira de la mano y me acerca a su cara. Siento el calor de su piel cuando le pongo la mano sobre el torso para pararlo o…

—Jack, no deberíamos ponernos juguetones.

—¿Has dicho «juguetones»? —Ríe—. No estoy de acuerdo —murmura—, para que lo sepas, tienes un chupetón en el cuello, de la iglesia.

Pongo los ojos como platos y me toco la piel donde me ha besado.

—Jack Hawke, eres un capullo. Por eso me miraba el cuello Gideon. Ahora me lo tendré que tapar. —Suspiro, pero no hay ni un ápice de enfado en mi voz. Lo he disfrutado tanto como él.

—Creo que te falta uno al otro lado para que vayan a conjunto. —Me pone la mano en la nuca y me la masajea, luego baja hasta la camisa y juega con los botones—. Quiero desabrocharlos muy despacio.

—Qué pena que estés lesionado —murmuro.

—Sí.

Me inclina la cabeza hacia la suya y se me acelera el corazón cuando veo el deseo en sus ojos y en sus pupilas dilatadas. Añade:

—Me muero de ganas de besarte otra vez. ¿Me vas a dejar que lo haga?

Me encanta que primero me pregunte y espere a que acepte. Tiene pintas de duro, pero no hace daño a las mujeres.

—¿Elena?

Aunque haya dicho que es peligroso para mi corazón, en cuanto lo he visto entrar en la iglesia, he sabido que quería volver a estar en sus brazos.

—Bésame.

Me besa con indecisión como si me quisiera dar la oportunidad de apartarme, pero no puedo. Suspiro en su boca y le mordisqueo los labios con los dientes.

Él me besa con más fuerza y sus labios presionan los míos con insistencia. El tiempo se detiene en el beso. Acaricio con los dedos su torso sedoso y suave por los aceites de masaje. Sigo hacia su cara y le rasco la barba incipiente con las uñas. Él abre mucho la boca para devorarme y se acerca más a mí. Tiene un olor masculino y primitivo que me encanta. Su lengua se pelea con la mía, me la succiona, y luego me la suelta para seguir explorando y me la lame con rapidez. Seguimos un buen rato devorándonos y sus besos me hacen palpitar; siento que la piel me arde contra su pecho.

Me siento ligera y pesada a la vez. Cierro las piernas con fuerza. Deseo…

Se le llena el pecho al inhalar y se aparta. Apoya la frente sobre la mía.

—No puedo moverme mucho por lo del hombro… ¿te importaría…?

He perdido la cabeza por completo, porque no tiene ni que decirme lo que quiere para saberlo. Me muevo y me siento sobre él. Jack me levanta la falda hasta las caderas y me acaricia los muslos desnudos.

—¿Qué es esto? —pregunta mirando el tanga de color *beige* con flecos en la cintura.

Le beso el cuello y respondo:

—Es un conjunto de princesa bárbara hecho con gamuza, una piel suave importada de España.

—¿Lo has hecho tú?

Asiento con timidez y escondo la cara en su cuello. Le acaricio con los dedos el pelo que tiene en la zona y jugueteo con él.

—Es bonito, pero… ¿puedes quitártelo? No creo que vaya a poder.

—No pienso quitarme las bragas otra vez.

—Entonces, ¿cómo voy a follarte?

Se me tensa el cuerpo al imaginarme lo que acaba de decir.

—¿Quién ha dicho nada de f-o-l-l-a-r?

Me acaricia el pelo y tira de él hasta que siento un cosquilleo en el cuero cabelludo que me va directo al estómago. Entonces, me besa con fuerza, en un beso desafiante y severo, y se acerca a mi oreja y me susurra:

—Yo. Pero, si no te apetece…, conozco otras maneras de hacer que te corras, Elena.

—Mmm. —Suspiro moviendo las caderas contra el bulto en sus pantalones, deslizándome contra él a fin de sentir su erección contra mi piel por encima del tanga.

—¿Eso es un sí? —gruñe. Las pestañas oscuras le acarician las mejillas.

—Sí —digo sin dejar de moverme encima de él.

Se muerde el labio.

—No pares, por favor.

Jadeo cuando mete un dedo por debajo de las bragas y me lo introduce. Con el pulgar, dibuja círculos en mi punto de presión favorito.

—Jack... —digo con voz indecisa, vacilando y preguntándome si hacemos bien. El deseo que sentimos el uno por el otro es muy fuerte y no me acostumbro. Normalmente, no siento que pierdo el control con los hombres. Preston y yo estuvimos saliendo durante tres meses antes de hacer nada, pero con Jack no puedo pensar en otra cosa. Nunca he sido una chica aventurera en la cama, en parte porque soy tímida, pero también porque nunca me he acostado con alguien que tomara el control y me enseñara qué me gusta.

—¿Quieres que pare? —me pregunta.

—Como pares, me muero.

—No podemos permitirlo —dice contra mi cuello.

Sus dedos expertos y resbaladizos por mi excitación se abren camino entre mis surcos y se introducen rápido en mi interior antes de dibujarme círculos en el clítoris. Siento que sus muslos se tensan debajo de mí; intenta llegar mejor.

—Desabróchate la camisa —dice con un tono áspero.

No puedo desabrocharme los botones tan rápido como me gustaría porque me tiemblan los dedos cuando los paso por los ojales. Tiro de la camisa y me la saco de la cintura de la falda. Él no se detiene en ningún momento. Sigue introduciendo los dedos en mi interior unos segundos para luego volver a los círculos en el exterior. Siento escalofríos de placer en la parte baja de la espalda, que son cada vez más fuertes, hasta que me hacen jadear. Los orgasmos no son algo corriente para mí y los valoro mucho porque requieren un esfuerzo y una dedicación que mis anteriores amantes no quisieron prestarles.

—Eres preciosa —dice, mirándome.

Río sorprendida de que piense eso de mí. Me quito la camisa y abre la boca. Mira el sujetador diminuto de piel.

—¿Cómo quieres que no follemos?

El deseo que siente por mí me excita todavía más y me hace perder la vergüenza. Desabrocho el cierre delantero del pequeño sujetador y siento un cosquilleo en los pechos cuando los mira.

—Solo puedo usar una mano y está ocupada entre tus piernas. Acércate más. —Se muerde el labio inferior.

—¿Así? —Me levanto un poco hasta que estoy de rodillas encima de él.

—Un poco más.

Me muevo poco para que no deje de mover la mano, pero sabe lo que quiero y no se detiene. Inclina la cabeza hacia arriba y me lame el pezón, acariciando la areola con un movimiento rápido de lengua. Me araña con los dientes la piel sensible de los pechos y siento un escalofrío cuando me rasca con la barba. Lo agarro del pelo. No quiero soltarlo.

Esto no es lo que había planeado. No quería ir tan lejos.

—No pienses tanto, quédate conmigo —dice antes de dirigirse al otro pezón y succionarlo con fuerza, abarcando con la boca tanto como puede.

Siento una punzada de placer que me sorprende y me hace sentir muy bien. El deseo que siente por mí le ruboriza las mejillas.

Tiene dos dedos dentro de mí y los mueve poco a poco y con suavidad. Arqueo la espalda para que pueda acceder mejor. Los dedos ondean en mi interior y me acarician un punto que me produce una nueva ola de calor abrasador y me hace sacudirme y tensarme.

—El punto G. Mastúrbate con mi mano. —Tiene gotas de sudor en las sienes y pone cara de concentración.

—¿Te hago daño? —digo entre jadeos. Pienso en las palabras de Gideon.

—No, no, no, no pares. Que le den por culo al hombro, quiero follarte. En cuanto te corras, te pondré sobre el sofá.

Me lo imagino: su cuerpo fuerte detrás de mí, sus manos agarrándome de las caderas.

—Sigue hablando.

Ríe sorprendido.

—Elena, ¿dónde has estado toda mi vida?

—En Nueva York y luego en Daisy —murmuro—. Dime más cosas, Jack.

Sus ojos castaños me miran. Es un lobo mirando a su presa.

—¿Qué cosas?

—No te hagas el tonto. Dime guarradas, Jack, ahora mismo.

Gruñe y mueve la mano izquierda, la lesionada, que tenía descansando a un lado del cuerpo. Me la pasa por el pecho y me pellizca los pezones y tira de ellos.

—Jack…

Me rodea la cadera con la mano y me coge con fuerza.

—También te follaré contra la pared, Elena. Te cogeré del culo para que me rodees con las piernas. Esa postura no la hemos probado todavía. No podía dejar de pensar en ella cuando veníamos hacia aquí.

Oh, oh…

Se me acelera el corazón. Este chico es demasiado para mí. Es bruto, sensual y primitivo. Tiemblo cuando nos veo reflejados en el cristal de las ventanas del salón. Estoy encima de él, me cae el pelo por la espalda y tengo las manos en su pelo. Me veo… *sexy,* y diría que hasta guapa.

—Jack…

—Nena, córrete, por favor. Quiero follarte —gruñe.

«Sé mía», me parece oír, aunque no estoy segura, y lo más probable es que no lo diga, porque esto es lo que es: sexo. Somos dos personas que queremos lo mismo y, madre mía, no sé por qué no lo hemos estado haciendo sin parar desde que nos conocimos.

Porque él es quien es y tú eres quien eres…

—Elena, no te disperses. Solo estamos tú y yo ahora mismo.

Se baja los pantalones cortos y veo su erección. Es larga, dura y venosa. Tiene el glande rojizo, tenso y húmedo. Me coge las caderas y me pone contra su cuerpo. Cuando nuestras pieles se tocan suelta un gruñido largo y gutural. Rozo su cuerpo con el mío.

—Córrete. —Sus dedos dibujan círculos en mi interior y siento el tacto suave de su miembro en la piel. Solo con que me moviera un poquito, lo tendría dentro de mí. He llegado a un punto de no retorno, no puedo pensar en otra cosa que no sea él y, cada vez que me toca, mi cuerpo se eleva, lo busca, lo anhela. Llego al éxtasis tan rápido que me toma por sorpresa. El placer me atropella como un tren y tiemblo cuando me domina, me recorre todo el cuerpo y me hace vibrar. El universo se mueve, pero yo estoy perdida en su estela. Me muevo de un lado a otro y me estremezco encima de él hasta que acabamos.

Jack me coge la cara y me besa con fuerza.

—Elena, Elena, Elena… Eres tan…

Suena el timbre.

Capítulo 17

Jack

Elena se baja de mi regazo y se coloca bien la falda rápido. Intenta abrocharse los botones con dedos temblorosos después de coger la camisa del suelo.

—Es la comida —digo. Disfruto mirándola. Es una diosa. Es la mujer más atractiva que he conocido en mi vida y ella ni siquiera lo sabe.

—Te has dejado uno —murmuro—. El botón del medio. Oye, ¿me pasas una manta?

—¿Tienes frío?

—Es para que no vea que voy empalmado.

Se ruboriza y se acerca al sillón, coge una de las mantas de pelo y me la lanza.

Corre hacia el espejo que hay encima del escritorio y se pasa una mano por el pelo para intentar peinárselo.

—Madre mía, vaya pintas de loca.

—Sí.

Me fulmina con la mirada.

—¿Qué pasa? Es cierto —sentencio, sonriendo.

¡Din don, din don!

—Como no abras la puerta, se enfriará la pasta —digo entre risas mientras veo que se intenta hacer un moño, pero, evidentemente, no tiene las herramientas necesarias.

—Con lo bueno que está el pan, y tú solo piensas en ponerte guapa.

Me muevo para levantarme, pero me apunta con el dedo.

—Tú. Esto es culpa tuya. Ni te muevas, ya voy yo.

Suspira, se da por vencida con el pelo y se dirige a la puerta. No me atrevo a decirle que tiene la falda al revés y que se nota mucho que la raja que va en la parte de atrás está delante ahora. También tiene la camisa torcida, con una parte por dentro de la falda y la otra colgando por fuera.

Me encanta alterarla y siento satisfacción. Algo en ella me atrapó en el momento en el que se sentó a mi mesa en el Milano's. Es algo nuevo y refrescante y a ella le da igual quién soy...

De repente, me siento inquieto.

¿Qué coño estoy haciendo? Me la iba a tirar ahí mismo, en el sofá, sin pensar ni siquiera en la protección.

No veo a la persona al otro lado de la puerta, pero reconozco la voz de inmediato. Lawrence. Hago una mueca. Lleva todo el día mandándome mensajes preguntando cómo ha ido el desayuno con Timmy y Laura, y para saber si me he hecho alguna foto con ellos que pueda subir a las redes sociales. No me he hecho ninguna. Ni se me ha pasado siquiera por la cabeza. Sé que tengo que aprovechar la oportunidad y convertir esto en la historia del jugador de fútbol americano que pasa tiempo con su joven fan, pero...

Los oigo murmurar, pero no sé qué dicen. Frunzo el ceño. Lawrence se porta como un *bulldog* a veces para protegerme, que es para lo que le pago, pero no tiene mucho tacto con las mujeres.

Me pongo de pie poco a poco y ellos llegan a la sala de estar. Él entra primero, con un traje y el pelo peinado hacia atrás como los hombres de Wall Street; Elena tiene el rostro en blanco, aunque normalmente es muy expresiva. Es una de las cosas que me gustan de ella, que la puedo leer como un libro abierto. En el Milano's, estaba nerviosa como un cachorrito; en la fiesta del reservado, enfadadísima; en la iglesia, sorprendida, y, cuando nos hemos besado, excitadísima.

Entonces es cuando veo que tiene las hojas.

Joder. Cierro los ojos un instante. Iba a decirle lo del acuerdo de confidencialidad, pero Lawrence se me ha adelantado, y seguro que ha sido tan delicado como un toro en una tienda de vajillas.

—No me coges el teléfono, capullo, y sabes que eso me pone nervioso —dice mientras entra. Ve que no llevo camiseta y arquea la ceja—. Como no me contestabas, he llamado a Quinn y me ha dicho que has tenido un tirón, y que no estabas solo. Le he traído otro contrato. ¿Cómo estás?

—Bien. —Todavía me duele. Me he hecho lesiones más graves en el campo, pero esta me molesta cuando le apetece. Aunque nunca me había hecho tanto daño. Eso no se lo digo.

—Me alegro. Empiezas la concentración de verano pronto y tienes que estar en forma.

—Estaré bien.

—Claro.

—¿Algo más? —pregunto nervioso, mirando cómo Elena deja los documentos en el escritorio de mala manera y se va por el pasillo hasta uno de los lavabos.

Lawrence la mira cuando se aleja.

—Bueno, algo de privacidad. —Da unos pasos hacia mí y me dice en voz baja—: He hablado con el director del colegio de Timmy. Le parece bien que vayas a conocer a algunos de los fans y que firmes unos cuantos balones. Le he dicho que queremos algo discreto, no una asamblea ni nada por el estilo, ¿vale?

—Que sea algo informal y sin prensa.

—¿Qué sentido tiene hacerlo si no hay nadie para sacar fotos, Jack?

Inhalo. Sé que tiene razón.

—Puedes hacer una foto para Instagram o lo que sea, pero no quiero que este tema se convierta en un circo. No quiero que haya periodistas en el colegio del niño ni en su casa. A Laura no le haría gracia. —Me lo comentó mientras desayunábamos y quiero asegurarme de que esto no les va a complicar la vida.

—Como gustes —dice, suspirando—. Timmy quiere que hagas lo de la obra de teatro. ¿Cómo te las apañarás?

Suelto un quejido. No quiero tener que subirme a un escenario. Me imagino en uno, zigzagueando, con la cara roja de vergüenza e intentando decir mis frases. De ninguna manera. Se me acelera el corazón solo de pensarlo.

Lawrence sabe qué pasa por mi mente.

—¿Tienes idea de lo difícil que es ayudarte cuando no te dejas? Ve y ya veremos qué pasa. A lo mejor, puedes ser el ayudante de la directora o algo así.

Asiento, pero no me gustan los nervios que siento en el estómago.

—Vale.

Mira por encima del hombro.

—Sigue sin haber firmado el acuerdo de confidencialidad. Me lo ha dicho en la entrada. ¿A qué coño esperas? ¿Y qué hace aquí contigo? Como diga algo de la lesión a los medios de comunicación…

—Ya sabe lo de mi hombro. Estaba conmigo cuando me ha pasado.

Lawrence maldice una y otra vez.

—No se lo dirá a nadie.

—Ya. Hace tres días que la conoces. —Sacude la cabeza—. Tenemos suerte de que Sophia no sepa que todavía te duele el hombro.

Es cierto. Sophia sabía lo de la cicatriz porque todo el mundo en mi pueblo lo sabía y hacía años que la historia circulaba por ahí. Además, también está el artículo que publicó la hermana de Harvey. Pero nunca le conté que el hombro todavía me dolía de vez en cuando, sobre todo porque era algo poco recurrente. Tenía mis dudas sobre ella, por lo que me tendría que haber dado cuenta de que no era la persona indicada.

Sin embargo, a Elena sí que se lo he contado y la última persona a la que se lo dije fue a Devon.

Lawrence me está explicando los detalles del colegio de Timmy en Daisy, pero se queda en silencio cuando Elena vuelve a la habitación. Evita mirarme a los ojos. Se ha puesto bien la ropa y el pelo, los mechones largos brillan como si se hubiera peinado. Se ha puesto pintalabios rojo. Coge las hojas de la mesa y se sienta al escritorio a unos metros de nosotros. Ojea el documento con la cabeza agachada y nos ignora de manera intencionada.

Genial. Me paso las manos por el pelo.

—¿Eso es todo, Lawrence? Estamos esperando a que nos traigan la comida. —Lo miro con una expresión que dice: «Vete de una puta vez».

Asiente y se da media vuelta.

—No hace falta que me acompañes, sé que te duele el hombro. Te avisaré cuando sepa el día y la hora para lo del colegio y para lo otro que hemos comentado. —Saluda a Elena con la cabeza—. Encantado de conocerte, Elena.

Ella no levanta la mirada de las hojas.

—Claro.

Hago una mueca. Habla con un tono demasiado frío y educado. Pero no ha dicho «igualmente».

Lawrence no se da cuenta, me mira, levanta los pulgares y se va.

Camino hacia ella y observo la rigidez de sus hombros.

—Elena…

Levanta la mano.

—No. Deja que antes acabe de leer este documento tan fascinante que, por cierto, tiene fecha del Día de San Valentín.

Siento vergüenza al recordar exactamente qué hay en los documentos: es una declaración en la que afirma ser mayor de edad y que da su consentimiento. Hay una descripción explícita de los actos sexuales que puede hacer, desde los preliminares hasta el sexo oral, y ella puede poner una cruz al lado de los que consiente. Es un acuerdo de confidencialidad completo para el resto de su vida. No puede compartir detalles sobre mí ni dar mi número de teléfono ni la contraseña de internet del piso ni decir dónde está el piso ni siquiera la dirección de Lucy en Brentwood. Lawrence y mi abogado lo redactaron.

—¿Qué te ha dicho Lawrence? —Estoy nervioso, por una parte, por la cara que tiene y, por otra, bueno, porque quiero que lo firme.

—Es un capullo.

—Es mi capullo, Elena.

Me ignora, le tiemblan los dedos mientras pasa las páginas.

—Lo que me parece más absurdo de toda esta situación es que me puedas reclamar cinco millones de dólares si hablo con quien sea de nuestra vida privada. Pues siento decírtelo, pero Topher y mi tía Clara saben que nos hemos acostado. Ya se lo he contado a Topher y él se lo ha contado a ella. No sé a quién se lo va a decir mi tía. Es peluquera y trabaja en una peluquería de un pueblo a cuyos habitantes les encantan los chismes. Deberías oír las cosas que se cuentan ahí.

Me está intentando provocar.

—Buena suerte —añade—, porque no tengo ni un duro. Solo tengo la casa y te aseguro que no vale cinco millones. Nos pasaríamos la vida en los juzgados.

—Elena, por favor.

—No, no tienes derecho a hablarme así. —Deja caer la cabeza y el pelo le cubre la cara—. Esto es… ridículo y grotesco. Tuve que estar muy borracha para firmar esto. ¿En qué estaba pensando?

Me apoyo contra la pared al oír el desdén en su voz. Mierda.

—Ojalá… ojalá lo hubiera leído, porque entonces no me habría acostado nunca contigo, Jack.

Suspiro profundamente.

—Estaría más tranquilo con lo nuestro. Piénsalo. Si lo firmas, podemos empezar de cero…

Se pone de pie. Tiene los puños apretados y la cara echada hacia atrás con una expresión desafiante.

—¿Cuántas chicas lo han firmado? ¿A cuántas chicas te has traído a este palacio del sexo?

Aprieto los labios.

—Nadie ha estado aquí después de Sophia. Y si tengo este tipo de contrato es precisamente por lo que ella me hizo, antes no los tenía. Eres la primera chica con la que he querido estar. No he ofrecido el acuerdo de confidencialidad a nadie más.

—Qué halagador.

Recorre la habitación con los ojos.

—¿No llegaste a llevar a Sophia a tu casa?

—No.

—¿Cuánto tiempo estuvisteis juntos?

—Un año, más o menos.

Sacude la cabeza y me mira sorprendida.

—Ya veo que no confías en nadie.

—Es comprensible —digo en voz baja—, tengo que proteger mi carrera y mi privacidad. No quiero leer por ahí más noticias sobre mí, Elena.

Se humedece los labios.

—Por algún extraño motivo, pensaba que habías venido a la iglesia a verme, pero veo que era por lo del contrato.

—No es cierto.

—Creo que sí. Sabes que, en el fondo, no has dejado de pensar en ello.

Me quedo en silencio y contesto:

—Es cierto.

—Me sorprende que hayas tardado tanto en sacar el tema.

Me daba miedo decírselo…, supongo que porque sabía que se ofendería.

Se me eriza la piel de la inquietud, pero no puedo dejar de pensar en Sophia en el plató de *Good morning, America* hablando de nuestra vida sexual y de que le pegaba cuando se pasaba de la raya. Y, aunque nunca presentó denuncias ni fotos ni informes del hospital como pruebas, las noticias se publicaron de todos modos. Era mi palabra contra la suya y, como no concedo entrevistas…

Aunque sí que negué la historia a través de Lawrence e, incluso, intenté demandarla, pero era inútil, una pérdida de dinero, así que la gente se creyó su versión. Hasta el entrenador me interrogó cuando salió todo. Joder. Fueron unas semanas muy duras, aunque ahora ya me conoce. Los de Adidas se indignaron por lo del libro, sobre todo porque me negué a hacer declaraciones.

—Quiero confiar en ti, pero…

—Ya. Has levantado muros a tu alrededor. —Coge los papeles y hace una bola con ellos—. Pues esto es lo que pienso de tu acuerdo de confidencialidad.

Cierro los ojos y siento que se me para el corazón no porque no quiera firmar, sino porque la he decepcionado.

—Tienes razón —refunfuño—, eres mejor que yo. Te mereces a un buen chico y no a una estrella del fútbol americano malherida. Entiendo lo que me dices. ¿Crees que a mí me gusta esto? ¿Que me gusta estar solo? Es una mierda, ¿vale? Una puta mierda. Pero Sophia publicó un artículo en *Cosmopolitan* en el que decía que la obligué a abortar.

Se muerde el labio y aparta la mirada. Le brillan los ojos. Me callo un segundo. Mierda, ¿se va a poner a llorar?

—Pero no es cierto, Elena. Ni siquiera se quedó embarazada. No soy así. Puede que creciera con un tío que me pegaba, pero yo respeto a las mujeres.

—Te creo —dice en voz baja.

Menos mal.

Sus ojos del color del mar me vuelven a mirar.

—Nunca le contaré a nadie lo de la otra noche. Hablaré con Topher y mi tía Clara, y les haré jurar que no dirán nada. Si nos encontramos en un restaurante o en un reservado, cosa bastante improbable, prometo que ni te miraré. Además, tú tienes muchas más opciones, ¿no es así? ¿Por qué no te traes a las supermodelos del reservado al piso?

Lo hice, pero fue una experiencia triste y vacía.

Además, esas chicas no son Elena con esos labios carnosos, sus faldas y sus gafas.

—Dime, ¿qué saco yo de firmar este contrato? —pregunta con tono de burla—. ¿Joyas, vestidos de fiesta, galas, una paga o un coche…?

—No digas tonterías. No es eso, no es una transacción.

—Pues lo parece. ¿Qué ha pasado con lo de quedar con alguien y ver si surge algo más? Me podrías haber invitado a salir o haberme contado más cosas sobre ti para que nos conociéramos. Porque no pienso convertirme en la chica a la que te tiras cuando estás cachondo y necesitas a tu lado un cuerpo que haya firmado la mierda de acuerdo ese. Soy una persona. Y, para que quede claro… no quiero ser un ligue, ¿de acuerdo? ¡Ni loca! Soy una chica de relaciones, Jack.

Tiene la barbilla echada hacia delante y los ojos cargados de ira. Me pregunto en qué momento me pareció una chica tímida.

Se me cierra la garganta. Ahora yo tendría que decir algo para arreglar la situación, a lo mejor debería decirle que nadie me ha hecho sentir así antes… pero, joder, ya no sé cómo ser yo mismo con una chica. Tiene razón. He construido muros a mi alrededor y me he quedado solo en mi fuerte.

Me mira.

—Estoy esperando. Acabo de decirte todo lo que pienso. Contéstame.

Pasan unos segundos en los que nos miramos sin decir nada. Intento encontrar una manera de cambiar de conversación, de que se ponga de mi parte y vuelva a mis brazos.

—Pues muy bien —dice entre dientes.

Joder. He esperado demasiado. Coge su bolso y sus zapatos, y se dirige a la puerta.

Debería suplicarle que se quedara. Debería hacerlo. Porque estaría dispuesto a caminar por encima de brasas solo para que se quedara conmigo.

Mierda.

Es una locura.

Apenas la conozco.

Frunzo los labios cuando abre la puerta.

Me mira con un ápice de vulnerabilidad en el rostro como si estuviera esperando a que la detuviera.

Me limito a mirarla: contemplo su rostro, su pelo caoba y sus grandes ojos. Joder. No la voy a volver a ver nunca más. Lo ha decidido. Lo siento.

Suelta un suspiro y sale del piso. Pasa al lado del portero, que está en el pasillo con la comida en la mano.

Maldita sea.

Capítulo 18

Elena

—¡Atención, atención! Un capullo y su prometida se acercan a la biblioteca —anuncia Topher desde la recepción mientras coloco los libros de literatura para jóvenes adultos en las estanterías. Aprieto el ejemplar que tengo en la mano y salgo de detrás de los montones de libros para mirar al otro lado de las ventanas tintadas.

Preston y Giselle. Están estacionando el Lexus en el aparcamiento. Veo que él sale primero y la ayuda a ella; Giselle lo coge del brazo y se dirigen hacia la puerta juntos.

Alguien los detiene en el arcén y ella le enseña el anillo. Está radiante.

Suspiro. Llevo toda la semana evitándolos porque no estoy de humor para lidiar con algo a lo que, sin duda, me tengo que acabar enfrentando. Preston me empezó a llamar el lunes, me dejó mensajes en el contestador y me mandó mensajes de texto, pero lo ignoré. Giselle comenzó a intentarlo el martes por la tarde, que vino a casa, pero no le abrí la puerta.

El miércoles, mi madre se entrometió para pedirme que hablara con ellos. Trataba el tema como si fuera una reunión de negocios y me recordó que Giselle es mi hermana y siempre lo será, y que tengo que hacer lo correcto.

Cierro los labios con fuerza. ¿Cómo que tengo que hacer lo correcto? ¡Él era mi novio!

El jueves por la tarde, vino mi tía Clara y me pilló en medio de una sesión de costura. Cerré la puerta de mi despacho secreto y estuve con ella en la cocina donde nos tomamos unas copas de *whisky.* Casi ni hablamos del compromiso, aunque sé que su misión era convencerme de que hablara con ellos.

Hablamos de Jack y del maldito contrato de confidencialidad, y acabamos en el porche, contentillas, charlando de hombres y fumando del tabaco que ella había traído.

Y hoy es viernes y Preston y Giselle han venido juntos, así que son dos contra uno. Qué bien.

Topher se pone a mi lado y se arremanga la camiseta de Nirvana.

—Yo te protejo, Elle.

—Sé que sí, pero no creo que lleguemos a ese punto. Preston no es mucho ni de hacer el amor ni la guerra.

Topher no aparta los ojos de Preston ni un segundo mientras el segundo charla en el exterior. Hace bastante sol para ser finales de febrero.

—Es un cabrón estirado. Estoy seguro de que de bebé no lo abrazaban.

—Pero ella sí que recibió muchos abrazos. —Mi madre la consintió mucho, porque era muy guapa, y la colmó de atención. Es la hija perfecta y ahora está haciendo un doctorado en Física.

Observo que ella lo mira con una expresión dulce en el rostro con ojos resplandecientes de amor. Tengo ganas de vomitar.

He estado especialmente... no diría enfadada... pero sí desilusionada desde que me fui del piso de Jack hace unos días. Pensé que intentaría detenerme, aunque no fue así.

Ha estado en Daisy. Lo comentaron ayer en la peluquería cuando fui a por unos refrescos Sun Drop para Topher y para mí:

—¡Qué chico tan agradable! Es educado y gentil y ha firmado más de trescientos balones para los alumnos del colegio de primaria. Timmy no se despegaba de él ni un segundo. Qué hombre más guapo —dijo Birdie Walker, la secretaría del colegio, mientras la tía Clara le retocaba las raíces.

Nuestras miradas se encontraron en el espejo y me sonrió como una boba. Yo puse los ojos en blanco, me senté y fingí leer una revista mientras escuchaba.

—Ha conocido a todos los alumnos y profesores, uno a uno, junto con Timmy y Laura. Le ha llevado todo el día.

Vaya, así que Laura estaba con él. ¿Por qué no se casan de una vez por todas?

—He oído que la señorita Clark le ha dado su número de teléfono y todo. Me pregunto si la llamará. Es guapísima y él parecía interesado.

Ya es suficiente. Gruñí y fulminé a la secretaria chismosa con la mirada. La señorita Clark acaba de cumplir veintidós años y le da su número de móvil a cualquiera. Además, es su tipo.

Qué más da.

Salí enfadada de la peluquería. Una parte de mí estaba… molesta porque no ha intentado encontrarme.

¿Es una locura?

Aunque estuvo en Daisy, ni siquiera se acercó a la biblioteca y está al lado de la iglesia. Si de verdad le gustaba tanto, ¿por qué no ha insistido un poco más? ¿Dónde queda su carácter competitivo?

Sin embargo…

Ya no hay nada entre el *quarterback* y yo.

Arrugué el acuerdo de confidencialidad y casi se lo tiré a la cara.

Y me fui.

Y él no me siguió.

Eso es todo.

Clara aparece como por arte de magia al lado de Preston y Giselle, y mira hacia las ventanas de la biblioteca, pero, como están tintadas, con el sol no se nos ve desde fuera.

Porque, si vieran nuestras miradas asesinas, huirían.

—Están a punto de entrar. —Me dirijo a la recepción y me pongo detrás del escritorio.

Por suerte, no hay mucha gente al mediodía, solo unos pocos clientes, algunos en las mesas y otros en los ordenadores para usar internet gratis. Me paso una mano por el pelo, que hoy llevo recogido en un moño francés. Me coloco bien las gafas y me aplico un poco más de pintalabios rojo muy rápido. Me pongo firme.

Entran y observan el lugar. Es un edificio antiguo, pero es precioso, y lo han renovado totalmente desde que llegué: tiene el suelo de azulejos impolutos y brillantes, así como nuevas estanterías blancas. Las paredes son de un tono gris frío y tienen colgados dibujos, de varios edificios históricos del pueblo, hechos por los prodigiosos alumnos del instituto. Tenemos hasta uno de la iglesia. A mano izquierda hay una zona enmoquetada para los niños con juguetes, puzles y marionetas para la hora del cuento.

Giselle mira a su alrededor, pero dudo que vea algo en realidad. Su cerebro no funciona así, solo funciona con hechos científicos y ecuaciones.

La mirada de Preston y la mía se encuentran. Sus ojos marrones me escrutan y yo… no siento nada de nada.

Se da cuenta de cómo lo mira Topher, se queda quieto un momento y luego se dirige hacia una estantería y finge mirar los audiolibros. Cobarde.

—¿Podemos hablar? —pregunta Giselle con una sonrisa nerviosa cuando llega a recepción. Lleva unos pantalones de vestir de color crema y una blusa azul claro. Si entrecierro un poco los ojos, veo a mi madre.

—Claro —digo alegremente—. ¡Me muero de ganas de ver el anillo! Todo el mundo me dice lo bonito que es. —Puedo hacerlo.

La tía Clara pasa al otro lado del escritorio como si estuviera acostumbrada a ello, que no es el caso, y se pone a mi lado. Giselle hace una mueca y nos mira a una y, después, a la otra.

—¿A solas? —pregunta Giselle.

Mi tía Clara frunce el ceño.

—No pasa nada —le digo a mi tía sin dejar de sonreír—. Giselle y yo no hemos tenido ni un minuto para hablar desde que volvió y empezó a salir con Preston. Me encantaría que me contara cómo va todo. ¡Las bodas son tan emocionantes! —Intento que mis palabras suenen convincentes, pero mi hermana hace una mueca y entiendo que he metido el dedo en la llaga. A lo mejor tendría que intentar parecer menos alegre.

Mi tía me da una palmada en el brazo.

—Voy a mirar la sección de romance. ¿Tenéis libros de vampiros *sexys?* Espero que tengan escenas explícitas.

Asiento.

—Claro que sí. Busca a J. R. Ward y léete toda la colección. Te encantará.

Me mira por última vez antes de dirigirse a las estanterías.

Giselle está rígida, parece incómoda.

—Elena, lo siento.

Simple y al grano.

No esperaba otra cosa de ella.

Es una persona directa.

—¿A qué te refieres? ¿A lo de robarme el novio o al compromiso?

Se sonroja.

—Sé que no hemos hablado del tema, pero gracias por no contárselo a mamá. No le he dicho que te vi con el jugador de fútbol americano. Yo también sé guardar secretos, Elena.

Recuerdo el día que los pillé besándose en el despacho de Preston. Era un día a mediados de julio y hacía muchísimo calor. Tenía una pausa para la comida, así que fui a verlo. Estaba muy confundida porque la relación no pasaba por su mejor momento. Entre el tema de Topher y lo de la lencería..., las cosas no iban bien.

Supuse que estaría trabajando en su escritorio y que se alegraría al ver que le había comprado su bocadillo favorito del Piggly Wiggly. Sin embargo, lo pillé con mi hermana entre sus brazos. Al principio, me quedé atónita y los miré incrédula. Luego, sentí el dolor. Después, llegó la ira y les grité, tiré la comida al suelo y manché el escritorio de jamón, queso y tomate. Salí corriendo y me dirigí a la peluquería de mi madre con las manos cerradas en puños y dispuesta a contar lo que había hecho a toda mi familia, pero sobre todo a mi madre. Me moría de júbilo al imaginar a Giselle cayéndose del pedestal en el que mi madre la tenía.

Cuando llegué al salón de belleza, me detuve.

Me imaginé el rostro desilusionado de mi madre y lo mucho que se enfadaría con mi hermana. A una parte de mí le gustaba la idea, pero me detuve un momento para lidiar con las emociones y pensé que esta traición cambiaría a la familia para siempre. Mi padre murió demasiado pronto en un accidente de coche y el marido de mi abuela murió de un infarto cuando tenía poco más de cuarenta años. Durante años, las mujeres de la familia Riley habíamos permanecido juntas y nos habíamos labrado una vida; éramos la panda de chicas de Daisy. Aunque Giselle siempre pusiera cara de aburrimiento cuando mi tía nos llamaba así, ella también formaba parte del grupo. ¿Quería acabar con eso? ¿Quería ver a mi madre triste? Ella lo habría acabado superando, pero mi tía Clara no. La relación que tiene conmigo es especial.

Mi familia es lo único que tengo. Me lo han repetido mil y una veces desde que era niña. Por eso me quedé en Daisy cuando mi abuela murió. Empecé a pensar en las Navidades en casa de la abuela, en los constantes líos de la entrometida de mi madre y en la vida amorosa de mi tía Clara. No quería romper el grupo ni rasgar la tela que eran nuestras vidas, aunque el beso, sin duda, era un desgarre.

No quería arruinar lo que nos había llevado tantos años construir por un idiota.

Así que me tranquilicé, entré en la peluquería y anuncié que había roto con Preston. Y eso fue todo. Me aseguré de que lo oían todas las mujeres y les envié un mensaje a Preston y a Giselle en el que les decía que hicieran lo que les saliera de las narices. Aunque con unas cuantas palabrotas más.

Ahora, mi madre cree que Giselle empezó a salir con Preston cuando nosotros ya habíamos cortado. Al principio, no le hizo mucha gracia y me miraba con nerviosismo en las comidas familiares de los domingos, pero yo disimulé tanto como pude.

—A ver ese anillo… —digo, apoyándome en el mostrador después de apartar los libros.

Giselle se mueve con elegancia y apoya los dedos largos y elegantes en el escritorio.

—¡Vaya! Es de corte princesa. ¿Es de un quilate? —pregunto mientras observo la joya como si fuera un bicho. No es de mi estilo, a mí me gustan más las esmeraldas o los rubíes. Algo con más color.

—Sí. Yo… Si hubiera sabido que me lo iba a pedir, te lo habría comentado, Elena.

—Claro. Es que he estado muy ocupada esta semana. Siento no haberos devuelto las llamadas.

Traga saliva. Tiene una expresión seria.

—Nunca quise hacerte daño…

—Pero le comiste los morros de todos modos —digo con una sonrisa.

Cierra los ojos un instante.

—Sí. No lo hice a propósito, te lo juro. —Se le mueve la garganta y se le quiebra la voz. Ladeo la cabeza porque no estoy acostumbrada a verla emocionada. Yo soy la hermana emocional, los sentimientos son lo mío. Ella es la hermana distante—. Entraste y nos viste haciendo algo que nunca pensé que ocurriría.

Le cae una lágrima por la mejilla. Pestañeo. No es nada típico de ella.

—Entonces, ¿por qué lo hiciste? —pregunto bruscamente.

Tendríamos que haber hablado hace meses, pero ella ha estado muy ocupada con los estudios en Vanderbilt y yo he escondido la cabeza en la arena y me he puesto un parche en el corazón.

—Te juro que el día que nos viste en su despacho fue la primera vez que nos besamos. Me pidió que me pasara por allí porque faltaba poco para tu cumpleaños en agosto y… no… no sé qué pasó. Él me besó… y… —Suspira y se limpia las mejillas con las manos. Cojo una caja de pañuelos y le doy uno. Lo acepta y se seca los ojos—. ¿Tienes idea de lo difícil que fue crecer a tu sombra y ver que todo el mundo te prestaba atención cuando entrabas a algún sitio? La dulce Elena es tan graciosa y creativa.

Balbuceo.

—¿Se puede saber de qué hablas? Tú siempre has sido la guapa. Estás haciendo un doctorado a los veintitrés años y yo ni siquiera fui capaz de hacer Medicina.

Sacude la cabeza y me dice:

—Eres especial, Elena. La abuela siempre lo supo y por eso te quería más. Lo vi en sus ojos cuando te enseñó a coser o a conducir, lo veía cuando hablaba de tus aventuras en Nueva York. —Hace una pausa—. ¡Te dejó su casa y todas sus cosas! La ropa, sus trastos, el *whisky*, las escaleras en las que jugábamos, el sofá en el que dormíamos la siesta, el columpio del árbol… —Se muerde el labio—. Hasta a la tía Clara. Tenéis una relación muy especial.

Vaya.

Mi abuela me dejó la casa. Mi madre y la tía Clara heredaron la peluquería y algo de dinero, y Giselle, unas tierras en Daisy.

—Soy la mayor, Giselle. Además, las tierras valen mucho dinero. Están cerca de Nashville y son unas colinas preciosas. Las tasaron en doscientos mil dólares y seguro que cada vez valdrán más.

—No lo digo por el dinero. Heredaste la casa porque la abuela quería que fuera tuya. Te quería más a ti.

Oigo los celos en su voz y me asustan. Cuando hicimos la lectura del testamento, no pareció importarle. Sorbe por la nariz y continúa:

—Nunca dije nada porque no quería peleas.

Ay, en eso sí que nos parecemos. Siempre intentamos mantener la paz.

Pero hemos pasado meses evitando mantener una conversación sincera.

Puede que mi abuela sí me quisiera más a mí. No lo sé. Aunque es cierto que siempre estaba conmigo y yo con ella. Éramos como dos gotas de agua.

—A ti no te interesaba aprender a coser. Y papá te enseñó a conducir. —Hago una pausa. Me siento tonta intentando contradecir sus sentimientos. La gente siente lo que siente y eso no se puede cambiar. Suspiro—. Puedes coger todos los objetos de la abuela que quieras, Giselle. Nunca fue mi intención que no tuvieras ningún objeto personal de ella. —Miro a Preston para confirmar que no nos oye—. ¿Me estás diciendo que te gustaba Preston porque estabas… celosa? —Siempre hemos competido entre nosotras. En secundaria, quedé segunda en un concurso de deletrear del condado y ella lo ganó tres años más tarde. Conseguí una beca parcial para ir a la Universidad de Nueva York, y ella, una beca total para la de Memphis.

«La Universidad de Nueva York tiene mucho más prestigio», me dice una vocecita.

Frunce el ceño y responde:

—Siempre dices que no estudiaste Medicina, pero que lo podrías haber hecho si hubieras querido. Lo que pasa es que elegiste hacer lo que te gusta. Siempre luchas por aquello en lo que crees. Eres… valiente.

No es cierto. Pienso en la lencería.

—Y sé lo de la lencería.

La miro rápidamente a los ojos.

—Preston. Será cabrón. Más te vale no contárselo a nadie.

Se echa a reír.

—No te preocupes.

—Bien, porque como lo hagas te agarraré del pelo ese tan rubio y bonito que tienes y te lo arrancaré.

No bromeo del todo.

Sonríe.

—Esta sí que eres tú. Una mujer pasional. Y lo peor de todo es que, si hubieras querido a Preston, le habrías contado la verdad a mamá y habrías hablado conmigo hace meses. Ni te imaginas cuántas veces he pensado que ibas a estallar en las comidas de los domingos, pero nunca lo has hecho. Porque, en realidad, no le querías.

—¿Y tú sí le quieres?

Asiente.

—Lo supe en el momento en que lo vi. Intenté ignorarlo, pero él no dejaba de mandarme mensajes y… no supe gestionarlo.

Se atrajeron al instante… y en mi casa. Eso me duele un poco.

Creo que me lo ve en el rostro; no puedo esconder nada.

—No lo hice para robarte lo que era tuyo, Elena, y siento que nuestra historia comenzara así, de verdad. Es algo que me atormentará toda la vida. Si no nos hubieras mandado el mensaje, nunca habría empezado a salir con él. Me habría apartado.

Puede. Aunque, después del beso, Preston y yo ya no teníamos nada que hacer.

—¡He encontrado uno picante, Elena! —Es la tía Clara, que, aunque no se ha ido muy lejos, se ha hecho con un libro de romance.

Me pongo recta cuando se acerca con el libro en el aire.

—Me llevo este. Acabo de leer una escena picante. Madre mía. —Se abanica con la mano y me mira fijamente. Sus ojos preguntan: «¿Estás bien?».

No lo sé. Duele mucho cuando te traiciona tu hermana. Además, fue una traición innecesaria. Preston debería haber cortado conmigo primero. Se equivocaron de orden.

«La vida es complicada, y el amor, todavía más», escucho la voz de mi abuela en mi cabeza. Pero no sé si mi orgullo está muy por la labor. Todavía me duele haber confiado en ellos.

Preston se acerca al mostrador. Probablemente, ha visto que la conversación ya está llegando a su fin. Me repasa con la mirada y se detiene un segundo en mi camisa; me enfurezco. Es una camisa muy mona con corazoncitos estampados y cuello de terciopelo rojo, pero más le vale no mirarme los pechos.

Aparta la vista rápido y entrelaza la mano con la de Giselle.

—¿Todo bien por aquí? —nos pregunta.

Sonrío con suficiencia al recordar sus pijamas cutres, su cuerpo corriente y su pene mediocre. ¡Y no sabía dónde tenía el clítoris!

—Le has preguntado lo de… ya sabes… —le dice a Giselle, dándole un empujoncito con el codo.

—¿A qué te refieres?

Giselle inhala hondo y mira a Preston con cara de arrepentimiento.

—Es que no creo que sea buena idea, de verdad.

—Pues yo sí —responde entre dientes—. Es perfecto.

La tía Clara da un golpe en el mostrador con el libro.

—Pues ya podéis ir soltándolo, que no tenemos todo el día y tengo mucho pelo que cortar.

Giselle cierra los ojos.

Miro a Preston con el ceño fruncido.

—¿Qué es lo que me tenéis que preguntar?

Me devuelve el gesto y responde:

—Tu madre ha pensado que sería buena idea dar una fiesta de compromiso en tu casa. Es la casa más grande del pueblo y el centro cívico está ocupado; en la iglesia, están de obras, y claro, nos gustaría ofrecer alcohol, así que no es una opción. Tengo mucha familia en Oxford y Giselle quiere invitar a los amigos de Memphis y, bueno, yo personalmente creo que sería el lugar perfecto.

¡Menudo capullo!

Miro a Giselle, que se ha sonrojado, y dice:

—Ya conoces a mamá. Cuando se le mete algo en la cabeza...

—Sí, ya. —No sé qué es lo que siento, pero lo ignoro y sonrío—. Mi casa es perfecta. ¡Claro que sí!

Giselle se queda atónita y Preston la rodea con el brazo.

—¿Lo ves? Te dije que nos la dejaría. Elena es la mejor.

¿La mejor? Qué cara.

Giselle duda. Lo sé por cómo se aprieta las manos e intenta aguantarme la mirada. Yo miro los libros del escritorio.

Hablan algunas cosas más y se disculpan por algo, pero no los oigo porque tengo demasiadas cosas en la cabeza. Una fiesta. Tendré que podar los arbustos, lavar las mantas y cortinas...

La tía Clara se los lleva y Topher se acerca a mí y me rodea los hombros con el brazo.

—¿Lo has oído? —He visto que nos miraba de vez en cuando.

Asiente, con la cara triste, mientras los mira alejarse por la carretera en su Lexus. Me estrecha y me dice:

—Sabes que no tienes por qué dar la fiesta, Elena, de verdad. Podrían hacerla en algún sitio en Nashville.

—Sí que tengo que hacerlo. Tengo la casa más bonita del pueblo y es mi obligación como hermana ayudar. Ella pasó mucho tiempo en la casa y guarda muchos recuerdos especiales. Daisy es su ciudad natal.

—Eres demasiado buena. Y él es un mamón. He visto cómo te miraba.

Me encojo de hombros.

—Es por los pechos. Los tíos no lo pueden evitar.

—Elle, querida, no son los pechos, eres tú. Ojalá te pudieras ver como te vemos los demás. Puto Preston. Espero que Giselle sepa que se le van los ojos. —Se calla un momento—.

Creo que tú le intimidabas y nunca le gustó que viviéramos juntos.

Hago una mueca.

—Yo nunca he dicho eso.

—Era evidente. Siempre me miraba con cara de odio.

—Se va a convertir en su marido, así que centrémonos en lo positivo. Preston es… —Me callo, no se me ocurre nada bueno.

—Sabemos que es un desastre en la cama.

Me echo a reír.

—Y nunca le gustó el cochino del infierno —añade—. Romeo se le cagó en los zapatos, ¿verdad?

—Sí.

—Y nunca reponía el papel del váter cuando lo acababa.

Asiento.

—Y se tiene que cortar los pelos de la nariz.

Río por la nariz.

—Tendrías que haber visto cómo tenía las uñas de los pies. Qué asco.

Topher me mira.

—¿Estás muy triste? Normalmente me doy cuenta, pero hoy no lo sé.

Suspiro despacio y asiento. Pensé que me pondría a llorar en cuanto los viera, pero, al final, no he llorado.

—He hablado con Greg.

—Ah, ¿sí?

Asiente.

—Tiene muchas ganas de conocerte.

—Ya, pero los dos sabemos cómo fue mi última cita a ciegas.

—Lo digo de verdad. Le enseñé una foto nuestra de Halloween, ya sabes la que digo, aquella en la que sales vestida de pastelito y yo de cura. Y le encantó. —Mueve las cejas con picardía—. Yo no digo nada, pero… le gustan el mismo tipo de cosas *sexys* que a ti.

Cojo un libro y lo paso por el escáner.

—No. Después de Preston y Jack, no quiero saber nada más de los hombres.

Capítulo 19

Elena

El siguiente lunes, después del trabajo, Topher y yo fuimos al centro cívico después de cenar. Está a una manzana de mi casa (como la mayoría de los lugares del pueblo) en Main Street. El edificio era el colegio de primaria hasta que construyeron el nuevo hace ya bastantes años. En el centro, se hacen las noches de bingo y los clubes de ajedrez en la cafetería, *ballet* y salsa en las clases y las obras de teatro en el gimnasio.

Cuando entramos, había bastante gente, puede que unas treinta personas. Hay gente sentada en las sillas, otros, en el escenario, preparando los decorados o haciendo acotaciones y otros están amontonados en la pared del fondo para ver a quién han elegido para los papeles.

—A mí el *casting* me fue fatal —le digo a Topher mientras miramos a nuestro alrededor. Las audiciones fueron el viernes por la noche después de la debacle con Giselle y Preston.

Laura, la directora, tiene un portapapeles en la mano y está de pie en el centro, al lado del escenario, felicitando a los actores. Las cortinas que enmarcan el escenario son de terciopelo negro y viejo, y los pliegues gruesos caen con suavidad.

En la parte superior de la pared de cemento hay dos leones que rugen y hacen de centinelas al nombre «Colegio de Primaria de Daisy».

Timmy está al lado de Laura con una sonrisa de oreja a oreja. Me saluda con la mano y corre hacia donde estamos nosotros. Sus zapatos chirrían contra el suelo de madera cuando lo pisa; veo que tiene el tobillo mejor.

—¡Señorita Riley, señorita Riley, has conseguido el papel de Julieta! —Me rodea la cintura con el brazo bueno.

Lo miro riendo.

—Bueno, la verdad es que creo que fui la única que se presentó a la prueba para ese papel.

Se sube las gafas por la nariz y dice:

—Eres la Julieta perfecta. Y, ¿sabes qué?

—¿Qué?

Empieza a saltar y parece que va a explotar.

—Hace una semana que guardo el secreto. ¿Te diste cuenta de que nadie hizo la prueba para hacer de Romeo?

—No me había dado cuenta. —Fue una tarde muy ajetreada con gente que no paraba de entrar y salir. Vine, hice la prueba y me fui.

—Adivina quién es.

De repente, tengo una mala sensación. Timmy solo estaría así de emocionado por una persona. No, no…

—¡Jack Hawke! —exclama el niño con alegría—. ¡Él hará de Romeo! Me moría de ganas de contárselo a todo el mundo y ahora, por fin, puedo. ¿Qué te parece? ¿No es genial?

—Sí, genial —suspiro.

Miro a Topher.

—¿Tú sabías algo de esto?

—Paso mucho tiempo en la peluquería, pero no sé todo lo que ocurre en el pueblo. Ese secreto se nos ha escapado. Aunque será estupendo para el programa de teatro. A lo mejor podemos usar el dinero para hacer algunas mejoras. Necesitamos un foco nuevo y también micrófonos.

Timmy corre alrededor de nosotros.

—Era un secreto muy importante. Él solo quería ser el ayudante de mamá, pero es una tontería. Le dije lo que supondría que él interpretara un papel. Un papel de héroe. Jack tiene que ser un héroe. Le pregunté con mucha educación.

Apostaría mi casa a que le suplicó.

Timmy se detiene y mira detrás de mí.

—¡Aquí está!

Sale corriendo sin decirnos nada más. Yo me doy media vuelta y siento que el corazón se me va a salir del pecho y mariposas en el estómago.

Jack entra en el gimnasio como si fuera suyo. Lleva unos vaqueros y una camiseta de manga larga de los Lions de Daisy. Es negra y dorada y le queda ajustada. Se detiene y casi se tropieza cuando me ve.

Nuestros ojos se encuentran.

Bajo la mirada.

Mierda.

Sigue estando igual de bueno.

Lo vuelvo a mirar desde detrás del hombro de Topher. El rostro de Jack tiene un aspecto desaliñado y parece que tiene ojeras, pero puede que sea por la falta de luz en el gimnasio. También nos hacen falta apliques nuevos para el techo, porque solo funcionan la mitad.

—Está como un tren —murmura Topher con tono de sorpresa.

—Traidor —le digo.

—Y menudos ojos. Brillan como dos topacios. No me extraña que montaras a este semental.

Le doy un golpe con el codo.

Gruñe y dice:

—Perdona. Lo odio por ti. Yo estoy de tu parte al cien por cien.

Me invade la tristeza cuando oigo sus palabras.

—No, no lo odies. Ya lo odia mucha gente y… no se lo merece.

Pienso en la historia de la cicatriz y en lo difícil que debió de ser para él perder a su madre y luego matar a una persona. No me imagino lo violenta que tuvo que ser la situación, la angustia que debió de sentir o las consecuencias que tuvo. Yo crecí en una casa con estabilidad y mucho amor. Él no.

Topher me rodea con un brazo y me mira.

—¿Te arrepientes, Elle?

Sí. Me arrepiento de no haberlo besado otra vez, de no haberle dado uno de esos morreos que tan bien se le dan para recordarlo durante los próximos años.

—No. Él no dio su brazo a torcer y yo tampoco.

—Ya.

Lo miro seria.

—Tengo principios. Él redujo el sexo a una transacción profesional. Quiere una tía con la que acostarse sin tener que ofrecerle nada, y yo no puedo hacerlo. Sería la que lloraría cuando él se acabara aburriendo de mí.

—Nadie se aburre de ti.

Me apoyo en él. Se me ha hecho un nudo en la garganta de la emoción.

—Topher, los tíos de los que me enamoro siempre se acaban marchando. —Lo fulmino con la mirada y añado—: Y eso no quiere decir que me haya enamorado de él.

—Acaba de entrar el mohicano —añade Topher cuando vemos a Devon detrás de Jack. Lleva una camisa negra con una calavera, un cinturón con tachuelas y unos vaqueros oscuros.

Una vez ha pasado la sorpresa, la realidad me golpea con fuerza en el pecho.

—Voy a ver a Jack muy a menudo las próximas semanas.

—Totalmente. Lo vas a tener muy cerca. Y os tendréis que besar y hacer escenas sexuales, escenas trágicas, dramáticas… Todas las cosas románticas que hacen los desafortunados amantes.

—Va a ser una pesadilla —murmuro mientras se acercan.

—A mí me parece cosa del destino —me responde—. O sea, ¿te has parado a pensar en que es mucha casualidad que lo conocieras en el restaurante, te lo encontraras en la discoteca y que los dos conozcáis a Timmy? El destino os está intentando juntar.

Suspiro.

—El destino es un cabrón y me encantaría darle una torta. Y deberías dejar de leer tantas novelas románticas, amigo.

Devon se acerca corriendo y deja atrás a Jack, que se ha parado para hablar con Timmy.

Me mira las zapatillas, la coleta alta, las mallas y la sudadera ancha de la Universidad de Nueva York.

—Por fin nos volvemos a ver, preciosa. Te he echado mucho de menos. ¿Cuándo vas a volver a venir a la discoteca? Siempre hay sitio para ti en el reservado.

Me pongo bien las gafas y sonrío. Fue muy amable conmigo en la discoteca y me recuerda mucho a Topher, aunque es la versión hetero.

—Cállate ya y dame un abrazo —le digo. Me sonríe y me hace girar—. Todavía te debo lo de la apuesta.

—Me puedes pagar de otra manera —responde guiñando un ojo.

—Te voy a dar. —Le golpeo el hombro y se pasa una mano por él como si le hubiera hecho daño. Sonríe.

Le presento a Topher y se estrechan las manos brevemente.

—Encantado de conocerte —dice Devon—. Soy compañero de equipo de Jack. Soy receptor, seguro que has oído hablar de mí.

Pongo los ojos en blanco.

—Sí, ya sé quién eres. Esta no mira la tele —dice, señalándome—, pero yo sí que veo algún partido de vez en cuando.

Jack se acerca y no puedo evitar devorarlo con la mirada; sus movimientos son elegantes.

Se detiene al lado de nuestro pequeño círculo y, por un momento, me parece ver incertidumbre en su rostro.

Devon se gira hacia él y le dice:

—Tío, acabo de encontrar a tu Julieta. Sí, Timmy nos lo ha contado —Me sonríe— y adivina quién es tu Romeo. Mi *quarterback* favorito va a hacer un papelón. —Le da una palmada a Jack en el hombro y este hace una mueca.

Jack me mira y sus ojos dorados contemplan los míos hasta que me es imposible apartarlos. La intensidad que veo en ellos me inmoviliza, me fascina, me cautiva.

Me había convencido a mí misma de que lo nuestro se había acabado, pero aquí está haciéndome sentir cosas que no debería sentir. Malditas mariposas. Intento reprimirlas.

—Elena, ¿cómo estás?

Su voz calmada y ronca retumba por todo mi cuerpo. Respiro hondo.

Está siendo educado y manteniendo las distancias.

De acuerdo, si eso es lo que quiere…

—Genial, ¿y tú?

Sonríe un poco.

—Genial.

Observa la habitación con cara de incomodidad.

—¿Y ahora qué?

Topher señala hacia la parte delantera del escenario.

—Te perdiste los *castings,* pero aquí es donde sucede la magia. Vamos a hacer una versión moderna de *Romeo y Julieta,* pero más parecida a la versión de Baz Luhrmann que a la de Shakespeare, con mafiosos, pistolas y ropa negra. Aunque no hará falta que llevemos mallas y estoy un poco decepcionado.

Devon se echa a reír.

—Me encantaría verte con mallas, Jack.

Jack no sonríe.

—Sí, muy bien. Me encanta la peli. ¿Cuánta gente va a venir?

—Unas doscientas personas. No es mucho, pero cada vez hay más gente interesada. Contigo aquí, seguro que llenamos. Gracias por ofrecerte —dice Topher con una sonrisa—. Aunque, conociendo a Timmy, seguro que te ha liado de alguna manera.

Jack asiente con el ceño fruncido. Le pasa algo.

¿Qué ha dicho Topher para que se ponga así?

No puede ser por Timmy, porque vi que lo trataba con delicadeza y le hablaba con una sonrisa genuina, aunque perpleja.

¿Es por la idea de que vaya a venir mucha gente del pueblo a verle?

Eso no tiene sentido porque, según Birdie Wheeler, a la mitad de la gente del pueblo le encanta.

Además, en los partidos de fútbol americano hay mucha más gente.

Por la televisión, lo ven millones de personas.

Oh... puede que sea...

—¿Te gusta Shakespeare?

Gira la cabeza hacia mí y me mira con frialdad.

—Estudié Filología Inglesa en la universidad y me gradué, aunque podría haberlo dejado cuando me ficharon. Mi madre siempre quiso que me sacara una carrera porque ella no pudo estudiar. —Se encoge de hombros con despreocupación, aunque siento que el movimiento está cargado de emoción—. Lo hice por ella.

Filología Inglesa. Y se graduó por su madre.

—Qué interesante —contesta Topher con una sonrisa de suficiencia—. Elena estudió lo mismo y consiguió el trabajo en la biblioteca sin el Grado de Biblioteconomía.

—Intenté conseguir un puesto de profesora en el instituto, pero no tenían ninguna vacante. Me encanta la biblioteca, así que todo salió a pedir de boca.

Jack alza una ceja.

—¿En qué te especializaste? Yo en literatura británica.

Me muerdo el labio y sus ojos observan el movimiento.

—Mi favorita es la norteamericana.

—Claro, ¿cómo no? Citaste a Mark Twain: «Prefiero el paraíso por el clima; el infierno, por la compañía».

Mi corazón loco por la literatura late con fuerza.

—«No sabían que era imposible, así que lo hicieron».

—Muy buena. ¿Qué me dices de: «Si el hombre pudiera cruzarse con el gato, mejoraría al hombre, pero deterioraría al gato»?

Sonrío con satisfacción y respondo:

—Por cierto, todavía tenemos al gato que te comenté, si te interesa. Aunque ahora se ha vuelto un gato de exterior y no hace más que pasear por el barrio. —Me rompo la cabeza intentando recordar otra cita—. Tengo otra: «Los dos días más importantes de tu vida son el día que naces y el día que descubres por qué».

Piensa mientras se acaricia la barba.

—¿Qué te parece la de: «No esperes, porque el momento adecuado nunca llegará»?

—O la de: «Cualquier emoción, si es sincera, es involuntaria». Esa me encanta. —Sonrío, pero luego recuerdo que estoy enfadada con él.

Se echa a reír y me pregunta:

—¿Qué es esto? ¿Una batalla para ver quién sabe más citas de Mark Twain?

—Puedo pasarme toda la noche citándolo.

—Mmm —murmura. El labio se le curva en una sonrisa—. Una batalla de Mark Twain. Deberíamos hacer un concurso.

—Deberíamos —respondo.

—Te desafío.

—¿Me estás retando? —Meto las manos en los bolsillos. Me tiemblan. Es por él, no he podido dejar de pensar en él y en cómo estaría desde que me fui del piso.

Me preguntaba si estaría tan solo como yo.

—Dime una hora y un lugar, Elena.

Contengo un jadeo al ver cómo me mira. El hielo de sus ojos se empieza a derretir.

Mierda, no tiene derecho a decir mi nombre de esa manera como si lo estuviera saboreando.

Me fijo en sus labios rellenos y suaves, pero duros a la vez…

Miro a nuestro alrededor y me doy cuenta de que Topher y Devon nos miran con caras raras.

—¿Qué pasa? —pregunto.

—Nada —murmura Devon.

—Estamos fascinados con la capacidad de memorización que tenéis —responde Topher. Se dirige a Jack y le pregunta—: ¿Estás familiarizado con *Romeo y Julieta?*

Jack se aclara la garganta.

—Sí, la he repasado esta semana.

Lo imagino tumbado en la cama, sin camisa y leyendo la obra de teatro. En mi imaginación, lleva gafas para leer. Siento que me arde el rostro.

El mes se me va a hacer larguísimo.

—Hola, chicos —dice una voz conocida detrás de mí. Sorprendida, me doy media vuelta y abro los ojos de par en par al ver a mi hermana.

—¿Giselle? ¿Tú también participas en la obra?

Agacha la cabeza y asiente. No la había visto desde el día que vino a la biblioteca. Comimos en casa de mi madre el domingo, pero ella no vino porque dijo que no se encontraba bien.

Se acerca a nosotros. Lleva una chaqueta de *tweed,* pantalones de vestir y zapatos de tacón. Entiendo que ha venido directamente al acabar las clases en la universidad.

—Mamá me dijo que Laura no había conseguido a nadie para hacer el papel de enfermera, así que pensé que lo podría hacer yo. No te importa, ¿verdad?

Quiero poner cara de enfadada, pero sonrío.

—Claro que no.

Pero…

Nunca ha mostrado ningún interés por el arte.

Miro detrás de ella y pregunto:

—¿Ha venido Preston?

—No. —Hace una mueca—, odia estas cosas.

Es cierto. Nunca vino a verme a ninguna de mis obras de teatro.

—Bueno, bienvenida al grupo de los locos. —Hago lo que haría una buena hermana. Le hago un gesto para que se una a nuestro círculo y se la presento a Devon y a Jack.

Se da la mano con ellos, se queda callada y juguetea con las costuras de la chaqueta.

Jack pone cara de enfado y frunce el ceño mientras la observa. Me mira a mí y me pregunta con la mirada. Asiento y dejo que ate cabos. «Sí, es la que está con mi exnovio».

Devon sonríe y nos mira con aprecio.

—No os parecéis en nada.

—Elena es la divertida —murmura Giselle.

—Y tú la inteligente —añado.

Se sube las gafas por la nariz.

—Bueno, pero todos te adoran a ti.

Suspiro. ¿Qué le pasa? Lo dejo a un lado.

—Se acaba de comprometer —digo. No viene a cuento, pero ella levanta rápido la mano para enseñarnos el anillo resplandeciente.

Jack se sorprende al ver la mano de Giselle y me observa con atención, aunque yo evito mirarlo.

—Enhorabuena. —Devon la felicita con una sonrisa. Creo que este chico nunca deja de sonreír—. Aunque es una pena, porque esperaba que Elena me presentara a algunas chicas solteras.

—Elena conoce a todo el pueblo. Seguro que te puede liar con alguien —dice con un tono esperanzado.

Frunzo el ceño para decirle que no tiene razón, pero lo que dice es cierto. Conozco a todo el mundo y, aunque me mudé, cuando volví, de algún modo acabé conociendo a todo el mundo, ya sea por la biblioteca o por el centro cívico.

Miro a Devon y a Jack y les digo:

—Vamos a dar una fiesta de compromiso para Giselle y su prometido en mi casa de aquí a unas semanas. Deberíais venir. —Gruño mentalmente. ¿Por qué los he invitado?

Jack se sorprende y mira a Giselle. Le pregunta:

—¿De verdad?

Ella asiente.

—Sí. Venid, por favor. Me encantaría conocer a los amigos de mi hermana.

No debería haberlos invitado. Ni siquiera es mi fiesta, yo solo pongo la casa.

—Estoy muy liado —responde Jack, encogiéndose de hombros.

Eso es un no.

Devon ríe.

—Yo sí que iré. Me está empezando a gustar este pueblo. ¿Traigo alguna cosa? ¿*Whisky*, cerveza? ¿Tú qué bebes, Elena?

Sonrío. La extraña actitud de Jack hace que me arda el rostro. Tengo que distanciarme de él y de su frialdad, pero me mantengo firme.

—Con que vengas y traigas tu sonrisa, es suficiente.

—Ahí estaremos, nena. Háblame de las chicas solteras del pueblo.

Asiento.

—Hay una profesora en el colegio de primaria, la señorita Clark. Tiene veintidós años, es rubia y tiene el pelo largo. Conduce un Mustang descapotable rojo. Creo que es tu tipo. Hizo las pruebas para la obra, así que seguro que está por aquí en alguna parte. Todos los que quieren participar en la obra tienen un papel.

Miro alrededor del gimnasio hasta que la encuentro. Está hablando con un grupo de personas, pero sus ojos apuntan a Jack como si fueran un rayo láser. La imagino acercándose a Jack y adulándolo como lo hacían las chicas del reservado.

Devon se acerca a mí.

—Cuéntame más. ¿Tiene una regla para azotarme?

—Pregúntale a Jack —digo con un mohín que no consigo disimular—. Le dio el número de teléfono el día que fue a la escuela. Birdie Walker decía que estaba muy interesado.

Devon lanza una mirada seria a Jack.

—¿Ah, sí?

—No pude no cogerlo. —Me fulmina con la mirada.

¡Debería haber hecho añicos el papel!

Elena. Cálmate. No es tu chico. «Eso díselo a mi cuerpo».

Cada vez me siento más molesta. Molesta porque es mi Romeo y yo soy Julieta; molesta por no haber podido dejar de pensar en él en toda la semana, y molesta con Giselle por inmiscuirse en algo que siempre ha sido exclusivamente mío.

—Tendrías que llamarla —le digo de mala manera.

Las fosas nasales de Jack se abren; le brillan los ojos.

—La llamaré. Gracias.

—Es tu tipo al cien por cien.

—No me digas. Me alegro de ver que sabes qué me gusta.

—Parece salida del reservado —añado con brusquedad.

Se le tensa la mandíbula.

—Elena… —empieza a decir antes de quedarse en silencio. Su rostro parece de granito.

Nos miramos fijamente y la tensión en el aire que nos rodea es evidente.

Giselle nos mira extrañada a uno y después al otro.

—Eh… ¿va todo bien?

—Perfecto —gruño.

Topher se aclara la garganta.

—Qué tarde más bonita, ¿creéis que lloverá?

Debería soltar algún comentario de meteorología, pero me muerdo la lengua y me obligo a quedarme callada.

¿Cómo hace para sacar este lado tan infantil en mí?

Estoy actuando como una novia celosa, ¡y yo no soy así!

Aunque supongo que el enfado ha ido a más desde que me lo contaron en la peluquería.

Y me acaba de decir que la llamará.

Y está claro que lo más probable es que no haya vuelto a pensar en mí.

Jack suelta un suspiro lento y largo y murmura que quiere ir a hablar con Laura. Se da media vuelta y se va. Tiene la espalda erguida y tensa.

—Pues ha ido muy bien —murmuro.

Al cabo de un rato, tras las breves instrucciones de Laura sobre las fechas y horas de los ensayos y de que nos haya presentado a todos, los actores nos sentamos en una larga mesa. Es hora de hacer la lectura previa.

Jack está sentado a mi lado y siento el calor de su pierna en la mía. Me echo para un lado para dejarle más espacio.

Ha estrechado las manos de todo el mundo antes de que nos sentáramos. Un par de personas le han pedido autógrafos y él les ha firmado los libros. He intentado no prestarle atención, pero me resulta imposible. Es un hombre de esos a los que todos miran. Es sincero y amable cuando habla con la gente y no es nada arrogante. He visto que se sonrojaba un par de veces cuando la gente se le acercaba y, por eso, me pregunto…

Patrick se sienta a mi otro lado porque hará de Teobaldo, el primo de Julieta. Topher, que interpretará al gracioso Mercucio, se ha sentado delante de mí. Giselle está al final de la mesa, ojeando la obra con las gafas que le reposan en la nariz. La señorita Clark hace de príncipe, pero, como la mayoría de los personajes son hombres, ella hará de princesa. «El papel es perfecto para ella», pienso mientras miro cómo se reaplica pintalabios en la silla de delante de Jack. Alarga la mano de forma constante para tocarle el brazo y decirle lo mucho que le gusta el fútbol americano y los Tigers.

«Por favor».

Contrólate, Elena.

Devon está al otro lado del gimnasio haciendo unas canastas con Timmy.

—Vamos a empezar, a ver cuánto avanzamos hoy con la lectura —anuncia Laura con una sonrisa—. En la primera escena, aparecen Sansón y Gregorio de la casa Capuleto. Es muy divertida y dinámica. Luego, entra Teobaldo, que está listo para la pelea.

Patrick ríe.

—Intentaré parecer enfadado. La obra se acabaría antes si les digo que hay que amar al prójimo y todo eso.

Laura levanta la cabeza y sonríe. Mira al pastor y le dice:

—Lo harás muy bien, Patrick.

Arqueo una ceja.

Vaya.

Laura se aclara la garganta y continúa:

—Entonces, entra Romeo lamentándose de su amor por Rosalina. En la segunda escena, Paris y Capuleto hablan sobre el matrimonio de Julieta. A continuación, Romeo y compañía llegan al baile y… ¡es amor a primera vista! En la última escena del primer acto, Romeo besa a Julieta. Cuando acabemos el primer acto, haremos una pausa y comentaremos las dudas que pueda haber.

Patrick me da un golpe con el codo, se acerca a mí y me susurra:

—Qué bien. Jack y tú lo haréis genial.

—Es fantástico —digo sin un ápice de emoción en la voz.

Arquea la ceja y dice en voz baja:

—¿Qué pasa? Juraría que saltaron chispas en la iglesia. En cuanto entró, fue como si te derritieras.

¿Cómo que me derretí? Lo miro perpleja.

—No sé a qué te refieres.

Ríe.

—Cynthia estará muy triste de que lo nuestro no haya funcionado.

Hago una mueca.

—Siento que nos intentara juntar. Creo que ya tenía hasta la boda planeada.

Se encoge de hombros y contesta:

—Es muy difícil salir con un pastor. Tienes que aprenderte la Biblia de memoria antes de la primera cita.

Río.

—Eres lo que nos hacía falta en el pueblo. —Señalo a Laura con la cabeza—. ¿Hubo chispas?

El rostro de Patrick se vuelve de color rojo oscuro.

Jack se inclina hacia mí por el otro lado. Nuestras piernas se están tocando.

—¿Te importaría dejar de ligar con el pastor? No oigo a Laura.

Me pongo recta en el asiento y le contesto:

—No estaba ligando.

Espero que vuelva a su posición de antes, pero su pierna musculosa sigue pegada a la mía.

Pues muy bien. Yo tampoco me pienso mover.

Empezamos a leer y me olvido de él para perderme en las palabras y en el lenguaje.

Jack lee su primera frase como Romeo y vuelvo a la realidad.

Lee con una voz preciosa, grave y ronca, pero le falta el tono seguro de siempre.

No sé si alguien más se da cuenta, pero yo lo noto. Lo he oído hablar, me he fijado en el ritmo con el que pronuncia cada sílaba, en cómo se le mueven los labios cuando me acaricia la piel con ellos…

Giro la cabeza hacia él para mirarlo. ¿Está bien?

—Un poco más alto —ordena Laura.

Asiente y alza la voz. Es perfecta y la entonación refleja las emociones exactas de un hombre con un amor no correspondido.

Aunque…

Bajo la mirada y veo que aprieta los puños por debajo de la mesa.

Pongo cara de enfado y observo su rostro disimuladamente. Tiene una ceja fruncida y expresión de concentración.

Entonces me doy cuenta. Esto no le gusta, aunque se le da de maravilla. ¿Está tan molesto porque yo estoy aquí? Vaya. Me desilusiono un poco. Puede que no quisiera volver a verme nunca más y esta noche haya sido una conmoción para él.

Pasan unos minutos y llegamos a la última escena del primer acto, donde Romeo y Julieta se conocen y se besan.

No puedo mirarlo cuando hacemos la pausa para el beso aunque, evidentemente, no nos besamos, porque esto es solo una lectura.

Con los ojos fijos en la obra, leo:

—Ahora tengo en los labios el pecado de los tuyos.

Jack responde:

—¿El pecado de mis labios? Qué reproche más dulce. Devuélveme mi pecado.

Nos quedamos en silencio cuando viene el segundo beso, levantamos las cabezas y nos miramos. Su rostro parece una máscara.

—Besas muy bien —le digo mirando sus ojos del color del ámbar. Odio que me tiemble la voz.

La enfermera interrumpe a Romeo y Julieta, y Giselle lee sus frases. Me aclaro la garganta y bajo la mirada hacia la mesa.

Está clarísimo que esta obra me acabará matando.

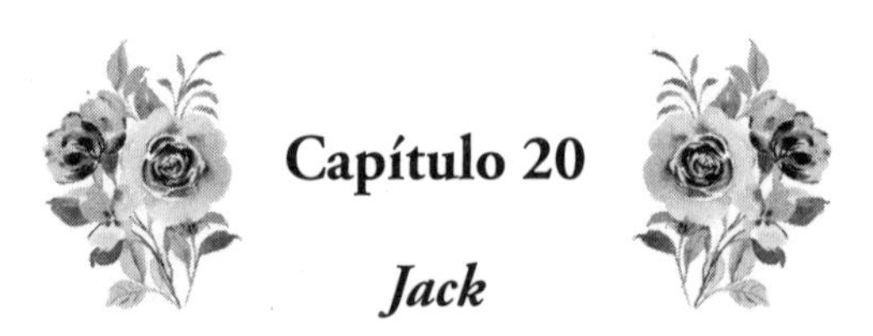

Capítulo 20

Jack

Suspiro aliviado cuando acabamos la primera lectura y muevo los hombros y el cuello en círculos al levantarme. Tengo el cuerpo tenso y nervioso, aunque estoy cansado; es como si acabara de salir expulsado del campo. Intento deshacerme de la sensación. Estiro los brazos y los hombros e intento librarme de la rigidez de las tres últimas horas.

Noto que Elena se levanta y empieza a recoger sus cosas. La miro mientras se cuelga la bandolera, con un movimiento delicado y fino, con elegancia. La ropa le cubre todo el cuerpo y solo lleva al descubierto las muñecas y las manos claras. Trago y las miro.

Maldita sea.

Tengo que estar fatal para que me exciten unas muñecas. Miro la curva delicada del cuello y el pelo cobrizo que lleva recogido y le cae por encima del hombro…

—Oye, Jack, solo quería agradecerte una vez más que hayas venido al colegio —dice la voz aguda y chirriante de una chica que aparece a mi lado. Es rubia y joven. Lleva muchos complementos y maquillaje. Viste un vestido corto. Es la señorita Clark, de la escuela de primaria, aunque no habría recordado quién era si Elena no la hubiera mencionado—. Flipo con que vayas a hacer la obra de teatro. Todo el mundo te aprecia mucho. Es un detalle muy bonito.

¿Bonito?

Es horrible. Casi tropiezo cuando me he querido sentar para hacer la lectura. Pero lo he hecho, con los puños bien apretados y el cuerpo a tope de adrenalina. He de reconocer que ha sido más sencillo que cuando los reporteros me hacen entrevistas, pero, aun así, me muero de vergüenza al pensar que tendré que hablar delante de desconocidos.

—De nada —respondo educadamente antes de moverme para pasar por su lado. Miro a Elena, que se aleja y habla con Topher un minuto antes de dirigirse hacia la salida. Parece que él se va a quedar a ayudar con el atrezo.

—Hemos quedado para ir a un bar que hay por aquí. ¿Quieres venir con nosotros? —La señorita Clark me coge del brazo y yo me detengo y la miro. Es muy guapa y parece estar interesada, si es que me puedo guiar por el brillo de sus ojos.

—No.

Sus largas pestañas parpadean rápidamente.

—¿Seguro? Lo pasaremos bien. Hay una máquina de dardos, billares y muy buen ambiente.

—Segurísimo.

Pone cara de enfadada, pero yo me despido de ella y paso por su lado sin dejar de mirar a Elena.

Tengo que correr porque ya ha cruzado las puertas del gimnasio. Su culo se mueve de un lado a otro.

—¡Elena!

La alcanzo mientras camina por un pasillo oscuro hacia la salida. No sé qué le voy a decir, pero…

Sigue andando con la cabeza hacia delante.

—¿No vas a tomar nada con la señorita Clark?

—Veo que nos estabas escuchando. Buen oído. No me interesa. —Me meto las manos en los bolsillos de los vaqueros mientras caminamos entre las taquillas plateadas, algunas de las cuales ya están oxidadas y abolladas—. ¿Este era tu cole?

—Sí —responde. Sus bonitos ojos se encuentran con los míos un segundo antes de que me aparte la mirada—. Has dicho que la llamarías.

Suspiro. Mierda. Ha sido una estupidez decirle eso, pero es que ella me ha provocado y yo le he devuelto la provocación. La cojo de la mano para que se detenga. Me mira, insegura.

—Jack, ¿qué quieres de mí?

«No lo sé».

Lo nuestro tendría que haber terminado cuando se marchó del piso.

Y lo más probable es que le vaya a hacer daño.

Pero…

No puedo dejar de pensar en ella: en su cara, en sus labios, en cómo me habla como si fuera una persona corriente, sin juzgarme y sin importarle quién soy.

Le pregunto algo a lo que he estado dando vueltas desde que me lo ha dicho.

—Giselle y Preston se han comprometido. ¿Estás bien? —La examino con los ojos para intentar buscar alguna pista—. Debe de haber sido difícil para ti.

Baja los hombros y responde:

—Ella lo quiere. Y yo no estoy segura de haberlo querido.

Me balanceo sobre los talones.

—Entiendo. ¿Ya has pasado página?

—Puede que Giselle me haya hecho un favor.

—Puede que tu lío de una noche te haya ayudado a olvidarlo. —Sonrío con suficiencia, quiero hacerla reír o algo por el estilo. No me gusta que se muestre tan fría ni la expresión de cautela que tiene.

Se suelta de mi mano y empieza a caminar otra vez. La sigo. Respira profundamente.

—¿Devon no te está esperando?

—Hemos venido en dos coches y él se ha ido antes. Solo ha venido a hacer unas cuantas fotos. —Me quedo en silencio—. Sabía que quería hablar contigo.

—¿Sabías que iba a participar en la obra de teatro?

—Me lo dijo Laura.

—Podrías haber pasado a verme la semana pasada cuando viniste al pueblo —dice con brusquedad.

Me quedo callado, sus palabras me pillan por sorpresa.

—Pensé que querrías algo de espacio. Te fuiste muy enfadada y no sabía si querrías volver a verme.

—A la señorita Clark sí que le ha gustado verte.

Me echo a reír. Está intentando hacerme enfadar para que me vaya y la deje en paz.

—Estás celosa de una profesora porque me dio su número sin que se lo pidiera.

Tartamudea y se detiene.

—¡No!

—Mentirosa —murmuro—. Has estado toda la noche fulminando a la pobre señorita Clark. Si las miradas mataran…

—¡No es cierto!

Me encanta hacerla rabiar.

—No soportas la idea de que la pueda llamar.

Pone los brazos en jarras y veo lo bien que le quedan las mallas negras que lleva. Se acerca a mí y me golpea el pecho con un dedo y yo me fijo en sus labios rojo oscuro.

—Y tú estás celoso de Patrick.

—Es que estabas hablando con él todo el rato.

—Hablábamos de ti.

Suelto una risita, me siento eufórico.

—No puedes dejar de pensar en mí, ¿no?

Me acerco a una taquilla y ella me sigue.

—Eres tan… ¡arrogante! Me pone de los nervios. —Sacude la cabeza y veo que su expresión cambia.

—¿Por qué estás seria?

Se muerde el labio inferior.

—Antes… me he dado cuenta de que estabas un poco raro cuando has llegado y cuando hemos hecho la lectura. Te ha salido muy bien y tienes una voz preciosa… —Se detiene—. ¿Qué te ha pasado? ¿De verdad te molesta tanto tener que hacer todo esto? ¿Es porque estoy yo?

Vaya, se ha dado cuenta. Normalmente, nadie lo nota. Solo ven mi rostro y mi talento y asumen que me siento cómodo conmigo mismo.

—Lo hago por Timmy… y porque es bueno para mi imagen. Lawrence ha insistido mucho y tiene razón. Tengo que esforzarme más. No hacía falta que hiciera de Romeo, sobre todo porque me cuesta estar con gente a la que no conozco mucho. Pero acepté el papel.

Me mira con cara de comprensión.

—Pues sí que eres tímido, sí.

Hago una mueca.

—Ya te lo dije. Aunque la mayoría de la gente piensa que soy maleducado.

—¡No eres maleducado! Has sido muy amable con todo el mundo.

—Soy una buena persona.

—Sí. Pero juegas al fútbol americano delante de millones de personas, diriges a los compañeros y les dices qué tienen que hacer. ¿Eso también te cuesta?

Sonrío al ver que se ha acercado un poco a mí. Qué chica tan curiosa.

—Cuando estoy en el campo, soy un luchador.

—Pero esto no lo es. ¿Crees que podrás hacer la obra?

Pienso en el ensayo de hoy.

—Estaba un poco nervioso porque iba a conocer a gente nueva e iba a tener que amoldarme, pero he visto que todos son muy sensatos y nadie me ha puesto un micrófono en la cara. Además, estabas tú y eso me ha ayudado. Me ha hecho no pensar en el resto. —No soy consciente de que es cierto hasta que lo digo.

Ladea la cabeza y da otro paso hacia mí.

—O sea que, en resumidas cuentas, me estás diciendo que eres un inepto social.

—Sí.

Abre la boca.

—Sin embargo, eres tan… —Su voz se apaga.

—¿Tan qué?

—Solo preguntas eso porque quieres que te elogie.

Río.

—¿Por eso no concedes entrevistas?

Asiento y añado:

—Nunca he conseguido sentirme relajado con la prensa. —Me quedo en silencio. Noto que me estoy poniendo nervioso, pero me deshago de la sensación—. Es algo que poca gente sabe, Elena.

Digiere mis palabras y su cara refleja de forma clara lo que piensa: está confundida.

—Pero no parece costarte tanto con las mujeres. Al parecer, acuden a ti en manada.

—Nunca he tenido que esforzarme con eso.

Me echa una mirada asesina.

—Qué arrogante.

Sonrío con satisfacción.

—Es la verdad.

—¿Y por qué narices has aceptado el papel de Romeo?

—Bueno, da la casualidad de que la gente de Daisy me adora. Además, estás tú. —Dejo que asimile lo que acabo de decir y veo que se le empieza a sonrojar el cuello y el rubor le sube hasta la cara. No sabe lo mucho que peleé para no tener que participar en la obra. Eso fue hasta que Laura me dijo que era probable que Elena interpretase a Julieta...

Se humedece el labio inferior.

Me apoyo en la taquilla y le digo:

—Eh, creo que quieres que te bese ahora mismo.

Se acerca otro paso y se le infla el pecho.

—Parecemos dos adolescentes que se acaban de pelear por alguna tontería. Estoy listo para los besos de reconciliación —digo mientras le suelto el pelo de la coleta. Suspiro cuando le cae alrededor de las curvas del rostro—. Quítate las gafas, Elena.

Se las guarda en el bolso y da otro paso hacia mí.

—Eres un mandón. No entiendo cómo te soportan las mujeres.

—Ni yo. No merezco una chica buena. Sigue hablando. —Cada vez que habla, se acerca más a mí y ya casi la tengo entre mis brazos.

Inclina la cabeza hacia mí y huelo su fragancia dulce, suave y floral. Inhalo con fuerza para olerla a toda ella y el corazón se me acelera y me golpea el pecho con fuerza.

—Y, para que lo sepas, no quiero besarte. Eso me costaría mi dignidad. Tengo un vibrador en casa y lo tengo cargado y listo para...

—De ninguna manera. No vas a usar un puto vibrador cuando yo estoy aquí —gruño—. ¿Piensas en mí cuando lo usas?

—No. —Se sonroja.

Río.

—¿Cómo nos imaginas, Elena? ¿Te imaginas debajo de mí, dócil y preparada, pidiéndome que siga?

—¡No!

—Me imaginas detrás de ti. Claro, te encanta esa posición. He pensado mucho en cómo gimes cuando te la meto hasta el fondo. Parece que haga siglos desde que follamos.

—Deja de decir guarradas.

—Creo que me imaginas comiéndotelo, Elena. Yo pienso en eso, en tu sabor. Te corriste cuando te lo hice de rodillas en la cocina. ¿Te gusta eso? ¿Te gusta que te venere?

Respira con dificultad.

—Pff. Ya ni me acordaba.

Cuento las estrías blancas de sus pupilas y me fijo en el brillo de sus ojos.

—No se te da nada bien mentir.

—Déjalo ya.

—Oblígame —respondo.

Da el último paso hacia mí y noto su sudadera contra mi cuerpo.

—Lo haré, Jack. No me pongas a prueba.

—Elena, no puedes dejar de pensar en mí.

—Tendrías que aprender a ser un poco más humilde.

—Tú puedes enseñarme.

Me toca el pecho y suelto un gruñido.

—Joder, Elena. Bésame, porque me estoy muriendo de ganas. Ya no puedo ni estar de pie, menos mal que están las taquillas. Y se me ha puesto dura solo con verte las muñecas…

Se pone de puntillas y me besa, y yo celebro la victoria agarrándole el culo como si mis manos estuvieran hechas para tocárselo. La levanto y la pongo contra las taquillas. Me rodea las caderas con las piernas, sin dejar de besarme. Nuestras lenguas se pelean sin ningún pudor en una batalla apasionada y fogosa. Sus manos me agarran de los hombros, me cogen, tiran de mí, me anhelan.

—A mí me pasó con tus antebrazos en el restaurante —murmura entre besos.

—Menos mal que te sentaste en mi mesa —le respondo lamiéndole el cuello.

—Menos mal que eres un experto en c-l-í-t-o-r-i-s.

—Elena —jadeo—. Tengo tantos trucos… —digo mientras le beso la mejilla—. Quiero enseñártelos todos.

La vuelvo a besar apasionadamente, me centro en su carnoso labio superior y se lo muerdo. Me encanta que se estremezca cuando la beso cerca de la oreja.

—¿Qué estamos haciendo? —me pregunta con la respiración entrecortada.

—Nos estamos enrollando. —Le meto una mano por el pelo y le muevo la cabeza hacia un lado para besarla con fuerza. Le sorbo la lengua con un ritmo decadente como si la estuviera penetrando.

—No pienso firmar el acuerdo de confidencialidad ese —me dice.

—No he dicho nada del tema. —La vuelvo a besar y le empujo la pelvis con las caderas. Ella se arquea y me tira de los hombros para acercarse más a mí.

—¿Te pongo cachonda, nena? —murmuro. Deslizo una mano entre nuestros cuerpos y le toco la entrepierna.

—Ya veo que sí.

Río y le acaricio el clítoris con el pulgar por encima de las mallas.

Se estremece y me coge del pelo, tira de mí hacia ella para besarme.

Oigo las voces de la gente que sale del gimnasio y apoyo la frente sobre la suya.

—Aquí nos puede ver todo el mundo. No es una buena idea.

Se separa de mí, jadeando, y me coge la mano.

—Ven. Conozco muy bien este sitio.

Corre por el pasillo y la sigo. No sé qué estoy haciendo, porque juré que la dejaría en paz y que respetaría su decisión, pero…

Se detiene delante de una puerta a la derecha y suelta un gritito de alegría cuando ve que está abierta. Tira de mí hacia la habitación oscura, iluminada solo por la luz de la luna que entra por la ventana. Veo que hay un escritorio y una pared llena de espejos con una barra horizontal en el centro.

—¿Es la clase de *ballet?* —pregunto cuando se gira hacia mí. Tiene el pelo despeinado por mi culpa y los labios hinchados y sensuales.

Joder, joder, joder… ¿Por qué me vuelve tan loco?

—Sí, pero no vamos a bailar. Bienvenido a mi aula de segundo. Desnúdate, Jack. Que sea rapidito.

Siento un ardor dulce, pero insoportable, cuando oigo el deseo en su voz. Con Sophia, el sexo nunca era así, abrasador y rápido, igual que cuando sientes que no puedes aguantar más para sentir a la otra persona. Estaba centrado al máximo en el fútbol americano y nunca pensaba en ella a no ser que estuviera justo delante de mí. A Elena no me la puedo quitar de la cabeza.

—Esto no va a ser rápido —le contesto.

Se quita la sudadera y suelto un quejido al ver el sujetador de encaje rojo. Se descalza con los pies y da una patada a los zapatos para apartarlos de en medio. Las mallas desaparecen y veo el diminuto tanga rojo. El contraste del color de la ropa interior con el de su piel me embriaga.

Gimo y le recorro el cuerpo con los ojos.

—¿Estás segura?

—Ahora mismo no pienso con claridad, pero me da igual. Además, que vayas a hacer de Romeo me está volviendo loca. A lo mejor, así consigo dejar de pensar en ti.

Frunzo el ceño; no me gusta ese comentario. Se muestra recelosa por mi culpa, porque no hemos hecho más que pelear desde que nos conocimos, y sé que le asusta mi desconfianza.

Me dijo que ella era más de novios.

Pero yo no soy un novio como el que ella quiere. Yo… no soy así. Mi madre quería a Harvey y mira de qué le sirvió. Creía que quería a Sophia, pero…

—Espabila y deja de mirarme. No tenemos mucho tiempo —dice. Corre hacia la puerta y comprueba que está cerrada. Se mueve rápidamente y no le avergüenza la desnudez de su cuerpo exuberante y de color crema.

Con un movimiento aparto las hojas, los lápices y los libros del escritorio. Tengo el cuerpo dispuesto a todo. ¿Qué más da que esté en un sitio público? ¿Qué más da que no haya firmado el acuerdo de confidencialidad? Aprovecha lo que te ofrece y confórmate con eso. Lo único que me importa ahora mismo es acostarme con ella.

Y, si lo que ella quiere es que follemos para olvidarse de mí, me apunto.

—Sigues vestido, Jack. Desnúdate.

Se acerca a mí y veo sus pezones erectos debajo del sujetador. Me quito la camisa, me desabrocho los pantalones y me los quito. Me peleo unos instantes con las zapatillas negras y las aparto de una patada.

—No llevas calzoncillos —dice mirando mi entrepierna.

Me agarro el pene y me masturbo para conseguir que crezca la erección, y veo que sus ojos se dilatan y sus manos se mueven con nerviosismo a ambos lados del cuerpo.

—Tú. Yo. En el escritorio. —No dejo de mirarla a los ojos en ningún momento porque me asusta que la conexión que tenemos se rompa si dejamos de mirarnos.

Se le hincha el pecho cuando me contempla y los senos forcejean contra el encaje del sujetador.

—Acércate, Elena. —Tengo la respiración entrecortada solo de verla y pensar en lo que le quiero hacer. Una y otra y otra vez.

Va hacia el escritorio y se pone de rodillas.

—Elena —gruño—, quiero follarte sobre el escritorio.

—Y yo quiero tenerte en mi boca. Eso no lo hemos hecho todavía.

Me rodea el pene con las manos y me empieza a masturbar. Bufo cuando se lo introduce en la boca, lo chupa de arriba abajo y me acaricia el glande con los labios.

—¿Te gusta así? —murmura.

—Me encanta. —No reconozco mi voz. Suena desgarrada e irregular.

No es que me pasara un año sin hacer nada, sino el hecho de que sean sus labios. Me han hecho mamadas muchas veces en discotecas, en hoteles o en vestuarios, pero no se pueden comparar con lo que siento al tener sus labios carnosos y descarados sobre mí.

Me echo hacia atrás y caigo sobre el escritorio. Enredo las manos en su pelo y la acerco hacia mí tanto como tolera. Suelto varias palabrotas cuando siento la parte trasera de su garganta e inclino la cabeza hacia atrás. Los músculos de las piernas se me tensan cuando tengo ganas de correrme.

—¡Elena, me voy a...! —gruño, intentando recuperar el control.

Me mira a los ojos y me dice:

—No seas aguafiestas. Es la primera vez que lo hago. Di algunas de tus frases de la obra.

Pienso en Romeo y consigo decir unas cuantas frases que no tienen ningún sentido. Digo algunas de las frases de Julieta.

—Así no, hazlo con más emoción, como cuando has leído la escena en la que se besan.

Cierro los ojos para recordar cómo me miraba en el ensayo.

—Pensar en besarte no me ayuda.

—Pues piensa en fútbol o lo que sea.

—No puedo —respondo sin aliento mientras se desabrocha el sujetador. Vuelve a introducirse mi pene en la boca y noto sus senos firmes sobre los muslos. Me agacho un poco para acariciarle el pezón rosado con el pulgar y siento el suave golpe de sus pechos cada vez que se acerca chupándome.

—Joder, Elena.

Me mira de rodillas, con esos ojos grandes y con los labios alrededor de mi pene. Pienso que parece un acto sumiso y me pregunto si sabe que no es así. Si es consciente de que ella tiene el poder cuando se trata de mí, pero no creo que sepa cuánto la deseo. Me agarro con fuerza al borde del escritorio. Me hacía mucha falta tenerla. Sobre todo, después de los nervios que he pasado antes. Esto y, más específicamente, ella, hacen que todo en mi interior se calme.

Se pone el pene entre los pechos resbaladizos y cálidos, y muevo la cadera hacia delante y hacia atrás para masturbarme con ellos. Agacha la cabeza y se introduce el pene en la boca cálida y gime y yo... yo...

—Córrete en mi boca —murmura como si hubiera dicho la frase mil veces antes. Pero mi bibliotecaria nunca le ha dicho eso a ningún hombre y me estremezco y jadeo mientras la observo metiéndosela hasta el fondo. Es mía. El macho alfa posesivo sale a la superficie y me corro con un rugido, sin dejar de mirarla, observándola y grabándome este momento en la mente.

Resollando, se traga todo el líquido y me limpia con la lengua.

La contemplo en todo su esplendor tanto rato como puedo hasta que caigo de espaldas sobre el escritorio, jadeando y con el cuerpo tembloroso.

—Tengo un condón en el bolsillo de los pantalones. Cógelo.

Oigo un tono de satisfacción en su voz cuando se levanta:

—Tendrás que descansar un poco. He sido una campeona. Me doy un diez.

—No soy tan viejo. Coge el condón, mujer. No puedo caminar.

Se ríe y oigo ruiditos mientras busca en los pantalones.

Cuando me levanto, estoy mareado. Abre el preservativo con los dientes y viene hacia mí. Mira mi erección y dice riendo:

—¿Cómo puede ser que estés listo tan rápido?

—Eres tú. Y no te rías de ella, está muy susceptible y no queremos que se baje.

Se dobla de la risa y no puedo evitar soltar una risita al verla. Me siento cómodo con ella y todo parece fácil. Puede que se refieran a esto cuando hablan de sesiones de sexo increíbles: dos personas que se desean no solo por el físico, sino también por la personalidad.

—¿Por qué tardas tanto? —pregunto, incorporándome un poco—. El tiempo es oro.

Se acerca el envoltorio a la cara y lo observa con los ojos entrecerrados.

—Mierda.

—Novata. Dámelo a mí.

Corre hacia su bolso, que está en el suelo, y se pone las gafas. Mira el envoltorio del condón con cara de horror.

—Jack, lo he roto. Tiene un agujerito. ¿Tienes más?

—Ese llevaba una eternidad en la cartera. —Me levanto y zigzagueo un poco; todavía me tiemblan las piernas.

—¿Tienes alguno en casa?

Niega con la cabeza.

—Los tiré hace mucho porque estaban caducados.

Me paso las manos por el pelo mientras pienso.

—¿Hay alguna tienda en el pueblo donde pueda comprar una caja? —Moriré si no puedo volver a sentirla.

Abre los ojos de par en par.

—¡No puedes entrar en el Piggly Wiggly a las nueve de la noche y comprar una caja de preservativos sin más! Te conoce todo el mundo. ¿Qué pasaría si el cajero te hace una foto? —Se queda en silencio un momento—. ¿Cómo compras los preservativos por lo general?

—Por Amazon y con un nombre falso.

Nos miramos el uno al otro, pensando.

—Tengo muchos en el piso —le digo.

—Cómo no.

Observo sus facciones para intentar adivinar qué piensa, pero el pelo le tapa el rostro.

Camina hacia donde tiene el sujetador y se lo pone. Luego hace lo mismo con la camiseta y las mallas.

Por último, se pone las zapatillas.

¡Mierda! ¿Por qué he tenido que sacar el tema del ático otra vez?

Agarra el bolso y se coloca bien las gafas.

Cojo la camiseta y me la pongo. Luego hago lo mismo con los pantalones.

—Pues da igual. Voy a la tienda y luego vamos a tu casa. ¿No tienen cajeros de esos automáticos?

Suelta una risita.

—¿Los has usado alguna vez?

—No, pero no puede ser tan difícil.

—Aunque no lo parezca, son sorprendentemente complicados de usar. Además, aunque los uses, mañana lo sabrá todo el pueblo.

—Me puedo poner un sombrero. Tengo uno en el coche.

—No servirá de nada. Nadie se resiste a tu atractivo, salvo yo.

Nos quedamos unos segundos en silencio, y creo que debería decir algo.

Invítala a tu casa de verdad, Jack.

Pero no puedo.

Quiero invitarla, de verdad que sí, pero no puedo fiarme de mis sentimientos en este momento.

¡Ni siquiera sé qué es esto entre nosotros!

Me mira a la cara y sé qué ve en ella. Me ve a mí escondiéndome. Reforzando los muros de mi fortaleza y cavando un foso alrededor.

Se acerca a la puerta. Tiene las manos detrás de la espalda probablemente cogidas al pomo.

Me abrocho los pantalones con los dedos temblorosos.

—Elena, no te vayas.

¿Por qué siento que siempre soy yo quien le pide que se quede?

Permanecemos en silencio un buen rato. Solo se oyen nuestras respiraciones en el aula silenciosa.

—Elena, no pensaba que fuéramos a llegar tan lejos. Yo solo quería… besarte y, luego, no sé. Vamos a otro lugar.

Sonríe con ironía, pero veo arrepentimiento y aceptación en su rostro.

—Yo sí sé qué es esto. Has venido al gimnasio, yo te deseaba y tú me deseabas a mí. Dos personas sin ataduras. ¿No es eso lo que quieres, Jack?

Cierro los ojos un instante.

—Sí.

El silencio nos envuelve mientras nos miramos.

—Lo suponía. —Baja la mirada al suelo y luego me mira a los ojos—. Nos vemos en el próximo ensayo. —Recorre el aula con los ojos, pero evita mirarme—. ¿Puedes dejar el escritorio como estaba?

Y, sin más, abre la puerta y se va.

No intento detenerla.

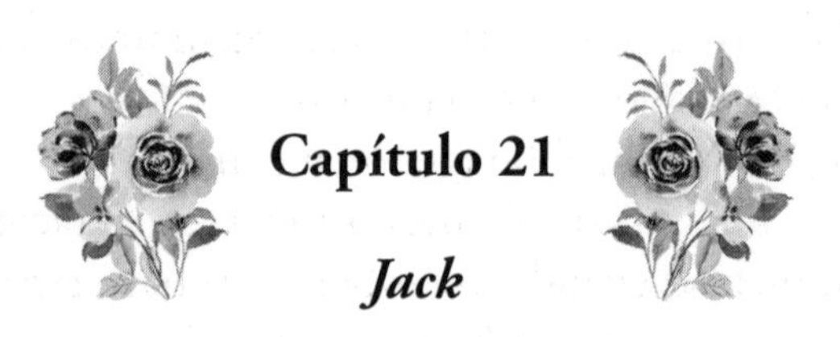

Capítulo 21

Jack

—La resonancia magnética no ha salido bien y vamos a tener que operarte, Jack. Si no lo hacemos, puede que te des un golpe en el hombro y el daño en los tendones sea irreparable —dice el doctor Williams con cara de compasión mientras sujeta mi interminable historial médico. Es el mejor traumatólogo del estado y es famoso por tener entre sus pacientes a los deportistas más famosos desde jugadores de tenis hasta de béisbol.

La semana pasada, vine a hacerme una radiografía y una resonancia. Después del episodio que tuve en la iglesia, tuve otro un día que entrenaba en el estadio. Estaba levantando pesas cuando me cogió por sorpresa y casi hace que me desmaye del dolor. Por fortuna, Aiden no estaba allí para verlo.

Exhalo.

—Ni siquiera me la hice en el campo.

Asiente, se sienta en la silla de detrás del escritorio y me observa.

—Claro. Es una vieja herida, pero no usas el cuerpo como lo haría una persona cualquiera. Si no fueras jugador de fútbol, a lo mejor no te daría ningún problema, pero, tal como andan las cosas, los tendones se están separando del hueso. Puedo volver a unirlos sin complicaciones.

—Menos mal.

—No cantes victoria todavía. ¿Has tenido alguna caída grave últimamente?

Hago una mueca al recordar al defensa que me arrancó la protección frontal del casco y me estrelló contra el suelo durante la Super Bowl. Y a los cinco bloqueos que lo siguieron.

—En la Super Bowl.

Asiente.

—¿Y entiendo que tu intención es seguir jugando?

Siento vértigo y me agarro al borde de la silla.

—Pues claro que sí. Todavía me quedan unos cuantos años buenos, doctor, ¡solo tengo veintiocho!

Da golpecitos con el bolígrafo en la mesa.

—Voy a ser franco. He hecho muchas operaciones como esta, pero, incluso cuando salen bien y se hace rehabilitación, muchos deportistas no vuelven a estar al cien por cien.

El corazón me da un vuelco. Conozco los datos sobre las lesiones de hombro en *quarterbacks.* Cuando la Liga Nacional de Fútbol Americano se entera de que un jugador tiene una lesión, aunque sea un universitario, las probabilidades de que lo fichen se reducen de manera drástica. No hay equipos que quieran arriesgarse y fichar a un jugador lesionado. Para un veterano como yo, la lesión implicaría jugar menos tiempo en los partidos y el retiro anticipado. Ni de coña.

—Yo no soy uno más. Soy el mejor. Me he sometido a masajes, acupuntura, he hecho terapia con ventosas, lo he hecho todo durante estos últimos años. E incluso he tenido que poner dinero de mi bolsillo para los tratamientos. Además, los deportistas de los que hablas tienen la lesión en el brazo dominante, pero yo la tengo en el izquierdo.

—Es cierto, pero quiero que conozcas todas las posibilidades. Si sufres otra caída grave, puedes volver a lesionarte, incluso una vez operado.

Se me revuelve el estómago.

—Vale. Pues cuénteme qué puedo esperar. La concentración de verano empieza en junio y quiero estar preparado cuando comience. —Hago una pausa—. Mierda. Este mes tengo una obra de teatro.

—Lo he visto en el canal de deportes. Qué bien.

—Sí. A los fans les gusta. —Aunque me hace sentir muy incómodo, la obra de teatro ha mejorado un poco mi imagen, y últimamente no he visto a mucha gente que me mire mal en el Milano's. Pero los admiradores son muy volubles y, si supieran que tengo una lesión en el hombro… Maldita esa. Dejarían que el entrenador me cambiara por otro en un abrir y cerrar de ojos y se enamorarían de Aiden. Es un tío entregado y dispuesto a todo.

El doctor sigue hablando:

—Podemos darte cita para principios de abril. Las primeras dos semanas solo podrás mover el brazo hasta la boca, luego iremos progresando hasta que puedas conducir en la sexta semana. Y después, ya veremos lo de la concentración.

—Joder.

—Sé que te gusta entrenar, Jack, pero tómatelo con calma. Puedes seguir corriendo. Ahora estáis de postemporada, vete de vacaciones como una persona normal. Aprovecha para descansar un poco.

¿Que descanse? De ninguna manera, no me lo puedo permitir si quiero mantener mi puesto en el equipo.

—Ya me apañaré.

Arquea una ceja.

—¿Tienes a alguien para que te cuide mientras te recuperas?

Lucy, aunque odio tener que pedírselo. Lo dejaría todo para ayudarme, pero tiene un marido nuevo y querían irse de crucero por el mundo en abril. También está Quinn. Podría pedírselo a Devon también, pero él tiene sus cosas y preferiría que nadie del equipo me tuviera que ver tan débil, ni siquiera él. Pienso en Elena, pero descarto rápido la idea. No quiero ni pensar en eso.

—Sí. —Me levanto. Me siento un poco… joder, me siento perdido. La idea de no poder jugar y de no poder hacer lo que mejor se me da me provoca náuseas. Y no puedo hablar con nadie del tema, solo con el entrenador. Estoy… solo.

El doctor se pone de pie también y creo que me lee la cara.

—No es para tanto, Jack. Todavía te quedan algunos partidos por jugar.

—¿Y la Super Bowl?

Se echa a reír.

—Siempre estáis tan cerca…

—Ya, pero nunca conseguimos el trofeo.

Sonríe.

—No estaría nada mal tener un trofeo de la Super Bowl en Nashville.

Asiento.

—Usted encárguese de la operación y yo me encargo del trofeo.

Sin embargo, cuando salgo de la consulta y voy de camino al coche, pienso que he sonado mucho más seguro de lo que me siento. Puto Harvey. Me persigue incluso ahora que está muerto. Mi cabeza vuelve a ese día y el recuerdo de los tiros que acabaron con la vida de mi madre y el que me hirió a mí me destroza. Harvey me habría vuelto a disparar si no hubiera conseguido quitarle el arma de las manos. Por aquel entonces, era pequeño, era solo un crío, como Timmy ahora. Todavía no se me habían desarrollado los músculos ni la fuerza por mi dedicación al fútbol. Cerré los ojos y apreté el gatillo y, cuando los abrí, él estaba muerto con una bala en la frente. Trago saliva e intento luchar contra la ansiedad que siento cada vez que recuerdo la imagen de Harvey y mi madre sobre la moqueta empapada de sangre. Corrí hacia mi madre y grité hasta que los vecinos vinieron. Luego lloré en la ambulancia cuando se negaron a decirme si estaba viva o no, y no lloré por el dolor en el hombro, sino por la angustia que sentía por la única persona en el mundo que me había querido.

Aunque no me quiso lo suficiente para dejarle.

Odio haber estado siempre en el último lugar para ella.

Odio que el amor que mi madre sentía la matara.

¿Quién necesita sentir eso? Nadie. Y mucho menos yo.

—Deja de torturarte con lo del partido. Tengo novedades. —Lawrence se sienta delante de mí en el ático mientras veo el partido de la Super Bowl. Se ha presentado en mi casa después de la visita con el doctor para que se lo contara todo.

—¿Sí? Pues más vale que sean buenas noticias. —Estoy tenso mirando la pantalla y preparándome mentalmente para ver la que fue mi última intercepción del partido. Mierda. Pongo cara de dolor y lanzo el balón a Devon, pero lo mando muy lejos y, en lugar de aterrizar en los brazos de mi compañero, lo coge un defensa del Pittsburgh, que corre hacia la zona final y marca el *touchdown* que les da la victoria.

—Esta mañana me ha llamado Sophia.

Me estremezco de dolor al darme la vuelta para mirarlo. Tiene una expresión de arrogancia.

—¿Qué coño quiere?

Sonríe.

—Al parecer, lo ha dejado con el jugador de *hockey*.

Levanto una ceja.

—¿Y a mí qué más me da?

—Quiere verte.

Frunzo el ceño.

—¿Para qué? Nos ha costado mucho evitarnos durante un año.

Se encoge de hombros.

—Me ha dicho que quiere arreglar las cosas y disculparse. Hay una gala benéfica la semana que viene y quiere ir contigo.

Río a carcajadas.

—¿Arreglar las cosas? No puede hacer desaparecer el libro que publicó, Lawrence. Eso está hecho. No quiero saber nada de ella y no quiero volver a verla.

—Ya… pero todavía no ha publicado el artículo para la revista y dice que, a lo mejor, la puedes convencer de que no lo escriba. Es raro, ¿verdad?

Rarísimo. Le doy vueltas unos instantes. No me creo nada de lo que dice.

—Está tramando algo. Dile que busque a otro pringado. —Apago la televisión y me levanto. Voy hacia la cocina, cojo una bebida isotónica y me la bebo.

Lawrence me sigue.

—Tienes razón y no se merece que pierdas el tiempo con ella, pero, si los periodistas os ven juntos… y ven que os lleváis bien…, puede que entierren los rumores sobre el maltrato.

Pienso en Elena. Ella me creyó cuando le dije que no maltrataba a las mujeres.

Hemos pasado toda la semana ensayando juntos y ha sido amable conmigo. Ha mantenido las distancias y los únicos sentimientos que ha mostrado han sido los de Julieta en el escenario. Anoche, Laura nos hizo repetir la escena del balcón tres veces hasta que nos salió bien. Cierro el puño al recordar cómo profesaba su amor por Romeo mientras yo la miraba desde debajo de la ventana del balcón que ha hecho el equipo de atrezo. El corazón me empezó a latir con fuerza al oír sus palabras, aunque sabía que no me las decía a mí. Estuvimos cara a cara, mirándonos y diciéndonos cosas cursis, y cada una de ellas fue un pinchacito en el corazón.

Sin embargo, en cuanto acabamos de ensayar, evitó mirarme y habló con todos menos conmigo. Me gusta que sea una persona ética, que sepa lo que quiere y que no ceda por mí.

Pero…

No puedo dejar de pensar en que si las cosas fueran diferentes y me pudiera abrir a ella…

Exhalo despacio.

—¿Me estás escuchando? —pregunta Lawrence, mirándome con cara de confusión—. Estás pensando en la obra de teatro otra vez, ¿verdad?

—No.

—Entonces, ¿qué te parece lo de ir a la gala con Sophia? No digo que tengáis que haceros amigos ni nada, pero sacaré unas cuantas fotos y las podemos vender como una historia de antiguos amantes que han recuperado la amistad.

—No.

—Maldita sea, Jack. Te iría muy bien y estoy seguro de que podrías usar tu encanto para convencerla de que no escriba el artículo. ¿Tanto te cuesta fingir que te cae bien?

Lanzo la botella de la bebida isotónica a la basura.

—Acabó con la poca confianza que sentía. No pienso volver a pasar por eso.

Se cruza de brazos y va a decir algo cuando alguien llama a la puerta.

Voy hacia la entrada y niego la cabeza al ver quién es.

—Joder, Aiden, ¿no tienes nada mejor que hacer que venir a molestarme? Y ¿se puede saber cómo has conseguido mi dirección?

—Hola, vejestorio. —Pasa por mi lado y entra al salón. Observa el espacioso piso, los muebles modernos, los cuadros del perfil de la ciudad, el Trofeo Heisman que tengo en la librería y los varios reconocimientos al mejor jugador de la temporada. Da una vuelta por la sala y examina las fotos del instituto y la universidad. Se gira para mirarme.

—Qué sitio tan chulo. Tengo que contratar a un decorador. Por cierto, me acabo de mudar al piso del otro lado del pasillo; no me he podido resistir a lo cerca que está del estadio. No esperaba que la chica de la inmobiliaria me dijera que te vendió este hace unos años. Parece ser que los dos tenemos un gusto excelente. Y, antes de que te pongas como una fiera, déjame decirte que no sabía que vivías aquí. No hay mucha oferta de pisos de lujo cerca del estadio, ha sido pura casualidad. ¿Está Devon por aquí?

Lo sigo hacia el interior.

—¿Te has mudado a este edificio? Por el amor de Dios. Me acosas en el gimnasio ¿y ahora también aquí? Tienes que hacer algo de provecho con tu vida, Alabama.

Suelta un bufido y dice:

—Los dos sabemos que lo único que quiero hacer es entrenar. Y quiero que me ayudes.

Río y me cruzo de brazos.

—¿Qué te hace pensar que te voy a ayudar?

El rostro de Aiden pierde un poco de la confianza que lo caracteriza y se le ruborizan las mejillas.

—Porque me has dicho que dudo y ahora no puedo dejar de pensar en ello. Y, si tú no me ayudas, vendré cada día a llamar a la puerta hasta que me digas qué hago mal.

Sonrío con suficiencia y me dejo caer en el sillón de cuero.

—Para eso tienes al entrenador, idiota.

—¡Está de vacaciones! Además, tú eres el mejor.

Sonrío.

—Lo sé.

Se sienta en el sofá.

—Venga, Hawke, no me hagas suplicártelo. Vamos a ver algunos vídeos.

—Llegas tarde. Hace nada estaba viendo el último partido —añade Lawrence, mirándonos y, probablemente, pensando cómo conseguir ser también el relaciones públicas de Aiden—. ¿Has conseguido el contrato de Adidas?

Aiden aprieta los dientes.

—No, al parecer no soy lo suficientemente famoso para ellos. He oído que van a proponérselo al *quarterback* del Pittsburgh.

—Joder —murmuro—. Qué cabrones.

—¡Y que lo digas! —Se reacomoda en el asiento—. Vuelve a encender la tele y pon el trozo en el que estoy jugando. Lo digo en serio, Jack. He visto el vídeo mil veces y yo creo que lo hago perfecto, pero, joder, puede que pase algo por alto.

Se friega la cara con una mano y me fijo en que está sudando y lleva la ropa de entrenar. Sonrío porque he conseguido hacerlo dudar y ahora está preocupado. Me recuerda a mí cuando tenía su edad, tan impaciente e inocente…

—¿Sales a menudo, Aiden?

—No.

—Bien.

Asiente con empeño.

—No quiero cometer los mismos errores que cometiste tú al principio.

—Ve con cuidado, Alabama.

Alza las manos y dice:

—Sí, claro. Ahora ya no haces esas cosas. Te comportas. Y no me creo nada de lo que dijo sobre ti esa chica.

Mmm. Observo su rostro.

Me encojo de hombros al pensar en sus lanzamientos.

—Mira, es algo instintivo que se consigue con experiencia. Tienes que entender qué están haciendo los demás, dónde van a romper la formación, y reaccionar. Para eso, vas a tener que jugar cientos de partidos. Esto no es la universidad.

Se pone de pie y camina de un lado al otro.

—De acuerdo. Sé que te gusta ser el mejor y eso está muy bien, lo acepto, pero sabes que pronto será mi turno. Un día, tú te irás y ¿qué pasará si para entonces todavía no estoy preparado?

—Yo no me voy a ir a ningún sitio —respondo con un tono serio y firme. No me iré hasta que no consiga el maldito trofeo. Me niego a pensar en la operación.

Me mira con el rostro serio y me examina de arriba abajo.

—No has ido al gimnasio hoy y eso es muy raro. ¿Estabas ocupado ensayando para la obra de teatro o es que has estado con la chica del reservado, aquella que te siguió a la discoteca? No es nada propio de ti saltarte un entrenamiento. Y, por lo que parece, ella no te lo está poniendo nada fácil. Me gustan las chicas así, las que te hacen currártelo.

Pongo cara de aburrimiento, no pienso morder el anzuelo.

—Puedo hacer todo eso y sin dudar.

Suelta un soplido.

—Tío, ¡te lo suplico! Venga, solo quiero un par de consejos.

Me reacomodo en el sillón. Estoy disfrutando demasiado con la situación. Entonces tengo una idea.

—¿Tú tienes novia, Alabama?

—No tengo tiempo para eso.

Asiento.

—Ya. Pero, verás, necesito ayuda con algo y creo que me podrías ayudar.

—Dime.

—Sophia Blaine. Parece que está soltera y busca a un futbolista atractivo que la acompañe a una gala benéfica.

—Jack, quiere ir contigo… —empieza a decir Lawrence.

Levanto una mano para callarlo.

—No necesariamente. Quiere a alguien famoso y le da igual quién sea.

El rostro de Aiden palidece.

—¿La que escribió la mierda de libro ese sobre ti?

Este chico cada vez me cae mejor.

—La misma.

Se pasa las manos por el pelo.

—¿Solo tengo que ir con ella a la gala?

Asiento y añado:

—Y convencerla de que no publique un artículo que quiere escribir sobre mí. Pero lo necesito por escrito.

Lawrence ríe por la nariz.

—Tío, eso no va a funcionar…

—No, Lawrence. Míralo —digo—. Es un chico joven y guapo y Sophia no sabe que no ha conseguido el contrato con Adidas. Aprovéchate de eso, Alabama. Haz que se lo pase bien y que acepte no escribir nada sobre tu héroe, Jack Hawke. ¿Crees que podrás hacerlo?

—¿Mi héroe? Vaya mierda —dice con un mohín.

Río.

—Soy tu héroe. Me adoras y me quieres muchísimo.

—Voy a vomitar —masculla.

Lawrence le enseña una foto de Sophia en Instagram, aunque estoy seguro de que la recuerda de haberla visto conmigo en las fiestas. Me inclino hacia la pantalla y veo una foto de ella en la playa, poniéndole morritos a la cámara, con sus labios rosas y brillantes, en una tumbona y con un bikini amarillo. No siento nada cuando la veo. Ni siquiera la echo un poco de menos.

Aiden me mira; sus ojos muestran interés.

—¿Te enfadarás si me la tiro?

—Haz lo que quieras con tu vida.

Se lo piensa unos instantes.

—Es preciosa.

—Te recuerdo que muerde.

Suspira despacio.

—De acuerdo. —Mira a Lawrence—. ¿Cómo lo hacemos?

Lawrence niega con la cabeza.

—Hijo, espero que sepas dónde te estás metiendo. Es una víbora.

Alabama sonríe.

—Iré con cuidado. —Se deja caer en el sofá—. Ahora pon la tele y dime qué coño hago mal.

Capítulo 22

Elena

Sobre las cuatro de la tarde, aparco el coche en la peluquería y entro.

Mi madre tiene las manos en el pelo de Birdie Walker; le está retocando las raíces. La mujer estuvo aquí la semana pasada, y juraría que viene solo por la compañía. Saludo a todo el mundo y voy hacia la silla de mi tía Clara.

—Tengo que peinarme. Quiero algo elegante como un bonito moño francés. ¿Puedes hacérmelo?

Ladea la cadera y observa mi traje de falda entallado de color lavanda. Era un traje que solía llevar mi abuela, pero arreglé la falda para que fuera un poco más corta y ajusté las solapas de la americana para darle un toque más moderno. No tendría sentido desaprovechar la ropa de la abuela y, además, siento su personalidad en la tela y me da coraje para seguir mis sueños.

—Qué traje más bonito. ¿A dónde vas tan guapa?

Miro a mi madre, que está a unos metros. No me engaña, sé que asiente a lo que le dice Birdie, pero nos está escuchando.

—Tengo una reunión en Nashville. He salido un poco antes de la biblioteca para llegar a tiempo.

Sonríe y da una palmada en la silla.

—Siéntate.

Asiento, me deshago el moño despeinado y me siento en la silla.

Me peina el pelo con los dedos y me mira en el espejo.

—Has quedado con el *quarterback,* ¿verdad? A mí no hace falta que me mientas. Estoy preparada. Vamos a cazarlo. Y, si juegas bien tus cartas, puede que vayamos a tu boda antes que a la de tu hermana.

Me echo a reír.

—Te juro que no es una cita, solo es una reunión.

Ella sigue peinándome, pero veo que está pensando.

—Vaya. Entonces, ¿es una entrevista de trabajo? Porque es el traje más empoderante que he visto en mi vida.

—¿Qué decís de un trabajo? —pregunta mi madre desde la otra punta de la habitación.

Suelto un quejido. Tiene orejas biónicas.

—¡No es una entrevista de trabajo, es solo una reunión! —la corrijo. Me mira con los ojos entrecerrados.

Los dedos de mi tía empiezan a masajearme el cuero cabelludo y yo me tumbo y suspiro para deshacerme de la maldita ansiedad que he pasado por tener que ensayar toda la semana con Jack. Ser su Julieta es… insoportable. Y ni siquiera nos hemos besado todavía en el escenario, sino que nos hemos limitado a quedarnos en silencio y a abrazarnos con suavidad como si nos besáramos. Pronto tendremos que hacerlo cuando Laura nos diga que no hay otra opción. Y el simple hecho de estar a su lado ya me vuelve loca. Por no mencionar que le hice una mamada la primera noche porque no pude resistirme después de que me incitara a besarlo. Podría decir que es por culpa de los celos que siento de la señorita Clark, pero, en el fondo, sé que quería saborearlo una última vez. Literalmente. Sonrío con satisfacción al recordar cuánto me deseaba, al pensar en lo poderosa que me sentí de rodillas. Recuerdo que me miraba como si no se fuera a cansar de mí nunca…

¿Quién habría dicho que estar en esa posición me habría dado todo el control…?

—Estás sonriendo. ¿Qué clase de reunión es esa? —me pregunta mi tía mientras me retuerce el pelo hacia arriba. Se agacha y me susurra—: Está relacionada con la lencería diminuta que diseñas, ¿verdad? Vi aquel conjunto con las orejitas de gato. Qué vistoso. Era demasiado brillante para mí, pero creo que a Scotty le encantaría. ¿Podrías hacerme uno? Pensé en meterme en el que tienes, pero no quiero romperlo —añade riendo.

Casi pego un bote de la silla, pero me agarro con fuerza al borde.

—¿Quién te lo ha contado?

Suelta una risita nerviosa y ríe con júbilo.

—Chitón. Nadie me lo ha contado. Fui a tu casa para llevarte las sobras del asado que hizo tu madre el domingo que no viniste a misa y vi los maniquíes con todos los modelitos. Eres muy creativa. Puede que leyera un correo electrónico que tenías impreso.

—¡Tía Clara, eso era privado! Además, la puerta estaba cerrada; me aseguro de cerrarla siempre que me voy.

—Crecí en esa casa. Sé abrir la puerta con una horquilla, Elena. Además, no quería husmear… bueno, vale, sí que quería, pero es que, como te pones tan nerviosa cuando te hablo de esa habitación, pensaba que tenías a un hombre secuestrado o algo por el estilo.

Suelto un suspiro exagerado.

—Eres demasiado cotilla. Y como castigo no volveré a contarte nada nunca más.

—Soy la única del pueblo que tiene acceso a tus refrescos favoritos, así que me necesitas.

Miro a todas las mujeres que esperan a ser atendidas, a las otras peluqueras del salón y, por último, a mi madre.

—Como se lo cuentes a ella, te mato.

Sus manos se quedan quietas sobre mi cabeza y, por una vez, me mira con cara seria y me dice:

—Cariño, no se lo diré.

Mi madre acaba con Birdie y se dirigen hablando hasta el mostrador de la entrada. Creo que me he salvado hasta que Birdie se acerca a mi silla. Tiene poco menos de sesenta años, pero es igual de cotilla ahora que cuando era la secretaria del colegio en el que yo estudiaba.

—Elena, te veo bien.

Miente. Entre los ensayos con Jack y lo nerviosa que estoy por la reunión con Marcus, de la empresa de lencería, tengo las ojeras muy marcadas y el rostro muy pálido. Le doy las gracias en voz baja y le digo lo mismo. Yo puedo ser igual de encantadora que el resto de la gente del pueblo.

—¿Qué tal va la obra? La señorita Clark no hace más que hablar de lo divertida que es, aunque creo que le gustaría haber hecho la prueba para interpretar a Julieta. Es más joven que tú y habría sido perfecta para el papel. —Sonríe—. Creo que se ha enamorado del *quarterback* ese tan guapo. Harían una pareja adorable.

La miro en el espejo y no sé por qué digo lo que digo, más allá del hecho de que la señorita Clark es mi talón de Aquiles, aunque Jack no ha mostrado ningún interés por ella. Seguramente, firmaría un acuerdo de confidencialidad en cuestión de segundos. Y, maldita sea, vale que sea más joven que yo, pero yo soy Julieta.

—Pues me temo que tiene novia. No hace más que hablar de ella.

Birdie se inclina hacia mí.

—¿De verdad? ¿Quién es?

Oigo que tía Clara intenta reprimir una risa detrás de mí.

—Una chica a la que conoció en San Valentín. Puede que los hayas visto en la televisión; salieron en uno de esos programas de cotilleos que mira Topher. Él está muy enamorado. Díselo a la señorita Clark y así no se pasará las horas de ensayo adulándolo.

—¿Cómo dices? ¿Que ella lo adula? Le contaré lo que me has dicho —contesta, resoplando por la nariz y con los brazos cruzados.

Vaya.

Mierda.

¿Cómo he podido olvidar que la señorita Clark es su sobrina?

Bueno, de perdidos al río…

—Díselo, sí, porque no queremos que la engañen ni que ella se ponga en evidencia.

Resopla por la nariz y se va.

—Ahora sí que la has hecho buena. Has sacado el mal genio. Le dirá lo que has dicho palabra por palabra y hasta puede que lo adorne un poco.

Me aparto un mechón de pelo soplando.

—Mierda.

—Deja de decir palabrotas, Elena Michelle —dice mi madre, que aparece a mi lado y me mira de arriba abajo—. Te queda muy bien la ropa de la abuela. Dime, ¿a dónde vas?

—A Nashville.

—¿Y eso?

—Hay una reunión para bibliotecarios públicos. —Odio mentir, lo odio muchísimo, y no tendría que haber venido, pero quería llevar un peinado elegante que me hiciera parecer profesional. Me tendría que haber peinado yo misma.

Asiente. Parece que cree lo que le he dicho.

—Ayer vi a Patrick y a Laura comiendo en la cafetería. Tal vez vayas a tener competencia, querida. A lo mejor, tendrías que llamarlo.

—No está interesado en mí, mamá. Creo que es por los zapatos rosas que me puse el día de la iglesia. —Sonrío.

Carraspea.

—Lo sabía. Lo hiciste a propósito para asustarlo. Pero hacéis la obra de teatro juntos, coquetea un poco con él sin pasarte. Le puedes hacer un cumplido sobre la camisa o citar algunos versículos…

—¡Mamá! No me sé ningún versículo de memoria. Además, Laura es perfecta para él, tendrías que verlos en los ensayos. Ríen y juegan con Timmy. Hacen muy buena pareja. Pasa página.

—Y ella se le ha insinuado, ¿verdad? Lo sabía. Es guapa y lo de su marido fue una tragedia, que Dios lo bendiga, pero estaba convencida de que a Patrick le gustabas.

—Mamá, Laura no es así. Es una de las personas más amables que conozco.

Suspira.

—Pero Giselle se va a casar y ahora que vas a dar la fiesta en casa…

—Gracias a ti.

—Yo solo quiero que seas feliz.

—Estoy eufórica.

—Sé cuándo estás deprimida. Te salen bolsas debajo de los ojos.

—No les pasa nada a mis ojos…

—Y empiezas con los secretos. ¿Estás saliendo con ese jugador de fútbol americano? Además, es prácticamente un yanqui.

—Ohio está en el medio oeste, mamá, no en el norte. Además, creció en un pueblecito. No tiene nada de yanqui.

—Peor me lo pones. Es un paleto.

—¡Mamá! Vivimos en Daisy, hay pocos sitios más rurales que este pueblo.

—Además, he leído que sale con muchas mujeres.

Suspiro.

—Deja de leer tantas cosas en internet.

—No me has respondido. ¿Eres tú la chica a la que conoció en San Valentín? ¿La chica de la que le has hablado a Birdie? ¿Tú no tenías una cita con el hombre del tiempo… o fue con él?

Maldita sea. Se acerca demasiado a la realidad. A lo mejor, Giselle o Preston le han dicho que me vieron.

Sonrío.

—Mamá, tanta cháchara me está dejando seca. ¿Puedes traerme un Sun Drop?

Resopla por la nariz, pero se da media vuelta para coger un refresco de la nevera que tiene detrás. Me lo da, abro la botella y empiezo a beber.

—Estas bebidas son malísimas. Tienen mucho azúcar.

—Mmm. —Mientras beba, no le puedo responder.

Scotty me salva cuando entra, con su uniforme azul y blanco y un montón de paquetes y cartas en las manos. Se dirige directo a la parte delantera, donde está mi tía Clara, sin dejar de mirarla en ningún momento.

Reprimo una sonrisa cuando veo que todo el mundo se queda quieto. Es un hombre atractivo y soltero que tiene una pequeña granja a las afueras del pueblo. Tiene el pelo castaño claro, los ojos de color avellana y una sonrisa cautivadora. Además, está musculado y en forma.

Es uno de los solteros mejor cualificados de Daisy, excepto por el hecho de que está enamorado de mi tía.

—El correo —dice.

Me alegro de que mi tía haya acabado de peinarme, porque casi se le tira encima. Observo que ríen y que los ojos de él se dilatan cuando la mira. Siento una punzada de tristeza y me muerdo el labio. Yo quiero lo que ellos tienen. Quiero que un hombre me mire como si fuera la mejor del mundo, como si no pudiera separarse ni un instante de mí y quisiera estar a mi lado siempre, sin que necesite papeles para confiar en mí…

—¡Scotty! ¿Qué nos traes hoy? —pregunta mi tía con una sonrisa de oreja a oreja.

El chico se sonroja.

—Algunos productos para el pelo. ¿Quieres que te deje las cajas en la parte de atrás?

Mi madre me susurra:

—Está coladito por ella.

Me sorprende lo que me dice y me pregunto cuánto sabe sobre las visitas de Scotty a mi tía o sobre las travesuras que hacen y que luego mi tía me cuenta. Creo que no sabe mucho al respecto, porque no lo aprobaría.

Mamá frunce el ceño cuando ve que su hermana se lleva al chico al almacén donde guardan los productos de peluquería. Clara cierra la puerta lo suficiente para que no los podamos ver. Seguro que se están besando a escondidas.

Rompo el silencio para intentar desviar la atención de mi madre a otra cosa.

—Deja de preocuparte por mí, mamá. Estoy bien, ¿de acuerdo?

Mi madre vuelve a mirarme, se fija en mi pelo y me lo toca. Sonríe con melancolía.

—No puedes decirle eso a una madre. Es imposible que no nos preocupemos. Ve a la reunión y nos vemos el domingo para comer.

Me levanto y me fijo en el peinado. Es bonito y relajado; no está demasiado repeinado. Me pongo bien el traje y miro a mi madre. Cojo un par de billetes de veinte dólares y los dejo en el mostrador de mi tía. Intentará devolvérmelos, pero siempre le pago. Salgo hacia la puerta y mi madre me sigue. Me coge del brazo antes de que me vaya y me dice:

—Elena, siento haber propuesto tu casa para la fiesta. Se me escapó antes de siquiera pensarlo. La casa representa a todos los de la familia y creo que pensaba en eso cuando lo dije.

La abrazo y le digo:

—No pasa nada, mamá.

Asiente y me examina con la mirada.

—De acuerdo, ya lo suponía, pero a veces no sé lo que piensas. Y me escondes cosas.

Porque ella espera que sea una perfecta hija sureña.

Y espera que sea la persona que ella cree que debo ser.

Abro la puerta y la miro.

—Ni se te ocurra volver a invitar a Patrick a la comida o te juro que me pondré el traje de Halloween.

Sonrío y cierro la puerta antes de que me pueda responder.

Cuando acaba la reunión con Marcus, salgo a la calle abarrotada del centro de Nashville. Ya casi es de noche y ha empezado a llover un poco, pero, evidentemente, no llevo un paraguas encima.

Me suena el móvil. Es Topher.

—¿Cómo ha ido? —me pregunta.

—Pues la buena noticia es que les han encantado los diseños y les gustaría que formara parte del equipo. La mala, que no me ofrecen un puesto de verdad. Quieren a una becaria. Una recadera de veintiséis años sin prestaciones. Es una locura. —Me sujeto el móvil a la oreja y empiezo a caminar rápido en la tarde fría hacia el coche, que está aparcado a una manzana.

—Bueno, esta tarde la biblioteca parecía un circo. Te has perdido la pelea entre dos críos por un libro de dinosaurios. Se han dado un par de tortas y todo. Pensaba que las madres se iban a pelear también para ver quién había empezado todo el follón. Acabo de conseguir que se calmen y ya tengo a cientos de personas esperando para pedirme libros. Solo quería ver cómo te había ido. Tendría que haberte acompañado.

—Alguien tiene que hacerse cargo de la biblioteca. Debería contratar a alguien a media jornada.

—Elle, pareces triste. —Oigo voces al otro lado del teléfono e imagino a Topher, en la biblioteca, con niños tirándole de la camiseta de los Red Hot Chili Peppers—. Anímate, todo saldrá bien.

Suspiro.

—Ojalá pudiera volver atrás en el tiempo para decirle a mi yo del pasado que estudie un grado en Diseño de Moda.

—Naciste con el don, Elle. Algún día, alguien se dará cuenta. Además, tienes el blog y la cuenta de Instagram…

Río por la nariz.

—Romeo tiene más seguidores en Instagram que yo.

—A lo mejor, deberías hacerle fotos con tu ropa interior. «Lencería para jamonas».

Me echo a reír.

—Te adoro.

Me detengo delante de una pequeña y pintoresca pastelería. Me ruge el estómago al oler el azúcar y la mantequilla derretida cuando alguien sale por la puerta.

—Te has quedado muy callada —me dice Topher—. ¿Estás en una de esas *boutiques* pijas en las que tienen botas de vaquero personalizadas y cazadoras de cuero? —Suspira con tristeza.

—No, es algo mejor.

—Entonces tiene que ser algo de comida. ¿Estás en el restaurante tailandés al que fuimos para el cumple de Michael?

—Caliente. Piensa en algo dulce. —Leo el cartel de la tienda y miro cuáles son los pasteles del día.

—Estás en la tiendecita esa de pasteles, ¿verdad? La de la segunda avenida. —Hace una pausa—. Estás muy cerca del Hotel Breton, ¿lo sabías?

Ignoro el comentario.

—Y el especial de hoy es la tarta de lima, mi favorita. —Casi puedo saborear la tarta y la masa de mantequilla—. Va a ser la hora de cenar y quiero un poco de azúcar.

—Cuelga el teléfono y cómprate un trozo. Trae una tarta entera para casa, yo haré la cena y luego compartiremos los postres. Hasta luego, Elle.

Cuelgo el teléfono y entro en la pastelería. Suelto un largo suspiro. El azúcar me hace feliz.

Me siento a una de las mesas y dejo el bolso y los portatrajes con la lencería en la silla que tengo al lado. Miro las bolsas y pienso en la entrevista. Me ha entrevistado Marcus, el director ejecutivo de la empresa. Ha sido muy amable y me ha hecho muchos cumplidos sobre mi trabajo. Se le iluminaban los ojos cuando le mostraba las prendas, sobre todo con el conjunto crudo con las citas de Romeo y Julieta. Encontré la tela sedosa en internet cuando comentaron que harían la obra de teatro.

La camarera, una chica joven que lleva un vestido blanco con volantes en el dobladillo y un delantal rosa, me trae la tarta. Gimo cuando el primer bocado me toca la lengua. Me la como en cuestión de segundos y la acompaño con una taza de café caliente y, cuando la chica viene para recogerme el plato, le pido que me prepare la tarta para llevar.

No es hasta que estoy en el mostrador y la chica me está cobrando que me doy cuenta y me entra un ataque de pánico. No encuentro la cartera. Busco en el bolso, saco todo lo que llevo y lo pongo a un lado mientras otros clientes esperan en la cola. No está aquí. Mierda.

Me pongo a pensar y me da un vuelco el corazón cuando recuerdo que la he usado para pagar en la peluquería y que se me debe de haber caído allí o me la debo de haber dejado en el mostrador de mi tía.

—¿Va todo bien? —me pregunta la chica de la caja, que me mira como si pensara que voy a salir corriendo sin pagar.

—Sí, no pasa nada. Dame un minuto. Atiende a estos chicos primero, ahora vuelvo. —Sonrío y vuelvo a la mesa, me pongo de rodillas y busco por los bordes del asiento por si se me hubiera caído al sentarme. Nada. La cartera no está.

Me pongo de pie y me siento. Podría llamar a Topher, pero ya debe de estar cerrando la biblioteca y odio tener que pedirle que venga hasta Nashville. Puede que Giselle todavía esté por la ciudad, pero es viernes y seguro que tiene planes con Preston, así que descarto la posibilidad.

Saco el móvil y bajo por la pantalla hasta que encuentro el contacto que busco. Tengo este número en el teléfono desde que supe que era su número de verdad, pero nunca lo he usado.

Vamos allá. Mando un mensaje a «Meteorólogo de pega».

Capítulo 23

Elena

Entra en la pastelería como si fuera un rey. Su cuerpo alto ocupa una gran parte del espacio de la entrada y me deja sin aliento. Lleva unos pantalones de deporte negros y ajustados, una camiseta de manga larga a conjunto y un gorro de los Tigers que esconde su maravilloso pelo. Sus ojos buscan con intensidad entre los clientes hasta que me ven. El depredador ha encontrado a su presa.

Lo saludo con la mano.

Él arquea una ceja.

Dos mujeres lo miran boquiabiertas y una le da un codazo a la otra mientras susurran. No me sorprendo cuando se acercan a él con la cara inclinada hacia arriba y parpadeando rápidamente. Él se detiene un momento, me mira a mí, y luego, a las mujeres. Me encojo de hombros y mi mirada le dice: «Son tus fans, adelante. No me voy a ir a ningún lado. No llevo el monedero encima».

Se queda inmóvil cuando se le acercan, pero su rostro muestra sinceridad cuando responde a sus preguntas. Las mujeres ríen y le dan un bolígrafo y un papel que han sacado del bolso. Él asiente con educación, pero parece ausente, como si no estuviera escuchando; se comporta de la misma manera que en el reservado de la discoteca. Imagino que está intentando no ser maleducado. Me fijo en que se le sonrojan las mejillas y se pone nervioso cuando se le acercan más. Una de ellas saca el móvil del bolso y se toma una foto con él. Si uno no se fija, su rostro parece sincero y relajado, pero se le nota que está incómodo. Me vuelve a sorprender que este hombre tan guapo, con un encanto digno de hechizar a millones de personas (una vez lo conoces) y un talento que le ha hecho merecedor de tanto éxito, sea tan tímido.

Parece que su timidez sea un secreto entre nosotros y no puedo evitar que se me escape una sonrisita.

Me mira cuando se le acercan dos mujeres más. Gesticula con la boca y me dice: «Lo siento» por encima de sus cabezas antes de firmar otro autógrafo. Frunce el ceño y traga saliva cuando otra chica le insiste para que se haga una foto con él. Pierde el control un poco, pero ellas ni siquiera se dan cuenta, y me pregunto cuánta gente lo mira y piensa que es una persona de verdad con sus límites. Nadie.

Me reacomodo en el asiendo y lo observo todo, cada pequeño detalle en su rostro.

Debe de ser muy difícil ser siempre el centro de las miradas. Aunque no le gusta la atención constante que conlleva su trabajo, le encanta el fútbol americano y se esfuerza en ser el mejor, sin confiar en nadie, sin dejar que nadie se le acerque, manteniendo siempre las distancias.

Ay, Jack. Ojalá…

Asiente y se aleja de las chicas, pero una lo agarra de la mano, le planta un beso en la mejilla y le mancha la cara de pintalabios rosa cuando él intenta evitarlo. Es la chica de la caja. No tiene nada más que hacer ¿o qué?

Suspiro con fuerza y me levanto. Dejo las cosas en la mesa.

Me acerco al grupo de chicas y las aparto con los hombros para abrirme camino.

—Disculpa —le digo a la más alta de todas. Es alta y morena e intenta bloquearme cuando me acerco. Pues lo lleva claro. Le piso el pie con el tacón y la chica, sorprendida, me fulmina con la mirada y se aparta. Así me gusta. Puede que sea bajita, pero llevo zapatos de tacón, así que cuidadito.

Me deshago en disculpas con un tono de voz grave y cargado de acento sureño y rodeo a la chica, aparto el brazo de la cajera del de Jack y las miro una por una. Suelto una risa casi molesta, la que usa mi madre cuando alguien la ha hecho enfadar pero no quiere perder las maneras, y les digo:

—Disculpadme, chicas, pero ¿os importaría soltar a mi novio? —Parpadeo rápidamente—. Ha sido muy amable al firmaros los autógrafos y hacerse fotos con vosotras, pero es que no lo he visto en todo el día. Estoy segura de que lo comprenderéis. —Acompaño las palabras con una sonrisa falsa que parece sincera—. Además, seguro que está cansado de hacer tanto ejercicio —añado, señalando la ropa de deporte—. Necesita un respiro.

Me miran boquiabiertas y empiezan a murmurar.

—Claro. No sabíamos que tenía compañía —responde una de ellas, que me examina antes de apartarse de él.

Sonrío y me engancho a Jack como el pegamento, presiono mi torso contra su brazo y no me muevo ni un centímetro. No siento ni un ápice de celos, lo hago para protegerlo.

—Gracias por el autógrafo —dice la chica alta, que le pone un papel en la mano antes de alejarse.

Pongo los ojos en blanco. Por el amor de Dios. ¿No puede estar tranquilo sin que le den números de teléfono ni en una pastelería?

La cajera se pone de morros cuando tiro de él para alejarnos. Él me sonríe y me sigue hacia la mesa.

—¿Así que soy tu novio? —murmura—. Qué bien.

Si supiera que es la segunda vez en un día que digo que somos novios...

Miro por encima de mi hombro y le digo entre dientes:

—Lo he hecho para salvarte porque lo estabas pasando mal. No le des más importancia de la que tiene. Además, tenemos que irnos antes de que la chica de la caja llame a la policía para que me echen, sobre todo ahora que sabe que estás conmigo. Creo que piensa que les he ocupado la tienda. Sería capaz de hacerlo solo para librarse de mí.

Sonríe y abre las manos.

—Pero aquí estoy yo para rescatarte. Así que te has olvidado el monedero, ¿eh?

—No hace falta que te alegres. —Le paso la cuenta.

La mira con cara de diversión y dice:

—Un trozo de tarta, un café y ¿una tarta entera? ¿De qué es?

Señalo con la cabeza hacia la caja rosa que hay en la mesa.

—De lima.

—Me gusta la de lima.

—A Topher también.

Ríe y se saca la cartera de uno de los bolsillos con cremallera de los pantalones. Saca un puñado de billetes, los deja sobre la mesa y me mira.

—¿Vas a casa?

—Gracias. Te lo devuelvo el lunes en el ensayo.

—Mmm.

Miro por encima de su hombro y veo que las mujeres se han ido, pero la cajera nos observa. Tiene el móvil en la mano. Qué bien.

—¿Qué haces en el centro?

—Tenía una reunión con una compañía de lencería —respondo cogiendo el portatrajes y el bolso. Él coge la caja de la tarta.

—¿Sí? ¿Cómo ha ido?

Me quedo callada un instante confundida no por la pregunta en sí, sino por el hecho de que me resulte más fácil de lo que pensaba estar aquí con él; verlo fuera de los ensayos sin que haya ni un ápice de la tensión que se había ido acumulando entre nosotros desde que le hice la felación.

No pienses en eso ahora.

—¿Estás bien? —pregunta con expresión seria, acercándose a mí—. Has puesto una cara rara.

—Sí. Ha ido bien, pero quieren a una becaria, así que nada.

—Vaya. Entonces, ¿seguirás en la biblioteca?

Asiento e intento que no se note que estoy decepcionada.

Me rodea los hombros con el brazo y me acerca más a él cuando pasamos por delante de la caja hacia la puerta. Lo miro y levanto una ceja.

Se encoge de hombros.

—¿Qué pasa? Tengo que disimular hasta que salgamos de la tienda. Quizá deberíamos aprovechar que la chica todavía nos mira para besarnos.

—No, creo que ya se lo he dejado bien claro.

Sonríe.

—Tú te lo pierdes.

Cuando llegamos a la puerta, la llovizna se convierte en un diluvio.

Jack suspira.

—¿Imagino que no tienes un paraguas?

—No.

—Genial. Has venido a Nashville sabiendo que iba a llover todo el día y no te has traído ni una chaqueta ni un paraguas.

—No sabía que iba a llover todo el día, yo no soy meteoróloga como tú.

Se ríe, se quita el gorro y el pelo le cae como seda por los pómulos esculpidos.

Se detiene un momento.

—Y encima frunces el ceño.

Suelto un soplido.

—¿Por qué tienes que estar siempre tan mono?

—Oye, soy un hombre adulto. No soy mono.

—Sí que lo eres y me pone de los nervios.

Se echa a reír y me coloca el gorro introduciendo los mechones sueltos para que no se mojen.

—Ya está. Así, por lo menos, no se te mojará el peinado tan conservador que llevas.

—No es conservador. Es elegante.

—Me gusta más cuando lo llevas suelto.

—De acuerdo. —Me saco el gorro, me empiezo a quitar las horquillas y a soltar el pelo hasta que los tirabuzones me caen por encima de los hombros—. ¿Satisfecho?

—Todavía no. —Levanta el cuello de la camiseta de manga larga y se la quita.

Abro los ojos de par en par y le digo:

—¡Jack! No puedes ir sin camiseta, ¡se te echarán todas encima!

Ríe y veo que lleva una camiseta de manga corta debajo.

—He venido preparado por si hacía frío, no como tú. —Se acerca a mí y me pasa la camiseta por la cabeza—. Esta camiseta es de las que están secas aunque se mojen.

—Ah. —Digo mientras la miro. A él se le ajustaba al pecho, pero a mí me queda ancha. Lo miro y añado—: Te vas a enfriar. Solo quería el dinero para la tarta, no hacía falta que hicieras todo esto.

—No quiero que pases frío, Elena.

Nos miramos y se me acelera la respiración. Pasan unos instantes en los que nos limitamos a mirarnos. Él es el primero en apartar la vista.

—¿Dónde has aparcado? Está muy oscuro, te acompañaré.

Asiento y, por algún motivo, me siento decepcionada.

—Claro. Está a dos manzanas, justo después de la segunda avenida, al lado del Edificio Marks. Puedes irte, esperaré a que amaine un poco.

Señala con la cabeza a la cajera, que probablemente está haciendo fotos de Jack Hawke con una chica muy mal vestida.

—¿Y dejarte con ella? Ni hablar.

Me coge de la mano.

—¿Estás lista para correr?

Asiento y abre la puerta a la cortina de lluvia. Corremos por la calle y pasamos por delante de los escaparates, de la gente que ha sido lo suficientemente lista para traerse un paraguas.

Nunca lo veo venir, aunque no debería sorprenderme. Aquí estoy, corriendo con tacones y una falda demasiado apretada, al lado de un hombre que, con un paso, avanza lo que yo en tres. Y, por eso, se me queda enganchado el tacón en una rejilla, me caigo de rodillas sobre el cemento y siento que ya es lo último que me podía pasar en este día tan largo.

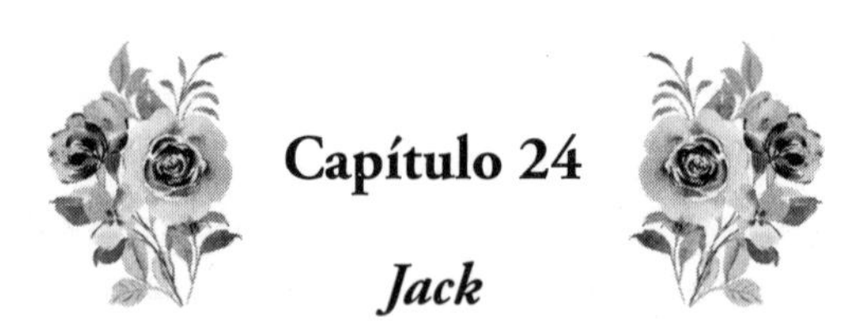

Capítulo 24

Jack

—¡Elena! —Me agacho a su lado y la levanto—. Joder, lo siento, no he visto la rejilla. ¿Estás bien?

La lluvia nos empapa, y Elena se pega a mi cuerpo.

—Creo que sí. Me duelen las rodillas, pero puedo caminar. —Entrecierra los ojos en la lluvia, que le moja la cara—. ¿Dónde estamos? —pregunta. La aparto y la refugio en una marquesina. Hay un relámpago y Elena se asusta.

Bajo la mirada y abro los ojos de par en par.

—Te has pelado las dos y se te están llenando las piernas de sangre. Mierda. Lo siento, he ido demasiado deprisa.

—No te disculpes. No ha sido culpa tuya. La falda me va muy justa y con estos tacones… —Hace una mueca y se mira las piernas—. No es nada. Esto se arregla con un poco de agua y jabón en cuanto llegue a casa.

De ninguna manera. No voy a dejar que conduzca en estas condiciones. Creo que lo he dicho en voz alta, porque ladea la cadera y hace una mueca.

—Puedo conducir.

—No. Además, está diluviando. —Miro al cielo. El viento ha empezado a soplar.

—Espera —digo mientras me agacho y la cojo en brazos.

—Jack Hawke, no puedes cargarme hasta el coche.

Salgo de debajo de la marquesina y echo a correr.

—Lo sé, pero mi piso está aquí al lado. Apoya la cabeza sobre mi hombro y sujeta tus cosas con fuerza.

Abre la boca para decir algo. Conociéndola, seguro que para protestar, pero otro relámpago la calla.

—Además, el ejercicio cardiovascular me viene bien. ¿Cuánto pesas? —pregunto con una sonrisa. Estoy eufórico.

Suelta una carcajada.

—No te lo pienso decir. Deja de hablar y vamos a tu casa de una vez.

Resoplo, la subo para cogerla mejor y corro hacia el hotel, que está a una manzana. Me abro camino entre los viandantes que vuelven a casa del trabajo; sus pies hacen ruido sobre el cemento húmedo e intentan no resbalarse.

Ella me mira, sujeta el bolso y el portatrajes con la ropa interior. Lleva la caja de la tarta encima de todo. No recuerdo habérsela dado, pero debo de haberlo hecho. La sujeta con muchísima fuerza. Empiezo a reír y ni siquiera sé por qué coño lo hago, pero me hace gracia verla enfadada y mojada.

—¿De qué te ríes? —dice por encima del ruido de la lluvia.

—¡No lo sé! Siempre me haces reír.

Empieza a sonreír con timidez, pero el gesto va creciendo hasta que se convierte en una risita.

—Por el amor de Dios, te juro que como me caiga o se me caiga el pastel no te lo perdonaré en mi vida.

—No te preocupes, lo protegeré.

—No te daré ni un trozo. —Sopla para apartarse un mechón de pelo húmedo de la cara.

Inclino la cabeza hacia abajo, riendo cada vez más, pero me pongo serio cuando me doy cuenta de lo que siento. Es una sensación suave, pero aterradora a la vez, que se hace hueco poco a poco en mi pecho. Se me hace un nudo en el estómago y no puedo respirar, aunque no tiene nada que ver con el hecho de que vaya corriendo.

Es la chica a la que llevo en los brazos la que hace que tenga miedo.

~

—Estoy empapada —dice Elena cuando la suelto en el vestíbulo del piso. Deja caer el bolso, el portatrajes con la ropa interior y la caja chafada de tarta sobre la mesa que hay al lado de la puerta.

—Pero estás *supersexy* —bromeo mientras se quita el gorro y los zapatos.

—He oído que estar mojada es la última moda.

—Mmm. —Dejo de mirarle la cara y me fijo otra vez en sus rodillas. Hago un gesto de dolor cuando veo las heridas.

—¡Vaya! Avísame la próxima vez —dice cuando la cojo y la cargo hasta la sala de estar y la siento en una de las sillas—. Estoy mojadísima, no quiero estropearte los muebles.

—Me preocupan más tus rodillas que los muebles.

Me mira y tiene el pelo mojado y pegado a la cara. La ropa le chorrea, aunque no es que yo esté mucho más seco. Se estremece, se levanta y se pasa las manos por los brazos.

Se me tensa el cuerpo cuando la observo y veo que la falda se le pega al cuerpo voluminoso. Deja de pensar siempre en lo mismo, Jack. No ha venido para eso.

—¿Me dejas una toalla? —Se muerde el labio inferior—. Y si tienes algo de ropa vieja que me pueda poner. Te lo devolveré todo en el próximo ensayo.

Parpadeo al darme cuenta de que llevo mirándola más rato del que debería. Céntrate, chico.

Asiento.

—Claro.

Se va al lavabo y yo corro hacia la habitación, abro los cajones de la cómoda rápidamente e intento encontrar alguna muda que le sirva. Encuentro unos pantalones cortos con un cordón ajustable y una camiseta vieja de cuando entrenaba en la universidad. Llamo a la puerta del lavabo y ella alarga una mano para coger la ropa. Lleva una toalla alrededor del cuerpo como si fuera un pareo. Me fijo en sus hombros de color crema, pero aparto rápidamente la mirada.

—Ponte esto y, cuando acabes, deja que eche un vistazo a las heridas.

—Jack, no hace falta, me las puedo lavar aquí.

—No. Quiero echarles un vistazo. Ven al cuarto de estar cuando acabes.

—Gracias. —Las pestañas le acarician las mejillas cuando asiente, coge la ropa y cierra la puerta.

Pasados cinco minutos, una vez me he cambiado y me he puesto unos pantalones de deporte y una camiseta, me dirijo a la sala de estar con desinfectante y tiritas. Elena está sentada en la silla donde la he dejado antes con las manos entrelazadas y observando la habitación. Tiene una expresión cautelosa y los hombros tensos mientras me espera. Suspiro.

Maldito ático de mierda.

No quiere estar aquí, y lo sé, pero mi casa está a dos manzanas.

«¿Acaso pensabas llevarla allí?», me pregunta una voz en mi cabeza.

No lo sé.

Puede que sí.

Para.

Déjalo ya.

Tienes que evitar cualquier tipo de relación romántica con ella.

Además, es demasiado buena para ti. Quiere más de lo que tú le puedes ofrecer. Recuérdalo.

Exacto.

Pero es que… ella tiene algo.

Y yo nunca…

Sonríe cuando ve los vendajes que tengo en la mano.

—Pareces serio, ¿de verdad parecen tan graves las heridas?

—Pues sí. —Mierda, ni siquiera puedo pensar. Me siento en el suelo delante de ella, la miro a la cara y luego bajo la mirada a sus pies. Me aclaro la garganta y digo en un tono que suena más arisco de lo que quería:

—Te sienta bien mi ropa.

La observo mientras se sonroja.

—¿Qué pasa? ¿Por qué me miras así?

Me concentro en las rodillas.

—No me había dado cuenta de lo mucho que me gusta que todavía haya chicas que se sonrojan.

—Ah.

Nos miramos fijamente. Exhalo.

Creo que nunca había mirado tanto tiempo a una chica.

¿Qué coño me pasa?

Ella es la primera en apartar la mirada.

—Te aviso de que uno de los motivos por los que no estudié Medicina es que me da mucha impresión la sangre. No exagero. Un día, me desmayé en casa de mi abuela cuando rompí una ventana que intentaba abrir. Era una muy vieja y se había quedado enganchada, así que empujé demasiado fuerte y me corté la mano. Empezó a chorrear sangre sin parar. Además, no tolero muy bien el dolor. Puede que me eche a llorar y todo.

—Vale. Deja que te mire las rodillas —murmuro antes de abrir una toallita antiséptica y pasársela por las heridas. Tiene varios cortes en cada una, y los curo con tanta delicadeza como puedo.

—¡Au, me escuece muchísimo! —Inhala con fuerza y se agarra al filo de la silla—. Jack, tienes que distraerme, dime algo divertido o gracioso, lo que sea, por favor.

Intento no reír.

—Me encantan las canciones de Justin Bieber. Las escucho cuando salgo a correr. —La miro con una seriedad fingida—. Pero no puedes decir nada. Como se entere Devon, se meterá conmigo toda la vida.

Me mira con los ojos como platos.

—No te creo.

—Te lo juro. «Love yourself» es mi favorita.

—Cántala.

Empiezo a tararear el principio.

—No pares —me dice mirándome fijamente a los ojos.

—Me cuesta concentrarme mientras te curo las rodillas.

—¡Porfi!

Me mofo, pero vuelvo a empezar desde el principio, esta vez cantando la letra hasta llegar al estribillo. Noto que me sonrojo. Canto como el culo.

La miro y le pregunto:

—¿Te duele?

Me mira fijamente. Se humedece los labios y traga.

—¿Conoces alguna de Taylor Swift? Si te gusta Justin, a lo mejor…

Me echo a reír.

—Ya, claro. Soy así, el jugador de fútbol americano al que le gusta la música pop. Siento decepcionarte, pero no me sé las letras de sus canciones.

Arquea una ceja.

—¿Y qué me dices de Meghan Trainor? ¿Conoces la de «All about that bass»? Es mi canción. Si te la sabes, tal vez te deje que comas tarta.

—Mmm. Tu canción tendría que ser una de las de Lizzo, puede que la de «Good as hell». Creo que te va ese rollo de echarte el pelo para atrás de manera altiva, mirarte las uñas y salir por la puerta moviendo ese culo perfecto que tienes.

—Pero, si te sabes la canción de Meghan Trainor… —Me guiña el ojo—. Te recompensaré. —Se vuelve a sonrojar—. Me refiero a la tarta, te daré un trozo.

—Déjame pensar. ¿Qué te parece uno de esos besos que tanto me gustan? —pregunto sin levantar la cabeza para que no me pueda ver la cara mientras abro una de las tiritas anchas. La deseo y no consigo que se me pasen las ganas de estar con ella.

—Acepto el trato, porque no creo que la sepas.

—A ver… «All about that bass». Déjame pensar, creo que recuerdo un trozo…

—¡No te la sabes!

—Lo siento, Elena, pero sí que me la sé. Me sé la letra de pe a pa. —Nuestros ojos se encuentran.

—Pues empieza a cantar. —Se muerde el labio y sus ojos brillan de expectación.

Río a carcajadas, le pongo la última tirita en la rodilla y le digo:

—Esto también tiene que ser nuestro secreto.

—De acuerdo.

No sé en quién me convierto cuando me pongo de pie, cojo el mando a distancia para usarlo de micrófono y empiezo a cantar. Me trabo un poco con la letra e invento algunas palabras que encajan, pero la parte más importante es el estribillo y en esa parte lo doy todo.

—Baila un poco. ¿Sabes hacer ondas con el cuerpo?

Las hago con el pecho. No se me da mal bailar, pero Elena está llorando de risa y las lágrimas le caen por las mejillas.

—¡Hay que ver! Qué cosas más raras me pides.

—Si el fútbol americano no te va bien, estoy segura de que puedes ganarte la vida haciéndole los coros a algún cantante.

Me dejo caer en el sofá.

—Siempre canto este tipo de canciones cuando me enfado en el campo y me tengo que calmar. O cuando estoy nervioso. Me pasé el primer ensayo de *Romeo y Julieta* tarareando «Dark horse» de Katy Perry.

—Venga ya.

—Lo digo en serio. —Abro las manos—. Soy como un adolescente.

Niega con la cabeza y me mira con ojos brillantes.

Doy una palmada en el sofá a mi lado.

—Ven. Vamos a ver la serie coreana, que ha salido un capítulo nuevo esta semana y todavía no lo he visto.

—Gracias por curarme las heridas —murmura mientras se levanta de la silla.

Me pongo de pie, la cojo de la mano para ayudarla a caminar hacia el sofá y oigo el ruido que hacen los pantalones que le he dejado cuando se acerca. Le ha dado un par de vueltas a la cintura y ahora le quedan por encima de las rodillas.

Presiono el botón del mando a distancia, le rodeo los hombros con el brazo y la acerco hacia mí. Ella no se queja, suspira y se apoya sobre mi cuerpo.

—¿Cómo les va a Lee y a Dan-i? ¿Se han besado ya?

—Todavía no, joder. ¿A qué esperan?

—Supongo que todavía tienen pendientes algunos asuntos.

Observo a los personajes de la serie. Lee persigue a Dan-i cuando la ve saliendo con otro chico.

—Le cuesta hablar de sus sentimientos. Se está reprimiendo.

—¿Por qué?

—Supongo que porque es la primera vez que siente eso por una chica y no sabe cómo actuar.

Tiene la cabeza apoyada sobre mi hombro.

—Entiendo. ¿Y qué piensa ella?

—A ella le gusta, pero está asustada por problemas que ha tenido en el pasado. Tuvo un novio horrible.

—Qué tontos son. ¿Y por qué no hablan las cosas?

—Ya.

Nos quedamos en silencio e inhalo al pensar que, tal vez, ya no estamos hablando de la serie, sino de nosotros.

—¿Elena?

—Dime.

Inclino la cabeza hacia abajo para mirarla. Su rostro es inexpresivo, está intentando no dormirse.

—¿Sabes esa sensación de *déjà vu* cuando parece que algo es muy familiar o que ya lo has vivido antes?

Cierra los ojos, los abre con rapidez y se le vuelven a cerrar. Sonrío.

—¿Tienes sueño?

—Estoy cansada. He tenido una semana muy difícil con Romeo. Me pone de los nervios en los ensayos, mirándome todo el rato, y… —Se le apaga la voz—. Sí, ya sé a qué te refieres con lo del *déjà vu*. Puede que sea porque hemos visto la serie juntos antes, ¿no? —Cierra los ojos y se le abre un poco la boca.

Le doy unos segundos para que se quede dormida antes de responder:

—No, no es eso. Es como si hubiera soñado todo esto: que estabas aquí conmigo, que estábamos juntos… Es esta sensación de… —Pienso en completitud, pero ignoro la idea—. Es como si en otra vida…, aunque no soy de esas personas que creen en las almas que se encuentran una y otra vez, pero, si lo fuera, diría que hemos tenido algo antes… una vida juntos quizá… joder, menuda chorrada. Además, solo lo estoy diciendo porque estás dormida.

Suelta un pequeño ronquido y le aparto el pelo de la cara.

«Es mía».

No, Jack.

No es tuya.

Tú no eres de los que tiene sentimientos tan profundos…

Suspiro y me concentro en la serie otra vez donde Lee intenta explicar a Dan-i cómo se siente, aunque, al final, se queda callado y no lo hace. Te entiendo, tío, a mí también me pasa.

Pero, maldita sea, estoy perdiendo la cabeza por esta chica.

¿Qué coño me pasa?

Sabes perfectamente qué te pasa, capullo.

El amor arruinó la vida de tu madre y Sophia casi acaba con tu carrera. Eso es.

Ahora mismo, no estoy en un momento de mi vida en el que quiera enamorarme. Tengo que centrarme en la operación de hombro y en los problemas de imagen. Además, si quiero ganar la Super Bowl, tengo que darlo todo de mí mismo, empezando por la concentración. Elena solo es un interludio hasta que empiece la temporada.

Y, en cuanto hagamos la obra, no nos volveremos a ver.

Pero, entonces, ¿por qué me siento tan… mal?

Podríamos follar, pero ella quiere más.

Lo quiere todo de mí. Mi confianza y mi compromiso.

Suelto un largo suspiro y apoyo la cabeza en el sofá.

Capítulo 25

Elena

No sé qué me despierta. Parpadeo y abro los ojos en la oscuridad de una habitación que me resulta vagamente familiar. La almohada que tengo bajo la cabeza es cómoda y suave. Estoy en la cama de Jack. Veo, en el reloj que tengo al lado de la cama, que son las diez de la noche y me sobresalto. Me debo de haber quedado dormida y Jack me ha traído a la cama. Estoy vestida. Me siento poco a poco y agradezco la luz de la luna que entra por la ventana y me permite ver el cuarto. ¿Dónde está Jack? Siento un ligero ardor al pensar en lo amable que ha sido conmigo antes. ¿Y qué me dices de cuando ha cantado? Ha sido horrible. Sonrío. ¿Alguien conoce esa faceta suya tan dulce? ¿O cómo cuida a la gente cuando está preocupado?

Me levanto de la cama y busco en la habitación y en el dormitorio principal. Están vacíos.

Salgo a la sala de estar y lo veo durmiendo en el sofá con un brazo colgando y tocando el suelo. Me ha acostado, pero no se ha metido en la cama conmigo, aunque habría estado más cómodo. Sí. Él también necesita su espacio como yo. Echo un vistazo y veo que ha colgado mi ropa en una percha y la ha dejado en la silla del escritorio, y encima están el portatrajes con los diseños y el bolso. No veo la tarta por ningún lado e imagino que, seguramente, la ha puesto en la nevera. Se la puede quedar. Se la merece después de haberme curado las rodillas. Me muerdo los labios y voy hasta la cocina. Me muevo en silencio, busco un bolígrafo y un papel para dejarle una nota.

La escribo y le doy las gracias por todo, salgo a la sala de estar y la dejo en la mesilla auxiliar. Lo miro y sigo con los ojos sus facciones, sus labios carnosos medio abiertos, su pelo de color caoba que le cae sobre el rostro. Madre mía. Está tan bueno y está aquí conmigo. Exhalo.

Abre los ojos, que se encuentran con los míos.

—Elena.

Me llevo una mano al pecho.

—¡Estás despierto! Pensaba que dormías.

—No es fácil dormir con alguien mirándote. —Sonríe y se sienta en el sofá. Mueve los hombros en círculos.

—No tenías pinta de estar muy cómodo.

—No te preocupes, estaba bien. Te has quedado dormida mientras veíamos la serie.

—Lo siento. He tenido una semana muy larga.

Se levanta y se estira, y yo trago saliva al ver que, en algún momento, se ha quitado la camiseta y que se le tensan los músculos del torso cuando hace estiramientos con el cuello y los brazos. Es como si quisiera despertarlos. Me mira un instante y sus ojos se detienen un momento en mis labios antes de mirar detrás de mí.

—¿Te vas?

Asiento.

—¿Y pensabas que te iba a dejar ir sola hasta el coche? Ni soñarlo.

Cruzo los brazos.

—No soy una niña pequeña. Además, es un barrio seguro.

—Pero es peligroso. Estamos en el centro.

—No te preocupes. —Doy un paso hacia atrás decidida a no mirarle más los músculos firmes.

—Eh… ¿no se te olvida algo? —pregunta con los ojos entrecerrados.

Me humedezco los labios.

—No, lo tengo todo en el escritorio, gracias.

Se acerca a mí, alarga la mano y me acaricia los labios.

—Me debes un beso, Elena. Por la canción.

Se me corta la respiración.

—Dámelo.

Un escalofrío me recorre el cuerpo cuando oigo el tono de autoridad en su voz. Me encanta la fuerza con la que habla.

Puedes hacerlo, Elena. Dale un beso y acaba con esto de una vez. Pienso en dárselo en la mejilla para fastidiarlo un poco y decido que es la mejor opción. Sin embargo, en cuanto me acerco a él y siento el calor de su torso bajo mi mano, mi cuerpo toma el control. Le paso los dedos por el pecho hasta llegar al cuello y lo agarro por la nuca mirándolo fijamente a los ojos. Parece ser que, cuando se trata de él, no tengo nada de autocontrol y, aunque mi mente me dice que no debería perderme en sus labios, sé que quiero hacerlo. Me muero de ganas de sentir su boca sobre la mía una vez más.

Solo un beso. Solo uno. Uno nada más.

Tiro de su cuello para abajo y le lamo los labios. Él abre la boca para dejarme entrar y lo beso con suavidad. Suspira y me rodea la cintura con los brazos para estrecharme con fuerza contra su cuerpo. Deja que tome el mando, así que lo hago y lo exploro, lo saboreo, gimo al sentir su olor, al notar el roce de su piel contra la camiseta que me ha dejado.

Entonces, él asume el mando y me agarra del culo, mueve las caderas con fuerza e insistencia contra las mías.

—Elena... —murmura—. Nunca me había gustado tanto besar a alguien. —Pone su boca sobre la mía otra vez y mi cuerpo se funde con el suyo. Le rodeo las caderas con las piernas y lo agarro con fuerza del pelo cuando me acaricia el muslo y me lo coge con determinación—. No puedo resistirme —me dice con los labios sobre mi cuello—. Cuando te he llevado a la cama, me moría de ganas de tumbarme contigo.

Siento una ola de deseo por todo el cuerpo y me estremezco. La tensión sexual entre nosotros es irremediable, parece que estemos conectados por un cable eléctrico.

Y sé a la perfección qué es esto. Es sexo, nada más. Pero ¿cuándo volveré a sentirme así? ¿Cuándo volveré a sentir esta conexión con alguien? ¿Esta sensación de que moriré si no lo tengo? Debería parar, lo sé.

Porque me va a hacer daño.

Me va a...

Se separa de mí. Me aparta con las manos y me mira. Traga saliva y el pecho se le hincha y deshincha rápidamente.

—Un beso solo... mierda... Elena. Como no te vayas...

—No me quiero ir. —Cierro los ojos. ¿Qué hago? ¡Estamos en su picadero!

—Me dijiste que querías ponerme contra el sofá y desde entonces no he podido dejar de pensar en ello.

Inhala con fuerza.

—Elena…

—De hecho, creo que dijiste que me ibas a follar por detrás. Puede que no con esas palabras exactas. Pero me lo imagino y me parece muy *sexy.*

Me quito la camiseta. Estoy nerviosa.

Pero soy valiente; valiente y obstinada.

Yo quiero esto.

—Elena… —Se muerde un labio y me mira fijamente—. Sea lo que sea lo que estás haciendo, no pares, te lo suplico.

Me bajo los pantalones y me desabrocho el sujetador. Me botan los pechos cuando meto los dedos por la cintura del tanga, me lo bajo un poco y me lo vuelvo a subir para provocarle. Disfruto del fulgor en su mirada.

¡Ah! Estoy loca. He perdido la cabeza y no me reconozco. Puede que yo sea así en realidad; todo parece más fácil con él. Me siento libre. Lo deseo.

—¿Eres un hombre de palabra, Jack?

Gruñe mirándome.

—Por supuesto, joder. No te quites las bragas, quiero quitártelas yo.

Se me contrae la parte inferior del cuerpo cuando me lo dice.

—Quítate los pantalones, Jack.

Se pone una mano sobre la erección.

—Mira lo que consigues. —Hace una pausa—. Pero nada de mamadas. Hoy te toca a ti.

—Mmm —digo dando un paso hacia él. Suspiro al notar su piel contra los pezones y le bajo los pantalones. Con los dedos de los pies, tiro de la tela hacia abajo. Tiene el pene erecto, largo y grueso, con las venas marcadas que palpitan cuando le paso los dedos por el glande con forma de seta.

Tiembla y me rodea con los brazos. Por fin siento su piel contra la mía.

—Dios mío, Elena…

—Nadie dice mi nombre como tú.

Se detiene y me acuna la cara con las manos.

—Así me gusta.

Sonrío cuando veo que le falta el aliento, que está tenso y parece nervioso como si pensara que voy a desaparecer.

Me mira con cara de incertidumbre.

—No me voy a ir.

Cierra los ojos un momento.

—Me muero si te vas ahora.

Me da un beso y me acaricia los pezones, primero con los dedos, y luego, con la lengua, que se mueve rauda por mis pechos, lamiéndolos. Los coge con fuerza, los junta, los masajea y se vuelve loco con los dientes y la lengua.

—¿Te pongo cachonda, Elena? —me pregunta al oído.

—Llevo cachonda desde que has entrado en la pastelería. ¿Qué piensas hacer al respecto? Dime qué me vas a hacer.

Ríe, me mete la mano por debajo de las bragas y empieza a acariciarme el clítoris con el pulgar. Me muevo de un lado al otro y arqueo el cuerpo cuando me introduce un dedo y lo saca rápidamente.

Me vuelve a besar con fuerza. Me observa con atención, como si quisiera hacer un mapa de mi cuerpo, y suelta un gruñido.

—Te estás portando mal y no me estás diciendo guarradas —digo después de unos segundos.

—Me estoy reservando hasta que tenga las palabras indicadas. —Me introduce otro dedo, lo mueve en círculos y me acaricia donde más me gusta.

Le cojo el miembro, le paso la mano por el glande húmedo y lo empiezo a masturbar.

Gruñe y me baja las bragas.

—No te haces una idea de cuántas veces he imaginado que hacíamos esto.

—¿Cuántas? —Le hago un chupetón en el cuello para dejarle la marca y que, cuando acabemos y se lo vea, vuelva a pensar en mí.

—Por lo menos, cien. Te imagino aquí, con las piernas abiertas y yo detrás de ti… joder… contigo encima… en el suelo, contra la pared… no puedo dejar de pensar en ti.

Me pone contra la parte posterior del sofá me coloca las manos sobre el respaldo alto y negro y mi cuerpo sabe qué hacer. Me inclino y lo espero.

Me quedo sin aliento cuando me acaricia la espalda, me besa los omóplatos, baja por la columna vertebral y me muerde el culo.

Miro hacia la ventana y nos veo reflejados. Él está de rodillas detrás de mí, me separa las piernas con las palmas de las manos y me empieza a lamer. Mueve los dedos arriba y abajo en mi interior, me acaricia y juega conmigo, y yo acerco el cuerpo hacia él para que vuelva a jugar con mi clítoris.

—Jack —grito mientras pasa la lengua rápidamente sobre mí. Sigue sin lamerme donde yo quiero. Mueve los dedos y la boca por encima de mí, me abre de piernas y repasa cada centímetro de mi cuerpo, incluso aquellos recovecos que no ha visto nunca nadie. Cierro las piernas un poco y me acerco a él. El deseo me marea y me agarro con fuerza al respaldo.

—Me gusta cuando estás así —murmura—. Rendida. No quiero que te corras hasta que te la meta.

—Jack —consigo decir con la espalda pegada a su cuerpo—, necesito que…

—Chis, espera un momento. —Se levanta, me agarra de la cadera con una mano y, con la otra, se coge el pene erecto y me lo pasa por la hendidura, pero sin introducirlo, para provocarme. Se mueve una y otra vez contra mí—. Nena, quiero follarte sin condón. No lo he hecho nunca. Jamás. —Alarga un brazo y, con un movimiento rápido, me acaricia suavemente el clítoris. Siento una ola de calor y el deseo crece en mi interior—. ¿Puedo, Elena? Por favor… —Me acaricia la hendidura con el pene, me estremezco cuando se detiene.

Me suplica y yo no puedo respirar. Es él, es él el que me vuelve loca. Nunca lo ha hecho sin protección. No tengo tiempo de pensarlo, pero me parece un momento importante. Con un tono de voz irregular, le digo:

—Tomo anticonceptivos y he ido hace poco al ginecólogo. Estoy limpia…

No espera a que acabe para introducirse en mi interior hasta el fondo y se queda quieto dos segundos antes de soltar un gruñido animal. Me la saca totalmente y luego vuelve a introducírmela poco a poco y hasta el fondo, meneando la cadera hacia los lados cuando llega al final, moviéndose contra mi culo.

—Joder —dice—, lo tienes tan apretado y húmedo, nena.

Digo algo sin sentido. Estoy absorta en la sensación que causa su pene al introducirse en mi interior. Apoyo la cabeza en el sofá sin dejar de mirarnos en el reflejo del cristal y veo el deseo en su rostro, concentrado, que mira nuestros cuerpos juntos.

Me pierdo en el reflejo de la ventana. Mi cuerpo es dócil y suave contra el suyo duro. Me parece bonito que me desee tanto. Me lo parece porque no es solo por el sexo, es por cómo es, por su timidez y porque me entiende, por cómo me ha llevado en brazos bajo la lluvia. Se me hace un nudo de la emoción. Para mí, es más que sexo y puede que lo haya sabido desde la primera noche cuando se arrodilló en la cocina. Y sé que es una locura, pero es cierto. Esto, y en especial lo que me está haciendo ahora mismo, justifica la pena que sentiré más tarde. ¿Qué pasará si no vuelvo a conocer a nadie más como él? ¿Y si nunca vuelvo a sentirme así en mi vida? Me conformaré. Me conformaría un millón, un billón de veces con tal de tenerlo ahora.

Me acaricia el clítoris en círculos al mismo ritmo que mueve la cadera y me dice con voz entrecortada:

—¿Lo quieres más duro? —Su voz tiene un tono de súplica.

—Sí.

Se inclina hacia mí, pone la boca sobre mi cuello y me lo sorbe. Siento un cosquilleo doloroso y delicioso a la vez que me hace inhalar.

—Más —le suplico. Quiero que pierda el control conmigo, que, cuando piense en este día, desee tenerme para siempre.

Gruñe, me coge del pelo y hace que arquee el cuello hacia arriba sin dejar de mover los dedos en un baile preciso y embriagador. Se detiene y me coge bruscamente de las caderas.

Las manos le resbalan por el sudor de mi cuerpo. Siento que se mueve en mi interior y sus dedos me entumecen el cuerpo al agarrarme. Jadeo y lo animo a seguir:

—Sigue, no pares, no pares —gimo.

—Joder…

—Todavía no me he corrido —le recuerdo, sin aliento.

Gruñe y me dice:

—Voy a hacer que te corras, te lo juro. Te follaré una y otra vez.

—Ahora. —Me llevo la mano al clítoris, pero me la aparta.

—Es mío. —Empieza a embestirme rápido, se vuelve a apoyar sobre mi cuerpo y mueve el dedo en círculos cada vez más deprisa. Me chupa el cuello, me lo sorbe y se me tensa el cuerpo. Siento un cosquilleo que me sube por la columna vertebral, me recorre el cuerpo y me cala en el alma. Es por nosotros, por él. Por el sonido de su respiración y el sudor que le cae por el rostro, por el ruido que hacen nuestros cuerpos al chocar. Abro la boca para soltar un grito que nunca llega y cada vez es más y más intenso…

—Eres mía, Elena, mía. Tu coño es mío. Yo soy el único que hace que te corras, ¿entendido? Olvídate del vibrador ese.

No puedo evitar reír al oír el tono posesivo de su voz.

—¿No estás de acuerdo? —pregunta, sacando el pene de mi interior.

Lo miro y me aparto el pelo.

—¿Por qué paras? ¿Estás loco? ¿Sabes lo mucho que me cuesta llegar al orgasmo?

Me acaricia la entrada con el miembro.

—Conmigo no.

—Jack Hawke, estaba a punto de correrme. —Trago con dificultad—. Como no…

Se echa a reír y me embiste hasta el fondo, yo gimo y me muevo contra su cuerpo.

—Más rápido.

Me obedece y se mueve más deprisa. Tiene un ritmo perfecto y nuestras miradas se encuentran. Me duele el cuello de mirarlo, pero está guapísimo. Me encanta ver sus movimientos y observar el profundo deseo que reflejan sus ojos.

Entreabre la boca al tirarme con suavidad del pelo púbico sin dejar de dibujar círculos en mi clítoris y cargando contra mi cuerpo una y otra vez. Nos mueve hacia un lado para poder llegar más hondo y me embiste. Suelta un sonido grave y masculino. Nuestro universo implosiona y las chispas saltan a nuestro alrededor.

Pestañeo rápidamente cuando llego al orgasmo y me siento caer como si estuviera en una cascada eterna del mejor placer. No me detengo, me agarro al respaldo del sofá con fuerza y lo araño cuando se me tensa el cuerpo y me estremezco contra Jack.

—Sí, Elena, así. Es perfecto, me encanta —gruñe antes de salir de mi interior y, dándome la vuelta, me alza la cara. Me mira durante unos segundos y me besa con pasión. Parece que me esté reclamando.

Me levanta y pone mis piernas alrededor de su cintura.

—Tú no te has corrido —le digo con la cabeza apoyada en su cuello, inhalando su olor.

—No he acabado todavía. No te duermas.

—Sí, claro, como que sería capaz de dormirme ahora mismo.

Me carga hasta la pared y una lámpara se cae de una mesita rinconera. Ni siquiera la miramos.

—Bueno, no se ha roto. ¿Vas a romperme a mí? —bromeo.

—En el mejor de los sentidos, nena.

Me estremezco y muevo la pelvis contra su cuerpo. Tiene el pene húmedo por mi orgasmo.

—¿Me lo prometes?

Parpadea.

—Sí.

Me agarra del culo y me pone contra la pared.

—Aprieta las piernas.

Hago lo que me dice y dejo que ajuste mi cuerpo al suyo y se vuelva a introducir en mi interior. Me mueve como si no pesara nada y suspiro al ver lo fuerte que está.

Debo haberlo dicho en voz alta, porque se echa a reír.

—Follar contigo es como respirar. Es muy fácil y agradable.

Se me clava la pared en la espalda cuando me pone contra ella, mirándome fijamente.

Me penetra otra vez y gruño.

—Elena —jadea—, me haces… tú haces que…

—Lo sé. —Y es cierto. Sé a qué se refiere. Cuando nos acostamos… Esto no puede ser normal, ¿no? Esta necesidad que nos consume, el deseo, el fuego que nos abrasa y hace que le brillen los ojos cuando me mira, que hace que me mire emocionado…

¿Siempre me mira así, como si no fuera a soltarme nunca? ¿Como si fuera… esencial para él?

No lo sé. Quizá pone la misma cara a todas las chicas…

No.

Dejo de pensar en eso y me centro en él y en este momento. Mis paredes se estrechan alrededor de él, mis besos se vuelven más apasionados. Le murmuro cosas sensuales al oído mientras hago fuerza con los pies sobre su culo. Gruñe y se corre. Su cuerpo se estremece, me entierra el rostro en el cuello y las manos en el pelo.

Con cuidado, me lleva a la cama y nos dejamos caer sobre ella a la vez. Respiramos rápidamente, casi acompasados, con la mirada perdida en el techo. No se oye nada en la habitación aparte del ruido de nuestra respiración entrecortada. El silencio no se hace incómodo, pero me gustaría que dijera algo. Me giro hacia él para mirarlo y él hace lo mismo.

Trago saliva.

Me observa.

Abro la boca para hablar, pero me muerdo el labio.

Levanta una ceja.

—Ha sido el mejor polvo de tu vida, ¿verdad?

Le doy un golpecito en el brazo.

—Tendrías que ser tú el que me dijera que ha sido el mejor sexo de tu vida, que soy la reina del universo y que te mueres de ganas de repetir.

Sonríe de oreja a oreja.

—Ha sido mejor que la primera noche, que ya es decir.

Es cierto. El Día de San Valentín estaba un poco borracha y el sexo me pareció espectacular, pero esto… ahora he sido consciente al cien por cien.

Me encojo de hombros, quitándole importancia.

—Puede. Mi vibrador plateado no es tan arrogante como tú...

Me mueve más rápido de lo que pensaba que le sería posible y me sube encima de él.

—¿Acaso quieres otra lección sobre quién hace que te corras?

Lo miro desde arriba y río. Le acaricio la ceja con el dedo.

—Puede que sí...

—Dame cinco minutos.

—Qué flojo eres, el vibrador va con batería.

Gruñe.

—Más te vale deshacerte de él. Ahora me tienes a mí.

Le beso la cicatriz del hombro izquierdo.

—¿Qué tal tienes el hombro? —pregunto levantando la cabeza para mirarlo—. Oye, ¿por qué pones esa cara?

Aparta los ojos de los míos, me vuelve a mirar y juguetea con mi pelo.

—Me tienen que operar.

Nos quedamos mirándonos en silencio. Me fijo en su expresión seria, sus ojos reflejan preocupación.

—Lo siento. Imagino que no es bueno para jugar al fútbol americano. ¿Podrás seguir haciéndolo?

Suspira.

—Puede. Probablemente, sí. Ya se verá. —Frunce un poco el ceño, pero se lo acaricio para que la expresión desaparezca—. Todavía no me he hecho a la idea. Si la operación no sale bien, o si no me recupero del todo, podría significar el fin de mi carrera. Y, si la gente piensa que estoy lesionado o que no estoy al cien por cien... —Se le apaga la voz—. El fútbol lo ha sido todo para mí desde que me di cuenta de que valía para ello. Ha sido lo único constante en mi vida desde los quince años. No puedo perderlo.

Asiento, veo que está preocupado y lo entiendo.

—Lo necesitas.

—Sí.

—¿Cómo fue crecer... sin madre?

—Fue como si me hubieran arrancado una extremidad. Mi madre era una buena persona, aunque aguantaba demasiadas cosas de Harvey. Creo que pensaba que él cambiaría, pero no fue así. —Su rostro se vuelve distante—. A veces, pienso que soy… tímido… por su culpa. Me daba miedo. Tenía que ir con pies de plomo con él, cualquier cosa podía hacerlo enfadar: que la cena estuviera fría, la casa desordenada o mi cara.

Lo imagino de pequeño, asustado del hombre al que su madre se niega a abandonar. No me gusta lo que veo.

—¿Y qué hay de Lucy, tu madre de acogida? ¿Fue buena contigo? —Me aferro a cada palabra que dice para entender quién es él como persona.

Asiente y responde:

—Me fui a vivir con ella a los catorce años, después de… todo lo que pasó. Ella era una profesora viuda que tenía un montón de normas sobre comportamiento y ejercicio físico. Nunca se rindió conmigo, me animó a probar cosas nuevas y, si no fuera por eso, a lo mejor nunca habría encontrado el fútbol americano. Y, cuando lo probé, me sentí… en casa.

Veo que sí ha conocido a gente buena. Quiero que lo haya experimentado todo.

—¿Y qué me dices de ti? Perdiste a tu padre bastante joven, ¿no?

—Creen que se quedó dormido al volante y se estampó contra un árbol. Solo tengo a mi madre, a mi hermana y a mi tía Clara. Mi abuela murió hace dos años, por eso volví a Daisy. Y, por algún motivo, sigo aquí. —Me quedo en silencio—. ¿Y tú cómo sabes que mi padre falleció?

Hace una mueca.

—Le pedí a Lawrence que buscara información sobre ti. Por eso sabía dónde vivías, ¿te acuerdas? —Exhala—. Estaba decidido a volver a verte.

—Por el contrato de confidencialidad —digo con los ojos entrecerrados.

—Vamos a cambiar de tema. No fue solo por eso. Fue por ti.

—Querías llevarme por el camino de la perversión.

Se echa a reír.

—¿Yo a ti? Tú fuiste la que me sorprendió con las bragas de lentejuelas de unicornio. Por favor, ¿cómo voy a dejar pasar una oportunidad así? —Me acaricia la pierna y me hace girar el cuerpo para que estemos cara a cara. Inclina la cabeza hacia abajo y me mira—. ¿Qué tal las rodillas?

—Mmm. He tenido un doctor excelente y muy atento.

Me mira fijamente a los ojos.

—¿Qué te ha parecido?

Me subo poco a poco sobre él.

—Ha sido el mejor polvo de mi vida.

—Lo sabía.

—No pongas esa cara.

—¿Qué cara? —Se mueve hasta que su miembro me queda entre las piernas.

Se me corta la respiración.

—Esa sonrisita de caradura.

—¿Quieres que te enseñe algo duro? —Me agarra de las caderas y, con un movimiento ágil y brusco, me penetra. Gimo cuando sale de mi interior para volver a embestirme.

—Mmm, creo que sí quieres…

—Me conformo con que me digas unas cuantas guarradas —murmuro—. Aunque no me importaría tener otro orgasmo. Ni comerme un trozo de tarta.

—Nada de tarta hasta que te hayas corrido. —Se mueve rápidamente, nos da la vuelta y se queda encima de mí, entre mis piernas, y me levanta una con el brazo.

—No hagas tantas promesas —digo con la respiración entrecortada.

Me coge las manos por encima de la cabeza y me embiste. Nuestros movimientos son una coreografía perfecta. Él se mueve de forma lenta y suave y me besa poco a poco, saboreándome.

—Eres mía.

Me empieza a acariciar en círculos con el pulgar y me hace perder la cabeza. Se toma su tiempo y yo me pierdo otra vez en la sensación de su cuerpo contra el mío, en cómo me mira y en la emoción que se apodera de mí cuando me desarma y grito su nombre.

Los dos caemos al abismo juntos. Me mira fijamente y veo algo en su mirada cuando los dos llegamos al éxtasis.

Lo abrazo con los ojos cerrados. ¿Siente lo mismo que yo? ¿Es consciente de lo bien que estamos juntos?

Ha dicho que era suya.

Pero…

¿Por cuánto tiempo?

Capítulo 26

Elena

Quito la última de las cortinas puestas en las ventanas frontales del comedor y la doblo meticulosamente. Son de terciopelo marrón oscuro y tienen más de veinte años (y un poco de polvo), pero son clásicas y su caída es muy bonita. Una vez estén lavadas y planchadas, quedarán perfectas para la fiesta de compromiso, que es en unas semanas. Hemos elegido dar la fiesta después del estreno de la obra y seré la anfitriona perfecta. Habrá mucha comida, una barra para las bebidas, fotos de Giselle y Preston por toda la casa…

—¡Elena! Has recibido muchísimos mensajes y alguien te está llamando —grita Giselle, que limpia la plata en la cocina donde la he dejado hace un rato. —Pone que es un tal «Meteorólogo de pega». ¿Es el jugador de fútbol americano? ¿Quieres que te acerque el teléfono?

—¡Ostras! —Dejo las cortinas y corro hacia la cocina. Los calcetines peluditos me hacen resbalar, tengo que ponerme unos zapatos.

—Es capaz de caerse con tal de hablar con él —añade la astuta de mi tía Clara cuando cojo el teléfono.

Ignoro su sonrisa y me aclaro la garganta:

—Hola.

—Te has ido antes de que me despertara —dice con voz calmada y grave. Lo imagino en la cama grande donde lo he dejado sobre las cinco esta mañana. Ya son las nueve. ¿Ha estado durmiendo hasta ahora?

—Sí —respondo mientras salgo hacia el porche cubierto de detrás de la casa. Me hago una nota mental para acordarme de recoger las hojas que se meten en casa cada vez que Romeo entra y sale.

—Tenía que volver antes de que se dieran cuenta de que no he pasado la noche aquí. Además, había quedado para limpiar la casa esta mañana para la fiesta de Giselle y Preston.

—Te has dejado las bragas lilas aquí.

—Son de color lavanda. Y son un regalo. Sé que te vuelven loco las bragas.

—Solo las tuyas. Las tengo en el bolsillo.

Entiendo que no está en la cama.

Oigo ruidos de fondo, parece ajetreado.

—¿Qué haces?

—Acabo de salir del gimnasio, he ido a correr. Pero ahora voy al coche. ¿En serio pensabas que te ibas a escapar sin más?

—No, bueno, es que no sabía si querías… ya sabes… —Me quedo en silencio y me muerdo el labio nerviosa. Por un lado, me alegra que me haya llamado, aunque tengo que seguir con la limpieza.

—¿Quieres que quedemos para comer? Puedes venir aquí y, si te apetece, podemos pedir comida al Milano's —me ofrece.

Otra vez en el maldito ático del hotel.

—Tenemos que limpiar. Es uno de los pocos días que tengo para encargarme de todo entre la obra y el trabajo. Tengo que podar los arbustos, llevar las alfombras a la tintorería, pulir los suelos de madera, limpiar la acera con la máquina de agua a presión… Ya han venido todas y puede que Preston se pase más tarde. Tenemos que hacer muchas cosas.

Arranca el coche y se queda en silencio unos segundos.

—Esto de la fiesta… ¿seguro que no te molesta?

Giselle sale al porche para coger una de las escobas de repuesto. Bajo la mirada y le miro el anillo para ver si todavía me da un vuelco el corazón, como el día que me lo enseñó en la biblioteca, pero no es así. Mi hermana me saluda con la mano, finge que lanza un balón de fútbol americano y mueve las cejas con picardía. Ha llegado a las ocho de la mañana y ha entrado en casa con una expresión de inseguridad. Creo que no ha vuelto a venir desde el 4 de Julio, el día que conoció a Preston. Debe de sentirse culpable.

Espero a que entre en casa para responder:

—Es mi hermana. Puede que no estemos todo el tiempo de acuerdo, pero siempre nos tendremos la una a la otra. Mi abuela lo decía sin parar.

—¿Y Preston? El Día de San Valentín era más que evidente que todavía no lo habías superado —añade—. ¿Siempre te enamoras y desenamoras con tanta facilidad?

—¿Qué clase de pregunta es esa? —protesto, incrédula.

—Una muy importante.

Resoplo y recuerdo lo que me dijo Giselle en la biblioteca, que, si de verdad hubiera estado enamorada de él, le habría contado todo a mi madre o me habría enfrentado a ella.

—Todo el pueblo sabe que empezaron a salir cuando cortamos. Además, ella es mi hermana. ¿Cómo crees que me sentí?

—Entonces, es tu ego el que está herido, ¿no tu corazón?

¿Por qué hace preguntas tan difíciles?

Exhalo.

—Si tuviera el corazón roto, no habría accedido a dar la fiesta.

—No sé, puede que sí hubieras accedido. Eres una buena persona. Él no me cae bien —gruñe—. Y me pone de mal humor que él sí te pueda ver hoy.

—Estás celoso de mi ex y del pastor. ¡Pfff!

—Te oigo sonreír por el móvil.

Me echo a reír.

Suspira.

—De acuerdo, así que no quieres verme.

—No es eso.

—Entonces, sí que quieres verme. Podríamos cenar… o lo que surja. —Su voz se vuelve más grave.

Mantén la calma, Elena. Tienes que intentar proteger tu corazón tanto como puedas.

Mamá sale con Romeo en los brazos. Le ha puesto un jersey azul que le hice el año pasado. Ve que estoy hablando por teléfono y, con la mano, le indico que ya estoy acabando.

Se inclina hacia mí, ignorándome, y me susurra:

—Elena, el taller de costura está cerrado. ¿No quieres usarlo para la fiesta? Podríamos poner unas cuantas sillas. Giselle cree que vendrán, como mínimo, unos cien invitados.

Gruño.

—¿Qué pasa? —pregunta Jack.

—Nada. Tengo que colgar —respondo.

Cuelgo sin despedirme, suspiro y entro en casa. Mi madre me sigue.

—No quería interrumpirte —dice cuando llegamos a la cocina.

—No pasa nada. —Miro la puerta del taller—. Prefiero no usar el taller. Tengo todas las cosas ahí y material por todos los lados. Además, las máquinas pesan mucho y cuesta moverlas. Mejor no —digo con voz firme y mirándola fijamente a los ojos.

—De acuerdo. Como tú quieras, es tu casa.

Suspiro aliviada y un poco mareada. Ella se va hacia la sala de estar.

Dos horas más tarde, mientras pulo la escalera de madera de cerezo, oigo el ruido de puertas de coches que se cierran delante de casa. ¿Preston? ¿Ha venido con alguien? Todavía no se ha presentado y Giselle no hace más que mandarle mensajes para ver cuándo llega.

—Topher, ¿puedes ir a ver quién es? —le pido desde la escalera.

—¡Voy! —Sale corriendo de la cocina hacia el vestíbulo y abre la puerta de casa—. ¡Hostia puta! —dice desde el porche.

«Hostia puta» significa que algo muy fuerte ha pasado, sobre todo porque sabe que mi madre, que sale de la cocina con un trapo en una mano y un vaso de té frío en la otra, lo ha oído.

Maldigo entre dientes, me tiro de la vieja sudadera gris de los Lions de Daisy, que, sin duda, es demasiado gruesa para lo que estoy haciendo, y bajo las escaleras. Ojalá hubiera tenido más tiempo para hablar con Jack por teléfono, ojalá…

Al llegar a la parte baja de las escaleras, me encuentro con mi tía Clara, que me pregunta:

—¿Quién es?

Abro la puerta y salgo al porche.

Jack, Quinn, Devon y Aiden se acercan a la casa hablando y observando los parterres.

¿Se puede saber qué hacen aquí?

Me quedo de piedra y maldigo al pensar que voy sin pintalabios, que llevo un moño mal hecho y unas Converse viejas. Además, estoy convencida de que tengo la cara llena de polvo.

Mi madre se dirige hacia ellos. Topher observa desde el porche con cara de diversión.

—Tú eres el jugador de fútbol ese —es lo primero que le dice. Lo repasa con la mirada de arriba abajo, examina sus vaqueros negros de marca (que se le ajustan a los muslos) y la camiseta de cuello alto y la camisa azul de franela. Madre mía. Suspiro. ¿Cómo lo hace para estar tan bueno se ponga lo que se ponga?

—Sí, señora. Usted debe de ser la madre de Elena. Encantado de conocerla. —Le alarga la mano y ella se detiene antes de estrechársela.

Miro al cielo. Dios, si estás ahí, por favor, haz que mi madre sea simpática…

—Ya era hora de que nos conociéramos. Te fuiste corriendo de la iglesia, te llevaste a Elena y se perdió la comida. Nunca se pierde mis comidas. Además, esa la organicé especialmente para ella y el pastor estaba ahí. Quedó muy decepcionado.

¡No es cierto, a Patrick le gusta Laura!

—Vaya. Lo siento mucho. Elena se ofreció a llevarme a casa. Tuve una emergencia. —Se sonroja y me mira. Mi madre sigue su mirada con el rostro inexpresivo.

Esa expresión no indica nada bueno. Quiere decir que está pensando y que…

¡Qué más da!

¡Tengo una pinta horrible!

Me paso una mano por la cara, me aparto los mechones de pelo que se me han salido del moño y se me pegan al rostro.

Mi madre vuelve a mirar a Jack, que tiene los brazos cruzados.

—¿Es cierto todo lo que dicen de ti en internet?

¡No, no! ¿Por qué es tan directa siempre?

Jack se mete las manos en los bolsillos.

—¿A qué parte se refiere? Porque hay muchas cosas. —Hace una pausa—. He hecho algunas cosas de las que no estoy orgulloso, pero de eso hace ya mucho tiempo.

Qué listo. Con eso engloba desde haber conducido borracho hasta las fiestas…

—Lo que escribió esa chica en el libro. He leído algunos fragmentos y eran durísimos.

Cierro los ojos.

—No, señora. Eso no es cierto. Lo hizo por dinero y a la gente le encanta hablar de mí. Yo no suelo responder y eso les revienta.

—Porque eres famoso. —Se pone las manos en las caderas. Lleva puestos unos pantalones de deporte viejos y una camiseta con el logo rosa de la peluquería. No lleva los pantalones de vestir y la americana que suele ponerse, pero su actitud es tan majestuosa como siempre.

—Yo solo me dedico a jugar al fútbol americano.

Venga, Jack, por favor. Eres famoso.

—Pues nunca he oído hablar de ti —contesta ella—. Ni siquiera tenemos equipo de fútbol americano en Daisy. El colegio es demasiado pequeño.

Devon ríe.

—¿Y de mí, señora Riley? De mí sí ha oído hablar, ¿verdad?

Ella gira la cabeza hacia él. Probablemente, se fija en su pelo, en los tatuajes que le asoman por debajo de las mangas y en sus pendientes negros.

—No, pero tú eres fácil de recordar. ¿De qué color llevas el pelo? Pásate un día por la peluquería y te lo arreglo.

Devon vuelve a reír.

—Soy Devon Walsh, receptor del equipo. Es un placer conocer a la madre de Elena y Giselle. Tiene usted unas hijas muy simpáticas. —Le coge la mano y se la besa.

Ella se limita a pestañear.

El joven James Bond fuerte y rubio da un paso adelante. Incluso hoy lleva puesta una camiseta de cuello alto y unos vaqueros oscuros.

—Yo soy Quinn, señora. Soy del equipo de seguridad de Jack. Tienen una casa preciosa y el pueblo también es muy bonito. Jack nos ha llevado a dar un paseo en coche y nos ha enseñado las vistas.

«¿Qué vistas?».

Mi madre le pregunta:

—¿Del equipo de seguridad? ¿Llevas una pistola?

Quinn ríe y mira a Jack.

—No. Normalmente, solo me encargo de llenarle la nevera o de organizarle el día y cosas así.

—Parece muy aburrido.

¡Mamá!

—Me mantiene ocupado y así no me meto en líos. Jack y yo somos hermanos de acogida.

—Entiendo. —Mira a Aiden y le pregunta—: ¿Y tú quién eres?

—Aiden Woods. El mejor *quarterback* del equipo —responde estrechándole la mano.

—No te pases de listo, Alabama —murmura Jack—. Solo has venido a ayudar, te puedo mandar a casa en cualquier momento.

Aiden sonríe tímido y señala a Jack con la cabeza.

—Él es mejor que yo. Por ahora.

Mi madre los contempla a todos mientras da golpecitos con el pie. Luego se vuelve hacia Jack. No le veo el rostro, pero sé que lo está examinando para decidir si le gusta o no. Está haciendo memoria de todo lo que ha leído en internet y en el libro y, con toda probabilidad, pensando en el día que Jack fue al colegio de Timmy.

Espero su respuesta conteniendo la respiración.

Si lo llama paleto…

Jack cambia el peso de un pie al otro y se mueve nervioso. Las mejillas se le ruborizan bajo la mirada de mi madre. Me mira y niego con la cabeza. Mis ojos le dicen: «¡Ve con cuidado, mi madre te observa!».

Ella exhala despacio y concluye:

—Bueno, aunque he leído mucho sobre ti…, los cotilleos son horribles y solo sirven para arruinar la vida de las personas. La gente tiene que encontrar otro pasatiempo más útil. Valoro mucho lo que has hecho por Timmy y Laura. He oído que les has comprado la casa que perdieron cuando falleció el padre de Timmy, y estoy convencida de que no hacía falta que lo hicieras.

Abro los ojos de par en par. ¿Les ha comprado la casa? Y ¿cómo lo sabe mi madre?

Siempre se entera de todo…

—No te quedes aquí sin hacer nada. Tu madre da miedo —dice mi tía Clara dándome un golpecito con el dedo en la espalda—. Como no vayas, los echará.

No se atrevería.

Bueno, puede que sí…

Topher ríe en la mecedora del porche desde donde observa la situación. Lleva unos vaqueros viejos y una camiseta descolorida de Queen.

—La señorita Clark y Birdie Walker han pasado ya dos veces con el coche por delante de casa desde que están aquí. Parece ser que la hora de la comida está muy concurrida en Daisy. Aunque, bueno, supongo que un Escalade, un Range Rover y un Maserati rojo no pasan muy desapercibidos. ¿De quién es el rojo? Me apuesto lo que queráis a que es del mohicano.

—No me preocupa que la gente pase por delante de casa caminando ni con los coches. Lo que no entiendo es que haya cuatro jugadores de fútbol americano en mi jardín y no sepa por qué —exclamo.

—Lo sé. Es genial. —Sonríe Topher—. No nos ha pasado nada tan emocionante desde… nunca. Debería escribir todo esto en mi diario. Es muy buen material. Quizá tendría que tomar también unas cuantas fotos. —Suspira—. Aunque, por otro lado, dejaste que Jack se quedara la tarta, así que debería odiarlo.

—Muévete, puede que necesite que me ayudes. —Bajo los escalones y me acerco a mi madre, aunque me quedo unos pasos atrás. Dudo y me agacho fingiendo que me ato los cordones. Quiero ver cómo se las apaña Jack con mi madre y viceversa.

«¿Qué hace él aquí?».

«¿Por qué estoy tan nerviosa?».

Mi madre mira a los cuatro hombres y les pregunta:

—Bueno, ¿qué hacéis aquí?

Parece que me haya leído la mente. Maldita sea, ¿será verdad eso que dicen de que cuanto mayor te haces más te pareces a tu madre? No. No puede ser. Por favor, no.

Jack sonríe de oreja a oreja y responde:
—Hemos venido a ayudar. Elena me ha dicho que teníais que preparar la casa para la fiesta y que tenía mucho trabajo y no podía venir a comer conmigo.
Me quedo paralizada y siento que se me sonroja el rostro. ¿Cómo se atreve a decirle eso? ¿Es que no sabe que cuando sepa que somos… lo que sea que seamos… no lo va a dejar en paz?
—Bueno, como no puede comer contigo hoy, puedes venir a comer mañana, domingo, con nosotras —afirma ella.
«Ha caído en la trampa». Fulmino a Jack con la mirada.
Giselle y la tía Clara se ponen a mi lado. Al igual que yo, ellas también llevan un chándal, van sin maquillar y están despeinadas. Por lo menos, no tengo que acercarme a mi madre sola.
—No se oye nada desde el porche. ¿Qué pasa? —me pregunta Giselle entre dientes.
—Los dioses han oído nuestras plegarias y nos han bendecido con estos buenorros musculados y guapísimos —murmura mi tía, que se atusa el pelo.
Giselle pone cara de pena.
—Preston no vendrá al final. Me ha dicho que se tiene que quedar trabajando hasta tarde.
¿Un sábado? ¿Justo hoy que nos vendría bien toda la ayuda posible? Frunzo el ceño.
—¿Siempre trabaja los fines de semana? —pregunto en un susurro sin dejar de mirar al grupo que tenemos delante.
Giselle asiente con expresión dubitativa.
—Es el nuevo en la empresa.
—¿De verdad le has dicho a Jack que no podías ir a comer con él? Tienes que comer, Elena. —Mi tía Clara suelta una risita—. Anoche me acosté tarde, así que no creas que no vi que tu coche no estaba.
Es imposible tener privacidad en esta casa. Imposible.
Le doy un golpe con el codo.
—¿Te he comentado que he llamado a Scotty para que venga a limpiar las alfombras orientales? Tiene una máquina de esas para lavarlas. Tal vez pueda pasarse por tu casa luego a limpiarte el felpudo.

Pone los ojos como platos.

—¡Qué fresca! Espero que sea broma.

Miro la hora en el móvil.

—Debe de estar a punto de llegar. Estaba supercontento y se ha ofrecido incluso a hacerlo gratis. Creo que tiene algo que ver con el hecho de que le mencionara que venías a ayudarnos.

—Te envenenaré el té —susurra.

Me echo a reír.

Giselle suspira.

—Todo el mundo sabe que estáis juntos. No sé por qué no lo hacéis oficial de una vez, tía Clara.

Resopla.

—¡Tengo diez años más que él! Es ridículo. Pensarán que soy una asaltacunas. —Se mira la camiseta—. Ostras. Tendré que cambiarme antes de que llegue.

La agarro del brazo antes de que pueda irse a su casa al otro lado de la calle.

—Ni se te ocurra. Todas tenemos las mismas pintas y no vamos a dejar que nos pongas en evidencia.

Suspira.

—Es verdad. Y no quiero perderme nada de lo que está pasando. Quiero ver si tu madre les dice a los chicos qué tienen que hacer o si lo hace Jack. Veo que le gusta estar al mando.

Miramos al grupo, que se dirige hacia el coche de Jack con mamá a la espalda.

—Jack tiene una máquina de agua a presión —murmura Giselle, que la saca del maletero del coche.

—Y un cortasetos que parece nuevo —añade mi tía con un suspiro—. Elena, ¿crees que lo ha comprado todo para nosotras?

—Tengo un cortasetos en el cobertizo que funciona perfectamente —murmuro.

—¿Quién es el tío rubio? ¿No es un jugador de fútbol? —pregunta Topher a mi lado. Supongo que le ha picado la curiosidad y ha decidido unirse a nosotras.

—Se llama Quinn. Es el hermano de acogida de Jack.

—Guay —responde. Camina hacia los chicos y se presenta a Aiden y a Quinn.

Mi madre se gira para mirarnos.

—Elena, ¿no piensas saludar a tus amigos?

«¿Es que no tienes modales?», me pregunta su rostro. Voy, voy.

Giselle me coge del brazo. Mi tía se pone a mi otro lado y nos acercamos las tres en grupo. Somos la banda de chicas de Daisy.

Jack me mira fijamente. Se le crispan los labios.

—Me alegro de verte, Elena.

«¿Que se alegra de verme?». ¡Qué morro! Si me vio anoche ¡desde todos los ángulos! Mi cuerpo se acuerda.

—Gracias por venir a ayudar —digo en voz baja.

—He pensado que te vendrían bien unas cuantas manos extras y estos no tenían nada mejor que hacer.

—Podríamos estar viendo la repetición de un partido —murmura Aiden. Jack le da un golpe en el brazo.

—La paciencia es una virtud, Alabama. Coge el cortasetos y empieza por los parterres. Seguro que te va bien para ganar músculo —le dice a su compañero de equipo—. Siempre intentas seguirme el ritmo en el gimnasio, pero eres un enclenque. ¿Quieres que te ayude con la caja?

—No. —Aiden coge la herramienta y se aleja poco a poco. Antes de irse, dice por encima del hombro—: Estás en deuda conmigo… y no solo por esto.

—¿Qué más podemos hacer, Jack? —pregunta Devon.

Jack recorre la casa con la mirada y empieza a ordenar a cada uno lo que tiene que hacer. Parece tranquilo.

—Tenemos que limpiar la acera y el porche delantero. —Señala a los demás—. Quinn, tú y Topher os encargaréis de las hojas del patio. Seguro que Elena tiene algún rastrillo. Cuando acabéis, limpiad las ventanas por fuera.

—Los rastrillos están en el cobertizo, Topher os dirá dónde —ordeno. No pierdo nada por unirme a él.

—Mirad también en el patio trasero y meted las hojas en bolsas de basura —añade Jack.

Los chicos se alejan paseando y aprovecho para acercarme despacio a Jack. Me peino el pelo un poco, pero es inútil.

—Oye… gracias por venir. No hacía falta.

Sus labios se curvan ligeramente en una sonrisa.

—Mmm.

Nos quedamos así unos instantes. Trago saliva. No miro a mi madre, pero siento que nos está observando. Me da un golpecito con el codo y me dice:

—Llévales algo de beber. Hay té frío o agua o puedes coger Sun Drops de la peluquería. He cerrado, pero toma las llaves. —Me las pone en la mano—. Dile a Jack que vaya contigo para ayudarte a cargarlo todo.

—Claro. —Jack asiente sin dejar de mirarme. Creo que no ha dejado de hacerlo en ningún momento—. Nunca he probado los Sun Drops —murmura.

—Es un refresco cítrico con gas. Es adictivo. Los embotellan en la zona de Middle Tennessee —le digo.

Mi madre lo mira con los ojos amusgados.

—Eso es porque eres del norte. En el sur, los bebemos todo el rato. Has oído lo que he dicho de mañana. ¿Vas a venir a comer?

Jack se queda en silencio y se sonroja.

—Muchas gracias por invitarme, pero… —Me mira y yo me encojo de hombros.

Esto ha sido solo culpa tuya, compañero.

—Eh… ya tengo planes.

Frunzo el ceño. ¿De verdad? Si todavía no ha empezado la temporada.

Sé qué es esto.

Quiere un poco de mí, pero no tanto.

Lo entiendo y estoy bien.

«No me afecta en absoluto».

—La próxima vez será. —Hace un gesto con las manos para echarnos—. Venga, que estáis embobados. Ya acabo yo la escalera. Cuando regreséis, podéis empezar con el porche trasero.

Tengo la sensación de que vuelvo a ser una adolescente que sigue las órdenes de su madre. Madre mía, estoy en mi casa. Bueno.

Me dirijo hacia la peluquería, al otro lado de la calle. Jack me coge el ritmo y me sigue.

Jope. ¿Por qué no me habré puesto ni un poco de pintalabios esta mañana?

—¿Estás enfadada? —pregunta en voz baja después de que demos unos pasos en silencio.

Lo miro un instante antes de volver a mirar la calle que tenemos delante.

—¿Porque hayas venido?

Asiente.

—No. Pensaba que nos veríamos el lunes en el ensayo.

Su expresión se vuelve seria.

—No he visto a Preston.

Me mofo de él.

—¿Por eso has venido? ¿Para marcar territorio?

—En parte, sí. Pero también quería ver dónde vives.

—Al lado de la calle principal. Todo el mundo conoce la casa.

—Es muy bonita.

—Gracias. Todavía tengo que hacer muchas cosas: quiero modernizar la cocina, cambiar los suelos de madera, añadir un garaje,... eso será lo siguiente.

—Qué bien.

La conversación es tan... corriente. ¿Qué me pasa?

Estoy molesta porque no ha aceptado la invitación de mamá.

Olvídalo ya, Elena.

Me dirijo hacia la puerta de la peluquería, la abro y entro. Enciendo las luces, camino hacia el frigorífico blanco y cojo una de las cajas de cartón que hay encima para meter las bebidas.

Jack dice a mi espalda:

—Elena, me gustaría que me miraras a los ojos. ¿He hecho mal en venir? Solo quería verte y me ha parecido que te iría bien un poco de ayuda.

Cierro los ojos. No solo es buenísimo haciendo que llegue al orgasmo, además también es amable...

Pero... una parte de mí tiene mucho miedo.

Se va a colar en mi corazón.

Me lo va a romper en mil pedazos.

—Sí. Me alegro de que hayas venido. —Me doy media vuelta. Está tan cerca que quedo arrinconada contra la nevera.

Me pasa una mano por la mejilla.

—Tienes la cara sucia.

—De estar limpiando.

Apoya los codos en la nevera a ambos lados de mi cabeza y me mira fijamente a los ojos.

—No me puedo creer que te hayas ido sin decirme nada y luego me hayas colgado. Nadie me trata tan mal.

Ladeo la cadera y finjo una seguridad en mí misma que no siento.

—He pensado que te la debía por la mañana que te fuiste tú.

Agacha la cabeza y me acaricia la garganta con la nariz.

—Además, tengo un chupetón enorme en el cuello, por eso llevo la camiseta de cuello alto. No quería que lo viera tu madre.

Se me acelera la respiración.

—Jack…

Me besa la oreja y me muerde el lóbulo con suavidad.

—Si vuelves a susurrar mi nombre así, te perdonaré por haberte ido.

Siento su pecho contra el mío.

—Me cae bien tu madre. Es peleona. Ahora ya entiendo de dónde viene tu carácter, alborotadora.

—¡No soy una alborotadora! Soy una bibliotecaria.

—Siempre dices lo mismo, pero tienes un lado rebelde y me gusta. —Baja una mano y me agarra la cadera—. Esto es lo que necesitaba al despertarme: a ti en mis brazos. Quería introducirme en tu interior. Puede que hasta hubiera cogido las esposas. Te lo has perdido.

—Yo ya tengo mis propias esposas. Son rosas y peluditas.

—Alborotadora.

—Más vale que te deshagas de la tienda de campaña que tienes en los pantalones antes de que volvamos —le susurro.

Me besa el cuello.

—Vamos a dejar tu casa limpia y preciosa, Elena. Y, cuando todo el mundo se haya ido, voy a hacerte algunas guarradas en la cama. ¿Tienes una cama de esas antiguas y altas?

—No, es una cama nueva y enorme —respondo.

Suspiro cuando me coge del pelo y me lo suelta. Inclina la cabeza para mirarme.

—Me encanta tu pelo, el color, la medida, todo.

—Me lo tendré que volver a recoger. Además, no podemos hacer esto en la peluquería.

—Solo quiero darte un beso.

—Nunca he conocido a un chico al que le gustaran tanto los besos. —Le paso las manos por los hombros y enredo los dedos en su pelo—. Deja de hablar tanto. Estoy segura de que mi madre nos está cronometrando y, como tardemos mucho, vendrá a buscarnos.

Ríe y me besa. Suelta un gemido cuando nuestros labios se encuentran.

Y yo vuelvo a perderme otra vez.

¿Cómo conseguiré olvidarlo cuando todo esto acabe?

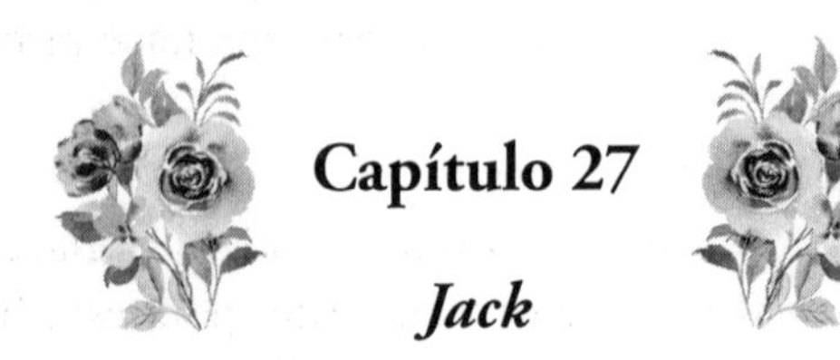

Capítulo 27

Jack

Me pongo una gorra de los Tigers y me bajo del coche antes de entrar a la pizzería Leo's, que, según ella, es el mejor sitio del pueblo para pedir comida para llevar. Cruzo la puerta y observo el interior. Está a tope para ser las nueve de la noche de un sábado en un pueblo pequeño, pero Elena se muere de hambre después de la paliza de limpiar que nos hemos pegado. Sonrío sin ninguna razón, más allá de que tengo que darle de comer, y, si quiere *pizza*…

Reconozco a algunos clientes de haberlos visto en la escuela. Ellos me miran sorprendidos y me saludan con la mano. Son simpáticos, aunque no se me echan encima y eso me gusta, así que les devuelvo el saludo. No me apetece hablar con nadie, solo quiero volver a casa de Elena.

—¿Tenéis pan de ajo? —pregunto al recordar lo mucho que le gusta el pan.

La cajera es una chica joven con aparatos y lleva una gorra y un delantal rojos con el logo del restaurante. Me mira un segundo y, cuando se da cuenta de quién soy, me vuelve a mirar.

—Eh, sí. Vienen seis con el pedido —afirma, pestañeando rápidamente.

—De acuerdo. Pues ponme dos raciones, entonces. Y tres *pizzas* grandes: una de queso, una suprema y otra de peperoni. —Vaya. Creo que he pedido demasiada comida para los dos, pero no sé exactamente qué le gusta. La he dejado en casa, medio dormida en el sofá con el cerdito en el regazo. Me ha jurado que solo quería echarse una siesta. Sonrío. Le vendrá bien descansar, porque tengo otros planes para ella…

—¿Algo más? —pregunta la chica, sin quitarme los ojos de encima.

Bajo la mirada y saco la cartera. Aunque estoy acostumbrado a la atención, al principio siempre se me hace raro. Me lleva un minuto.

—¿Tenéis postres?

—Tenemos tartas de chocolate caseras. Las hace la esposa del jefe todos los viernes. Normalmente, para esta hora ya no nos quedan, pero hoy tenemos tres.

Asiento.

—Pónmelas también.

Me dice el total y le doy la tarjeta de crédito.

Me la devuelve y pregunta:

—¿Eres Jack Hawke?

Ya tardaba. Sonrío y la miro.

—Sí.

—Hoy has salido en la tele.

Gruño para mí.

—Pues espero que fuera por algo bueno. —Lo más probable es que no lo fuera.

Se sube las gafas por la nariz y, al instante, pienso en Elena. Esta chica podría haber sido Elena hace muchos años: una adolescente que trabaja en una tienda mientras espera a ir a la universidad. Me pregunto cómo era en el instituto. Me apostaría lo que fuera a que era una cerebrito. Tímida, pero no demasiado. Rebelde, pero no de una manera obvia. Estoy convencido de que fue la directora inflexible del anuario o del club de la biblioteca. Ojalá la hubiera conocido entonces. Pero ¿a quién quiero engañar? No se habría fijado en mí. El chico atlético que juega al fútbol americano. Yo no hablaba con nadie a no ser que fuera estrictamente necesario.

—Has salido en *The Tonight Show* —me dice la cajera, devolviéndome a la realidad.

Frunzo el ceño.

—¿Qué comentaban?

—Hay un vídeo en el que sales corriendo y cargando a una chica. Diluvia y os metéis en un hotel. También hay una foto. Parecéis tú y la señorita Riley en una pastelería.

Maldición. Tendría que haber imaginado que esto pasaría.

—¿Quieres un autógrafo?

—Eh, vale.

Firmo el autógrafo con la mente ausente, a miles de kilómetros de donde estamos. Respiro hondo. Tendré que avisar a Elena. Hago una mueca; siento haberla puesto en el foco de atención así. Como empiecen a aparecer periodistas por aquí… Joder, me sorprende que no lo hayan hecho ya con todo el rollo de la obra. Aunque parece que han desaparecido después de la foto que me hice con Timmy. Las historias bonitas no consiguen captar la atención de esos capullos por mucho tiempo. Pero da igual. Es cierto que empecé toda esta historia para mejorar mi imagen, pero Timmy y Laura me caen bien, son buena gente.

Al cabo de unos minutos, cuando vuelvo al coche con la comida en la mano, me suena el móvil.

—¿Cómo ha ido? —le pregunto a Aiden. Se ha ido de casa de Elena sobre las dos para prepararse para la cena con Sophia. El hecho de que me esté llamando tan pronto me hace pensar que se ha ido pronto de la gala…

—¿Qué manera de saludar es esa?

—Dime qué te ha dicho. Cuéntamelo todo. —Cojo con fuerza el volante y me doy cuenta de que he pensado mucho más en el artículo de lo que me había dado cuenta.

Suspira despacio y me dice:

—Sophia está buena, tío, como un tren.

—Sí, ya.

—Y le he gustado mucho.

—Ve al grano, Alabama —gruño, enfadado, y no es porque me importe siquiera, sino porque me jode mucho que me manipule.

—He hecho que se divierta. Hemos cenado y bailado juntos, pero me ha dicho que quiere verte a ti y que entonces firmará lo que quieras.

Apoyo la cabeza en el reposacabezas.

—Me has fallado, Alabama.

—¡No es cierto! He hecho todo lo que me has pedido, de verdad, pero quiere verte a ti.

Maldigo entre dientes. De todas maneras, no era muy buena idea y supe desde el principio que Sophia no me dejaría en paz hasta que no me viera y me dijera lo que sea que me quiere decir.

—Entonces, ¿no me vas a ayudar? Venga, tío. He sido encantador con ella y sabes que encanto no me falta, las mujeres me adoran. He hecho todo lo que he…

Le cuelgo y llamo a Lawrence con los dientes apretados.

—¡Ey! ¿Qué hay? Te he intentado llamar hace un rato. ¿Has visto el vídeo con Elena? No está mal, es muy caballeroso. Sigo esperando el contrato…

—Eso me importa una mierda ahora. Llama a los abogados y haz que le manden a Sophia el acuerdo de confidencialidad más estricto que se os ocurra. No quiero que vuelva a decir ni una sola palabra más de mí en su vida. Hazlo ya, Lawrence. Quiero acabar con este tema de una vez. Dile que, en cuanto lo firme, podrá verme y decirme lo que quiera. Y zanjamos ya esto, ¿de acuerdo?

Oigo ruido a través del móvil; lo más probable es que esté tomando notas.

—De acuerdo. —Suspira—. Sé que odias todo esto. Lo siento, tío. ¿Estás seguro de que puedes enfrentarte a ella?

Se me tensa la mandíbula. No imagino cómo será volver a verla.

Pero quiero librarme de ella para siempre.

Además, se me hace un nudo en el estómago cuando imagino a Elena y a su familia leyendo lo que sea que se invente esta vez. Y, ahora, los periodistas han visto a Elena, conseguirán su nombre pronto y ¿qué pasará si la acosan, investigan su pasado y descubren lo de la ropa interior?

Un poco más tarde, aparco delante de casa de Elena. El coche de Topher no está. Se ha ido con Devon y Quinn al Razor, aunque creo que lo ha hecho para dejarnos solos.

Cuando entro en casa, oigo la música de Taylor Swift a todo volumen y Romeo se asoma por su casita en la sala de estar y me mira enfadado. No sé qué pensar del cerdo. Sigue a Elena a todos lados y siempre me mira con insolencia.

—Hola, tío —le digo—. ¿Dónde está tu madre? —Entro a la espaciosa cocina y dejo la comida sobre la isla.

Romeo se sienta delante de la puerta, vigilándome.

—¿Quieres pan de ajo, cerdito? —Cojo un trozo y se lo enseño.

Se le crispa el hocico.

—¿No? —Le doy un bocado—. ¡Qué bueno está!

Agacha la cabeza, se levanta y se acerca a mí arrastrando los pies y con la mirada fija en la comida.

—Puedes comer de esto, ¿verdad? —digo, agachándome para acariciarle la cabeza.

Sus ojos marrones me suplican que le dé un trozo.

Se lo acerco a la boca, pero dudo al verle los dientes. Me arrebata el trozo de pan de las manos más rápido de lo que pensaba que sería capaz, me asusto y caigo de culo. Me mira con condescendencia y sus ojos me dicen: «Novato» y vuelve veloz a la sala de estar.

Oigo una risa y, cuando levanto la mirada, veo a Elena, que lleva el pelo mojado, pantalones largos de pijama con unicornios y una camiseta.

—¿Te da miedo Romeo?

—¡No! Es que me ha asustado. Me ha mordido.

—¿Intentabas sobornarlo con pan?

Me levanto del suelo, burlándome.

—Claro que no.

Se acerca a la *pizza*, coge una porción de la suprema, le da un gran bocado y mastica.

—Está buenísima. —Se acerca al armario y saca un par de platos. Coge las servilletas y unos refrescos de la nevera.

Observo cómo se mueve, relajada, y el contoneo de sus caderas mientras nos prepara la comida. Se sienta en un taburete y me indica que me siente en el otro.

—Venga, a comer. —Baja la mirada—. Por cierto, gracias por lo de hoy. Lo habéis hecho todo tan rápido... me habéis ahorrado muchísimo tiempo.

La miro y me pongo nervioso. No quiero que el buen rollo que tenemos se acabe, pero tengo que contarle lo de Sophia.

Joder. No quiero hacerlo.

Cojo un trozo de *pizza* y me lo como en lugar de hablar. Estoy confundido, no sé qué hacer.

¿Qué pensará Elena cuando le diga que voy a ver a Sophia? ¿Se enfadará?

¿Qué somos?

¿Tengo que contárselo?

Se enterará de todos modos…

¿De verdad tengo que arruinar esto?

Ríe y me mira con ojos brillantes.

—¿Qué pasa? —le pregunto.

Le da un trago al Sun Drop.

—¿Te has dado cuenta de que estás tarareando la canción de Taylor Swift? Me encanta esta canción.

Sonrío un poco más relajado. Por un momento, he pensado que veía lo indeciso que estoy.

Ladeo la cabeza.

—¿La de «You belong with me»?

—Te sabes el nombre y todo —dice entre risas—. Es una canción sobre una chica que quiere estar con el chico que sale con la animadora del insti.

—Justo antes pensaba en cómo debías de ser en el instituto.

—Era una friki malota.

—Lo sabía. No te habrías fijado nunca en mí.

—Claro que sí. —Sonríe y me dice—: Cántame la canción.

Pongo cara de exasperación.

—Déjame comer tranquilo. Además, ¿por qué quieres que cante? No se me da nada bien.

—¡Que cante, que cante! —exclama, dando golpes en la encimera.

—Maldita seas. No. ¿Qué tal tienes las rodillas? Estaban bastante mal.

—Están bien. Porfi, Jack, porfi, porfi. Te prometo que haré lo que me pidas… —añade con un brillo travieso en los ojos que consigue convencerme.

Dejo la *pizza* en el plato, espero a que llegue el estribillo y empiezo a cantar con Taylor Swift cuando dice lo del chico con los vaqueros desgastados y la chica que lo quiere aunque él esté con otra y ella sea la única que lo entiende. Se sabe sus canciones favoritas, sabe cuáles son sus sueños y quiere que él la vea.

Elena me mira vorazmente, conteniendo la respiración mientras acabo la canción. Debería sentirme como un idiota, pero no es el caso.

Es por ella, joder…

Ella me entiende.

Puedo pasarme el día tarareando las canciones de Taylor Swift y ella será la única que lo sepa.

Cuando acabo la canción, nos quedamos en silencio unos segundos y el equipo de música reproduce la siguiente.

Me mira como si…

No quiero hacerle daño.

—Elena, tengo que contarte algo.

Se queda en silencio y frunce el ceño al oír mi tono grave. Coge otro trozo de *pizza* y dice:

—Parece algo importante.

—Veré a Sophia dentro de poco.

Parpadea, tiene un rostro inexpresivo.

—¿Te sigues hablando con ella?

—No. No quiero verla nunca más, pero ella quiere quedar conmigo. Dice que, si nos vemos, firmará un documento en el que promete no volver a hablar de mí nunca más. Por eso tengo que ir. Quería que fuera a una gala con ella, pero mandé a Aiden y se supone que él tenía que… Bueno, da igual. Ella quiere quedar conmigo.

—Ah, ¿por eso le has dicho a mi madre que no puedes venir a comer mañana? —Se limpia la boca con una servilleta y se pone de pie.

Me quedo callado y hago una mueca. No, eso ha sido… no sé… joder… todo esto es demasiado y va demasiado rápido.

No sé qué responder, así que le digo:

—Sabes que no quiero verla, ¿verdad?

El ambiente de la cocina se tensa. Trago al ver que duda. La distancia que nos separa hace que…

—Elena, si no quedo con ella, no sé qué hará. Ha mencionado el tema del aborto y no quiero que te hagas una idea falsa de mí cuando veas u oigas lo que dice o…

—¿La llegaste a querer?

Me humedezco los labios y me lo planteo un segundo.

—No.

—Has dudado.

—Estuvimos saliendo un tiempo. Me acompañaba a los partidos y a las fiestas. Le tenía cariño.

—¿Has salido alguna vez con alguna chica sin la que no pudieras estar? ¿En la universidad quizá?

—Nunca he dedicado el tiempo necesario a las relaciones para llegar a ese punto. Nunca he querido involucrarme demasiado. El fútbol americano es mi prioridad.

Su expresión se vuelve más distante y baja la mirada hacia la *pizza*.

—Ya.

—¿Estás enfadada?

Da golpecitos con los dedos en la isla, piensa y me mira.

—No estoy enfadada porque vayas a quedar con ella. Te traicionó.

Gracias a Dios.

—Ya no siento nada por ella.

Una sonrisa tímida y lánguida le curva los labios.

—Lo sé. Dejas que las chicas se vayan y nunca miras atrás.

Frunzo el ceño; no me gusta el tono de su voz.

—Elena, ¿por qué no olvidamos esto y pasamos página?

—Claro. —Le tiemblan las manos cuando cierra las cajas de *pizza* y recoge los platos. Me mira un instante.

—¿Qué pasará con nosotros cuando acabemos la obra?

Me pongo serio. Yo… no tengo ni idea.

¿Querrá seguir quedando conmigo?

O, quizá, acabará cansándose de que sea tan distante…

—Podemos hablar de esto más adelante. Necesitamos… un poco más de tiempo —digo para escurrir el bulto. Se me ha hecho un nudo en el estómago y estoy cagado de miedo.

Arranca un trocito de una servilleta.

—¿De verdad estás bien? —Estoy pendiendo de un hilo. Observo su cara, inexpresiva, y me pregunto qué más podría haber dicho. Se nota la tensión en la cocina y me da miedo que me mande a paseo…

¡A la mierda!

Me acerco a ella y entrelazo nuestras manos. La miro y le digo:

—Estaré pensando en ti cuando la vea. Solo en ti. Aunque la tenga a ella delante. Solo... confío en ti, Elena.

—¿De verdad confías en mí?

Sí, es una confianza débil y frágil, pero la siento. Si no fuera así, nunca lo habría hecho con ella sin condón ni habría venido hoy. Si no confiara en ella, habría sido mucho más estricto con el contrato de confidencialidad desde el principio, pero ya me he olvidado del tema.

—No quiero estar con ella.

—Ella no es la que me preocupa.

Entonces, ¿por qué parece... diferente?

Necesita saber que puede contar contigo, Jack. Necesita que le...

Sin embargo...

No, no puedo sentir nada por ella todavía.

¡Es demasiado pronto!

Me parece ridículo y una locura pensar que puede que esté...

Para. Déjalo ya. Ve poco a poco.

Ignoro lo que me dice el cerebro y hago lo que sé hacer. Le inclino la cabeza hacia la mía y le doy un beso largo y lento. Ella se aparta, me apoya las manos en el pecho y me mira de manera fija con esos ojos de color verdemar.

Pongo la frente sobre la suya.

—Nena, no dejes que todo esto te afecte. Dame un beso, por favor.

—No es por ella. Es por ti... —Abre la boca para decir algo más, pero solo suelta un largo suspiro.

Nos quedamos ahí mientras ella piensa. Estoy nervioso porque no quiero que esto nos afecte...

Parece haber tomado una decisión, sonríe levemente, me coge del pelo y se pone de puntillas para besarme.

Suelto un quejido y la beso con más fuerza para que vea lo que siento por ella, lo que siento cuando la tengo entre mis brazos. La levanto del suelo sin dejar de besarla, salimos de la cocina y la cargo hasta su habitación.

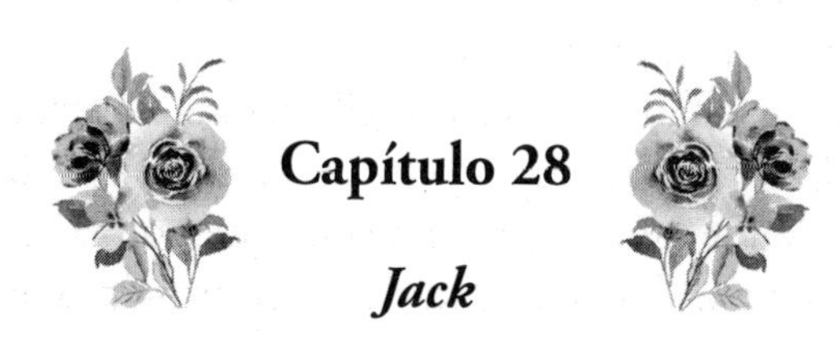

Capítulo 28

Jack

Tres días después, entro al Milano's a las tres de la tarde. Está vacío, ya se han ido los trabajadores del turno de la comida y los de la cena no han llegado todavía. Tal como había planeado.

Bernie, el jefe de los camareros, me señala la mesa de siempre en la parte trasera.

—Su invitada ya ha llegado.

Hago una mueca. Cómo no.

Me dirijo hacia allí y en la barra veo a Lawrence con mi abogado. Los saludo con la cabeza. Necesito tener testigos por si algo sale mal. Lawrence tiene los documentos firmados desde ayer y están en orden. ¿Puede ser que de verdad vaya a dejar de echar mierda sobre mí?

Lawrence me llamó y me dijo que, como ya teníamos los papeles firmados, no hacía falta que me reuniera con ella, pero yo no soy así. Soy un hombre de palabra. Además, una parte de mí quiere verla para confirmarlo todo por mí mismo.

Sophia se pone de pie cuando me ve. Lleva un vestido corto y con mucho escote de color rojo; se ve alta y elegante. Tiene el pelo rubio platino, largo y ondulado, lleva el rostro maquillado a la perfección y sus labios se curvan en una ligera sonrisa astuta. Luce un collar de plata en el cuello que parece una corbata de bolo en cuyas puntas cuelgan dos diamantes perfectos. Es elegante sin ser ostentoso. Es caro; lo sé porque se lo regalé yo para su cumpleaños. Cortamos cuatro meses más tarde. Siento una ola de amargura e inhalo despacio.

—¡Jack! Cuánto tiempo —dice con una sonrisa de oreja a oreja. Me abraza y aprieta sus pechos contra la chaqueta de mi traje. Sus ojos resplandecen con un brillo desafiante y un toque de algo más.

Me la quito de encima.

—Siéntate, por favor.

Se sienta haciendo pucheros.

—Qué frío, Jack. Esperaba que reaccionaras así, pero pensé que, por lo menos, te alegrarías un poco de verme.

Aprieto los dientes, pero debo haber sonreído, porque Sophia me devuelve la sonrisa.

—Sabía que vendrías. Aiden se portó muy bien conmigo, pero tú… —Se echa a reír y su risa es como un tintineo—. Bueno, los dos sabemos que hacía tiempo que teníamos que vernos.

Arqueo una ceja. Ah, ¿sí? Yo habría estado muy tranquilo si no la hubiera vuelto a ver nunca más.

Da un trago a su copa de vino blanco, pensativa, y sus ojos inteligentes me contemplan. Le devuelvo la mirada con un rostro totalmente inexpresivo. Es la hija única de unos padres ricos y cariñosos, por eso le importan tanto el estatus y el poder. Debería haber ignorado su cara bonita y haberme fijado en la chica superficial que hay debajo de tanta fachada, pero me pareció sincera cuando la conocí. Es vivaracha y extrovertida, así que llenaba los silencios cuando a mí no me apetecía hablar. Le cae bien a la gente, tiene una risa contagiosa y una bonita sonrisa que pensé que era franca.

—Pues sí. Ya has conseguido lo que querías.

—He firmado los documentos —afirma—. No volveré a hablar de ti nunca más.

—Lo sé.

—¿Quieres saber por qué lo he hecho?

Sonrío un poco.

—Dejé de intentar entender por qué haces lo que haces en el momento en que publicaste el libro, Sophia.

—Lo hice por dinero, está claro. Me dieron medio millón de dólares por él. —Hace una pausa. Sus dedos dibujan círculos en la copa—. Estaba enfadada contigo, Jack. Quería que te comprometieras a estar conmigo. —Me mira fijamente con sus ojos marrón oscuro.

—Ya.

—Entonces conocí a Rodney.

—Me han dicho que habéis roto.

Se encoge de hombros.

—No es tan famoso como tú, pero me mantiene ocupada. Quiere que volvamos.

—Está muy bien tener opciones.

Se aparta rápido un mechón de pelo y se lo pone por detrás de los hombros.

—No es tú, pero creo que me quiere.

—Genial. Que no se te escape, entonces. ¿No es eso lo que quieres? ¿Casarte con un deportista profesional para conseguir el dinero y el estilo de vida que eso conlleva?

Frunce los labios y sus ojos muestran arrepentimiento.

—Eso es lo que quería contigo, pero nunca te abriste a mí.

Es cierto. Nunca la llevé a mi piso de verdad ni a casa de Lucy. Nunca le conté nada personal y eso que estuvimos juntos un año. Sé que no estuvo bien, pero ignoro ese pensamiento.

—Tienes graves problemas de compromiso, Jack. —Suspira y me mira los hombros—. Supongo que debe de ser difícil y muy triste saber que no tienes las agallas para comprometerte a estar con una persona.

Esas palabras me queman, porque sé que hay algo de cierto en ellas.

Sus hombros se levantan y vuelven a caer cuando suspira.

—Bueno, desearía… desearía que lo nuestro hubiera salido bien.

—Entonces, ¿por qué dijiste tantas mentiras? —pregunto enfadado—. ¿Por qué quieres hablar conmigo, Sophia? Ya has conseguido vengarte con el libro. Creo que no tenemos nada más que hablar.

Da un trago largo a la bebida. Se le llenan los ojos de lágrimas y me mira fijamente.

—¿Cómo puedes ser inmune por completo a lo que tuvimos? Yo te quería. —Traga saliva y una lágrima le cae por la mejilla. Avergonzada y con la cara agachada, mueve las manos con rapidez para sacar un pañuelo del bolso.

Inhalo al oír sus palabras. Las usó de arma arrojadiza más de una vez, sobre todo en los últimos meses de relación para pedirme que la correspondiera, aunque nunca lo hice. Fui bueno con ella, le entregué mi tiempo y devoción y nunca me fijé en nadie más. Admito que podría haber llegado a quererla con el tiempo si ella hubiera sido la persona que yo creía que era.

Sin embargo…

Me incomoda que diga que me quería. Ha dicho que tengo miedo al compromiso y, aunque me moleste, tiene razón y una parte de mí sabe que va más allá de la gente que me ha traicionado o me ha usado por ser famoso. Mis inseguridades vienen de mi madre y de Harvey. Amar a alguien significa mostrarle tu vulnerabilidad y darle el poder para que te haga daño. ¿Quién querría eso?

¿Acaso fue mi falta de compromiso con Sophia el motivo por el que me hizo daño? No.

Me hizo daño porque quiso. Es superficial y, cuando algo no sale como ella quiere, encuentra una manera de hacer que funcione.

Me aclaro la garganta.

—En el amor, no hay mentiras, Sophia. Quisiste manipularme cuando te fuiste. Pensaste que, si te ibas con Rodney, reaccionaría, pero no fue así. Y, cuando no te bastó con todo eso, decidiste hacerme daño. Sabías lo importante que es para mí mi privacidad.

Pienso en Elena. Ella no miente. Nunca me haría algo así.

Sophia niega con la cabeza y la garganta se le mueve deprisa con la respiración.

—Estoy muy arrepentida. Mi familia odia la atención de la prensa y Rodney también.

Me sorprenden sus palabras.

Me reclino en la silla y frunzo el ceño. Intento ver cuáles son sus intenciones.

Alarga la mano para tocarme el brazo, pero lo aparto.

—¿Qué quieres? —le pregunto con voz ronca—. ¿Pasar página?

Aspira por la nariz y se seca los ojos con el pañuelo.

—No lo sé. Puede que sí. Es solo que estuvimos juntos un año y nunca has estado tanto tiempo con nadie. Creo que tiré la toalla demasiado pronto. Debería haber tenido más paciencia. Quería verte para ver si… si…

—¿Para qué?

Hace un gesto de dolor.

—Si todavía sentías algo por mí. Para ver si podíamos superar esto y quedar de vez en cuando.

Se me abre la boca.

—Es broma, ¿no?

Se muerde el labio y traga saliva.

—No. Sé que no has estado saliendo con nadie desde que rompimos, bueno, excepto por el vídeo ese en el que sales con una chica. Yo quería… quería… —Respira hondo y me mira con anhelo—. Jack, quiero que volvamos a estar juntos.

¿Cómo? La confusión se apodera de mí. ¿De verdad se cree que volvería con ella sin más? Hizo añicos mi confianza. Respiro hondo.

—Si volviéramos, ¿qué harías cuando la gente te preguntara por qué has vuelto con el hombre que te maltrataba?

—Ya lo he pensado. Diré que era mentira.

Estoy desubicado.

—¿Y crees que eso bastará para que la gente lo olvide todo?

Asiente y se inclina hacia mí. Huelo su fragancia fuerte y floral con una nota de jazmín. Es el perfume que le compré.

—Sí. Diré que me afectó la ruptura. Puedo reconocerlo, Jack, por ti.

—Que la gente supiera que mentiste arruinaría tu carrera como modelo.

Se acerca más a mí y me acaricia la mano con un dedo. La aparto y ella hace una mueca.

—Tengo veintiocho años, no podré ser modelo toda la vida. Además, quién sabe. Que hablen de mí me irá bien. Le puedo dar la vuelta como me apetezca y a ti te irá muy bien, y con eso me basta. A los fans les encantaría que nos reconciliáramos. Te quiero, Jackie. Estoy dispuesta a aceptar tus condiciones.

Un escalofrío me recorre el cuerpo cuando oigo el apodo.

—Estoy saliendo con alguien.

Se queda helada y me mira como si le hubiera dado una bofetada. Nos miramos en silencio unos segundos.

—No estás enamorado de ella. Si lo estuvieras, no habrías venido. Querías verme.

—He venido porque te dije que vendría.

Mira la mesa y luego me vuelve a mirar. Sus ojos me suplican.

—Jack, teníamos algo bonito. Si me das una oportunidad, es posible que me perdones. Sé que tienes un corazón muy grande. Podemos empezar de nuevo, poco a poco, y verás que voy en serio. Quiero estar contigo. Quiero ser mejor persona. No te pediré que te cases conmigo, no te pediré nada, solo que me des la oportunidad de estar a tu lado.

El hecho de que esté dispuesta a exponerse de esta manera me pilla desprevenido. Pensaba que querría manipularme una vez más, pero ahora me doy cuenta de que…

Exhalo despacio al darme cuenta de algo de lo que no era consciente hasta este momento.

Aunque no era mi intención, la herí. Le hice más daño del que pensaba al mantener siempre la distancia, con mis muros, y negarme a expresar mis sentimientos.

Ahora lo veo claro en su expresión nerviosa.

Me quiere, me quiere tanto como ella puede querer.

Lo pienso un momento. ¿Cuán diferente habría sido nuestra relación si me hubiera entregado más? ¿Seguiríamos juntos?

Un pensamiento intrusivo me preocupa.

«¿Vas a causar a Elena el mismo daño que causaste a Sophia?».

No.

Pero… no lo sé.

Joder.

¿Qué me pasa? ¿Por qué no puedo simplemente…?

Me aclaro la garganta y vuelvo a centrarme en la chica que tengo delante.

—Sophia, lo nuestro se ha acabado.

Cierra los ojos y los abre. Es evidente que está alterada.

—Todo lo que he dicho es cierto. Me rompiste el corazón. Me usaste y me abandonaste…

—Te apreciaba, Sophia. Pero fuiste tú quien arruinó lo que teníamos, no yo. —Mi mirada se vuelve más dura.

—Me odias. —Su rostro se vuelve pálido. Me mira con cara de arrepentimiento y le cae otra lágrima por la mejilla. Le doy una servilleta, ella la coge e intenta entrelazar nuestros dedos.

Me deshago de su mano y suelto un largo suspiro.

—Sophia, no te odio. Sé feliz. Vuelve con Rodney o descúbrete a ti misma. Vive tu vida.

Cuando consigue hablar, le tiembla la voz.

—¿Tú eres feliz? —Intenta sonsacarme información.

—Tengo que irme. —Me levanto de la mesa y la miro con el ceño fruncido. Estoy confundido hasta que entiendo qué le quiero decir:

—La chica con la que estoy saliendo… es amable y simpática.

Me mira con cara de incredulidad y amusga los ojos. Puede que sea por el tono que he usado o porque he insinuado que ella no es buena persona.

Asiento y, cuando me doy media vuelta para marcharme, su voz me detiene.

—Tengo que decirte algo más. —Su expresión se vuelve maliciosa y me estremezco otra vez al pensar en lo ciego que estuve para salir con ella.

—¿Qué?

Se levanta con un movimiento elegante y no pierde la oportunidad de contonear la cadera de un modo seductor cuando se acerca hacia mí con la copa en las manos. Se bebe el vino y la deja en la mesa. Ya no queda ni rastro de sus lágrimas, aunque hay un atisbo de desesperación en su rostro.

—La chica del vídeo, Elena Riley, la bibliotecaria.

El cuerpo se me tensa. Veo que ha hecho los deberes.

—¿Qué pasa con ella?

Ríe y siento inquietud.

—Déjala en paz, Sophia.

Su rostro se vuelve serio.

—No me importa lo más mínimo esa chica tan corriente, pero me cuesta creer que estés con ella. Sobre todo, teniendo en cuenta quién es. —Sonríe como si supiera algo que yo no sé y tiene una mirada que no logro descifrar.

—He dicho que qué pasa con ella —le grito—. ¿A qué juegas?

Suelta una carcajada frágil.

—Sé cosas muy interesantes sobre ella, pero no te las contaré. Ya te enterarás cuando llegue el momento.

—¿Qué es lo que no me vas a contar? —insisto.

Con un movimiento elegante y natural, coge el bolso. Tiene cara de engreída.

El corazón me late con más fuerza de la que debería.

—Sophia, dime de qué hablas.

Su cuerpo me roza al pasar por mi lado y me acaricia los hombros con las manos. Vuelve a reír.

—No confíes en ella; no es quien dice ser. Acuérdate de lo que te digo. Este es mi regalo para ti hoy.

Se me tensa el cuerpo cuando se aleja con una sonrisa de listilla en los labios. Sale por la puerta y desaparece de mi vida para siempre. Trago saliva con dificultad; me siento aliviado y victorioso. Pero ¿por qué siento que algo ha salido mal? Noto una fuerte presión en el pecho como si tuviera encima una gran roca de la que no me puedo deshacer.

¿A qué se refería? ¿Qué clase de traición ha querido insinuar? ¿Se refería a lo de la lencería o a algo más siniestro?

«No confíes en ella», repite una y otra vez la voz de mi cabeza.

Me quedo inmóvil, conmocionado.

Un momento. ¿En quién no tengo que confiar, en Sophia o en Elena?

En Elena sí que puedo confiar.

¿No?

Cuando acabo de hablar con Lawrence y mi abogado, me subo al coche. No puedo dejar de pensar en lo que me ha dicho Sophia.

«No es quien dice ser».

Recibo un mensaje. Es de Elena. Suspiro aliviado, me vendrá bien una distracción de la montaña rusa emocional que es Sophia.

«¿Has acabado ya?».

«Sí. Ya estoy. Por fin».

«Genial».

Me quedo mirando el mensaje.

Estos últimos días han sido un poco difíciles, en parte por el tema de Sophia, y, por otro lado, por... mí.

Puede que tenga que respirar hondo y replantearme las cosas.

Sophia me ha dicho que no confíe en Elena.

Pero...

Joder.

La deseo.

«Tampoco te comprometerás a estar con ella», me dice una vocecita en la cabeza, «y, cuando se dé cuenta, te mandará a la mierda y no te repondrás nunca».

Ya basta.

Intento apartar esa idea.

Tengo la garganta seca, así que desenrosco el tapón de una botella de agua que tengo en el Porsche y me la bebo de un trago. Necesito verla.

«Ven al piso».

«No puedo. Estoy trabajando y tenemos ensayo a las siete. ¿Vendrás?».

«He estado tan rayado con lo de Sophia que ni me acordaba».

«Ya imagino. Nos vemos en tu piso antes del ensayo».

«¿Estás bien?», me pregunta.

¿Estoy bien?

«Estaré bien cuando te vea».

Dejo el móvil y arranco el coche.

Después de pasarme por la ferretería a hacer un recado, me dirijo hacia Daisy. No puedo dejar de pensar en lo que me ha dicho Sophia.

¿Hay algo que Elena no me haya contado de su pasado?

No, descarto esa idea.

Pero, claro...

Aprieto los dientes. Siento que la semilla de la duda está creciendo en mi interior y se está apoderando de mi... corazón. Nervioso y preocupado, aparco delante de su casa y corro hacia su puerta. Llamo rápidamente y entro. He pasado aquí las dos últimas noches. Hemos estado horas y horas en la cama, hablando y haciendo el amor. Nunca he sentido esta... desesperación por una chica. Le he dado más de mí que a nadie. No le he hecho firmar el acuerdo de confidencialidad, no he reprimido mi verdadero yo. Sabe lo de mi hombro. Siento que el miedo se está apoderando de mí y me intento deshacer de él.

Entro con sigilo. Me siento raro. Busco en la sala de estar.

—Estoy en la habitación —grita.

Camino hacia el otro lado del pasillo y abro la puerta del todo. La veo de pie delante de la cama. Está para comérsela. Lleva un tanga de encaje negro y un sujetador a conjunto. Cierro la puerta con decisión y me pregunto dónde está Topher. Puede que en la planta de arriba.

Céntrate, tío.

Me mira.

—Estás un poco raro.

—¿De verdad?

Asiente y se acerca caminando.

Quiero que todo esté bien entre nosotros.

Quiero esto que tenemos.

Pero con mis condiciones...

Y me pregunto cuánto durará esto.

Mierda.

¿Qué le estoy haciendo? Le voy a hacer daño igual que se lo hice a Sophia.

«No le hagas daño».

Inhalo con fuerza e intento tranquilizarme. Mierda. Me centro en Elena, que me quita la chaqueta, me huele y dice con cara de asco:

—Qué peste. No me gusta el perfume que llevas.

Sophia lo eligió para mí, aunque a mí tampoco me gusta mucho. No digo nada porque sé que es mejor no mencionar a Sophia.

Elena inclina la cabeza hacia mí y me mira con ojos voraces.

—No vamos a hablar de ella. Ese tema está zanjado. Quiero que te desnudes; te voy a borrar la memoria con mis poderes de *jedi*. Elena es la única chica con la que quieres estar en el Milano's —dice, moviendo las manos delante de mi cara.

Se me escapa una carcajada nerviosa e irregular.

—¿Has estado esperando en esa pose todo el rato?

—Claro, lo tenía todo planificado.

—Menuda víbora.

—Te iba a dar cinco minutos más antes de coger el vibrador.

—Mentirosa.

Pone un álbum de Taylor Swift a todo trapo y yo me desabrocho la camisa, me la saco de los pantalones y la echo hacia un lado. Luego hago lo mismo con los pantalones y me quito los calcetines. No le gusta que me los deje puestos.

Se da media vuelta, salta a mis brazos y me rodea las caderas con las piernas.

—Vamos a echar uno rapidito antes de convertirnos en los desdichados amantes.

Por fin la tengo entre mis brazos. No era consciente de lo mucho que lo necesitaba. Apoyo la cabeza en su hombro, la huelo y siento el despertar de mis instintos más territoriales. Es mía…

Gruño y la dejo en el borde de la cama, le separo las piernas y me pongo encima de ella. Le digo:

—Oye, Elena.

—¿Sí? —contesta con una sonrisa.

—¿Hay algo que no me hayas contado?

Se queda quieta y me mira fijamente a los ojos.

—¿A qué te refieres?

No me gusta interrogarla, es… Elena. Es una persona dulce y buena.

—Es que Sophia… mierda. Elena, ¿puedo confiar en ti?

Sus ojos me examinan con profundidad durante unos segundos. Sabe que me refiero a que cuente cosas sobre mí o a que venda nuestra historia si lo nuestro no sale bien.

—Sí —dice con suavidad.

Cierro los ojos y la beso.

Capítulo 29

Elena

—¡Oh, dichoso puñal! Esta es tu vaina; enmohece en ella y déjame morir. —Me apuñalo con el cuchillo de mentira y me dejo caer encima del pecho de Jack de espaldas al público. El pelo, que llevo suelto y ondulado, me cae por encima de la espalda. Llevo puesto un vestido blanco y fino hasta los tobillos con mangas acampanadas y un corpiño de encaje. Esta noche, me he puesto el disfraz completo porque solo quedan tres noches para el estreno.

—Qué muerte más bonita, Julieta. Aunque preferiría que estuviéramos vivos.

Lo miro desde arriba. Luce muy tranquilo cuando estamos así y no piensa en el tema de Sophia. Lleva el pelo peinado hacia atrás y está tumbado encima de una tabla de piedra que ha hecho uno de los chicos de decorados. Lleva una camisa blanca y ceñida, vaqueros ajustados y botas de moto. Tiene una pistola dorada de mentira en la cartuchera. Está guapísimo. Me está costando mucho tener las manos quietas.

Me mira.

Sonrío.

—Te acabas de envenenar porque no soportas la idea de vivir sin mí. ¿Por qué tienes los ojos abiertos?

Arquea una ceja.

—Es por tu culpa. Si no olieras tan bien… Además, llevas un vestido muy *sexy.* Estoy intentando averiguar cómo meterte una mano por debajo sin que se vea.

Intento contener una risita. Llevamos dos semanas ensayando juntos y no puedo evitar sentir lo que siento cada vez que me mira y dice sus frases, sobre todo cuando profesa su amor por mí.

Elena, no vayas tan deprisa...

Pero no lo puedo evitar.

Me siento invencible cuando estoy con él, cuando lo tengo dentro de mí y murmura mi nombre como si fuera una letanía, cuando siento sus manos sobre mi cuerpo.

Pero cuando estoy sola...

«Te la estás jugando», me recuerda la voz de mi cabeza.

¿Acaso no merece la pena?

Nos podemos enfadar en cualquier momento.

—¿Qué pasa? —pregunta en voz baja—. ¿He dicho mal la frase? ¿Me he pasado con la lengua en el último beso? Mierda. Me he pasado con la lengua.

Siento un estremecimiento en la parte inferior del cuerpo cuando pienso en sus besos en el escenario. La primera vez que me besó, fue hace un par de noches cuando ensayábamos la escena del balcón. Todavía no hacía falta que me besara, pero se lanzó y todo el mundo se quedó mirándonos, aunque a mí me dio totalmente igual.

—Creo que no hacía falta que nos diéramos el lote... —Intento no reír—. Lo has dicho todo muy bien.

—Me sigue preocupando que se me olvide el texto.

Me muevo un poco y consigo estrecharle la mano.

—Yo estaré contigo. Imagínatelos a todos como si fueran suricatas con sombreros de copa haciendo el ridículo. Aprendí este truco hace tiempo y a mí me va muy bien.

Se queda en silencio. Hemos aprendido a apagar los micrófonos para que nadie nos oiga. Susurra:

—Oye, anoche rayé el coche cuando lo aparqué en el cobertizo. Lo he visto esta mañana cuando me iba.

—Pobre Porsche. Tienes suerte de que le haya hecho un hueco para que lo aparques.

—Tu tía Clara me ha saludado esta mañana cuando salía en el coche. ¿Quieres venir a mi piso esta noche? Es viernes y mañana no trabajas. Yo tengo que ir al gimnasio pronto, pero podemos estar juntos cuando vuelva. Podríamos ver algo en la tele; echo de menos mi serie coreana.

Miro su camisa y no puedo parar de pensar. No he vuelto al ático desde el día que nos acostamos después de ir a la pastelería y he intentado evitarlo siempre que lo ha mencionado. Sé que debería haber hablado con él, pero el orgullo me lo ha impedido.

Me niego a pedirle que me lleve a su piso de verdad.

No debería tener que pedírselo.

—Elena, pareces enfadada.

Levanto los ojos y contemplo sus facciones.

—¿Qué te pasa?

Trago saliva y él frunce el ceño.

—¿Elle?

Suspiro levemente cuando me llama así; ha aprendido el apodo de Topher. Sus ojos del color del ámbar escrutan los míos y las pestañas le rozan las mejillas cuando parpadea. El resto de la gente que hay en el escenario desaparece cuando, por fin, lo entiendo todo y la comprensión me golpea el corazón como una ola.

Debería haberlo sabido.

Y puede que no me diese cuenta desde el momento en que me cargó bajo la lluvia. ¿Quién dice que el amor no puede apresurarse? Lo que yo siento en el pecho es tan fuerte que duele.

Estoy profunda e irrevocablemente enamorada de mi Romeo. Su timidez con los desconocidos, la manera que tiene de estrecharme contra él, las tontas canciones de pop que canturrea, el modo que tiene de mirarme…

Quiero pasar todas las noches a su lado.

Pero no en su picadero.

Se me cierra la garganta.

—¿Te encuentras bien? —pregunta, acariciándome el brazo con la mano que el público no ve.

—No. —Me chupo los labios—. Jack, no quiero ir al ático. Nunca más. Tenemos que hablar de esto.

Imagino que ya lo sabe, que me entiende.

Se pone serio. Nos quedamos mirándonos en silencio durante un tiempo largo y busco en su rostro para ver si me comprende, y creo que es así, porque se queda callado.

—Elena…

Lo interrumpe la voz de la señorita Clark. Aunque no la veo, sé perfectamente dónde está: a la derecha del escenario, interpretando su papel con un vestido largo de color morado y una capa de piel. La princesa. Da un golpe con el pie en el suelo.

—¿Cómo se supone que tengo que concentrarme cuando esos dos no se callan? —grita.

Abro los ojos de par en par, me incorporo y me doy media vuelta. Hago una mueca cuando veo a Laura, que nos mira con la cabeza ladeada desde el público.

—¡Se han pasado todo mi discurso hablando! —Se aparta el pelo rubio con la mano y se cruza de brazos.

—Ay, perdona —digo mientras me levanto del suelo. Me muerdo el labio.

Ella me fulmina con la mirada.

—Lo hacéis siempre que se supone que estáis muertos. ¿Por qué no dejáis que el resto hagamos nuestro papel también? Además, no hace falta que os comáis la boca de esa manera. Habrá muchos niños en el público, cortaos un poco.

Jack se pone en pie.

—De acuerdo. Sí. Solo estábamos hablando sobre... cómo mejorar la escena.

—Sí, ya —responde—. Todo el mundo sabe que estáis juntos, así que déjate de excusas. Hemos visto el vídeo de la lluvia en el que entráis al hotel. Está todo el día en la tele. Sinceramente, creo que vuestra relación está interfiriendo con la obra.

Sonrío con satisfacción. Parece que a alguien le ha dolido que Jack no la llamara.

Miro rápido a Jack, que exhala y se encoge de hombros. Su expresión dice: «¿Qué hago?».

Patrick sale al escenario con sus pantalones y camisa roja de Teobaldo, a quien Romeo ya ha matado. Mira a la señorita Clark.

—Vamos, no es para tanto. Solo estamos ensayando. Desde detrás del escenario, no se oía casi nada.

«Mierda, ¿nos han oído?».

La señorita Clark se mira las uñas pintadas.

—Da igual. Estaría bien que se controlaran un poco para variar.

—Tienes razón —respondo para mantener la paz, aunque creo que está exagerando. La miro pestañeando y continúo—: ¿Quieres que empecemos otra vez o prefieres decir tu trozo y ya está? —«El poco trozo que tienes», dicen mis ojos.

Aprieta los labios.

—Lo que diga Laura —contesta.

—¡Que repitan la escena en la que mueren! —exclama Timmy, que está sentado en una silla delante del escenario. Mira a Jack con una sonrisa—. Es una pasada cuando Jack se bebe el veneno y se tira al suelo.

Sonrío.

Jack hace una reverencia.

—Es mi mayor fan.

Laura se echa a reír.

—De acuerdo, pues vamos a volver a la parte en la que Romeo entra en el mausoleo y ve a Julieta. ¿Estamos listos?

Asentimos y volvemos a nuestras posiciones.

Sin embargo, esta vez, cuando me apuñalo y caigo sobre Jack, él mantiene los ojos cerrados y no los abre para mirarme, a pesar de lo mucho que me gustaría que lo hiciera.

—Solo faltan dos días para el estreno —nos dice Timmy mientras recogemos nuestras cosas al acabar el ensayo al día siguiente.

Jack se despeina el pelo.

—Qué ganas, pequeñajo. ¿Quieres que vayamos a practicar unos lanzamientos?

Timmy le enseña el balón.

—¡Estoy preparado!

Se echan a reír y se alejan por el gimnasio.

Intento disimular una sonrisa. ¿Es consciente Jack de lo bueno que es con Timmy?

—Estáis guapísimos en el escenario, Elle —murmura Topher.

Suspiro.

—Sí.

Laura asiente y añade:

—Hacéis muy buena pareja. Me alegro de que estéis juntos.

—Sí. —Asiento, pero me pongo nerviosa cada vez que alguien dice que somos pareja.

Todavía no ha venido nunca a comer con mi familia el domingo. Todavía no me ha dicho lo que siente...

«Ni tú a él», me dice una vocecita.

Pero hemos pasado todas las noches juntos, en mi casa, evidentemente. Me he acostumbrado a que se despierte antes de la salida del sol para hacerme un café y a hablar con él en el porche trasero antes de trabajar y que él se vaya a Nashville. Luego vuelve por la tarde y comemos juntos, reímos y leemos, y después hacemos el amor. Vivo en una burbuja en la que solo estamos nosotros. Me siento desorientada y perdida como si estuviera en alta mar y esperara a que la marea me devolviera a la orilla, a la realidad.

La obra de teatro acabará pronto y entonces, solo entonces, tomaré una decisión y hablaremos.

Pero, por el momento...

Solo quiero estar con él.

Giselle se acerca con una expresión cautelosa. Durante el ensayo, he notado que no estaba bien. Me fijo en las ojeras que le oscurecen el rostro.

—¿Estás bien?

Agacha la cabeza y responde:

—Sí.

La observo cuando se aleja y frunzo el ceño. Tiene los hombros caídos y verla así no me gusta en absoluto. ¿Va todo bien con Preston? Parecían estar bien el domingo pasado, en la comida, aunque no hice más que pensar en Jack. Últimamente, no me he fijado en la gente a mi alrededor.

Me empieza a sonar el móvil y miro para ver quién me llama. Es mi antiguo jefe de la editorial en Nueva York. Me llama cada tres o cuatro meses para ver cómo estoy y ofrecerme un trabajo.

Me despido de Laura y Topher con un gesto de la mano y subo al escenario y me siento en el suelo.

—¡Marvin! ¿Qué tal estás? —Río—. ¿Cómo es que me llamas tan tarde?

—Ay, ya me conoces —responde con voz grave—, siempre estoy trabajando. ¿Cómo va en la biblioteca y con la lencería?

Sonrío. Cuando trabajaba en su empresa siempre me pillaba diseñando en las pausas. Es un hombre mayor con el pelo blanco y una gran sonrisa. Me ofreció un trabajo de correctora de textos en cuanto acabé la universidad. Fui escalando posiciones rápidamente durante dos años hasta conseguir el cargo de editora sénior. Me encantaba el trabajo, pero extrañaba a mi familia más de lo que pensaba. Me especialicé en novelas de romance para uno de los pequeños sellos de la editorial Blue Stone.

—¿Quieres trabajar con nosotros?

Me echo a reír.

—¿Ya estás con eso otra vez?

Oigo que mastica y se le escapa una carcajada. Aunque son las nueve de la noche en su zona horaria, sé que está en su despacho, comiendo Doritos y bebiéndose una Coca-cola *light*.

—No lo puedo evitar. Acaba de dimitir la directora editorial del sello de historia y he pensado en ti. Eras una de las mejores, y los autores te adoraban. Por eso, he pensado que, quizá, querías volver a Nueva York al mundo de la moda.

Sonrío.

—Así que vas a usar la moda como anzuelo.

—Tenía que intentarlo. La industria textil en Tennessee tiene que ser ridícula.

—Ni te lo imaginas. —Por ahora, me he rendido y he decidido ir día a día.

—Podrías encargarte de los manuscritos, de contratar los nuevos y deshacerte de los que no encajen, de las fechas de entrega, de la planificación… y ganarías mucha pasta. ¿Cuánto cobras ahora?

—No quiero hacerte llorar.

Se ríe.

—¿Lo ves? Vuelve a la Gran Manzana. Mi mujer te ayudará a encontrar piso. Te adora.

Ay, qué listo mencionando a Cora, su adorable esposa, que me invitó a comer más de una vez a su apartamento del Upper East Side.

—Suena muy bien, pero…

—Vaya. Veo que te encanta ese pueblecito.

Suelto una risita.

—Es una pasada. Mi madre sigue volviéndome loca y, bueno, todavía no te he contado lo de…

Callo. He estado a punto de mencionar a Jack. Siento una presión en el pecho. Debería poder hablar de nuestra relación.

—¿Qué?

—Nada. Estoy muy emocionada por una obra de teatro que estoy haciendo.

—Te encantan las obras de teatro. Vale, bueno, deja que te mande la oferta de trabajo para que le eches un ojo y me dices algo. Tal vez podrías coger un vuelo, echarle un vistazo al piso y tomar una decisión.

Miro fijamente a Jack, que le lanza el balón a Timmy.

—Daisy es mi hogar, Marvin.

Aunque lo mío con Jack no saliera bien, me encanta este pueblo.

Exhala despacio. Se come una patata.

—De acuerdo. Otra cosa, que te juro que no tiene nada que ver con la oferta de trabajo.

—Dime.

—¿Recuerdas que, hace tiempo, publicamos el libro que escribió Sophia Blaine? El de *El verdadero Jack Hawke.*

—Menuda mierda.

—Ya, bueno. Tú estabas aquí cuando vino a la reunión con el equipo.

—Yo no la conocí, no tenía nada que ver con mi departamento. —De repente, se me revuelve el estómago. Hace dos semanas, Jack vio a Sophia y volvió raro, me preguntó si tenía que contarle algo y, como no pensé en mi antiguo trabajo, me quedé callada. Ya le había comentado que era editora de novelas de romance. Seguro que no tiene ninguna importancia.

—Ya, ya, pero ahora estás saliendo con él, Elena. Por Dios, yo no tengo ni idea de fútbol americano, pero a mi hijo le encanta y me ha dicho que te ha visto en un vídeo y en unas fotos en un programa de televisión.

Frunzo el ceño.

—¿Qué tiene que ver eso? Mi vida personal es privada.

—Lo sé, pero Carla Marsden, no sé si te acuerdas de ella, fue la editora del libro y te ha visto en el vídeo. Me ha pedido que te llame para…

—¡Marvin! No voy a decir nada sobre Jack, yo no soy Sophia Blaine —digo alzando la voz. Jack me mira con cara de curiosidad. Sonrío y me giro hacia un lado para que no me vea la cara—. No me parece bien siquiera que me preguntes por él.

—Estoy de acuerdo, a mí tampoco me gusta, pero me lo ha pedido porque sabe que somos amigos. Además, no quiere que escribas un libro ridículo sobre Jack, quiere su versión de la historia. Sophia nunca le cayó bien, aunque el libro se vendió como churros…

—Eso es cosa de él. ¿Por qué me lo dices a mí? —digo, molesta.

—Porque nadie consigue hablar con él. Su agente no responde a las llamadas de las editoriales y su relaciones públicas no acepta las llamadas de Carla. Nadie tiene su dirección ni su correo electrónico para hacerle la propuesta. Carla no consigue hablar con él.

—¡Normal!

Suspira.

—Si quisiera contar su historia, Carla quiere que sea con ella. Y me ha usado para que me ponga en contacto contigo. Mierda, lo siento. La he cagado y bien, pero yo solo quiero que vuelvas a la editorial.

Cojo el móvil con fuerza.

—Dile que casi no nos conocemos, Marvin.

Y, aunque sé que no es cierto, que sí que lo conozco, me duele decirlo.

Pero no sé qué somos.

—¿Estás cabreada?

Suspiro.

—Me llamas para ofrecerme un trabajo, ¿y luego me sueltas eso?

—Siempre te llamo para darte trabajo, Elena. La oferta iba en serio, pero he mencionado a Jack porque el departamento de Carla es más grande y se muere de ganas de hablar con él.

Debajo de su sonrisa, se esconde un editor. Un editor muy bueno.

—¿Te llevarías una comisión si consiguiera que Jack aceptara la oferta de Blue Stone?

—No lo sé. Puede ser. Sí.

Trago saliva agitada. Me acabo de dar cuenta de las consecuencias del vídeo y de lo horrible que tiene que ser para Jack no tener nunca ni un poco de privacidad. Además, Marvin es mi amigo y, sin embargo, me está usando para llegar hasta él.

—Estoy enfadada —digo con un tono serio, casi susurrando.

Marvin suspira con fuerza.

—Ya. Cora me ha dicho que te enfadarías, pero tenía que intentarlo.

Vuelvo al tema de Carla Marsden y le digo:

—Dile lo que te he dicho. Y no me llames durante un tiempo. Adiós, Marvin. —Cuelgo.

—¿Quién cojones es Marvin?

Me doy media vuelta en el escenario. Jack está a poco menos de dos metros y me mira con el rostro frío y los ojos oscuros y serios.

—Es un amigo de Nueva York. —¿Qué ha escuchado? Me humedezco los labios. Preferiría no tener que contarle lo de Marvin, ya que la confianza de Jack es como el encaje: tiene muchas sombras y agujeros. Es débil y delicada.

—¿Sois muy amigos? —pregunta con los dientes apretados. El pecho se le hincha cuando se cruza de brazos.

Hago un gesto de dolor. La dureza del tono con el que me habla hace que se me erice la piel. Sé que no me haría daño, pero es como si, independientemente de lo que le diga, ya me hubiera juzgado. Examino su rostro, duro como el granito, y veo que se está conteniendo. Apenas se mueve, parece una estatua. Está… enfadado.

Miro a nuestro alrededor. Ya se ha marchado todo el mundo, y Laura y Timmy se deben de haber ido mientras hablaba por teléfono.

—Jack. —Me levanto y el vestido hace ruido al rozarme las piernas—. Vamos a casa…

—No —dice con frialdad—, vamos a hablar aquí. Dime, ¿de qué habéis hablado? —Abre un poco las piernas—. Sobre todo, explícame la parte en la que le has preguntado si se llevaría una comisión si consiguieras que aceptara la oferta de Blue Stone. Estabas hablando de mí y conozco perfectamente la editorial.

Podría soportar que estuviera enfadado por haber oído solo una parte de la conversación, pero la frialdad en sus ojos me dice que no va a escuchar lo que le diga.

Se me rompe el corazón.

—No vamos a hablar aquí. —Quiero estar en casa rodeada de mis cosas. Tengo que sentarme y explicarle que trabajé en la editorial.

Inhala con fuerza.

—No pienso volver a tu casa después de lo que acabo de oír. ¿Quién es Marvin? Dímelo —ruge.

Respiro hondo, tengo un nudo en el estómago. Examino su rostro, pero no le reconozco.

—Te estás haciendo una idea equivocada porque has escuchado solo un lado de la conversación y ni siquiera la has oído entera. Y no me hables así.

—Maldita sea, Elena —dice, alejándose cuando bajo del escenario—. No me hagas esto. He confiado en ti.

—Nunca lo has hecho. —Me detengo delante de él. Siento que una ola de adrenalina; la ira y el miedo por sus inseguridades se apoderan de mí.

«¿Cómo puede juzgarme con tanta rapidez?».

¿Es solo por el comentario?

¿Y por qué me ha estado espiando?

Niega con la cabeza.

—Sí que confiaba en ti.

—¡No es cierto! ¡Has estado con la mosca detrás de la oreja desde que viste a Sophia!

—Y, al parecer, tenía motivos si has hablado con la editorial. —Se le acelera la respiración; parece haber dejado de contenerse. Se pasa las manos por la cara y su rostro palidece cuando se da cuenta de algo—. Joder, me… me has tomado el pelo, pero bien. Sophia me dijo que escondías algo, aunque nunca pensé…

—¿Le dejaste que hablara de mí? —Cojo aire—. Por eso estabas tan raro. Solo con que hubiéramos mantenido una conversación sincera, cosa que no hacemos nunca, podríamos haber solucionado todo esto. ¿Crees que nos volveremos a ver cuando acabemos la obra? ¿Has pensado en eso? Nunca hablamos de nuestro futuro, no hacemos planes. Además, ya deberías saber que trabajaba en Blue Stone, ¿o eso no te lo dijo Lawrence cuando me investigó? ¡La noche que nos conocimos te conté que había trabajado para una editorial de novela romántica! —Estoy gritando y detesto gritar.

Se pasa una mano por el pelo y me dice con un tono de voz bajo, tranquilo y gélido:

—No te vayas por las ramas. Dime quién es, Elena.

Tengo miedo. Creo que no va a importar lo que le diga.

—Mi antiguo jefe. Me llama de vez en cuando para ofrecerme trabajo.

Su rostro se vuelve inexpresivo.

—¿Y para ofrecerte escribir libros? ¿Cuánta pasta vas a sacar?

Cierro los ojos. La emoción me hace un nudo en la garganta.

Me está rebajando al mismo nivel que Sophia. Cree que soy una mentirosa y que lo he usado y manipulado.

Entonces, me doy cuenta de que nunca confiará en nadie. Nunca.

Nunca…

Cojo el bolso con fuerza y me lo pongo delante del vestido.

—Quiero toda la verdad. ¿Qué vas a hacer con todo lo que sabes de mí? Lo sabes todo de mí, ¿verdad? Te he contado cosas que no había contado a nadie, como lo de Harvey, lo inseguro que soy, lo de mi hombro. ¿Estás tomando la pastilla anticonceptiva o me has mentido también sobre eso?

Sus palabras se clavan en mi interior como un cuchillo. Me muerdo el labio. Estoy a punto de llorar. Pensaba que no me podría hacer más daño, pero me está destrozando. Dejo que sea mi ira la que le conteste, aunque se me cierra la garganta.

—No tengo por qué contestarte a nada de eso —susurro. Le he entregado mi corazón. Estoy presa de mi orgullo y creo que no tengo por qué responder a sus preguntas porque ya debería saber cómo soy con él, tendría que saber que yo…

Se deja caer en una silla. Tiene los hombros encorvados y la cabeza gacha.

Me echo a llorar y ahora no puedo detener las lágrimas que me caen por las mejillas.

—No llores, Elena, por favor. No me gusta verte así… —dice con un tono irregular, cansado. Rendido.

Me agarro al bolso con fuerza. Necesito un ancla que me mantenga de pie y alejada de él, ya que solo pienso en abrazarlo y en suplicarle que vea quién soy.

—Te quiero —digo con la voz quebrada—, y sabía que me iba a acabar enamorando de ti y que me destrozarías. Pero me entregué a ti al cien por cien porque no podía soportar la idea de no formar parte de tu mundo.

No mueve ni un músculo.

—Sophia también me dijo que me quería.

Suelto una risa sarcástica.

—Claro, qué tonta he sido. Todas las chicas dicen lo mismo. Pero yo no soy una más, Jack, yo soy diferente. Soy la chica sobre la que bromeamos la noche que nos conocimos en el restaurante. En el fondo, creo que sabes que…

—Ya no sé nada. —Se pone de pie. Su rostro parece vulnerable, asustado. Le tiemblan las manos y se las mete en los bolsillos. Coge aire y continúa—: Tengo que… recoger mis cosas de tu casa.

El ordenador portátil. La ropa que llevaba puesta antes de cambiarse. Una taza graciosa que se trajo para hacerse el café por las mañanas. El libro de suspense que dejó en la mesita auxiliar.

Se da media vuelta, se queda un momento callado y pregunta como si se le acabara de ocurrir:

—¿Quieres que te lleve a casa?

¿Lo dice en serio? No puedo ni respirar y él…

Intento que me salga la voz, pero me tiembla un poco:

—Iré caminando. Hace una noche muy bonita. Tú ve, la puerta está abierta.

Me mira perplejo. Ya no parece asustado. Tiene el rostro inexpresivo excepto por la mandíbula tensa.

—Has venido conmigo. Puedo llevarte.

Miro a un punto fijo por encima de su hombro y le digo:

—No quiero estar ahí cuando te vayas, Jack.

Se queda dudando un segundo, se da media vuelta y se aleja. Los hombros se le mueven de un lado al otro cuando sale del gimnasio hacia el pasillo. Me muerdo la lengua para evitar llamarlo y suplicarle que me crea.

Oigo una puerta que se cierra en el escenario y, cuando me giro, veo el rostro de horror de mi hermana.

—Lo siento, Elena, no quería oír nada… estaba recogiendo unas cosas del atrezo y os habéis puesto a hablar… y yo…

—No pasa nada —consigo decir, aunque no estoy bien.

No estoy bien. No lo estoy.

Deja el bolso, corre hacia mí y, cuando me abraza, me echo a llorar otra vez. Me pasa la mano por el pelo.

—Estás temblando. Desahógate, Elena, estamos solas.

No puedo dejar de pensar en su espalda cuando se ha ido.

Lo quiero. Lo quiero.

Pero él ha decidido echarlo todo por la borda.

Romper lo nuestro sin siquiera intentarlo.

Ha puesto fin a lo que teníamos.

La emoción me abruma y oigo en mi cabeza una y otra vez el tono rotundo de sus palabras mientras lloro sobre el hombro de mi hermana.

Me mira y me pregunta:

—¿Puedo hacer algo para que te sientas mejor?

—No —respondo con los ojos cerrados.

—Puedo darle una patada en los huevos.

Aunque intento evitarlo, me echo a reír mientras me imagino a Giselle atacando a Jack.

Me coge de la mano, entrelaza sus dedos con los míos, como hacíamos cuando nos contábamos secretos de pequeñas, me seca la cara y me dice:

—Venga, Elena. Vamos a casa.

A casa.

Asiento y salimos del gimnasio. El silencio del oscuro pasillo es un reflejo de mi corazón. Nos subimos al coche y nos quedamos sentadas unos segundos, en silencio, con la mirada hacia delante, asimilando lo que ha pasado. No siento nada. Estoy cansada. Imagino a Jack recogiendo sus cosas en mi casa antes de irse.

He arriesgado demasiado por él. He aceptado cada día tal como llegaba, esperando que me diera un poco más de él. El amor es complicado y requiere de dos personas, dos personas bien dispuestas.

Jack nunca entregará su corazón a nadie. Me siento vacía cuando pienso en qué me deparará mañana. Y el día siguiente. Vuelvo a sentir una oleada de emociones y cierro los puños con fuerza para controlarla.

Giselle me toma de la mano.

—Creo que ya se habrá ido —digo tras soltar un largo suspiro.

Arranca el coche, vamos a casa y entramos. Tal como era de esperar, el coche de Jack no está. Topher se reúne con nosotras en la cocina y me mira con cara de preocupación.

—¿Qué ha pasado? Jack ha venido y se ha ido. Parecía... hecho polvo.

Giselle explica con un tono titubeante todo lo que ha pasado: la conversación con Marvin y con Jack mientras yo sirvo un vaso de *whisky* del caro a cada uno.

Le doy un vaso a Giselle, aunque las manos me tiemblan. Respiro hondo y la miro...

—¿Y tu anillo? —pregunto, olvidándome por un momento de Jack para centrarme en mi hermana.

Parpadea rápidamente, sorprendida, y contesta:

—Ahora tenemos que pensar en ti y en cómo vas a hacer para acabar la obra...

—¿Qué ha pasado? —le pregunto con el ceño fruncido.

Da un trago a la bebida.

—He cortado con Preston hoy.

—¿Qué ha hecho?

—Pues se estaba mandando mensajes sexuales con la secretaria del bufete. Los vi ayer en su móvil. Eran muy explícitos.

Ella le había mandado fotos de sus pechos. La misma mierda de siempre. —Da otro trago al *whisky.*

Giselle nunca dice palabrotas.

—Será hijo de puta —murmuro.

—Menudo cabrón —añade Topher, negando con la cabeza.

Los ojos azules de mi hermana se encuentran con los míos.

—Ya hace tiempo que sospechaba. Siempre tenía que trabajar los sábados y acababa muy tarde entre semana.

—¿Se puede saber qué les pasa a los hombres? —Me pongo un poco más de *whisky*—. Tú eres la excepción, Topher. A ti te adoramos.

—Me alegro —dice. Me sigue observando con cautela.

Giselle hace una mueca con la mirada perdida en su vaso.

—¿Podrás perdonarme algún día, Elena? Sigo sin perdonármelo. No tendría que haber salido con él. Menos mal que no llegamos a hacer el amor. Creo que me propuso matrimonio solo para que nos acostáramos.

Me atraganto con la bebida.

—¿Lo dices en serio? ¿Todavía eres virgen a los veintitrés? Pensaba que ya habrías... —La miro con los ojos como platos. En el instituto, casi no salió con nadie y nunca trajo novios de la universidad a casa.

Se echa a reír.

—No pongas esa cara.

Niego con la cabeza.

—¡Eres totalmente inocente! ¡No tenías experiencia con capullos como él, por eso quedaste hechizada al verlo! Madre mía, me lo voy a cargar.

Suspira y veo que sigue estando igual de nerviosa. Sé lo que quiere y necesita oírlo de mi boca, porque nunca se lo he dicho.

Suspiro.

—Te perdono, Giselle. Ya hace tiempo que lo he hecho. Preston es insignificante, y tú eres mi hermana, te quiero muchísimo y nada se va a entrometer entre nosotras. Mi familia es todo lo que tengo y es lo más importante para mí. La casa, el pueblo, nuestros recuerdos. ¿Eres consciente de la suerte que tenemos? Hay familias que no pueden estar en una habitación sin pelearse, que se han rendido, pero yo no lo hago. No me pienso rendir. Siempre serás mi hermana. —Se me llenan los ojos de lágrimas otra vez—. Además, estabas enamorada de él. Y yo no, y lo sé, porque sé lo que es el amor. Quiero a Jack —las últimas palabras son solo un susurro.

Se muerde el labio y me abraza. Se aparta un momento y me dice:

—Lo siento. Jack solo está asustado. El día que vinieron a ayudarnos a limpiar, no dejaba de mirarte. Cuando entraste en la cocina, él te siguió. Cuando fuiste al patio, él fue al patio. Te miraba como si fueras su mundo. Cuando decís vuestras frases en los ensayos…

—Estamos actuando —digo—. Es solo por la obra. Aunque va a ser una mierda. —Inhalo con fuerza. ¿Cómo me las apañaré?

—No es cierto, Elena. Jack te quiere.

Pestañeo rápidamente.

—Ah, ¿sí? Entonces, ¿a dónde ha ido?

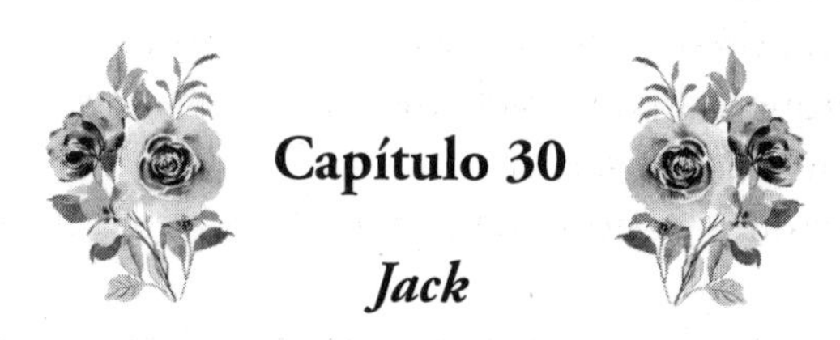

Capítulo 30

Jack

No me reconozco. ¿Por qué me invade esta sensación de desazón en el pecho? ¿Por qué tengo este nudo en el estómago? Siento náuseas, así que giro el volante del Porsche para salir de la carretera interestatal. Intento respirar hondo.

Abro la puerta del coche y corro hacia el césped del otro lado de la carretera, me agacho y vomito. Elena, Elena, ¿cómo has podido? ¿Cómo has podido acabar con la poca fe que sentía y que no sabía que necesitaba tanto? ¿O con la frágil convicción y esperanza de que fueras distinta a los demás? La cabeza me da vueltas, cierro los puños y me apoyo en el coche. Me ha dicho que era solo un amigo. Pero le ha preguntado cuánto sacaría de comisión.

El sonido del móvil desde el coche me devuelve a la realidad.

Inhalo con fuerza, vuelvo al Porsche y contesto la llamada.

—¿Qué coño era el mensaje que me has dejado en el contestador, tío?

Lawrence. Lo he llamado en cuanto me he subido al coche. No recuerdo qué le he dicho porque seguía confundido tras salir de casa de Elena.

—Elena trabajaba para Blue Stone. Trabajaba allí cuando Sophia fue. ¿Por qué no lo sabías? —Mi voz es como la gravilla que araña las rocas y golpea los peñascos—. No hiciste tu trabajo.

—No encontré información sobre eso. —Se queda en silencio al otro lado del móvil—. Te dije que le hicieras firmar el acuerdo de confidencialidad.

Siento el peso de los remordimientos en los hombros.

Continúa hablando:

—Si me hubieras hecho caso, no nos encontraríamos en esta situación.

Apoyo la cabeza en el reposacabezas. Estoy reventado. Oír la conversación de Elena con Marvin, que se haya negado a contarme qué pasaba, su declaración de amor al poco tiempo de la de Sophia…

—No hace falta que me digas que me lo dijiste, Lawrence.

Se queda callado.

—Vale, déjame que la llame y vea qué piensa al respecto.

Aprieto los dientes.

—No te dirá nada.

—Pues habla tú con ella.

—No puedo, joder, no puedo. Hace que quiera… —Cierro los ojos.

Porque, si se pone a llorar…, si me mira con esos ojos tan grandes que tiene… puede que yo…

—Está bien. Iré al grano y le preguntaré qué planes tiene.

—Lo sabe todo —murmuro—. Lo que hicimos con Sophia, que Aiden nos ayudó… —Mierda, ni había pensado en eso.

—¿Sabe lo de la operación?

—Sí.

—Joder, Jack. ¿Cómo se te ocurre?

Porque la…

Porque yo la…

Golpeo el volante con el puño.

—Encárgate tú. Yo no puedo hablar con ella.

Porque voy a perder la cabeza.

No puedo ni imaginarme el dolor que sentiría.

No había tenido nunca esta sensación de desazón ni siquiera cuando Sophia anunció que iba a publicar el libro.

—Necesito espacio.

—¿Que necesitas espacio? No puedes dejar la obra.

—No he dicho que la vaya a dejar. —Aunque intento controlarla, la voz me sale temblorosa.

¿Cómo narices voy a mirarla?

~

Cuando por fin llego al piso, son cerca de las once de la noche. Todavía tengo el nudo en la garganta. No puedo concentrarme y me cuesta hasta meter la llave en la cerradura para abrir.

Devon me recibe en la puerta. Es evidente que estaba listo para acostarse: va descalzo y lleva unos pantalones de pijama.

—Menuda pinta tienes.

Paso por su lado y voy a la cocina.

—¿Dónde está el vodka bueno?

—En el frigorífico. —Me ha seguido a la cocina. Tiene una expresión seria—. ¿Estás bien?

—No, pero se me pasará. —Saco el alcohol de la nevera, me lleno un vaso hasta la mitad y le doy un trago largo. Lo vuelvo a rellenar—. Muy pronto.

—Cuéntame qué ha pasado. —Se sienta en la encimera.

—Lo de siempre. Chica conoce a chico, sabe quién es desde el principio, quizá. Pasa tiempo con él, conoce todos sus secretos y luego lo traiciona.

—¿En serio? ¿De verdad te ha traicionado? Porque te conozco y sé que, cuando pasa algo, te cierras en banda. No dices nada y…

—No me ha dado los detalles.

Devon suspira y me mira serio a los ojos.

—Es Elena. Piensa que…

—No hay nada que pensar —suelto antes de dar otro trago a la bebida. Dejo el vaso de mala manera en la encimera—. ¿Vas a dejar que beba solo o qué?

Me examina el rostro y sé qué ve. Un rostro demacrado. Unos hombros caídos. Me han engañado. Otra vez.

Se limita a asentir.

—Ponme un vaso. Ya hablaremos mañana.

~

A la mañana siguiente, Devon entra en mi cuarto y abre las cortinas. La luz me ciega desde el otro lado de las ventanas.

—Levántate, capullo. Has faltado al entrenamiento en el estadio y Aiden me ha llamado para saber por qué.

Gruño y me siento en la cama.

—Dile que se vaya a tomar por culo.

Devon me mira y se fija en la botella de vodka vacía que tengo en la mesilla de noche.

—Hacía años que no te emborrachabas, Jack. Tú no eres así.

Lo ignoro y me paso una mano por la cara. Me levanto con dificultad y voy hacia la ducha.

—¿Qué hora es?

—Las doce.

Me sobresalto cuando recuerdo mi pasado y todo el alcohol que bebí a los veintipocos años. Me quedé dormido cerca de las tres de la mañana, dándole vueltas y más vueltas a la conversación con Elena.

—No le cuentes nada a Aiden. Ya lo llamaré mañana. —Lo último que necesito es que mi suplente sepa lo de Elena.

—De acuerdo. Lawrence se ha pasado por aquí antes. Ha ido a Daisy esta mañana y ha estado con Elena mientras abría la biblioteca.

De repente, siento una inquietud en mi interior.

—¿Y?

—Le ha pedido que firmara el acuerdo de confidencialidad.

Cada vez estoy más nervioso; el corazón me va a mil por hora.

—¿Y qué ha dicho ella?

—Querrás decir que qué ha hecho. Lo ha roto y se lo ha tirado a la cara. Topher lo ha echado de la biblioteca.

La cabeza me da vueltas y entrecierro los ojos.

—¿Ella lo sabía? —La imagino con su minifalda, el pelo recogido y el rostro ruborizado de ira, como anoche, echando fuego por los ojos—. ¿Lo del dinero?

—Mmm. No es una chica de esas a las que haces firmar un acuerdo. Ella es una chica para toda la vida. —Se queda en la puerta y dice—: La he llamado.

—¿Por qué? —pregunto, enfadado.

—Porque no creo que ella…

—¿Qué te ha dicho? —Odio preguntar eso, porque suena patético, y me duele el pecho. Me lo toco con la mano.

—Me ha contado tanto como tú. Es una tumba, Jack. De verdad que no me creo que haya hablado con alguien de ti. Ella no es así y, si te pararas un momento a…

Me estoy mareando.

—He sido yo mismo con ella, Devon, yo… yo…

—Te has enamorado.

Un escalofrío me recorre el cuerpo. ¿Enamorado? Sí, enamorado.

Ni siquiera sé qué es el amor. Pero sé que es peligroso.

—Habla con ella por lo menos.

Niego con la cabeza.

—Puede utilizar lo que le diga.

—Has pasado semanas con ella. No has venido a casa ningún día porque has dormido con ella. ¡Y tú nunca haces eso! La noche que bailé con ella te pusiste hecho una fiera. ¡Nos convenciste para que fuéramos a su casa a limpiar! Cuando hablas de ella, eres una persona diferente, Jack. Cuando la miras, joder…

—Déjame.

Frunce el ceño.

—La estás cagando.

—Lo sé. Confié en ella.

—Crees que lo hiciste.

Me humedezco los labios, confundido, y siento una ola de dolor en mi interior, un tsunami de emociones en el que no quiero ni pensar.

Devon se va y yo entro al lavabo y gruño cuando veo las ojeras que tengo, la desolación en mi rostro…

«Que le den».

No puedo estar enamorado de ella porque eso…

Eso me mataría aún más.

Los recuerdos de la noche anterior me acechan. Me apoyo en la encimera del lavabo y las imágenes de su rostro devastado me golpean y hacen que tenga ganas de vomitar. Recuerdo la ira que sintió cuando le pregunté, la sutil expresión solemne en su rostro cuando la presioné.

Sin embargo…

No me dio ninguna explicación.

Me dijo que me quería. Recuerdo esas palabras y siento que…

Pero entonces…

«¿Por qué no me comentó que trabajaba en Blue Stone?».

Capítulo 31

—Deja que te ayude —dice mi tía Clara, que entra al baño, me coge la plancha de la mano y empieza a alisarme el pelo.

Ha venido cuando ha acabado de trabajar para ayudarme a prepararme. Llevo funcionando en piloto automático desde hace dos noches. Ayer, Lawrence se presentó en la biblioteca vestido con un traje caro, entró furioso y me vino a buscar al mostrador. Con una cara triste, me plantó delante otro acuerdo de confidencialidad y casi perdí los estribos cuando me preguntó cuánto me tendrían que pagar para que lo firmara. Le dije que ni por todo el dinero del mundo. Estaba enfadadísima. Saqué las tijeras y corté el documento en cachitos y se lo tiré a los pies. El tío se quedó sin palabras y me miró como si tuviera dos cabezas. Topher se encargó del resto y lo acompañó a la salida.

Además, en el último ensayo, Jack llegó tarde y con un rostro inexpresivo. Habló con todo el mundo menos conmigo, excepto cuando interpretábamos nuestros papeles. Cuando llegó una de las escenas en las que nos teníamos que besar, le dijo a Laura que estaba resfriado. Yo intenté mantener la calma con los puños apretados y el corazón herido, enfadado y… roto. Ella nos miró extrañada, pero, independientemente de lo que viera en nuestros rostros, lo dejó pasar y no nos presionó.

Al acabar el ensayo, se fue sin despedirse de nadie con los hombros tensos y caídos.

—Gracias por ayudarme. —Parpadeo al mirarme al espejo. Tengo la garganta seca.

—¿Quieres que te maquille también? —me pregunta.

No le respondo. Tengo el rostro pálido y la cabeza en otra parte al recordar la actitud fría de Jack. ¿Cómo ha podido marcharse así sin más… y mandarme al capullo que tiene por relaciones públicas para acabar el trabajo? Siento que tengo la cara tensa, noto una tirantez en la piel y respiro hondo.

No pienses en él. Olvida que existe…

—¿Estás bien, Elle?

Asiento y finjo una sonrisa.

—Claro. Solo es una obra de teatro. —Hago un gesto de desestimación con la mano—. Haz lo que quieras con el maquillaje. Cuanto más lleve, mejor.

No quiero hablar de él. Ahora no. Esto se ha acabado. Lo único que tengo que hacer es ir al teatro, decir mis frases y marcharme. Y todo habrá terminado. Él volverá a Nashville y yo seguiré mi vida en Daisy. Como si no hubiera pasado nada.

Asiente y se pone manos a la obra.

Veinte minutos después, llevo unas mallas y una camisa vaquera grande para que, cuando me cambie de vestuario, no se me estropeen ni el peinado ni el maquillaje. Cojo el atuendo de la primera escena: un vestido de encaje corto y blanco para el baile de máscaras. Frunzo el ceño y busco por la habitación. ¿Dónde están las alas de pelo para la escena de la fiesta? Tardé varios días en hacerlas y les añadí brillantes y rosas pequeñas.

—No encuentro las alas —me quejo cuando entro a la cocina, donde mi tía y mi madre están hablando.

Mi madre me examina el rostro.

—¿Dónde las has visto por última vez?

Niego con la cabeza, estoy confundida y desorientada. Me muerdo los labios.

—Pues pensaba que las tenía colgadas en la habitación…

Se levanta.

—Estás un poco despistada, querida. Ve a mirar otra vez. Yo las busco en la sala de estar.

Asiento y vuelvo a mi cuarto. Abro la puerta del armario de par en par, busco entre la ropa y miro en el colgador del lavabo. Los ojos se me empiezan a llenar de lágrimas. No puedo pensar. ¡Ayer las vi en algún sitio! ¿Qué me pasa?

Salgo del lavabo.

—Mamá, ¿las has encontrado?

No responde, así que me acerco por el pasillo.

—Elena —dice en voz baja—. ¿Qué es todo esto?

No. No. No.

Doblo la esquina y veo la puerta del taller abierta y a mi madre en el centro de la habitación con la mirada fija en los maniquíes. Se da media vuelta y mira los modelos con el rostro pálido. Parece ser que la princesa de Bavaria con flecos es la que más le llama la atención.

—¿Los has hecho tú?

Mi tía viene de la cocina y se choca conmigo. Me mira con los ojos como platos.

—No has cerrado con llave.

Mi madre nos mira a las dos, primero a una y luego a la otra.

—¿Tú sabías esto?

Mi tía asiente, se da media vuelta y se va. La fulmino con la mirada mientras se aleja. Gracias por el apoyo.

—Mamá, te lo puedo explicar —digo, entrando en la habitación. Hago una mueca cuando veo que mira el conjunto de lentejuelas de unicornio.

—Me encantará oír qué tienes que decir. —Roza el sujetador con los dedos y observa la tela. Pasa la mano por las lentejuelas y alza una ceja cuando ve que cambian de color. Hace un ruidito con la garganta cuando aparece el unicornio.

—¿Por eso cierras siempre el cuarto con llave?

—No quería que lo vieras.

—¿Por qué?

Cierro los ojos. Es ahora o nunca, y la verdad es que estoy harta de tener que esconderlo.

—Me encanta hacerlos. La reunión que tuve en Nashville… fue con una empresa de lencería.

Se sienta al escritorio y echa un vistazo a los diseños.

—¿Quieres dejar de trabajar en la biblioteca?

Decido proceder con cautela. He encontrado las alas, las cojo y las agarro con fuerza. Respiro hondo.

—Tengo que irme, mamá. Luego hablamos.

Topher baja las escaleras y entra en la habitación.

—Elena, ¿estás lista…?

Se detiene y abre los ojos como platos.

—Mierda. —Mira a mi madre, luego a mí y se va.
—Vuelve ahora mismo, jovencito —lo llama ella.
Asoma la cabeza por el marco de la puerta.
—¿Dígame?
—¿Lo sabías? —Topher asiente con resignación.
—Hace años que Elena sueña con esto…
Mi madre lo interrumpe y el rostro se le vuelve serio.
—¿Lo sabe Giselle?
Cierro los ojos un instante y asiento.
—Preston también lo sabe. Lo detestaba.
—Menudo cabrón —dice mi tía Clara desde la puerta. Parece que ha reunido el coraje para volver.
Mi madre se queda sentada y agacha la cabeza.
—Soy la única persona a la que se lo has escondido. —Traga saliva. Por su rostro, pasan todas las emociones.
Cambio el peso de un pie al otro y me acerco al diván que hay cerca de la ventana. Me tiemblan las piernas, así que me siento.
—No… no quería que pensaras mal de mí.
Se muerde el labio y yo hago una mueca. Solo he visto llorar a mi madre en tres ocasiones: cuando murió mi padre, el día de su funeral (que lloró tanto que nadie consiguió calmarla), y el día del fallecimiento de mi abuela. Es dura como una roca, como una pieza de granito.
Me acerco a mi madre y le paso los pañuelos.
—Mamá, por favor… Siento que me guste esto. Te he decepcionado.
—No digas eso —dice, con la cara larga—. Por favor, ni se te ocurra. Tú nunca me decepcionas.
—No estudié Medicina, no me casé ni me puse a tener hijos en seguida, casi no voy a la iglesia…
—Habrías sido una doctora pésima. No soportas la sangre y eres demasiado sensible. Aunque no te iría mal escuchar un sermón de vez en cuando. —Se le hunden los hombros y le empiezan a caer lágrimas por la cara, y se me rompe el corazón al verla llorar—. Me duele mucho pensar que me has ocultado algo que era tan importante para ti… —La voz se le apaga poco a poco y sorbe por la nariz.

—No llores, porque, si tú lloras, yo también, y ya me he maquillado y ha quedado muy bien y no quiero que la tía Clara tenga que volver a empezar.

—Creo que es tarde para eso, porque ya estás llorando.

—¡Ya lo sé! —Me siento en el suelo, al lado de sus rodillas, y noto que las emociones se apoderan de mí por lo que ha pasado con Jack y ahora por esto—. No te enfades conmigo por querer ser diferente, por favor.

Me busca los ojos con la mirada, llena de lágrimas, y dice:

—Elena, ¿cómo se te ocurre pensar que me enfadaría por algo así? Estoy sorprendida, atónita por estos... modelos... tan provocativos. —Niega con la cabeza—. Es solo que nunca pensé que quisieras hacer algo más allá de ser bibliotecaria.

—Eso nunca será suficiente para mí. Quiero hacer algo que me haga sentir guapa, algo diferente a lo que hacen los demás.

—Ay, Elena... ¿cómo has podido pensar que te iba a juzgar por hacer lo que más te gusta? El día que la abuela te enseñó a coser, vi que te desenvolvías en ese mundo como pez en el agua. ¿Por qué no me lo has dicho? ¿Tan mala persona soy? ¿Esa es la imagen que tienes de mí? ¿Acaso no te he apoyado siempre incluso cuando no he estado de acuerdo en algo? Dejé que fueras a estudiar a Nueva York e intenté mantener el pico cerrado cuando te quedaste a trabajar. ¡Hasta cuando te fuiste sola a Europa!

La angustia en su voz hace que no pueda evitar rodearle la cintura con los brazos.

—Lo sé, mamá... pero... Daisy es tan importante para ti... La iglesia, tus amigos... No quería que te preocuparas por si te hacía quedar mal.

Otra lágrima le moja la cara.

—Pues no sé por qué no. Te quiero, Elena. Eres mi niña preciosa y quiero apoyarte, aunque... aunque no siempre apruebe lo que haces. Eres mi hija, eres parte de esta familia, y pensaba que ya lo sabías. —Respira hondo—. El amor de una madre es incondicional. Y sé que solo soy una mujer de un pueblo pequeño y que no sé mucho del mundo, pero tú eres diferente. Lo sé y lo acepto. Tú no eres yo. Puede que nunca te cases ni me des nietos. No pasa nada. Yo solo quiero que seas feliz, Elena.

No quiero ser la última en enterarme de todo. —Se le rompe la voz y la abrazo. Apoya la cabeza en la mía—. A veces, soy dura contigo, lo sé, pero, en el fondo, solo quiero que seas feliz. Y, si hacer estas cosas es tu sueño, no te tiene que importar lo que piensen los demás. Quiero que lo tengas todo y que seas la persona que desees ser. —Suelta un suspiro largo—. ¿No te das cuenta?

Hace una mueca y me limpia la mejilla.

—Además, desde pequeña siempre has hecho lo que te ha dado la gana. Tienes mucho talento, Elena, muchísimo, y eres creativa y decidida. Estoy muy orgullosa de ti y de cómo eres. Y no quiero que hagas nada que no quieras ni que seas quien no eres. Quiero que te ames más que a nadie y que decidas tu propio camino, y, aunque no sea el que yo elegí para mí, deseo que tomes uno que vaya a mi lado y que te permita llegar mucho más lejos de lo que yo nunca soñé y que te haga feliz. —Su tono se vuelve firme—. Y ya me encargaré yo de aquellos a los que se les ocurra decir algo malo de ti en este pueblo.

—Siento no habértelo contado. —Lloro todavía más al darme cuenta de que me quiere, aunque no siempre esté de acuerdo conmigo.

Me coge de la barbilla y siento que vuelvo a tener cinco años.

—Voy a estar a tu lado siempre. Siempre me tendrás.

La tía Clara y Topher están sentados en el suelo, a mi lado. Al parecer, no me he dado cuenta ni de que habían entrado en el taller.

—No tendríamos que dejar que nada se interpusiera entre nosotras —dice mi tía, llorando sin parar.

—¿Por qué no puedo formar parte de la banda de chicas de Daisy? No soy una mujer como tal, pero me gusta ponerme ropa de chica —susurra Topher, rodeándonos con los brazos.

—¿Por qué no? Puedes ser un miembro honorario —responde mi madre mientras se seca la cara—. Tendríamos que inventarnos una ceremonia de iniciación como las de las chicas de las hermandades. Podríamos ponernos capas, encender velas y hacer un juramento.

—Y beber *whisky* —dice mi tía asintiendo—. El *whisky* es muy importante.

Mamá se echa a reír, pero dice:

—No nos vendría mal. —Me observa con atención unos segundos—. Siento decirte que vas a tener que volver a maquillarte.

La abrazo con fuerza.

—No te volveré a ocultar nada, mamá. Nunca más.

Sonríe.

—Bien. Y, cuando te conviertas en una superestrella de las braguitas, si a Birdie Walker se le ocurre decir algo, le teñiré el pelo del lila más chillón que encuentre, como el de Devon, y se acabó.

Me echo a reír.

—Venga —dice mi tía Clara, tirando de mí para que me levante—. Que tenemos que ir al teatro.

Capítulo 32

Jack

Cuando llego, el gimnasio está a rebosar. Hay dos grupos de sillas con un pasillo en medio y la gradería está llena de gente.

—Tío, toda esta gente ha venido a verte —dice Devon, perplejo—. ¿Estás bien?

—Sí.

—Mentiroso. ¿Vas a volver a vomitar?

Ha tenido que parar el coche en la interestatal y, anoche, me pasó lo mismo cuando iba al último ensayo. Tengo el estómago revuelto. No puedo comer. No puedo pensar. Se me ha juntado lo de Elena con los nervios que siento por tener que actuar delante de tanta gente.

—No son periodistas —me recuerda—. Son gente buena que ha venido a verte. Mira, ahí está Timmy. —Señala con la cabeza hacia el trasto de Timmy que, en cuanto me ve, viene corriendo hacia nosotros. Lleva unos vaqueros y una camisa un poco arrugada.

Lo levanto y lo abrazo con fuerza.

—Qué guapo estás, pequeñajo —le digo. Intento sonar cercano, aunque me siento muy lejos de todo.

—¡Llegas tarde! Mamá estaba preguntando por ti.

Hago una mueca.

—Lo siento. Ya estoy aquí, dile que voy para allá.

Asiente y corre al otro lado del gimnasio.

—Solo haréis la obra una vez. Será la última vez que veas a Elena —murmura Devon, metiéndose las manos en los bolsillos—. Piénsalo.

—Sí.

—Bueno. Mucha mierda. Ve, yo voy a sentarme en la parte de delante. Elena me dijo que habían reservado asientos para nosotros y para Quinn.

—Y para mí —dice Lucy, que acaba de entrar con Quinn y nos ha oído. Ha sido una incorporación de última hora. Le mencioné la obra la semana pasada cuando le hablé de la gente del pueblo. Y de Elena.

Pensaba que no iba a poder venir porque ha pasado la gripe hace poco. Como ya no conduce, Quinn la ha ido a buscar a casa mientras que yo he venido con Devon.

—Quiero ver a esa Julieta de la que tanto me has hablado por teléfono —dice con una ceja arqueada. Tiene poco menos de ochenta años, el pelo corto, marrón, y lleva unos pantalones negros de vestir y una camisa blanca de seda con un collar de perlas que le regalé las Navidades pasadas. Las perlas me recuerdan a Elena…

—Sí —digo con un tono monótono.

Lucy tiene los ojos de un color castaño desvaído, pero son muy atentos. No le he contado nada de lo que ha pasado porque no quiero preocuparla, pero Quinn…

Asiento.

—Tenéis tres asientos reservados en primera fila. Lo hablé con Laura y ella se encargó de reservarlos.

Lucy me echa y me dice:

—Venga, vete. No te preocupes por nosotros.

Me desean suerte y me detengo de camino al escenario. Tengo un nudo en el pecho. Me quedo inmóvil unos segundos y siento que todo el mundo me mira. Me tiemblan las manos cuando cojo la mochila y me la cuelgo del hombro.

Una parte de mí quiere… salir corriendo.

Pero la otra quiere ver a Elena una última vez…

Los nervios se apoderan de mí mientras camino a la parte delantera del gimnasio con todo el mundo mirándome, aunque me siento aliviado una vez cierro la puerta y subo los escalones del escenario. Las cortinas están echadas y todo el mundo prepara cosas de última hora. Los miembros del reparto están reunidos en grupos para practicar sus frases. Mierda, odio haber llegado tarde. Voy a uno de los vestuarios para hombres, que afortunadamente está vacío, y me desnudo para ponerme la camisa, los vaqueros y las botas negras de Romeo.

Ya me han puesto el micrófono y estoy esperando con el resto del reparto, pero sigo sin ver a Elena.

¿Llega tarde?

¿Le ha costado venir tanto como a mí?

—Jack.

Me doy media vuelta rápidamente al oír su voz y casi me tropiezo.

Está… guapísima. Lleva un vestido corto que le llega por encima de las rodillas y tiene las alas en la mano. Me costó muchísimo estar con ella anoche en el ensayo, fue horrible.

—¿Has estado llorando? —pregunto con voz ronca.

Tiene el rostro perfecto, pero se le marcan mucho las venas de los ojos.

Sonríe un poco y me da una taza de los Tigers, la primera que compré cuando me ficharon.

—Con las prisas, te olvidaste la taza.

—Oh. —La cojo con los dedos rígidos, contenidos… Mierda…me cuesta mucho no acariciar los suyos.

—Supongo que te alegrará que la haya guardado. Clara quería estrellarla contra la pared. —Se gira para marcharse.

—¿Elena?

—¿Qué?

Suelto un suspiro largo cuando me vuelve a mirar y le pregunto algo que había dicho que no le diría, pero no puedo evitarlo. De camino al teatro, no podía dejar de pensar en ella y en el rostro desgarrado, enfadado y resignado que puso cuando me fui del gimnasio.

«Te quiero. Y sabía que me iba a acabar enamorando de ti y que me destrozarías. Pero me entregué a ti al cien por cien porque no podía soportar la idea de no formar parte de tu mundo».

Recuerdo el orgullo que vi en sus ojos y que la ayudó a mantenerse firme. El mismo que le impidió hablar conmigo.

—¿Para qué te llamaron? Me gustaría saberlo para estar preparado.

Asiente con profesionalidad y sonríe apenas.

—Claro. Te fuiste antes de que acabara de contártelo. —Tiene el rostro completamente inexpresivo durante todo el rato que habla. Dios, echo tanto de menos su expresividad...—. En pocas palabras, Marvin quería saber si tú querías vender tu historia. Me preguntó de parte de una compañera, la editora que trabajó con Sophia, porque nos vio en el vídeo y pensaron que quizá yo te podría convencer o darles tu número de teléfono para ponerse en contacto contigo.

La señorita Clark pasa por nuestro lado en su vestido lila. Sonríe con superioridad y dice:

—¿Ya estáis teniendo una pelea de enamorados, Romeo y Julieta? No me sorprende, no hacéis buena pareja.

Elena, sin mirarla en ningún momento y con el mismo aire inexpresivo, le responde:

—Que te den, Shelia.

La profesora nos fulmina con la mirada y se aleja indignada.

Vuelvo a Elena.

—No me dijiste que habías trabajado allí.

—Pensaba que confiabas en mí. Asumí que lo sabías. Me equivoqué. Te lo habría acabado contando, Jack. No me pareció importante, pero ahora entiendo que te lo tendría que haber dicho de inmediato. —Sus palabras suenan entrecortadas, con un toque de ira, y pienso que prefiero esto, porque al menos así sé que siente algo.

Seguimos con la mirada fija en el otro y no puedo dejar de observarle la cara, las curvas de sus pómulos, el pelo que le cae por la mandíbula.

—¿Qué quieres de mí?

Su inexpresividad se quiebra un poco y veo un ápice de pena en su rostro del que se deshace rápidamente.

Por un instante, pierdo el control y siento un remolino de emociones. Mis brazos anhelan abrazarla. Pero... joder...

Hace una mueca y se ajusta la cintura del vestido con cara de dolor.

—Nada de nada, Jack. Soy una mujer de palabra. Jamás le diré a nadie lo que me contaste.

Nunca me había costado tanto saber qué piensa.

Parece vacía. Es como si la luz que caracterizaba sus ojos aguamarina se hubiera apagado.

Tú eras el causante de esa luz.

La cagaste y la abandonaste.

Ignoraste lo que te dijo.

Frunce el ceño y me pregunta:

—¿Estarás bien ahí fuera?

Asiento erráticamente.

—Sí. —Me miro las botas—. Estar contigo me ayuda. No pienso en el público.

—Al menos, puedo ayudar en algo. Igual que las suricatas.

Cierro los ojos. No sé qué voy a decir, pero sé que no quiero que se vaya. Necesito que me vuelva a decir que me quiere. Quiero que…

—Elena…

—¡Empezamos en cinco minutos! —grita Laura, mirándonos. Dirige su mirada hacia mí y me pregunta—: ¿Estás preparado?

Elena se aleja, como si hubiera estado esperando una oportunidad para irse, y se va a la otra punta del escenario por donde entrará.

Asiento a Laura, aunque la cabeza me da vueltas. Estoy mareado y no tiene nada que ver con el miedo que me da hablar en público.

«No la volveré a ver nunca más».

Respiro hondo como cuando voy a lanzar el balón en un partido y estoy rodeado de los jugadores del otro equipo y no encuentro a nadie…

Una ola de miedo muy fuerte y aterradora me aprisiona el pecho con fuerza.

Entonces, lo veo todo claro y creo que es posible que lo supiera desde el mismo momento en el que me contestó enfadada la otra noche antes de contármelo todo; es como si ahí ya me hubiera dado cuenta de que no hacía falta que me explicara lo de la llamada. Sin embargo, decidí guardar esa sensación en una caja cerrada con llave y esconderla donde guardo todo aquello que me hace sentir demasiado. Ella… me había protegido hasta el último momento. Ahora me viene a la mente la ferocidad con la que me salvó de aquellas mujeres en la pastelería y también recuerdo cuando la cogí en brazos y la llevé al ático, y me pierdo totalmente.

Ella no quería ir al ático.

No se sentía cómoda allí, pero… fue.

He metido la pata con Elena. La he… juzgado por las acciones de Sophia cuando Elena no es así.

Ella nunca me ha usado.

Nunca me ha obligado a contarle mis cosas y solo me ha preguntado cuando estaba realmente preocupada. Yo fui el que se abrió a ella por voluntad propia como no he hecho nunca con nadie e, incluso en esas ocasiones, he seguido ocultando una parte de mí.

Yo la he dejado marchar.

La he alejado de mí y la he asustado porque me daba miedo repetir los mismos errores que en el pasado…

Pero Elena no es un error.

Incluso con la operación de hombro que se acerca y lo mucho que me preocupa mi futuro en la liga, este mes que he pasado con ella ha sido el más feliz de…

Madre mía.

Es la chica que todo hombre sueña con encontrar… Es todo lo que siempre había querido.

Y he usado todo eso contra ella.

He reaccionado sin escucharla y… Joder.

Has regalado el balón al equipo contrario, Jack.

Has perdido el puto partido.

Capítulo 33

Elena

Jack entra al baile de máscaras con el disfraz de caballero de Romeo y me mira con esa mirada que, según Laura, dice: «Caray, lo único que quiero en esta vida es estar con Julieta y besarla». Es una mirada fingida.

Estoy a la derecha del escenario con el maquillaje arreglado, las alas puestas y actuando lo mejor que sé.

Se acerca a mí. Tiene las mejillas sonrojadas de un tono oscuro, pero sus frases no suenan tan firmes como deberían. Ha empezado la obra un poco trastabillado, lo he notado en cuanto ha empezado a hablar. Lo miro y lo intento animar con los ojos. Jack, Jack, Jack. «Eres guapísimo. No dejes que te afecte la gente» es lo que quiero que entienda al mirarme.

Pone la mano sobre la mía. Nos besamos, pero nuestros labios apenas se rozan. Nos apartamos. Nos miramos mientras la fiesta sigue en medio del escenario.

—Mis labios, en este caso, tienen el pecado que os quitaron —digo.

—Devolvedme el pecado otra vez —murmura.

Trago en silencio. Se ha saltado un trozo, pero asiento y lo vuelvo a besar.

Inclina sus labios hacia los míos y suspira. Tiene una mano en mi cara y nuestros cuerpos están más cerca de lo que deberían.

—Elena —no lo dice muy alto, pero se entiende a la perfección.

El resto del reparto continúa sin mirarnos. Él me busca con los ojos y abre la boca. Como si quisiera decirme algo, pero es mi turno:

—Sois docto en besar —digo ardientemente tal como lo exige la frase.

—Pues bésame otra vez.

Eso no es parte de la obra. Aparece la nodriza y dice su frase, pero Jack la ignora, me vuelve a besar y me pasa las manos por el cabello.

—Elena —me susurra al oído. Me aparto y lo miro con los ojos como platos.

El micrófono está abierto y el público empieza a murmurar. Si no lo habían oído la vez anterior, no cabe duda de que esta vez sí que lo han oído.

Giselle dice su parte y se supone que Jack tiene que salir de escena, pero no lo hace. Sus ojos no se apartan de los míos.

Giselle se aclara la garganta y repite su frase, y yo bajo de las nubes.

Uno de los tramoyistas se encoge de hombros cuando lo miro. Está esperando a que Romeo se vaya, pero Jack no se mueve de mi lado.

Nos quedamos todos en un silencio incómodo hasta que fulmino al del equipo técnico. ¡Cierra el telón!

La escena termina y la caída del telón da por finalizado el primer acto.

Suspiro y corro hacia la derecha para cambiarme de vestuario. Jack me sigue, así que me giro hacia él. Los del equipo técnico nos miran, pero me da igual.

—No puedes hacer esto sobre el escenario —le digo—. Te puede oír todo el mundo. —Me niego a pensar en cómo me he sentido cuando me ha besado y en las ganas que tenía de seguir besándolo.

Giselle se coloca entre nosotros y lo señala con el dedo.

—¡Más te vale volver donde se supone que tienes que estar, Romeo! Tú empiezas el segundo acto.

Traga y se le mueve la nuez. Se da media vuelta y se aleja.

Giselle se gira hacia mí.

—¿Estás bien?

Asiento. Sí. Pero nos queda casi toda la obra por delante. ¿Qué piensa hacer?

⁓

Para cuando estamos haciendo la escena del balcón, ya estoy convencida de que Jack ha perdido la cabeza.

En medio de una de sus frases, sube por la escalera hacia la ventana, cuando no le toca, y continúa con el texto. Estamos cara a cara y su virilidad y la pasión que veo en sus ojos me abruman.

Es una obra de teatro, Elena. Está actuando. Esta es la escena en la que Romeo se quiere meter en tu cama e ir al asunto…

Pero está haciendo lo que le da la gana y se intenta acercar tanto como puede cuando lo tengo al lado.

Céntrate.

Contengo la respiración y digo:

—¿Qué satisfacción puedes alcanzar esta noche?

—El mutuo cambio de nuestro fiel juramento de amor —dice con un tono suave.

Pestañeo rápidamente.

—He jurado mi amor por ti antes de que lo pidieras. Pero lo volvería a hacer.

He metido la pata. Lo he dicho mal y me he dejado un buen trozo. Dios mío. Necesito ayuda.

Me mira fijamente.

—¿Volverías a jurar tu amor por mí?

Por el amor de Dios. ¡No tiene que decir eso!

Me aclaro la garganta y continúo:

—Mi liberalidad es tan ilimitada como el mar…

Me interrumpe con mi parte.

—Mi amor, inagotable como él; mientras más te doy, más me queda; la una y el otro son infinitos.

Me coge la mano y entrelaza los dedos con los míos.

—¿Me lo puedes volver a decir? Nunca me lo habían dicho de corazón, Elena.

Niego con la cabeza. El corazón me late a mil por hora como si se me fuera a salir del pecho

—Sé que no es de la obra, pero necesito saberlo.

Miro rápido a la gente del público, que está sentada al filo de la silla. Veo a mi madre y a la tía Clara. Birdie Walker nos mira ojiplática. Veo a Quinn y a Devon y a una mujer mayor entre los dos.

Aparece la nodriza y tira de Julieta para llevársela, aunque, según la obra, debería salir otra vez al balcón hacia Jack. No sé qué esperar.

Digo mis frases con dificultad, me voy como Julieta y luego salgo al balcón una vez más para verlo. Qué chica más insensata y tonta. Su amor acabará rompiéndole el corazón y Romeo desaparecerá cuando mate a Teobaldo y todo se desmoronará.

Puede que sea por la incomodidad que percibe Jack en mi rostro, pero esta vez se centra en la obra, solo dice las frases que tiene que decir con un ritmo perfecto.

Cuando hacemos la escena de la boda apresurada con el fray, yo ya estoy hecha un desastre total y, para cuando llega la noche de bodas, todo pensamiento lógico me ha abandonado. El hombre al que quiero está en la cama de Julieta, tumbado a mi lado, con una pierna contra la mía, mientras fingimos despertar al amanecer. Yo llevo un camisón largo y blanco, y él, una camisa larga y blanca, como las de los piratas, y unos pantalones negros.

Me sujeta las manos antes de marcharse de mi balcón. No puedo pensar. Estoy diciendo las frases sin ton ni son e improvisando para salir del paso. No puedo dejar de pensar en el próximo beso, en la siguiente vez que me tenga entre sus brazos.

Vuelve a decir una de mis frases y la cambia.

—¿Creéis que nos volveremos a encontrar?

Un momento, ¿qué viene ahora?

—No lo dudo —responde él mismo con una sonrisa tímida—. Me amáis, ¿no es así?

Lo miro boquiabierta. No es una de sus frases. Ni siquiera es una de las mías.

—¿Me amáis?

Aprieto las manos.

—¿No os dije ya que os amaba?

—Entonces, amada mía, ¿perdonaréis que marchara la primera vez que lo expresasteis? Fueron el odio y la incertidumbre los que me aconsejaron.

Lo miro con exasperación. Pobre Laura. Siento que nos mira totalmente descompuesta.

Tomo las riendas de la situación y digo la siguiente frase, aunque no sea del todo correcta:

—Ahora que os veo desde aquí, parecéis un muerto en una tumba. O bien me engañan mis ojos o parecéis pálido.

Mira al cielo, ve que sale el sol y, cuando se supone que Romeo tiene que estar triste porque se marcha de Verona, Jack no lo está. Parece decidido y tiene un brillo en los ojos cuando se gira para mirarme otra vez.

—Dadme un último beso y me iré.

Ni hablar. Eso ya lo hemos hecho y no se va a repetir.

Se acerca a mí, me coge en brazos y pone sus labios sobre los míos y los abre poco a poco y con cuidado como si le diera miedo que saliera huyendo. Me sujeta de la cadera con la mano izquierda, la que queda escondida del público, y siento el calor de su mano cuando el beso se vuelve más apasionado. Me agarra la cintura y me derrito contra él. Me dejo llevar y saboreo su olor, el perfume del cuero y de su cuerpo; siento una mano en los pechos.

Lo aparto de un empujón, la respiración se me acelera.

Me mira con ojos brillantes y me acaricia el labio con el pulgar.

—Te quiero.

Se aleja de mí y lucho para recuperar el control y recomponerme mientras él sale del escenario. Es la última vez que Julieta ve a Romeo con vida. Es la última vez que…

—¿Julieta?

Me asusto cuando lo veo subir otra vez por la celosía.

—Romeo, habéis vuelto. Qué sorpresa.

Alguien ríe en el público, creo que es Timmy.

—Una vez, alguien me dijo que los dos días más importantes de tu vida son el día que naces y el día que entiendes por qué. Yo ya lo he entendido.

¿Mark Twain? ¡Se ha equivocado de siglo y de autor!

—Nací para conoceros. Para enamorarme de vos. El destino es muy extraño; a veces, te golpea y te hace madurar cuando todavía no estás listo. Nunca había creído en el destino, pero

¿qué habría pasado si no nos hubiéramos conocido? ¿Y si no hubiéramos estado en el mismo lugar y en el mismo momento cuando nos conocimos en… en el baile de máscaras donde vos teníais que bailar con otro? Pero yo estaba allí. Y vos también. Y yo llevaba la camisa, digo, el atuendo perfecto, y vos os sentasteis conmigo y mi corazón empezó a latir. ¿Acaso no es eso obra del destino? ¿Acaso no es la vida que nos quiere dar una oportunidad? ¿No es así? Por favor, decidme que tengo razón porque no puedo alejarme de vos otra vez sin saber que todavía no habéis perdido la esperanza en mí.

No se me ocurre nada que decir, y no debería ser así, porque todo el mundo se ha enterado ya de que esto no tiene nada que ver con Romeo y Julieta, sino con Jack y Elena.

Él continúa:

—Ese mismo autor también dijo que el amor no es el resultado del razonamiento y la estadística, sino que aparece, nadie sabe de dónde ni por qué. —Hace una pausa—. Yo no lo esperaba, nunca soñé con él, no aspiraba a eso. Pero aquí está y es tuyo.

La madre de Julieta entra a escena con cara de sorpresa. Nadie sabe qué hacer.

—Ve —susurro—, por favor.

—Adiós, amada mía. —Me mira detenidamente, baja por la celosía y se va.

Anhelo con toda mi alma que regrese, que me repita lo que me acaba de decir para poder disfrutarlo, pero no puede; no podemos hacer esto… sea lo que sea… delante de toda esta gente.

Observo sus hombros mientras se aleja, soy incapaz de dejar de mirarlo.

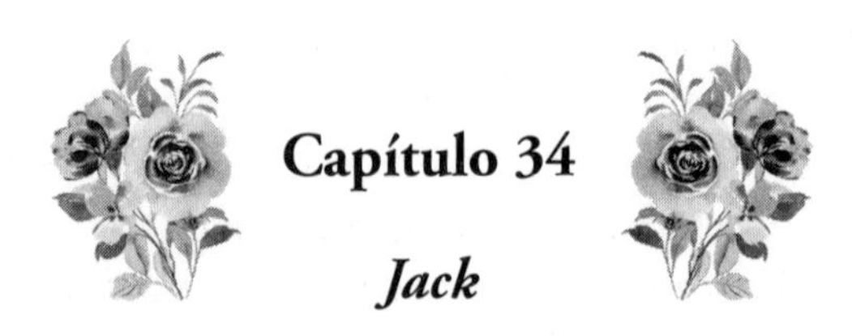

Capítulo 34

Jack

Se baja el telón cuando la princesa dice su última frase y se oye el ruido ensordecedor de los aplausos. Menos mal. Quiero que todo esto acabe de una vez para hablar con Elena sin tener que preocuparme por no estropear las frases del pobre Romeo.

—¡Enhorabuena! —exclama Patrick, aplaudiendo—. Ha sido todo un éxito.

¿Va en serio?

Elena se levanta de encima de mí y tiro de ella hacia mí. Examino su rostro e intento adivinar qué piensa, pero no hemos hablado desde la escena de la luna de miel. Lo único que he hecho ha sido estar tumbado con ella encima y con una erección.

—Elena…

—Ahora no, Jack. No puedo. —Se levanta y va hacia la parte derecha del escenario.

Joder. Sigo sin saber qué piensa.

Me voy a mi posición. Nos separa todo el escenario.

Laura nos llama uno a uno y nosotros saludamos al público, que nos aplaude en pie.

Dice el nombre de Julieta y Elena sale al escenario y saluda; luego salgo yo. La cojo de la mano y saludamos juntos. La gente del público empieza a silbar y a gritar, y sonrío tímido. Esto no me ha resultado difícil, porque solo pienso en Elena. Me da igual el resto de la gente.

El público aplaude durante tres minutos.

—Jack, Jack, Jack —empiezan a gritar desde los asientos unos fans de los Tigers.

Los saludo. Devon me mira con cara de suficiencia desde la primera fila y me levanta el pulgar. Quinn mira a Elena y arquea una ceja.

Ya. No sé nada todavía.

¿Sigue queriendo estar conmigo?

¿O ha visto la oscuridad que se esconde en mi interior y…? Mierda. Tal vez, haya decidido que no valgo la pena.

La situación se vuelve un poco caótica cuando cierta gente del público se dirige hacia la parte de delante del todo y suben al escenario con nosotros. Laura, Timmy y algunos de sus amigos se unen a ellos y se acercan para hablar conmigo. Todos llevan bolígrafos y programas de la obra para que se los firme. Hago una mueca, pero disimulo rápidamente. Esto también es parte de la obra, Jack.

—¡Nos vemos en una hora en la taberna para la fiesta de los miembros del reparto, chicos! —grita Laura con una sonrisa de oreja a oreja—. Jack invita a cerveza y a *pizza*.

Todo el mundo vitorea.

Laura me da un abrazo muy fuerte.

—Jack, gracias por hacer todo esto.

—He usado tu obra para solucionar mis asuntos personales…

—Cierra el pico. Erais vosotros dos. La gente se lo ha tragado. Han venido unos cuantos periodistas del periódico de Tennessee. Me han preguntado si podían hacerte una entrevista, pero les he dicho que no.

La abrazo.

—Muchas gracias. De todos modos, siempre dicen lo que les da la gana.

Sonríe.

—Bueno, no había nada malo que decir sobre ti hoy. Elena y tú… tenéis tanta química… ¡Qué romántico!

Miro por el escenario abarrotado y veo que Timmy y sus amigos se acercan.

No encuentro a Elena.

Después de dos horas, casi todo el mundo se ha ido, excepto yo y unos fans que todavía esperan para verme. Estoy agotado, pero muy contento, cuando firmo el último autógrafo y me hago la última foto. Devon se ha ido con Quinn y con Lucy después de felicitarme y despedirse de mí.

No veo a Elena por ninguna parte.

Capítulo 35

Elena

Me paso por la fiesta para el reparto pronto, los abrazo a todos y como *pizza*. Nadie me comenta nada de Jack, pero es más que evidente por sus miradas curiosas que todos quieren que les cuente qué narices ha pasado. Creo que mi expresión es lo que les impide preguntarme.

En cuanto entra en el bar, una hora más tarde, salgo por la puerta trasera y me voy en coche a casa. Necesito tiempo para pensar, para procesarlo todo, y no puedo hacerlo con él delante esperando una respuesta. Necesito espacio. Necesito estar en mi casa.

Entro rápido, me quito el disfraz y, de camino al lavabo, cojo los pantalones de pijama y la camiseta de la Universidad de Nueva York. Me pongo un vaso de *whisky*, salgo al porche trasero y enciendo los calefactores.

Me siento en los escalones y suelto un largo suspiro en la fría noche de marzo y miro la luna llena. Ya casi es abril. Ya llega la primavera.

Por fin, hemos acabado la obra de teatro. Cierro los ojos. Lo voy a extrañar mucho.

—He pensado que estarías en casa —dice Jack con voz grave desde la puerta de la cocina.

Se agacha poco a poco y se sienta a mi lado con la mirada fija en la línea borrosa que dibujan las colinas.

No lo miro, pero noto que él a mí sí y me siento cohibida. Agacho la cabeza para que no me vea la cara.

El viento empieza a soplar y me paso las manos por los brazos. Él se levanta, entra en casa y vuelve a salir con una de las chaquetas que tengo colgadas al lado de la puerta de la cocina. Me la pone por encima de los hombros y me acaricia el pelo antes de volver a sentarse a mi lado a pocos centímetros de distancia.

Respira hondo y me dice:

—Lo siento, Elena. Me puse como loco por el tema de Marvin y asumí que habías hecho algo malo. Me equivoqué.

Veo por el rabillo del ojo que se pasa una mano por el pelo.

—Perdí la cabeza. ¿Te he perdido a ti también?

Nuestras miradas se encuentran y veo una mezcla de preocupación y miedo en sus ojos castaños.

—Me apartaste de ti como si no te importara.

Se le mueve la garganta.

—Era miedo en estado puro. En el fondo, en una parte de mí que no había descubierto todavía, ya te había dado mi corazón, pero, cuando oí la conversación, pensé que todo se había ido al garete. Me salió la vena protectora. No quería volver a quedar como un tonto y no podía creer que una mujer me quisiera porque me parecía ridículo. Por lo general, las mujeres que me han querido me han acabado haciendo daño de un modo u otro.

—Yo nunca te haría daño a propósito.

—Lo sé. Y he roto lo que teníamos.

—No quiero que estemos mal. Quiero que estemos…

Sonríe, apesadumbrado, suspira y aparta la mirada.

—Te he entregado mi corazón delante de todo el mundo. Y ha sido una puta pasada.

Siento un aleteo en el estómago.

—También siento que Lawrence se presentara en la biblioteca y te hiciera enfadar —dice con un tono de arrepentimiento—. Me he equivocado en muchas cosas y ha sido culpa mía por haber estado… roto desde que nos conocimos.

Suspiro.

—Tiene prohibida la entrada a la Biblioteca Pública de Daisy. Puede que hasta ponga carteles con su cara.

—Tengo que decir en su defensa que siempre piensa en lo que es mejor para mí.

Asiento y retrocedo a algo que ha dicho antes.

—No estás roto, Jack. Todos tenemos un peso que llevamos con nosotros cuando empezamos una nueva relación. Pero tienes que dar un voto de confianza.

Se mete la mano en el bolsillo delantero de los pantalones, coge algo pequeño y frío y me lo pone en la mano.

—¿Qué es? —pregunto mientras lo levanto hacia la luz de la luna. Contemplo el objeto metálico.

—Es mi voto de confianza: la llave de mi piso. Fui a hacerte una copia cuando salí de hablar con Sophia, después de que me dijera que no podía confiar en ti. Estaba esperando el momento indicado para armarme de valor y dártela... —Suaviza el tono—. Quería mostrarte que quería que fuéramos en serio, pero me ponía nervioso y no sacaba el tema. No estaba seguro. Nunca he querido a nadie. Soy idiota. —Suspira.

Nos quedamos mirándonos en silencio largo rato.

—¿En qué piensas? —me pregunta.

Me humedezco los labios.

—Creo que he tenido una revelación.

—¿Ah, sí? —pregunta, esperanzado.

Sí que me quiere. Vaya, me lo ha dicho en el escenario delante de todo el mundo, pero no he sido consciente de ello hasta este preciso instante. Ahora lo creo. Un hombre como él, que no confía en nadie, estaba a punto de darme una llave que para muchos sería insignificante, pero para él es toda una declaración.

Suspira y alarga una mano para acariciarme el rostro.

—¿Me perdonas, Elena?

Lo miro y veo la pasión en su rostro, y también al hombre al que han hecho daño tantas veces. El que nunca se ha enamorado.

—Perdóname por apartarte de mí, por no ir a comer con tu familia los domingos, por estar roto.

Se me llenan los ojos de lágrimas.

—Mi abuela siempre decía que la gente rota es la que más te quiere, porque aprecian aquello que les hace latir el corazón. ¿Tu corazón late por mí?

Asiente, parpadea rápidamente y se acerca más a mí. Se queda quieto y parece confundido.

—Elena, me da miedo que me vayas a rechazar. Sé que no soy perfecto, que tengo que trabajar en todo esto, pero no puedo estar sin ti. He pasado dos noches horribles y no quiero volver a estar nunca tan… perdido. Te quiero, Elena. Te quiero mucho. No sé ni cómo describir lo que siento por ti.

Me cuesta respirar.

Jack continúa:

—Quiero despertarme a tu lado todos los días y ver qué nos depara la vida. ¿Quieres que lo intentemos?

¿Que si quiero que lo intentemos? Caminaría descalza sobre las brasas por él.

La euforia que sentía se hace cada vez más grande. El corazón se me va a salir del pecho.

—Te quiero, Jack. Haría lo que fuera por ti.

Su sonrisa se hace más grande y me mira con el rostro desconcertado y sorprendido.

—Menos mal. —Se inclina hacia mí y me besa débilmente. Nuestras lenguas se encuentran—. No soy perfecto —dice contra mi cuello unos minutos más tarde—. No consigo ganar una Super Bowl por mucho que lo intente, me pongo nervioso cuando estoy con gente nueva, veo demasiadas series coreanas y tu cerdo me odia. No tengo mucho que ofrecer.

Río, estoy embelesada.

—Romeo no te odia, aunque puede que no le gustes mucho. Y me gusta tu Porsche.

Me besa el cuello y me dice:

—Te lo regalo.

—¡Era broma! —Me echo a reír y él me mira directamente a los ojos.

Me sujeta el rostro con los dedos.

—Jamás he tenido algo así, Elena. Nunca he estado con una persona que me hiciera sentir que no podía vivir sin ella. He hablado del destino antes y, cuantas más vueltas le doy, más convencido estoy de que a lo mejor sí que todo pasa por algo.

—¿A qué te refieres?

—Pues que, a veces, la vida te pone delante un partido difícil, pero, al final, el destino lo pone todo en su lugar. Y ganas el partido. Y tú y yo lo vamos a ganar. —Me mira y respiro hondo al contemplar al hombre que me quiere con todo su ser.

Me acaricia el labio inferior con el pulgar.

—Aunque la vida no nos hubiera juntado, yo te habría encontrado. De algún modo u otro. Puede que en una librería o que se me hubiera pinchado un neumático delante de tu casa cuando iba a ver a Timmy, no lo sé, pero estamos hechos el uno para el otro. Tenemos demasiadas cosas que nos atan. Si ha sido el destino el que nos ha unido, el destino luchará para que estemos juntos.

Se inclina hacia mí y me besa grácil y apasionadamente. Nos perdemos el uno en el otro, yo acariciándolo y él pasándome las manos por el pelo.

Se levanta, me coge en brazos y subimos los escalones.

Le sonrío y le pregunto:

—¿A dónde vamos?

Se detiene en la puerta trasera.

—Te llevaba a la cama, pero, ahora que lo pienso, podríamos ir a casarnos ahora mismo. Seguro que a Patrick no le importaría y Laura comentó un día que era notaria. Solo nos faltan los testigos.

Casi salto de sus brazos. Serpenteo y me bajo.

—¿Estás de coña?

Asiente y me mira con una expresión vulnerable.

—Supongo. No lo sé. Es cierto que parece precipitado. Y que es una locura, sin duda. Pero nunca me he sentido así. De acuerdo, es demasiado pronto. Vale. Se me va la olla… pero ¿y si decides marcharte mañana? ¿Y si te despiertas y piensas que no valgo la pena?

Ahí está. Mi hombre guapísimo que acaba de recibir una descarga de amor, confianza y fe como si fuera un cañonazo y no sabe qué hacer con ella…

—Creo que te estás dejando llevar por la situación, Jack. —Sonrío—. Me gusta.

Consigo abrir la puerta y él entra detrás de mí. Tiene cara de concentración.

—Puedes ponerte el vestido de Julieta y yo me dejaré esto. —Dice con un tono serio sin un ápice de humor. Niego con la cabeza y abro la boca, pero no consigo decir nada.

Nos quedamos mirándonos.

Por fin consigo decir:

—Mi madre nos mataría. Además, tenemos que pedir una licencia.

—¿Eso es un «no»? —pregunta con mirada decidida y voraz.

—Es un «¿podemos echar un buen polvo y encargarnos de ello después?». Mi madre querrá organizarlo todo.

Se queda callado y sus ojos de color ámbar tienen un brillo extraño. Creo que es el amor. Pestañea y dice:

—Te he pedido matrimonio y me has dicho que sí, ¿verdad?

Lo miro embobada y no puedo evitar echarme a reír.

—S-í. En un futuro cercano.

Cuando consigue procesar las palabras, se muestra un poco asustado, pero feliz. Asiente lentamente.

—Trato hecho. Ya acabaremos de concretar más tarde. Tira para la habitación. Quiero follarte. —Nos guía a la habitación.

Estoy nerviosa y tensa. Necesito que lo hagamos y necesito tenerlo dentro de mí.

—Quítate los calcetines —murmuro.

Se los quita y los lanza por encima de su hombro.

Me muerdo el labio cuando se baja la cremallera de los vaqueros negros y se los quita. A continuación va la camisa.

—¿Vas a dejarme aquí desnudo? —dice, recorriéndome el cuerpo con una mirada sensual.

Me ayuda a deshacerme de la sudadera y suelta un gemido cuando me toca los pechos. Suspira. Peleo con las mallas hasta que consigo bajármelas y me quedo delante de él en mis bragas de encaje blanco.

—Qué guapa. Estás guapísima. —Me acaricia la clavícula y baja la mano entre mis pechos hasta el montículo entre mis piernas. Me mira con cara de asombro, de veneración. Con cara de amor.

Me baja las bragas y las deja caer al suelo.

—Me encanta que siempre estés tan dispuesta a abrirte a mí, ¿lo sabías? Me encantan tus ojos, tu pelo y que me hagas reír. No puedo dejar de mirarte, joder. Tu cuerpo estaba hecho para el mío. Y te lo voy a hacer muy lentamente.

Me cuesta respirar solo con ver la cara que pone con los ojos amusgados.

—Tampoco te pases de lento.

—¿Lo prefieres rápido y duro?

—Sí, y luego un poco más lento.

—Pensaba empezar por la parte lenta.

Gimo cuando se deja caer de rodillas y me abre las piernas. Acaricia un poco la suave piel de mi estómago con los labios. Me lame la entrepierna y gruñe.

Me retuerzo y me acerco más, él ríe sobre mi piel y me mira desde abajo.

—Nunca me cansaré de esto. Ni en un millón de años.

Introduce uno de sus largos dedos en mi interior, lenta y cuidadosamente, mientras con la lengua me dibuja círculos en el clítoris.

Le pongo las manos en el pelo.

—Como aquella primera noche, Elena, en la que te miré y supe que tenía que volver a verte… —Introduce otro dedo y, junto con el otro, los mueve en mi húmedo interior hasta que me falta el aire y lo agarro del pelo con fuerza.

Me desmorono cuando llega el éxtasis, rápido y salvaje. Grito su nombre y siento las descargas que me recorren todo el cuerpo y me hacen tensarme alrededor de sus dedos.

Me besa la parte interna del muslo y se levanta.

—Eres mía —me dice al oído antes de tumbarme e introducirse en mi interior. Me levanta las manos por encima de la cabeza y entrelaza sus dedos con los míos—. Para siempre —dice mirándome con los ojos brillantes de pasión y amor.

Y, desde entonces, no hemos hecho más que querernos.

Epílogo

Jack

Unos años después

Es marzo y las ventanas de nuestra casa están abiertas para que la brisa de la primavera ventile la cocina recién reformada. También ayuda con el humo.

—Está un poco tostado por arriba —murmura Cynthia, echándole un vistazo al guiso que he sacado del horno. Lo pincha con un tenedor. Tiene el rostro inexpresivo, aunque siento la arrogancia que irradia de su interior. No puede evitarlo, pero hace que se me crispen los labios.

—¿Lo has cocinado a ciento setenta grados durante cuarenta y cinco minutos tal como te ha dicho Cynthia? —pregunta Clara, que se acerca a nosotros oliendo la comida.

—Tengo que ser sincera: las galletitas se han quemado —dice Giselle poniendo su granito de arena.

—Rasca la parte de arriba. De todos modos, lo mejor es lo de abajo —añade Topher, mientras pone hielo en los vasos para el té.

Cynthia me da una palmada en la espalda y me dice:

—Seguro que está bueno, querido. Es su plato favorito, pero puede comer de los macarrones con queso que he hecho.

—Tanta presión con las comidas de los domingos ha podido con él —dice Clara con una sonrisa de suficiencia—. Se ha entretenido cantando la canción de Katy Perry y se ha olvidado del plato principal. Menudo novato. Podrá haber ganado la Super Bowl y todo lo que él quiera, pero, cuando tiene que cocinar para su mujer…

—«Firework» de Katy Perry es tremenda —murmuro—. ¿Te había comentado que he invitado a Scotty? Pues sí, seguro que llega muy pronto.

Se le ruboriza el rostro.

—¡Qué picarón!

—Le hizo mucha ilusión que lo invitara el viernes cuando vino a traerme el correo. Lo invité personalmente —digo, con ojos resplandecientes.

—Ya verás. La próxima vez que vengas a cortarte el pelo, te advierto de que te voy a dejar calvo —responde con una mirada amenazante.

Cynthia concentra su atención en su hermana.

—Cásate ya con él. Mira a Jack, lo hizo oficial con Elena hace años ya. Te vas a poner vieja y ¿qué harás entonces, ser una virgen cuarentona?

—Voy a poner la mesa. —Sale de la cocina y todos nos echamos a reír.

—En realidad, va a reaplicarse el pintalabios —dice Giselle, riendo.

Miramos la pinta horrible que tiene el guiso de pollo.

—Quería que me saliera bien.

Cynthia me da un abrazo.

—No te preocupes, cariño. Se comerá lo que sea, sobre todo si lo has hecho tú. Además, está cansadísima intentando seguirte el ritmo y con el trabajo en la compañía de lencería. Seguro que no le importa.

—¿Qué narices es todo este humo? —pregunta Devon, que entra en la cocina apartando el humo con la mano. Quinn y Aiden lo acompañan.

—¿Queréis que vaya a por un extintor? —añade Quinn.

—No hace falta. Jack ha arruinado el plato favorito de Elena —dice Giselle.

—Qué torpe eres. ¿Has dudado a la hora de sacarlo del horno? ¿Quieres que vaya a por pollo frito? —pregunta Aiden, con una sonrisa.

—Me he distraído —exclamo. Es un día muy importante.

—Se ha distraído cantando y bailando —añade Giselle antes de meterse un trozo de okra frita en la boca—. ¿Siempre has querido ser una estrella del pop, Jack? Creo que es mejor que te dediques al fútbol.

—Lo ha intentado, pobrecito —dice Cynthia—. Menos mal que he traído uno de repuesto. —Da un golpecito con el codo a Giselle—. Trae el que tengo en el coche. Está en una fiambrera en el asiento trasero.

No me sorprende que se haya traído un guiso de pollo, pero finjo indignación.

—¿Creías que no iba a ser capaz de hacerlo a pesar de que repasamos la receta tres veces la semana pasada?

Romeo entra corriendo a la habitación y huele el aire con el hocico. Me sigue con la mirada cuando me acerco al frigorífico y saco un pepino pequeño. Me agacho y dejo que lo coja y se lo lleve.

—Por mucho que intentes sobornar al cerdo, siempre me va a querer más a mí —remarca Cynthia.

—Se echa la siesta en mi regazo todos los días —contraataco. No es del todo cierto, pero ha recapacitado desde que me mudé hace dos años.

Se ríe.

—Ve a ver cómo va Elena. Yo me encargo del resto.

Ella quiere dirigirlo todo y yo quiero ver cómo está mi esposa; mis manos anhelan tocarla. Entro al comedor y se me acelera la respiración cuando la veo. Lleva unos vaqueros y un jersey azul y suave. Está de pie en el comedor y el sol le brilla en el pelo cobrizo mientras pone la mesa.

Hay algo en ella que hace que me sienta atraído a más no poder.

«Que es mía».

Nos casamos en agosto, tan pronto como pude ponerme un traje después de la operación de hombro. Cuando solo hacía seis meses que nos conocíamos, decidimos jurar nuestros votos en la iglesia de Daisy con Patrick como oficiante de bodas. Elena llevaba un vestido blanco y largo que había heredado de su madre y de su abuela. Lo modificó meticulosa y cuidadosamente y le añadió perlas y encaje. Recuerdo a la perfección cuando caminó por el pasillo hacia mí. Sus caderas se contoneaban y llevaba el pelo suelto y un ramo de flores rosas y moradas.

Me dejó sin palabras saber que me quería.

Que yo era el amor de su vida y ella era el mío.

Susurré los votos, pero no porque no estuviera convencido, no tenía la menor duda sobre Elena ni sobre cómo me hacía sentir, sino que ella me dejó sin aliento, lo mucho que la quería y todo lo que sentía cuando la veía entrar en una habitación.

Después de todo este tiempo, todavía hay días que la veo y... no puedo dejar de mirarla.

¿Qué he hecho para merecerla?

¿Cómo tuve tanta suerte de que el destino la pusiera en mi camino para que nos encontráramos?

Los Tigers ganamos la Super Bowl la temporada pasada, yo ya me había recuperado del hombro y estaba otra vez al cien por cien. Pero ni siquiera esa victoria se puede comparar con tenerla a mi lado en la cama y rodearle la cintura con un brazo mientras dormimos.

Renunció a su trabajo en la biblioteca, aceptó el puesto de becaria en la compañía de lencería y fue subiendo poco a poco hasta conseguir un empleo pagado en el Departamento de Investigación y Desarrollo. Sigue haciendo sus modelitos, pero son solo para mí.

Mis problemas de imagen se solucionaron de forma orgánica y real, sobre todo después de que el *The Tennessean* escribiera un artículo increíble sobre la obra y sobre cómo declaré mi amor eterno a la bibliotecaria de un pueblecito. Sigo sin conceder entrevistas, pero parece que a la gente le da igual.

—Papá —dice la pequeña Eleanor Michelle Hawke, que apenas tiene once meses, desde el regazo de Lucy. Me mira con una sonrisa y estira los brazos hacia mí. La cojo. Tiene el pelo oscuro, los ojos de color aguamarina y dos dientecitos.

Elena ríe y me mira, luego mira a Eleanor con el mismo amor y asombro en la mirada. Lo tengo todo. Tengo un hogar en el que nunca faltan las risas. Tengo amor. Confianza. Una familia. Todo lo que nunca había soñado.

Doy un beso rápido a Lucy en la mejilla. Su marido, Roger, está sentado a su lado. Siempre que sus viajes no se lo impiden, vienen a las comidas de los domingos.

Elena se acerca a mí y limpia el rostro manchado de cereales a Eleanor.

—Pequeñina. Quiere mucho a su papá.

—Y su papá la quiere mucho a ella y a su mamá.

Me da un beso en la mejilla. Eleanor balbucea en mis brazos.

—No os podéis quitar las manos uno de encima del otro. Siempre os estáis besuqueando. Me sorprende que consigáis hacer algo —murmura Cynthia entrando con un guiso que es más que evidente que no es el mío.

—Es repugnante —dice Devon, que la sigue.

—¿Cuándo puedo hacer de canguro? —pregunta Topher. Vive en una casa que ha alquilado a pocas calles de aquí. Elena y yo convertimos su casa en el hogar familiar, aunque también pasamos tiempo en mi piso de Nashville, sobre todo durante la temporada de fútbol americano. Pero este es nuestro hogar, el que nos mantiene con los pies en la tierra, en este pueblecito que he llegado a querer tanto como a Elena.

Quinn se une a la conversación y se pone al lado de Topher.

—Yo te ayudo, tío. Estoy seguro de que todavía no ha visto la peli de *Grease.*

Mmm, estos dos…

—¿Y cuándo me dejaréis que le enseñe a lanzar el balón? —resopla Aiden—. Porque su padre no tiene ni idea.

—Ve con cuidado, Alabama. Sigues siendo mi suplente —gruño. Sonrío a Eleanor, que ríe y me tira del pelo.

Entra Scotty. Supongo que ha llamado a la puerta, pero nadie le ha oído. Lleva varios globos blancos atados a una cuerda.

—¿Estos te sirven, Elena?

Lo mira con una sonrisa de oreja a oreja y dice:

—Son perfectos.

—¿Qué tramáis? —pregunta Cynthia con la cabeza ladeada.

Elena sonríe tímida cuando la rodeo con los brazos.

—Tenemos una sorpresa para ti —murmuro.

—Bueno, pues soltadlo ya. ¿Para qué son los globos? —dice Clara.

Entrelazo los dedos con los de Elena y la miro a los ojos.

—Elena está embarazada —digo sin apartar la vista de mi mujer. No puedo dejar de mirarla.

—Ay, Dios mío. ¿Vais a tener otro bebé? —suelta Giselle, que se ha quedado helada mientras intentaba robar otro trozo de okra frita de la mesa.

—Estaba todo planeado —dice Elena en voz baja mientras me miran—. Hemos planeado todos los bebés y todo lo que queremos.

—Sí —murmuro antes de volverla a besar.

—Los globos son de esos que te dicen el sexo del bebé. Jack me pidió que me encargara yo porque así no se enteraba nadie de la familia hasta ahora —dice Scotty.

—¡No me lo habías dicho! —lo reprende Clara, fulminándolo con la mirada.

Los ojos de Cynthia brillan.

—Bueno, espero que no nos tortures y nos hagas esperar hasta después de comer. Pincha los globos ya.

Río y le cojo el globo a Scotty. Pensamos en contárselo a todos en cuanto descubrimos que Elena estaba embarazada, pero a ella le hacía ilusión hacerlo así y compartir la noticia del embarazo y el sexo a la vez en una de las comidas de domingo. Ni siquiera nosotros sabemos si es niño o niña, sino que dimos el sobre cerrado del doctor a Scotty la semana pasada.

—Muchas gracias, tío. —Miro a Elena, que se encoge de hombros. Coge a la niña de mis brazos y sus ojos me piden que proceda.

—No, mejor comemos primero.

—¡Ni se te ocurra, Jack Hawke! —exclama Cynthia.

Devon se echa a reír y dice:

—Pobre. Seguro que está cagado. Van a tener dos bebés.

—Gallina —añade Aiden.

Río y reviento el globo con un tenedor y el confeti rosa sale volando por los aires y cae lentamente al suelo.

Se me hace un nudo en la garganta y siento presión en el pecho. Estoy sobrecogido. Quiero que toda mi vida sea así: al lado de mi mujer y de los nuestros, sentados en el porche trasero dando las gracias a las estrellas por que la llevaran al Milano's y la trajeran a mis brazos.

Me mira y sonríe. Me acaricia el rostro con suavidad.

—Ay, Jack…

—Estoy contento, nena, contentísimo.

Clara levanta un puño al aire y exclama:

—¡Una niña! ¡Otra para la panda de chicas de Daisy! Nuestro legado sigue creciendo.

Me echo a reír, me acerco a Elena y la beso.

Chic Editorial te agradece la atención dedicada a
No eres mi Romeo, de Ilsa Madden-Mills.
Esperamos que hayas disfrutado de la lectura
y te invitamos a visitarnos
en www.chiceditorial.com,
donde encontrarás más información
sobre nuestras publicaciones.

Si lo deseas, también puedes seguirnos
a través de Facebook, Twitter o Instagram
utilizando tu teléfono móvil
para leer los siguientes códigos QR: